BROKEN BUT ALIVE

De la même auteure dans la collection

Luv

Crazy Love

JOH HARPER

BROKEN BUT ALIVE

Luv

« Loin de toi, c'est la nuit,
C'est la nuit triste et sombre,
Et mon cœur plein d'ennui
S'ensevelit dans l'ombre.

Loin de toi, tout fléchit :
Mon espoir, mon courage ;
Loin de toi, mon esprit
Se voile d'un nuage. »

« Loin de toi », Etzer Vilaire

1

Anaïs

Un dicton dit que l'on ne choisit pas sa famille, mais ses amis, oui. Je n'aurais pu rêver mieux que ceux qui m'entouraient. À présent qu'ils ne sont plus là, je me rends compte à quel point ma vie est vide sans eux. Que le fait que je respire encore n'a aucun sens. Je ne sais pas s'il y a des mots assez forts pour décrire son ressenti lorsque sa deuxième famille disparaît.

Tandis que je suis assise à ma fenêtre, le moindre coup de vent me fait perdre l'équilibre et manque de me faire chuter. C'est peut-être ce que je cherche, mais je ne suis pas encore prête à lâcher prise. Pour l'instant, je m'agrippe de toutes mes forces. J'attends un signe du destin me disant qu'il est temps d'abandonner, d'arrêter de m'accrocher et de me laisser aller. J'attends que la mort vienne me cueillir, me retirer le peu d'envie de vivre qu'il me reste, qu'elle m'annonce que tôt ou tard je n'aurai plus le choix. Comme l'accident qui m'a enlevé trois de mes amis, mes meilleurs amis.

On s'est rencontrés sur les bancs de la fac et on ne s'est plus lâchés. Anthony, le blond de notre groupe, le beau parleur. Futur avocat, il devait rejoindre le cabinet de son père, spécialisé dans le droit international. Thomas, une musculature impressionnante et des yeux verts en amande, avait trouvé un poste dans une société concurrente. Je me souviens qu'ils n'arrêtaient pas de se charrier sur ce point et commençaient déjà les paris sur qui aurait le plus de dossiers. Et enfin Vincent, plus réservé, mais tellement attentionné, les taches de rousseur qui ressortaient sur son visage lui ajoutaient indéniablement du charme. Il désirait se diriger vers l'immobilier. Maintenant, ce qu'ils voulaient ou devaient faire n'a plus d'importance, parce qu'ils ne le peuvent plus.

Nous ne sommes plus que deux à présent. Elijah, le brun ténébreux en puissance, avait choisi un cabinet qui traite spécialement des affaires de droit pénal. Quant à moi, la seule femme de cette fameuse équipe, je m'étais orientée vers un domaine qui me parlait plus, le droit social.

Nos vies étaient toutes tracées, on pouvait enfin souffler après toutes ces années à plancher, à réviser, à se tuer à la tâche pour avoir de bons résultats. Nous n'avons pas fait que ça, bien sûr, nous n'étions pas des saints, mais notre objectif était d'avoir notre diplôme. Notre groupe, plutôt hétéroclite, était surnommé le gang des Indomptables par d'autres étudiants et parfois par certains professeurs.

Aujourd'hui, il n'en reste plus rien. La mort a frappé et dompté trois d'entre nous.

Cette semaine a été une succession de larmes, de cris, de douleur. Une semaine où leur absence a criblé mon âme de trous. Cet après-midi a lieu le dernier enterrement, celui de Vincent. Je vois encore son visage rempli de terreur se tourner vers moi lorsque l'autre véhicule nous a percutés. On avait fini notre course sur le toit, on était presque indemnes. Jusqu'à ce qu'une seconde voiture nous rentre dedans. Comme au ralenti, je vois les images se succéder dans mon esprit. J'aimerais fermer cette porte, mais je n'en ai pas la force. Mon cœur se vide de son sang, je suffoque, je crois même que je me mets à hurler et mes doigts commencent à lâcher prise. Jusqu'à ce qu'un bras entoure ma taille et me ramène dans ma chambre. Je n'ai pas besoin de lever les yeux pour savoir qu'il s'agit d'Elijah. Le corps tremblant, je glisse le long du mur et je me balance d'avant en arrière. Puis je sens sa caresse sur mes cheveux, dans mon dos, et je craque. Mes sanglots deviennent des supplications, des hurlements remplis de colère, d'un sentiment d'injustice. Lorsqu'il resserre son étreinte, je m'aperçois qu'il tremble aussi. Je sens des gouttes tomber sur ma nuque courbée.

Les deux survivants. Complètement brisés.

On ne parle pas, on se soutient comme on peut. On s'allonge par terre, nos cœurs en miettes. Nos larmes se tarissent, mais nos respirations restent heurtées. Je ne pleure jamais pendant les enterrements, comme si je n'en avais pas le droit, comme si le fait d'être encore en vie me l'interdisait. Comme si ma peine et ma douleur ne pouvaient égaler celles des parents, parce que je suis encore là, et eux non. Tel un zombie, j'écoute les éloges funèbres et fuis avant la mise en terre, car je sais que ça va être insoutenable.

Mon regard embué fixé sur le plafond de ma chambre, je sens la main d'Elijah effleurer la mienne avant que nos doigts s'entremêlent. À part des côtes fêlées, des bleus sur le visage et sur le reste du corps, je suis entière physiquement. Mais cette douleur n'arrive pas à me faire oublier celle qui me tue à petit feu, celle de mon âme en mille morceaux. Elijah, lui, a un bras dans le plâtre et plusieurs contusions.

Des miraculés.

Je soupire et ferme les yeux. Malgré tout, des larmes m'échappent et se perdent dans mes cheveux.

– Tu crois qu'il y a quelque chose après ? demandé-je, la voix éraillée.

Elijah ne répond pas tout de suite, sa main écrase la mienne avant que la pression se fasse plus douce.

– Je ne sais pas. Je l'espère. Ça permettrait à Anthony et à Thomas de continuer leurs disputes. Vincent, lui, trouverait un ange à qui il tenterait de refourguer un pied-à-terre hors du commun. Et au moins, ils seraient tous ensemble. J'aime à croire qu'une partie des Indomptables rit encore.

Je prends une brusque inspiration et ne dis plus rien. Je n'arrive plus à prononcer leurs prénoms à voix haute sans avoir envie de hurler. Même si Elijah est là aujourd'hui, je le sens s'éloigner de moi petit à petit. À chaque enterrement, ça devient de plus en plus dur de se regarder en face sans éprouver ce sentiment de trahison, de culpabilité. On se noie, on prend nos distances, notre lien s'effrite. À qui la faute ? Je n'en sais rien, j'ai de moins en moins la force de m'accrocher aux parois de mon gouffre et Eli n'a peut-être pas de corde assez solide pour m'aider à remonter.

– Anaïs, c'est l'heure, crie ma mère à travers la porte.

J'entends ses pas s'éloigner. On se ressemble énormément, la peau mate, les cheveux noirs frisés, mais j'ai des yeux gris hérités d'un ancêtre encore inconnu jusqu'à ce jour. Mes parents sont d'un soutien sans faille, ils se sont occupés de tous les papiers à l'hôpital, ils m'ont réaménagé ma chambre qu'ils avaient déjà transformée en bureau pour ma mère. Ils sont aux petits soins pour moi. J'ai de la chance de les avoir, je sais que je devrais me raccrocher à ça, à eux, pourtant je n'y arrive pas.

– On devrait y aller, murmure Eli.

Je déglutis et serre le poing de ma main libre. Je suis à bout de force, toutes ces larmes cumulées ont eu raison de moi. Dire adieu encore une fois, voir les parents s'effondrer, car ce n'est pas l'ordre naturel des choses d'enterrer son enfant. Je sens Eli se tourner pour me faire face, alors je fixe ses yeux d'onyx. Je ne sais pas combien de temps je passe plongée dans son regard, mais mes tremblements cessent. Son pouce efface mes larmes, puis la paume de sa main se pose sur ma joue.

– Je serai là.

Je ferme les paupières et appuie mon visage contre sa paume. J'inspire profondément et ancre mes iris dans les siens. Puis ses lèvres effleurent mon front.

– Je serai là, répète-t-il.

Il se lève puis me tend la main. Je noue mes doigts aux siens. Une fois que je suis debout, il me serre longuement contre lui. Malgré mon corps douloureux, je me noie dans cette étreinte. Je pose mon front contre son torse solide et respire son parfum épicé. Épuisée, je le laisse m'emmener jusqu'à la voiture de mes parents. Mes yeux se perdent dans le vide pendant le trajet. Je me rends compte qu'on est arrivés à l'église seulement à l'instant où Eli m'aide à m'asseoir sur un banc derrière la famille. Le regard du père de Vincent croise le mien, la souffrance au fond de ses pupilles est écrasante, mon corps est secoué de sanglots silencieux.

Je ne vais pas y arriver.

Je me lève d'un bond et traverse l'allée en courant. Je bouscule les retardataires et n'écoute pas les râles qu'ils émettent. Il faut que je sorte d'ici le plus vite possible. Je descends les escaliers et tourne au coin de l'église. Je m'adosse au mur antique, puis serre les poings et les dents pour ne pas crier. Je déglutis plusieurs fois pour déloger la boule qui obstrue ma gorge, mais elle ne veut pas sortir. J'appuie ma tête contre le mur et laisse mes larmes dévaler mes joues. J'ai l'impression de ne faire que ça, pleurer et me noyer.

– Anaïs, murmure une voix rauque.

Eli.

Je ne sais pas si je l'ai seulement pensé ou si j'ai prononcé son prénom à voix haute. J'aperçois son corps flou à travers ma vue embrumée. Je ferme les yeux et pose mon front contre sa poitrine. Entre nous, ça a toujours été ainsi. Il me rassure, me pousse dans mes derniers retranchements quand ça ne va pas. Les autres me faisaient rire, m'emmenaient faire la fête et me laissaient déblatérer pendant des heures sur les profs ou les connards qu'étaient devenus mes petits amis. Alors qu'avec Eli, il suffisait qu'il me prenne dans ses bras pour que je me sente mieux. Il a cette aura de bienveillance et de douceur qui l'entoure et m'apaise.

– Je ne peux pas, soufflé-je.

Eli place son index sous mon menton et le relève pour ancrer ses yeux dans les miens. J'observe son visage ciselé, ses cheveux noirs en bataille, son nez fin un peu tordu à la suite d'une bagarre, ses lèvres charnues. Il ne manque que les fossettes au creux de ses joues pour que j'en arrive à imaginer que nos amis nous attendent au bar du coin. Mais elles n'apparaissent pas. Alors je sais, je sais que plus jamais ils ne me consoleront chacun à leur façon. Ils ne me prendront plus dans leurs bras, ils ne joueront plus leur rôle de grand frère ultra-protecteur auprès de mes prétendants. Je sais que mon cœur ne sera plus jamais entier. Je remonte mon regard jusqu'à ses yeux humides. Ses pouces caressent mes pommettes.

– Tu vas le faire, ma belle. Parce que tu es une femme forte et que tu en as besoin.

Son bras m'entoure et je laisse mes larmes couler encore quelques minutes. Puis ses doigts s'entremêlent avec les miens et il m'emmène jusqu'aux portes de l'église. Il s'arrête sur le seuil et me jette un coup d'œil par-dessus son épaule. Il presse ma main tandis que j'inspire profondément. On remonte l'allée ensemble et je reprends ma place. Mon père pose sa main sur mon bras et m'embrasse la tempe. Je ferme les yeux à son contact. Il n'est pas d'un naturel démonstratif, mais ses petits gestes me font du bien et me culpabilisent à la fois, car les parents qui sont assis devant moi ne pourront plus le faire. Je porte mon regard plus loin, sur le cercueil. Ça me brise qu'un homme autrefois si gentil puisse se trouver dedans. J'écoute à peine les mots du prêtre et des personnes qui défilent pour réciter différents textes. C'est comme si je me retirais de mon propre corps et observais la scène d'au-dessus. Je me vois, totalement immobile, les yeux dans le vide, le teint cireux, les poings serrés sur les cuisses, tentant vainement de ne pas pleurer. Je sais que je suis proche du point de rupture. Eli me murmure quelque chose, mais je ne l'entends pas. Ses doigts se posent sur ma cuisse, puis desserrent mon poing. C'est à ce moment que je reviens à moi, j'appuie ma tête contre son épaule, alors que la main de mon père attrape la mienne.

– Reste avec moi, Anaïs, chuchote Eli.

Je hoche la tête et, pour la première fois, je pleure pendant la cérémonie. Eli passe son bras autour de ma taille et me serre contre lui. Je sens à son corps tendu qu'il se retient pour ne pas craquer aussi. Je supporte pratiquement toute la cérémonie dans ses bras, jusqu'à ce que les gens commencent à se lever pour prendre la direction du cimetière. Le seul endroit où je ne suis pas prête à mettre les pieds.

– Allez-y, je vais attendre ici, dis-je à mes parents et à Eli.

Mes parents, après un dernier regard inquiet, avancent vers la sortie. Eli, lui, est encore assis à côté de moi.

– Tu devrais les rejoindre, je ne veux pas que tu restes pour moi.

– Il sera toujours au même endroit dans cinq minutes, chuchote-t-il d'un ton rauque.

J'inspire profondément et je lève les yeux sur la voûte qui s'avère être une véritable œuvre d'art. Une fresque recouvre l'ensemble du plafond, les couleurs vives frappent de plein fouet mon âme.

Je baisse aussitôt le regard sur mes mains croisées sur le dossier du banc devant moi. Eli reste à mes côtés sans prononcer un mot pendant plusieurs minutes.

– Ça fait plus de cinq minutes, Eli. Je ne vais pas disparaître si tu me laisses toute seule.

– Je n'en suis pas si sûr, réplique-t-il à voix basse.

Je me tourne vers lui, puis je pose ma main sur sa joue mal rasée et soude mon front au sien.

– Ne bouge pas, je reviens vite, m'assure-t-il, les yeux tristes.

J'acquiesce et le regarde sortir de l'église d'un pas vif. Seule face à mes pensées, je sens les sanglots me broyer la poitrine. Je ne sais pas combien de temps je reste prostrée, la tête plongée dans mes mains. Je relève le visage lorsqu'une légère brise effleure ma nuque. La sensation de ne pas être seule m'oppresse. La chair de poule habille ma peau. Je tourne la tête dans tous les sens, mais il n'y a personne, et un sentiment proche de l'apaisement m'étreint. Je ferme les yeux et soupire :

– À bientôt, Vincent.

Je me lève et sors de l'église. J'offre mon visage à la pluie qui tombe dru. Les mots prononcés par Eli un peu plus tôt me reviennent en mémoire.

« J'aime à croire qu'une partie des Indomptables rit encore. »

Je souhaiterais tant que ça soit le cas. Je dévale les marches et glisse mes mains dans les poches de ma veste. Eli arrive peut-être cinq minutes ou une heure après que je me suis assise sur le sol trempé. J'ai perdu la notion du temps. Il sort en courant de la voiture et m'attrape par le bras.

– Mon Dieu, tu vas choper la crève, Anaïs, crie-t-il en me guidant jusqu'au véhicule.

Je hausse les épaules, je ne suis pas à ça près.

– C'est peu comparé à ce que je mérite.

Il me fait faire volte-face et me ramène brusquement vers lui.

– Je t'interdis de penser ça ! Ne redis jamais ça, tonne-t-il.

Sa main comprime mon bras à m'en faire mal, mais ce n'est pas assez. Parce que je le pense et rien de ce qu'il me dira ne changera ce qu'il s'est passé. J'aimerais pouvoir appuyer sur pause, rembobiner le fil de nos vies et m'installer au volant dix minutes avant ou après. Ne pas presser les autres parce que je commence à fatiguer. Ne pas râler parce qu'ils sont bourrés comme des coings et que je ne me sens pas capable de les mettre tous au lit. J'aimerais retourner dans ce bar, où l'on s'est mis à crier, à danser, parce qu'on avait réussi. J'aimerais retourner à ce moment-là où l'on était tous en vie. Ce moment où l'équipe des Indomptables était entière. Où nous étions prêts à conquérir le monde, nos diplômes enfin en poche après avoir passé des années à trimer.

– Ce n'est pas ta faute ! Tu ne pouvais rien faire pour l'éviter, tu m'entends ? Absolument rien.

Je ne réponds pas, car ça ne sert à rien, on a déjà eu cette discussion et ça finit toujours en dispute. Je baisse les yeux sur le sol et sens les gouttes tomber sur ma nuque, puis glisser le long de mon dos.

– Reste avec moi, Anaïs.

Je passe mes mains autour de sa taille et, malgré la pluie, on se tient un moment ainsi. Il m'ouvre la portière à l'arrière et je n'ose pas croiser le regard attristé de mon père. Elijah monte à son tour dans la voiture et nous rentrons à la maison.

Je m'endors dès que ma tête se pose sur l'oreiller. Je ne rêve pas, je ne sais même pas si mon esprit sera un jour assez apaisé pour le faire. Mais pour la première fois, je dors d'une traite et ne me réveille pas en hurlant.

Les jours qui suivent se ressemblent. Eli vient me voir, on passe du temps ensemble, il me parle de son intention d'aller à Paris. Le cabinet qui devait l'engager lui a gardé le poste. Quant à moi, je ne fais pas de projet sur le long terme.

Pour l'instant, je me contente d'être.

Les jours deviennent des semaines et Eli donne de moins en moins de nouvelles. Il part pour Paris et continue sa vie. Il met plus de temps à répondre à mes SMS. Alors je lui en envoie moins et c'est comme ça qu'on finit par s'éloigner l'un de l'autre.

Il n'y a plus d'Indomptables…

2

Elijah
Trois ans plus tard

Les semaines sont devenues des mois.

Les mois des années.

Et cela fait trois ans que les Indomptables ne sont plus.

– Chéri, si tu ne te lèves pas, je ne vais pas pouvoir acheter la robe Dior qui me fait de l'œil, chuchote une voix doucereuse.

Je maugrée et me retourne pour m'allonger sur le dos. Noémie en profite pour se mettre à califourchon sur moi. Sa chevelure flamboyante forme un rideau autour de nos visages lorsqu'elle se penche pour m'embrasser. Elle mordille ma lèvre inférieure et s'appuie sur ses coudes pour se relever un peu. Ses yeux bleus, son nez fin et sa bouche m'ont plu dès que je l'ai aperçue, mais c'est surtout la robe rouge carmin qu'elle portait et qui dévoilait des jambes à tomber par terre que j'ai vue en premier. Je l'ai rencontrée il y a un an à une soirée entre collègues dans un bar. Elle était accompagnée d'une amie, mes compagnons n'arrêtaient pas de se gausser de moi, car mes coups d'œil n'étaient pas discrets. Sous leurs encouragements, je me suis levé et je l'ai draguée. Plus jeune que moi, elle est étudiante en art. Elle est du style hippie chic. Je ne pensais pas que cela existait, mais apparemment si.

Ce qui devait n'être qu'un flirt s'est transformé en une relation de couple. Les mois se sont succédé et l'on a emménagé ensemble il y a quelques semaines. Mais les choses ont commencé à changer lorsque j'ai entrepris de faire plus d'heures que je n'en faisais déjà. Noémie est devenue plus cupide, plus égoïste, plus froide. À moins qu'elle le fût dès le début ou que mon manque de sommeil ne me rende négatif. Ça ne me dérange pas de subvenir à nos besoins, car je gagne plutôt bien ma vie – rien de mirobolant non plus – et je ne suis pas du genre dépensier. Mais ce matin, je n'ai pas envie de supporter ses caprices. Je suis rentré tard après m'être occupé des derniers détails de mon plus gros dossier et j'ai encore beaucoup à faire aujourd'hui.

Noémie commence à descendre le long de mon buste, je la repousse légèrement. Je ne suis pas d'humeur pour une gâterie non plus.

– Comme tu viens de me le faire remarquer, je dois me lever.

Elle me jette un regard incrédule, tandis que je soupire et me lève. J'embrasse sa moue boudeuse, puis file mettre en route la machine à café.

– Et si l'on sortait ce soir ? lui proposé-je en marchant vers la salle de bains.

L'appartement n'est pas très grand, mais il comporte tout le charme des anciens appartements parisiens. Le parquet, la cheminée, les moulures, tout y est. De plus, il est lumineux et dans un quartier animé. Il me coûte une blinde, mais je me sens bien ici.

– On ne peut pas, on doit aller à l'inauguration ce soir, tu te souviens ?

Je grimace discrètement. Je déteste les mondanités, mais je sais que je ne peux pas y couper, d'autant plus que ses parents seront de la partie et qu'elle tient à tout prix à me les présenter.

Au bout d'un an, il serait temps que je les rencontre, n'est-ce pas ? D'autant que ce n'est pas la première fois qu'elle tente d'organiser cette fameuse présentation à la famille. Je crois que je n'étais pas prêt, et encore aujourd'hui, je me pose la question.

– Désolé, bébé, ça m'était sorti de la tête.

Sans être à côté d'elle, je sais qu'elle soupire et lève les yeux au ciel. J'entre dans la cabine de douche et me lave rapidement. Quand j'en sors, Noémie est appuyée contre le lavabo. J'attrape une serviette et m'essuie tandis qu'elle me fixe.

– Tu n'as pas cours aujourd'hui ? l'interrogé-je.

– Si, mais je n'ai pas envie d'y aller.

Je serre les dents et ne réplique rien. Je ne peux pas passer mon temps à lui dire quoi faire de sa vie estudiantine. Je noue ma serviette autour de mes hanches.

– D'ailleurs, j'ai rendez-vous avec Isabelle pour aller faire les magasins. Tu verras, la robe Dior est magnifique !

– J'ai hâte de te voir dedans, dis-je en posant mes mains sur sa taille fine.

Elle se presse contre moi tandis que je plaque mes lèvres contre les siennes. Elle passe ses bras autour de mon cou. La sonnerie de mon téléphone interrompt le moment. Après un dernier baiser léger sur sa bouche, je me dégage de son étreinte et décroche sans même regarder le nom qui s'affiche. Il n'y a qu'une seule personne pour m'appeler aussi tôt.

– Elijah, j'espère que tu es déjà en route parce qu'on a un nouveau client et je veux te mettre sur l'affaire, dit une voix bourrue sans aucune forme de salutation.

Mon patron, André Lefebvre, est un ténor du barreau, j'ai beaucoup de chance de faire partie de son cabinet. Il est intransigeant, mais c'est un mentor comme beaucoup en rêvent. Je lui serai à jamais reconnaissant d'avoir gardé ma place après le drame. Mon cœur rate un battement en repensant à cette période de ma vie. Je secoue la tête et inspire profondément.

– C'est tout comme ! À tout de suite.

Je raccroche et enfile rapidement mon costume. Noémie est assise sur le canapé, encore en pyjama, et la télécommande dans la main. J'avale quelques gorgées de mon café et grimace en sachant d'avance que ma journée va être mouvementée alors qu'elle, elle fera du shopping. Cela fait déjà deux mois qu'on se dispute à ce sujet. Je soupire et passe ma main dans mes cheveux. Ce n'est pas le moment qu'on se prenne la tête sur son manque de motivation. Je l'embrasse et mets mon manteau long.

– N'oublie pas, on se rejoint à la maison à dix-neuf heures, crie-t-elle alors que je suis à la porte.

J'acquiesce, referme la porte derrière moi et marche d'un pas rapide jusqu'au parking retrouver mon petit joujou. Ma voiture. Une Audi RS3 Sportback noire. Avec mon appartement, c'est la seule folie que j'ai faite. Elle est compacte, donc pratique pour la conduite à Paris, mais elle a aussi du caractère, ce qui est parfait quand je veux me défouler un peu sur circuit. Noémie me tanne pour que je change de voiture. Selon elle, il ne sert à rien d'avoir autant de puissance quand on habite en ville. Certes, mais ce n'est pas pour autant que je vais l'écouter.

***

– Bonjour, Elijah ! m'alpague Sarah, notre secrétaire.

– Bonjour, Sarah. Comment allez-vous ?

– Bien ! Merci. Monsieur Lefebvre m'a demandé de déposer un dossier sur votre bureau. Il est actuellement en rendez-vous, mais il viendra dès qu'il aura fini.

– Merci beaucoup. Pas de message ?

– Non, pour une fois vous êtes tranquille.

– Génial ! m'exclamé-je.

Je sais que cela ne va pas durer, alors autant en profiter avant qu'un client m'appelle pour un souci de dernière minute. Je laisse Sarah et entre dans mon bureau. On a la chance d'avoir notre cabinet dans un quartier plutôt huppé de Paris et, par conséquent, les locaux sont à la hauteur de ce qui se fait par ici. J'aurais pu choisir un autre cabinet ou encore un plus grand groupe, mais travailler avec Lefebvre est un honneur et sa réputation n'est plus à faire. Je retire mon manteau et avise la tonne de dossiers qu'il me reste à finaliser avant la fin de la semaine. Je me masse les tempes et m'assieds derrière mon bureau.

Le dossier déposé par Sarah est en haut de la pile. Je l'ouvre et fronce les sourcils en avançant dans ma lecture. Ce n'est pas dans les habitudes de Lefebvre de consentir à un audit pour l'acquisition d'un club de strip-tease. Et il souhaite me mettre sur l'affaire ? Je pense plutôt qu'il veut se décharger de toute la paperasse qu'il y aura à lire. La joie d'être un collaborateur junior ! Mais, si tout se passe bien, je pourrai dire au revoir à ce statut à la fin de l'année, du moins je l'espère.

Quand le patronyme de l'acquéreur fait tilt dans mon esprit, un sourire effleure mes lèvres. C'est un grand nom de la presse masculine. J'imagine que mon boss veut tout faire pour le garder comme client. Je relève la tête lorsque des coups sont frappés à ma porte. Lefebvre passe le seuil. Cet homme est toujours tiré à quatre épingles, je n'ai jamais vu une seule mèche de ses cheveux gris sortir du sentier battu qu'est son brushing. Il a beaucoup de prestance et d'allure. Lorsqu'il arrive dans une pièce, les gens sentent qu'ils ont affaire à un homme de pouvoir. Et il en joue, le salaud !

– Ha, je vois que tu as déjà pris connaissance du dossier. Le client aimerait te rencontrer demain soir.

– D'accord, je vais l'appeler pour convenir d'un rendez-vous.

– Parfait ! Je te laisse bosser.

N'ayant pas de rendez-vous de la journée, j'en profite pour finaliser mon dossier de la veille, puis j'appelle mon futur client et fixe un rendez-vous en fin de journée demain. Les heures défilent à une allure folle, c'est à peine si j'ai le temps de manger, et ce n'est qu'à l'instant où Noémie me téléphone que je me rends compte que je suis en retard.

Merde !

Je me passe la main dans les cheveux et envisage une seconde de ne pas répondre à son appel. Pire, de me défiler en disant que je suis retenu par un client. Lâche ? Tout à fait ! Pourtant, je décroche avant qu'elle tombe sur le répondeur.

– Putain ! Mais où es-tu ?

Je me pince l'arête du nez et inspire profondément.

– Je suis encore au boulot. Je te rejoins directement là-bas, de cette façon tes parents ne t'attendront pas.

– Mais…

– Ce sera plus simple, Noémie, la coupé-je. Tu es plus près de la galerie que moi.

– Ça m'oblige à payer un taxi, s'étrangle-t-elle.

Je me retiens de justesse de lui faire remarquer que ça serait la première fois qu'elle se paie quelque chose. Merde ! Est-ce vraiment ce qu'est devenue ma vie ? Passer des heures au travail et me faire invectiver par la personne avec qui je vis parce que je suis en retard alors que ça ne la dérange pas de se payer des vêtements et des bijoux hors de prix avec ma carte bleue ? J'adore mon boulot et y passer autant de temps ne me gêne pas, mais peut-être que c'est d'un autre pan de ma vie dont je devrais me préoccuper.

– Elijah ! Tu m'écoutes ?

Non.

– Oui, soupiré-je. Je suis désolé, Noémie, mais il y a deux solutions : tu prends un taxi ou tu prends le risque qu'on soit tous les deux en retard d'une heure et demie.

– Je vais appeler un taxi, râle-t-elle, mais dépêche-toi.

Je serre les dents et m'apprête à répondre lorsque je me rends compte qu'elle a raccroché. Je m'affale sur mon fauteuil, exténué. J'ouvre le premier tiroir de mon bureau et en sors un cadre photo. Je la regarde souvent quand je commence à douter de ma vie, et je me rappelle qu'eux ne peuvent plus profiter de la leur. Mes doigts passent sur les visages souriants de mes amis. C'était pendant nos dernières vacances, avant qu'on commence à bûcher comme des fous pour la ligne droite finale. On avait décidé de se payer un chalet dans les Vosges. La compétition avait déjà commencé entre Anthony et Thomas et logiquement ils se sont amusés à se lancer des défis alcoolisés, à draguer plus de femmes que l'autre. J'observais leur match le sourire aux lèvres – c'est vraiment comme ça que je voyais la chose, c'était à celui qui marquerait le plus de points jusqu'au sifflet final – et j'étais impatient de les voir s'agiter autant dans la vie active. Vincent a passé presque toute la semaine avec la même fille, rencontrée dans un bar. Il a toujours été plus sage que nous tous réunis. Anaïs et moi, nous en avons profité pour apprendre à skier. Aujourd'hui encore, entre le taux d'alcool de certains et la maladresse des autres, je me demande comment nous sommes rentrés sains et saufs chez nous. On a fait les pitres, on a bu, dansé, on a vécu comme on ne l'avait jamais fait auparavant. Ce fut les meilleures vacances de ma vie.

Les dernières.

J'inspire un grand coup pour refouler la vague d'émotion qui cherche à me noyer. Puis mon regard reste figé sur Anaïs. La photo a réussi à capturer ses yeux pétillants et ce sourire pour lequel chacun de nous se battait. Elle ne s'en rendait pas compte, mais elle était le ciment de notre groupe, le cœur. Et elle détenait le mien sans le savoir. Je n'ai plus jamais revu ce sourire sur son visage depuis l'accident. J'en viens à me demander à quand remonte la dernière fois que je lui ai parlé. Quels sont les derniers mots que je lui ai dits ? Sûrement des futilités. La culpabilité et ma lâcheté m'étreignent comme un linceul. Je pensais que le fait de nous éloigner l'un de l'autre nous aiderait à surmonter cette épreuve et à aller de l'avant. Au début, ce n'était pas intentionnel, j'étais accaparé par le boulot et mon installation définitive à Paris. Je mettais plus de temps à répondre et peut-être qu'inconsciemment je me suis dit que ça serait plus simple. Comme si ça pouvait balayer les derniers événements, balayer les sentiments que j'éprouvais pour elle. Ma gorge se noue et je ferme les yeux. Mais leurs visages restent gravés sur mes rétines. Les larmes s'amoncellent derrière mes paupières closes. Il y a trois ans, j'ai tourné la page sur tout ça, j'ai coupé les ponts avec tout le monde, à part mes parents. Mais j'ai l'impression de ne pas courir assez vite pour éviter que la tristesse me rattrape. Putain ! Je balance le cadre dans le tiroir et le referme violemment. Ce n'est pas ce dont j'ai envie ce soir. Depuis trois ans, je suis maître de mes émotions et j'ai besoin de le rester pour les prochaines heures.

***

J'arrive à l'inauguration de la galerie d'art avec *seulement* une heure et dix minutes de retard. J'ai au moins la chance de trouver de la place en face. Pourtant, je ne bouge pas de ma voiture. À travers la devanture, j'observe les groupes mondains se former et se défaire au rythme des conversations. Je cherche du regard Noémie et la trouve immédiatement dans sa robe bleu nuit qui épouse impeccablement ses formes. Elle est en pleine discussion avec deux personnes, que je suppose être ses parents. De là où je me tiens, ils ressemblent à la famille riche et parfaite.

Seulement leur fille est pourrie gâtée !

Peut-être, mais elle a d'autres qualités. Et elle rassemble tous les critères que je cherche chez une femme. Pratiquement tous. Alors pourquoi suis-je encore dans ma voiture ? Est-ce que je veux recommencer à enchaîner les conquêtes d'un soir ? J'ouvre ma portière et, après une grande inspiration, j'avance vers la galerie d'art. Je passe la sécurité en donnant mon nom et une femme en tailleur m'invite à poursuivre mon chemin.

Dès que j'entre, je suis happé par l'élégance qui se dégage du lieu. La lumière est légèrement tamisée et un groupe de musiciens joue dans un coin de la pièce. Les différents tableaux de deux artistes, apparemment en vogue, ornent les murs blancs. N'étant pas un grand fan de peinture, je ne saurais dire ce qu'ils ont voulu transmettre comme message à travers leurs toiles. Je passe en revue la foule et ne reconnais personne à part un ancien ministre de la Culture. J'attrape une coupe de champagne sur le plateau d'un serveur qui passe près de moi et continue mon chemin jusqu'à Noémie. Arrivée à côté d'elle, je glisse ma main autour de sa taille et embrasse sa joue. Elle m'adresse une œillade sombre avant de se retourner pour sourire aux deux personnes avec qui elle discute. Même si Noémie m'a souvent parlé de ses parents, je ne les voyais pas comme ça. Je sais qu'ils travaillent tous deux dans la finance. Et l'on s'aperçoit tout de suite que leurs airs hautains et sûrs d'eux ne sont pas une carapace. Mais peut-être que pour une fois, mon sixième sens est défaillant. Je l'espère.

– Maman, papa, je vous présente Elijah. Elijah, voici ma mère Catherine et mon père Georges.

Je fais la bise à sa mère. Son visage reste figé, il est presque impossible de lui donner son véritable âge, de savoir si elle sourit vraiment ou si c'est un rictus tant ses traits sont tirés. Sa robe noire et son collier de perles se fondent dans le décor. La poigne de son père est plus ferme que je ne m'y attendais. Il porte aussi un costume sombre et sa mine est sévère.

– Madame et monsieur Duval, je suis ravi de faire enfin votre connaissance.

– Depuis le temps que Noémie nous parle de vous, s'exclame Catherine. On veut tout savoir de vous.

Je fais mon numéro de charme à sa mère, mais son père reste de marbre.

– Pourquoi n'avez-vous pas choisi un plus grand cabinet d'avocats ? m'interrompt ce dernier, alors que je discute avec sa femme.

– Tout simplement parce que je n'en avais pas envie.

Trop cash ? Probablement. Je vois un nerf tressauter au niveau de sa mâchoire.

– Quel dommage de faire autant d'années d'études pour atterrir là !

– M. Lefebvre vaut une dizaine d'avocats à lui seul, reprends-je. C'est une chance pour moi de débuter à ses côtés, je n'allais pas rater une telle occasion.

Un silence de mort règne parmi notre groupe. Je ne lâche pas Georges du regard. Il ne devait pas s'attendre à ce que je le contredise. Je connais parfaitement ce genre d'homme, ce n'est pas l'argent qu'il a sur son compte qui va me faire baisser les yeux. Et s'il pense que je vais m'aplatir et me laisser faire tel un pantin, il ne sait pas à qui il a affaire.

– Je comprends, mais j'imaginais un homme avec un peu plus d'influence pour ma fille.

– Papa ! s'exclame Noémie.

– Je dis ce que je pense, ma puce.

Je serre les poings et retiens la réplique cinglante que j'ai sur le bout des lèvres.

– Avec tout le respect que je vous dois, je suis persuadé que votre fille est assez grande pour prendre ses propres décisions.

– Et l'on voit où ça l'a menée !

– Vous…

– Elijah, ça suffit. On rentre, me coupe Noémie.

Je la dévisage, me demandant si elle est sérieuse. Elle pense vraiment que je vais me laisser traiter de cette façon. Elle serre ses parents dans ses bras, puis fait volte-face pour quitter la galerie. Je n'arrive pas à y croire !

– Madame Duval, ce fut un réel plaisir de vous rencontrer, dis-je en lui faisant la bise.

J'adresse un simple hochement de tête à Georges. Je pars d'un pas tranquille vers la sortie. Noémie m'attend dehors près de la voiture, emmitouflée dans sa veste.

– Comment as-tu pu lui parler sur ce ton ?

Je ferme les yeux et compte jusqu'à dix. Self-control. Femme presque idéale. Pourquoi je me fais chier à vouloir vivre la vie idéale ?

– Noémie, tu montes dans la voiture ou tu prends un taxi, mais je ne vais pas me disputer avec toi en pleine rue, répliqué-je d'un ton calme.

Je n'attends pas sa décision, j'actionne l'ouverture des portes avec ma clé et fais le tour pour m'installer derrière le volant. À l'instant où je démarre, la portière côté passager s'ouvre et Noémie s'engouffre dans l'habitacle. On ne se dit pas un seul mot durant le trajet.

Est-ce vraiment ça qu'est devenue ma vie ?

3

Elijah

Je lance mes clés sur le buffet et jette mon manteau sur une chaise. Je marche d'un pas rageur jusqu'à la cuisine pour me servir un verre. Putain ! Est-ce que je vais pouvoir supporter cette mascarade encore longtemps ?

– Tu ne peux pas parler de la sorte à mon père, Elijah.

– Et pourquoi ? Tu crois que je vais le laisser me marcher dessus ? grogné-je en me retournant vers elle.

Elle commence à faire descendre lentement la fermeture de sa robe, puis laisse tomber cette dernière à ses pieds. Je m'appuie contre l'évier, tandis que mes yeux détaillent sa lingerie de la même couleur sombre que sa robe. Noémie sait jouer de ses atouts. Elle fait un pas de côté pour ne pas se prendre les pieds dans le tissu.

– Tout simplement parce que c'est mon père, me répond-elle en avançant vers moi.

– Ne joue pas à ça avec moi, Noémie ! Le fait qu'il soit ton paternel n'excuse en rien son attitude.

– Il ne veut que le meilleur pour moi.

– Et moi, je suis quoi ? Un bouche-trou en attendant qu'il te trouve un mec qu'il peut contrôler ou bien un vieux plein aux as ?

– Mais non, je t'aime, Elijah, minaude-t-elle.

Je me fige avant de secouer la tête, elle ne pense pas ce qu'elle dit.

– Ne dis pas n'importe quoi, Noémie. Tu n'aimes personne d'autre que toi !

J'avale cul sec le liquide ambré, et plus violemment que je ne le voulais, je dépose le verre sur le comptoir. Le bruit sec la fait sursauter et un rictus sardonique fleurit sur mes lèvres. Elle me rejoint et se colle à moi. Il n'y a pas le moindre frisson qui parcourt mon corps. Pas même une petite étincelle et c'est pour cette raison que je la laisse croire qu'elle peut me manipuler. Mes sentiments sont sous clés depuis trois ans. Aucune chance de souffrir. Noémie sait que notre liaison n'est pas basée sur les sentiments, seulement sur le désir. Je ne lui ai jamais dit ces fameux trois mots et je ne compte pas le faire un jour. Elle se frotte contre moi.

– Je sais à quoi tu joues et ça ne fonctionne pas.

Elle se place devant moi et pose sa main parfaitement manucurée sur mon torse.

– Ça fait longtemps que tu ne m'as pas touchée, ronronne-t-elle.

Ses doigts descendent et s'arrêtent sur la boucle de ma ceinture. Je la retiens par le poignet et la repousse.

– Noémie, je ne suis pas d'humeur.

– Tu ne l'es jamais ! s'exclame-t-elle.

– Je le suis quand on ne me traite pas comme un moins-que-rien et que la femme qui partage ma vie me soutient ! Ce qui n'était pas le cas ce soir.

Le masque de sensualité qu'elle arborait se fissure pour laisser place à son vrai visage. Celui que je connais le mieux. Celui que je vois de plus en plus souvent ces derniers temps. L'amertume fige ses traits, ses lèvres sont pincées.

– Mon père est un homme de pouvoir ! Je ne peux pas me permettre de le contrarier.

– Mais avec moi, tu peux faire ce qui te chante, c'est ça ? Quitte à m'utiliser comme paillasson ? Je ne suis que ton compte en banque, Noémie, répliqué-je, acerbe. Ne pense même pas une seconde que je suis dupe, tu sais parfaitement à quoi tu t'engages si tu essaies de me contrôler.

Je la dépasse sans attendre de réponse de sa part. Je commence à déboutonner ma chemise quand elle me barre le chemin, telle une furie. Ses yeux lancent des éclairs.

– Tu te crois meilleur que moi ? Tu ne peux pas me quitter, tu as besoin de moi !

Je comble la distance qui nous sépare et la plaque durement contre le mur. Sa respiration se fait irrégulière et elle s'humecte les lèvres. J'insère un genou entre ses jambes et rapproche mon corps du sien. Mon souffle balaie son cou et je vois sa peau se couvrir de chair de poule. Mon nez parcourt une zone sensible derrière son oreille et elle se met à respirer plus fort.

– Si, et c'est justement ce que je vais faire, murmuré-je.

Je la relâche et retire ma chemise et mon pantalon. J'entre dans la chambre et enfile un bas de survêtement, un tee-shirt noir et un pull gris à capuche.

– Où vas-tu ?

– Je sors.

– Je suis désolée, s'affole Noémie. Je ne voulais pas te parler de cette façon. Je discuterai avec mon père. On peut tout arranger, balbutie-t-elle.

Je la dépasse et mets mes chaussures. Désespérée, elle se poste contre la porte et écarte les bras pour m'empêcher de passer. Je hausse un sourcil.

– Elijah, je t'aime vraiment. Je sais que tu n'as pas les mêmes sentiments pour moi, mais peut-être qu'avec le temps, tu y arriveras.

Son ton sincère me fait reculer d'un pas. La panique prend

possession de mon corps. Je secoue la tête et serre les dents. Non, c'est impossible, elle ne peut pas m'aimer, car moi je ne pourrai jamais l'aimer. Je suis incapable d'éprouver ce sentiment. Je le lui ai bien fait comprendre avant qu'elle emménage chez moi. Et ça avait l'air de lui convenir à ce moment-là.

– Pousse-toi, Noémie, lui ordonné-je.

Elle me jette un regard blessé, mais se décale tout de même. Je prends mes clés.

– Ne m'attends pas.

Il n'y a qu'un endroit où j'ai envie d'être. Mon jardin secret. Plus mes pensées se font insidieuses, plus mes pas s'accélèrent. La sueur coule le long de mon dos et de mes tempes. Je me mets à courir jusqu'à l'immeuble qui abrite le lieu où je n'ai emmené personne jusqu'à présent. Noémie n'est pas au courant de son existence.

Mes pieds battent le bitume pendant une heure avant que j'arrive à destination. Je monte deux à deux les marches qui me mènent jusqu'à l'appartement au dernier étage. Le bruit de mes pas sur le béton ciré résonne. Les baies vitrées m'offrent une vue sans vis-à-vis sur les toits des immeubles aux alentours. J'ôte mon pull que je jette au sol. Le loft est pratiquement nu. À part le matelas tout au fond, une douche italienne, il n'y a aucun meuble. Tout ce qui trône au milieu de cet espace vide est un sac de frappe. Je retire mes baskets et inspire profondément.

Putain ! Noémie m'a pris totalement au dépourvu. Je ne m'attendais pas du tout à ce qu'elle m'annonce qu'elle a de réels sentiments à mon égard. Mais est-elle sincère ou tente-t-elle de me manipuler une nouvelle fois ?

Je retire mon tee-shirt par le col, j'attrape les gants qui se trouvent en dessous du sac et je glisse mes mains à l'intérieur. Je me mets en position. À chaque nouvelle question qui me taraude, j'entends le sifflement de l'air avant que mes poings entrent en contact avec le cuir. Je me suis enfermé dans cette vie avec Noémie dans le seul but de ne pas avoir à me soucier de sentiments, quels qu'ils soient. Est-ce qu'avoir une relation sans amour est trop demandé ? J'ai l'impression que je demande l'impossible. Depuis l'accident, je suis incapable d'éprouver de forts sentiments envers une personne sans penser à ce que je ressentirais si je la perdais. Je ne veux plus m'attacher. Je sais parfaitement que c'est malsain, mais c'est comme si mon cœur s'était replié sur lui-même. Une carapace en acier le recouvre. Je ne suis plus du tout le même. Je ne me lie plus à personne et c'est une chose qui ne risque pas de changer.

Je frappe le sac jusqu'à épuisement. À l'aide de mes dents, je retire un premier gant pour délivrer une main et détache le second. Je les balance au sol et lève les yeux au plafond.

Cet accident a tué trois de mes meilleurs amis, j'ai perdu celle dont j'étais fou amoureux par lâcheté et il a détruit la personne que j'étais avant. Je me plonge dans le travail, je n'ai pas d'amis, que des connaissances, et je suis incapable d'aimer. Peut-être que Noémie est tout ce que je mérite ?

Je décide de ne pas rentrer chez moi et de rester ici. Je programme le réveil sur mon téléphone et fais fi des appels manqués de Noémie et de ses messages. Je m'effondre sur le matelas en me disant que demain j'y verrai plus clair…

***

Ce n'est pas le cas. Je me réveille l'esprit dans le brouillard. Je ne sais toujours pas quelle décision prendre.

Le soleil se lève à peine lorsque je m'arrête devant la porte de mon immeuble, incertain de ce que je vais trouver en rentrant.

En bon lâche que je suis, j'aimerais que pour une fois elle soit partie en cours. Je tire sur mes cheveux et lève la tête jusqu'à mon étage. La lumière illumine le salon. Merde ! Je soupire et insère la clé dans la porte d'entrée. Quand je passe le seuil de l'appart, Noémie m'attend vêtue d'un peignoir en soie noué lâchement au niveau de sa taille. J'aperçois la lingerie qui couvre à peine ses formes en dessous. Ses cheveux de feu sont relevés en un chignon qui se veut sexy, la peau de ses jambes brille sous les lumières du salon. Apparemment, elle a changé de tactique, adieu la femme froide ! Je soupire et me passe la main dans les cheveux.

– Bonjour, mon chéri, ronronne-t-elle en s'approchant de moi.

Je la contourne puis me dirige vers la cuisine pour mettre en marche la cafetière.

– Je n'ai pas le temps pour tes petits jeux, Noémie. Tu devrais te préparer pour aller en cours, pour une fois.

Ses hanches se balancent outrageusement quand elle revient à la charge. Sa main se pose sur mon torse et descend lentement jusqu'à mon entrejambe. Je hausse les sourcils. Impassible, ma queue reste sans réaction. Noémie est agacée, je le vois à sa mine renfrognée et à sa mâchoire serrée.

– Tu cherches quelque chose ? lui demandé-je, toujours sans faire le moindre mouvement.

– Mais qu'est-ce qui t'arrive, Elijah ? Qu'est-ce que tu veux de moi ?

– Je te retourne la question, Noémie ! On avait un contrat, il était simple et tu viens d'y mettre un coup de canif.

– Je ne peux pas contrôler mes sentiments pour toi, mais ça ne changera rien à ce que l'on vit et à notre accord. Je t'en supplie, ne mets pas un terme à ce que l'on a.

Je me détourne et remplis ma tasse de café. Je sens sa frustration, sa colère, sa peine me foudroyer le dos.

– Est-ce que tu te crois réellement capable de taire tes sentiments ? l'interrogé-je en me retournant, sceptique. Réussiras-tu à te contrôler la prochaine fois que tu voudras me souffler ces trois mots insignifiants ? Est-ce que tu pourras être indifférente si j'annule un dîner au dernier moment ? Est-ce que tu seras capable de faire semblant de ne pas m'aimer, Noémie ?

Dans ses yeux, je vois l'hésitation. Je souris d'un air mauvais et glacial. Bien avant qu'elle emménage chez moi, je lui ai bien fait comprendre que les sentiments n'avaient pas leur place dans notre vie. C'était une relation de convenance. Elle gagnait un homme auprès de qui elle pouvait se pavaner et moi une relation sur le long terme sans sentiment amoureux. Elle était d'accord, mais son cœur a faibli. Ce qui n'est pas le cas du mien, je ne laisserai personne avoir la mainmise sur cet organe.

– Je peux le faire, dit-elle en se redressant.

Je la jauge du regard, incertain.

Est-ce que je ne devrais pas mettre un point final à cette relation ?

J'avale une gorgée de café et plisse les yeux. Noémie se tient à quelques centimètres de moi, presque nue, pourtant je ne la touche pas.

– Dis-moi ce que je peux faire, Elijah !

Je penche la tête sur le côté et réfléchis. Malheureusement, je ne trouve aucune option. Je soupire et finis mon café. Je pose la tasse dans l'évier et, une fois de plus, évite tout contact avec Noémie quand je me dirige vers la salle de bains. J'entends ses pas derrière moi, mais je ne me retourne pas. J'enlève mon tee-shirt et le lance dans le panier à linge. J'ouvre l'eau froide avant de finir de me déshabiller. Noémie est toujours là, dans mon dos, guettant le moindre de mes mouvements. Je ne m'en préoccupe pas, je retire mon boxer et me mets sous le pommeau de douche. Je ferme les yeux et offre mon visage au jet glacé. Je frissonne et prends une profonde inspiration avant d'ouvrir l'eau chaude. J'entends le froissement d'un vêtement qui tombe sur le sol, puis je sens les mains de Noémie sur mon corps. Je lève les paupières et la trouve à genoux devant moi. Le regard suppliant.

– Tu veux vraiment le faire ? Alors, vas-y.

Elle ne perd pas de temps pour agir. Ses mains se posent sur mes hanches puis sur mon sexe. Je la provoque, la rejette, pourtant elle accourt. Je sais que ce que je fais est mal, mais ce sentiment de pouvoir, de contrôle, m'enivre et suffit à dresser ma queue. Je la laisse faire, sans lui rendre la faveur. Je me savonne et sors de la douche en l'abandonnant pantelante sous le pommeau. Est-ce que j'ai toujours été comme ça ? Un connard sans scrupules ? Le temps où j'étais le gentil Elijah me semble tellement lointain. Je m'habille rapidement et je suis en train de nouer ma cravate lorsqu'elle sort de la salle de bains, le corps enroulé dans une serviette.

– Réfléchis bien, Noémie. Si ça se finit, je n'aurai aucun mal à te remplacer. Je ne t'aime pas et cela n'est pas près de changer. Comment ça se passera si je romps avec toi ? Dans quel état te retrouveras-tu ?

Je quitte mon appartement sur ces questions.

***

Je salue Sarah quand j'arrive au cabinet. J'ai une tonne de messages et de dossiers à voir, ce qui me permettra de penser à autre chose qu'à Noémie. Les heures défilent à une allure folle, Sarah me connaissant bien m'apporte un sandwich avant de partir à son tour manger. Je me replonge immédiatement dans ma lecture. Je ne me plains pas, c'est une chance pour moi d'être ici et peut-être bien la seule chose dans ma vie qui vaut la peine que je me lève.

J'apprends que mon client, le futur acquéreur de la boîte de strip-tease, n'est pas disponible à l'horaire convenu et me propose de le rejoindre directement sur les lieux ce soir. Il a rendez-vous avec le directeur actuel. Pourquoi pas ? Je finis de boucler un dossier sur un délit d'initié et m'étire. Mes yeux tombent sur la fenêtre, le soleil s'est couché depuis longtemps, le reste du bureau est silencieux. Du moins, c'est ce que je pensais jusqu'au moment où quelqu'un frappe à ma porte.

– Oui ?

André Lefebvre passe le seuil, la mine inquiète.

– Comment ça se fait que tu sois encore là ?

– Je pourrais vous poser la même question. Habituellement, je suis le dernier parti.

– Seulement parce que j'apporte du boulot à la maison. Tu as eu le temps de voir M. Delaunay ?

– Non, je le rencontre directement au club qu'il veut acquérir. Vous n'avez pas peur que je foire tout avec un aussi gros client ?

– Je devrais ? me demande-t-il, un sourcil levé.

Je secoue la tête, le sourire aux lèvres.

– Je ne vous décevrai pas.

– J'espère bien ! N'oublie pas de fermer en partant.

J'acquiesce d'un signe de tête, puis me renfonce dans mon siège quand il quitte la pièce. Mon regard balaie mon bureau. Mon bordel organisé. Des heures de travail inachevé. Je me lève et éteins la lampe de bureau. J'ai encore un peu de temps devant moi, alors je décide de m'arrêter à un *drive* avant d'arriver au club. Je stationne non loin du point de rendez-vous. Mes yeux dérivent sur les piétons et sur les femmes qui rentrent dans l'établissement. Elles sont superbes, l'endroit doit être très fréquenté !

Je regarde ma montre. 21 h 55. Je sors de ma voiture et m'avance près de l'entrée. Je repère mon client qui arrive à ce moment-là.

Il est de la même taille que moi, c'est-à-dire plutôt grand, blond, et il doit avoisiner la cinquantaine. Son costume et son caban d'une marque de luxe révèlent son statut social. Je m'avance vers lui et lui tends ma main.

– Monsieur Delaunay, c'est un plaisir de faire votre connaissance !

– André m'a beaucoup parlé de vous. Je suis pressé de voir ce que vaut le poulain de Lefebvre.

– Vous ne serez pas déçu, monsieur.

Il hoche la tête et me devance pour entrer dans la boîte. La lumière est tamisée et diffuse un rose discret sur la salle. La décoration est chic, des tables entourées de fauteuils noirs sont disséminées un peu partout dans la vaste pièce. D'autres sièges sont placés autour de la scène en U. Deux filles sont déjà en train de danser et les clients commencent à affluer.

On se dirige vers le bar. Delaunay commande deux whiskys. Je le laisse faire, même s'il y a peu de chances que je finisse mon verre. Il donne son nom et demande à la barmaid où il peut trouver le directeur. Elle l'informe qu'il peut se rendre jusqu'au bureau en passant par le couloir. On se lève de nos tabourets, verres à la main, et une fois ledit couloir traversé, Delaunay toque à une porte.

– Entrez, lance une voix féminine.

Delaunay se décale pour me laisser passer. Je détaille la pièce à la décoration très masculine. Sur l'un des murs, il y a une peinture d'une femme nue, dans une posture grotesque. Sur l'autre, le poster d'une pin-up est accroché. Un canapé en cuir d'un autre âge occupe un angle de la pièce. Au milieu de tout ça se trouve un bureau en noyer qui croule sous des tas de dossiers. Puis mon regard tombe sur la femme qui nous a invités à entrer. Je vois d'abord ses longues jambes galbées coincées dans un tailleur sombre, puis ses courbes envoûtantes. Mais je me tétanise lorsque je rencontre ses yeux gris. Putain ! Je déglutis et inspire profondément. Son regard se fait interrogateur, mais le reste de son visage est impassible.

– Messieurs, asseyez-vous, je vous prie, dit-elle en nous désignant le canapé.

Je reste un instant sans bouger, incapable de commander à mes pieds d'avancer. Delaunay fronce les sourcils en me regardant. Je me secoue et m'assieds à ses côtés. J'avale cul sec le liquide ambré. Mes yeux n'arrivent pas à se détacher d'elle. Mon Dieu, ce qu'elle a changé. Je n'arrive pas à croire que le destin soit un tel enfoiré, qu'il nous ait remis sur le même chemin. Anaïs Bailly est face à moi, plus belle que jamais. Et mon cœur en prend un coup. Merde ! J'enferme les souvenirs qui veulent remonter à la surface et me concentre sur la réunion. Du moins, c'est ce que je tente de faire. Je n'arrive pas à me défaire de l'impression que mon univers est sur le point de partir en vrille, une nouvelle fois. Et mon cœur avec…

4

Anaïs

Elijah Legrand. Je cligne des paupières, surprise de le voir. Une bouffée de joie me fait monter les larmes aux yeux. Puis j'éprouve un profond ressentiment. Toutes les années passées me reviennent comme un boomerang en pleine poire. Je prends une discrète inspiration et arbore un visage impassible. Je ne m'attendais pas à le retrouver ici accompagné du probable futur acquéreur du Lady Midnight.

Quand j'ai poussé la porte de cet établissement, ce n'est pas ce que j'avais en tête. À vrai dire, je n'avais la tête à rien à ce moment-là. Je voulais juste trouver un moyen de m'en sortir. N'importe quoi, pourvu que je sorte de ce gouffre dans lequel je m'étais plongée. La came, la rue, la prostitution. En une année, mon corps et mon âme se sont délités. Lorsque j'ai passé le seuil du club, je ne pouvais pas être au plus bas, à moins d'être six pieds sous terre. Ce qui avait bien failli arriver. C'est ce qui m'a menée à pousser la porte de cette boîte. Le désespoir. Le dernier sentiment qui pouvait encore me faire fléchir.

Les points de suture fraîchement posés sur ma blessure, je suis entrée et je suis tombée sur Henri Fournier. Il a tout de suite vu qu'il ne pourrait rien tirer de moi. J'étais maigre, sale. Sans vie.

C'est une chance si je n'avais pas encore perdu mes dents à cause de la drogue. Lorsqu'il m'a dit qu'il ne cherchait pas de danseuse, j'ai fondu en larmes. J'en avais toujours en stock, alors que je pensais que ma réserve lacrymale était à sec depuis l'enterrement de Vincent. Puis Henri m'a proposé de m'héberger. Il approchait la soixantaine et avait l'allure d'un mafieux. Il était plus grand que moi de dix bons centimètres et une calvitie commençait clairement à voir le jour. Malgré son air candide, j'ai fui cet endroit aussi vite que mes jambes me le permettaient. Je connaissais ce genre de proposition, je m'étais fait avoir une fois, je ne comptais pas retomber dans le piège. On était en plein hiver, et lorsque je suis sortie du club, mes larmes ont gelé quasi immédiatement sur mes joues. J'ai marché sans but, seulement pour ne pas mourir de froid. Le ventre vide, j'ai erré dans le quartier. De rue en rue. De pavé en pavé. Mes pieds me faisaient mal. Je tremblais, pas seulement à cause de la baisse de température, mais aussi parce que le manque commençait à se faire sentir. J'étais affaiblie. J'étais gelée, je ne sentais pratiquement plus mes mains. J'étais à deux doigts de m'effondrer, tête la première contre le bitume. Tous les commerces étaient fermés depuis longtemps, seule l'obscurité de la nuit m'accompagnait. Je savais que tôt ou tard la mort viendrait me chercher, et pour la première fois, j'ai souhaité que ce soit ce soir-là. J'ai lâché prise, comme un an plus tôt sur le rebord de cette fenêtre. J'ai renoncé en même temps que ma tête touchait le sol.

Le destin étant ce qu'il est, après avoir tourné en rond, je suis revenue devant le Lady Midnight. C'est Henri qui m'a retrouvée. J'ai passé quelques jours de plus à l'hôpital, sans aucune envie de continuer à me perdre de cette façon. Je ne vivais plus au jour le jour. J'errais simplement sur les fils du temps, attendant qu'un événement les rompe et qu'il me fasse chuter pour de bon cette fois. Si je n'étais pas à deux doigts de couper moi-même ces foutus fils, je crois que je n'aurais jamais accepté de suivre Henri.

Le raclement de gorge de Delaunay me fait revenir au présent. Je ne suis pas du genre à me laisser perturber et ce n'est pas la présence d'Elijah qui va changer ça. Je croise les jambes et prends un air détendu. Je fais mine de ne pas le connaître.

– Messieurs, souhaitez-vous un autre verre ?

Ils secouent tous les deux la tête.

– Permettez-moi de vous présenter maître Legrand, avocat pénal des affaires chez maître Lefebvre.

Mes yeux se posent sur Elijah. Il n'a pas vraiment changé depuis ces dernières années. Le seul changement visible, c'est son regard. Il n'y a plus la lueur que je voyais auparavant. Son visage est peut-être plus anguleux. Mon cerveau est bien trop chamboulé pour que je puisse réfléchir à ce que je ressens en étant face à lui. Trois ans après. La femme douce que j'étais avant a laissé place à une femme dure qui n'espère plus rien de la vie. Une femme qu'il ne connaît pas. Et je ne suis pas certaine qu'il ait envie de la découvrir. Je soupire intérieurement et me concentre enfin sur Delaunay.

– Monsieur Delaunay, je ne m'attendais pas à ce que vous fixiez un rendez-vous si vite.

L'éclair de surprise qui traverse les pupilles d'Elijah ne m'échappe pas. Je crois même apercevoir de la déception.

– Pourtant, vous savez à quel point je tiens à acheter ce club, madame Fournier.

Je vois Elijah tiquer quand il comprend que je ne m'appelle plus Bailly.

– Je ne le sais que trop bien, monsieur Delaunay. Mais vous savez aussi bien que moi que ce ne sera pas facile.

– Uniquement parce que vous retardez l'affaire.

Il a raison. Seulement, ce n'est pas à moi qu'il a eu affaire en premier, mais à Henri avant qu'il change d'avis. Cet enfoiré m'a laissé son bébé sur les bras sans me prévenir.

– Je sais que vous êtes un homme pressé.

– Vous me connaissez si bien, Anaïs.

– Pas autant que vous le voudriez.

Il s'esclaffe et me fait un clin d'œil. Je secoue la tête et risque un regard vers Elijah. Il suit notre échange, silencieux, intrigué, impatient. Je n'arrive pas à occulter sa présence, et ça commence à m'agacer.

– Revenons-en à ce qui vous amène, monsieur Delaunay. Pourquoi vendrais-je ce club à vous, plutôt qu'à un autre ?

– Vous voulez à tout prix vous en débarrasser.

Je hausse un sourcil, étonnée que cette information ait filtré.

– Mais encore ? Si vous êtes venu avec votre avocat, c'est que vous avez quelque chose en tête. Je me trompe ?

– J'osais espérer que vous aviez déjà signé les papiers. Dans le cas contraire, je tenais à vous faire une offre.

– Je vous pensais plus adroit que ça, Delaunay. Je n'ai pas encore étudié toutes les éventualités.

– Et quelles sont-elles ? me demande-t-il en se penchant en avant.

Je lui adresse un sourire narquois et ne réponds pas à sa question. Je n'en ai parlé à personne jusqu'à présent et je ne tiens pas à être influencée. Je préfère changer de sujet. Pendant le reste de la conversation, Delaunay tente de me faire céder. Je retiens de justesse un éclat de rire lorsque au moment de mettre fin au rendez-vous, il essaie une nouvelle fois d'acheter le club.

– Vous savez qu'avec moi, le Lady Midnight sera entre de bonnes mains. Vous ne pouvez pas trouver de meilleur acquéreur !

– Attention, vous devenez présomptueux, Delaunay.

– Absolument pas ! Acceptez de dîner avec moi, réplique-t-il d'un ton suave.

Je ne sais pas pourquoi à ce moment je jette un coup d'œil à

Elijah. Je le vois serrer les poings et fusiller du regard Delaunay. Lorsque nos yeux se croisent, les siens se sont assombris, signe d'un orage à venir. Je déglutis péniblement, c'est la première fois que je vois cette facette de lui. Il a l'air… dangereux. Prêt à frapper. Il détourne le regard en premier. Je reporte mon attention sur Delaunay.

– Vous savez que c'est impossible.

Pour le lui faire comprendre, je lui montre la bague que je porte. Il secoue la tête, dépité.

– Je ne saisis toujours pas comment il a fait pour que vous ayez dit oui.

À vrai dire, moi non plus, mais il n'a pas besoin de le savoir. Mon mariage n'est pas le sujet que j'apprécie le plus.

– Monsieur Delaunay, n'hésitez pas à profiter du spectacle, dis-je en lui désignant d'un geste le reste du club.

Il me serre la main et m'adresse un clin d'œil. Je me tourne vers Elijah. Un court moment gênant s'installe, il finit par me faire un signe de tête et suit Delaunay dans le couloir. Je ferme la porte après leur départ et appuie mon front dessus. Un frisson parcourt mon corps et je serre les dents pour ne pas laisser un flot d'émotions m'envahir. Je prends de courtes inspirations et baisse les yeux sur les vêtements que j'ai enfilés. Le tailleur est une idée de mon cher mari, sinon je ne serais jamais sortie comme ça. Je soupire et me décolle du battant. Mon regard se pose sur le bureau et toute la paperasse qu'Henri m'a laissée. Enfoiré ! J'ouvre la porte à la volée et tombe sur Elijah, qui s'apprêtait à frapper.

Sa veste sur le bras, il plonge ses mains dans les poches de son pantalon de costume ; sa chemise moule son torse musclé. Il me détaille du regard, puis ses yeux se rivent sur mon alliance. Quand il relève la tête, son visage est indéchiffrable. Je serre les dents pour juguler le flot de larmes à deux doigts de me submerger. Il serait si tentant de me laisser aller, de me reposer sur lui comme je le faisais auparavant, mais c'est une chose impossible maintenant. Ma gorge se noue à ce rappel de ce que j'ai perdu, je détourne le regard et inspire profondément.

– Salut, dit-il enfin.

« Salut » ? Voilà tout ce qu'il trouve à me dire après ce silence radio de plusieurs années. J'ai eu l'impression que mon âme s'est brisée pour de bon quand il n'a plus répondu à mes appels ni à mes messages. Les battements de mon cœur, déjà faibles après l'accident, ont cessé. Je me suis repliée sur moi-même, mes parents ont essayé de me faire sortir de ma coquille, mais ça ne faisait qu'empirer mon état. Je voulais disparaître de la surface de la terre, sans avoir le courage de passer directement à l'acte. Je me laissais mourir à petit feu. L'autodestruction. C'était ma solution, le chemin que j'empruntais et que je ne voulais plus quitter.

– Anaïs ?

Je secoue la tête et reviens dans le présent. Je m'efface pour lui permettre d'entrer et m'avance vers la table me servir un verre de whisky tandis qu'il pose sa veste sur une chaise.

– Tu veux quelque chose ?

– Non, merci.

J'avale une gorgée et noie mon regard dans le liquide ambré. On n'a jamais été aussi mal à l'aise qu'en ce moment. Je ne sais pas quoi lui dire, je n'ai qu'une envie : tourner les talons et le fuir le plus vite possible.

– Comment tu vas ? me demande-t-il.

Je réprime de justesse un rire amer. Je ne saurais même pas répondre sans avoir l'air pathétique. Je me contente de hausser les épaules et me déplace jusqu'à la fenêtre qui donne sur l'arrière du bâtiment. Il n'y a rien, hormis une minuscule cour qu'Henri a aménagée pour que les employés puissent fumer pendant leur temps de pause. Il y a deux chaises blanches, une petite table ronde sur laquelle repose un cendrier déjà rempli à ras bord. Je finis d'une traite mon verre et accueille avec joie la brûlure qu'occasionne l'alcool.

– Je vais bien, et toi ? Comment ça se passe avec Lefebvre ?

– Ça va, j'ai beaucoup de boulot, comme je l'imaginais.

J'opine de la tête sans me retourner. Je sais quelle sera sa prochaine question, je le sens à la tension qui règne dans la pièce et je n'ai vraiment pas envie d'en discuter. Surtout pas avec lui. Il se racle la gorge avant de reprendre la parole.

– Alors, tu es mariée ?

– Oui, dis-je laconiquement.

– Et ? En général, la plupart des gens donnent des détails quand on leur pose cette question.

– Je ne suis pas la plupart des gens, répliqué-je les dents serrées.

J'entends ses pas sur le parquet usé se rapprocher de moi. Il s'appuie de l'autre côté de la fenêtre et me fait face.

– Tu n'as jamais été comme les autres, murmure-t-il.

Cette fois, je ne me retiens pas et éclate d'un rire sans joie. Si seulement il savait à quel point je n'ai rien de spécial. Comme tout le monde, tôt ou tard, mes échecs finissent par me faire chuter encore et encore. Comme tout le monde, il m'arrive de ne pas vouloir me relever. Je soupire et pose la question qui me brûle la langue depuis toutes ces années.

– Est-ce que tu m'en veux ?

Il fronce les sourcils et penche la tête sur le côté. Une mèche de ses cheveux lui tombe sur le front et je me surprends à vouloir la remettre en place.

– Pourquoi est-ce que je t'en voudrais ?

Je secoue la tête.

– Laisse tomber.

– Non, explique-moi, grogne-t-il.

Je sens sa chaleur traverser mes vêtements et enflammer ma peau. Je me décale et croise les bras contre ma poitrine.

– Je pense que tu devrais partir.

– Ça fait trois ans que l'on ne s'est pas vus et c'est tout ce que tu as à me dire ?

Je lui tourne le dos et ferme les yeux.

– Ce n'est pas moi qui ai choisi de couper les ponts, rétorqué-je.

– Ce n'est pas ce que j'ai fait !

Je ne lui réponds pas. Je préfère garder le silence et en finir avec cette conversation. Mais Elijah en décide autrement. Il m'attrape le bras, me retourne et me coince contre le bureau. Ses bras se posent de part et d'autre de ma taille. Il se penche et nos bustes se frôlent. Si bien que je n'ai pas d'autre choix que de lever la tête. J'arrive tout juste à apercevoir ses yeux sous ses cils abaissés. Ce n'est pas la première fois que l'on est aussi proches l'un de l'autre, mais ce soir c'est différent. Peut-être que ces dernières années y sont pour quelque chose. Peut-être parce que l'on a emprunté des voies opposées. Il a réussi à réaliser son rêve, il est dans un cabinet réputé. De mon côté, je ne rêve plus.

– Ce n'est pas ce que je voulais, reprend-il.

– De mon point de vue, c'est ce qui s'est produit, mais ça n'a plus d'importance. On a chacun nos vies à présent, on n'a plus rien en commun, c'est inutile de ressasser le passé. On n'est plus amis, on n'est plus rien l'un pour l'autre.

Ses poings se serrent et un muscle tressaute au niveau de sa mâchoire.

– On n'a plus rien en commun, hein ? Tu m'as rayé de ta vie, c'est ça ?

Son regard assombri parcourt mon corps, puis la pièce. Une grimace de dégoût se dessine sur son visage.

– Je suppose que tu as raison, tu n'es plus celle que j'ai connue, riposte-t-il d'un ton aigre.

Même s'il ne fait que confirmer ce que j'ai dit, ça n'empêche pas le poignard de traverser ma chair et de se planter dans ma poitrine.

– Va te faire foutre, Elijah ! m'exclamé-je en le repoussant de mes deux mains.

Il bouge à peine.

– Je n'ai pas le droit de profiter du show sur scène ? De voir à quoi tu as consacré ces dernières années ? À moins que tu préfères me faire une danse en privé ? Je ne suis pas certain que ton mari voie ça d'un bon œil, il pourrait avoir une mauvaise opinion de toi ensuite. Quoique, elle ne serait peut-être pas si éloignée de la réalité que ça.

Ma main atterrit sur sa joue dans un bruit sec. Je le repousse encore de toutes mes forces, c'est à peine s'il bouge.

– De quel droit oses-tu porter un jugement sur moi ? Tu ne connais pas celle que je suis aujourd'hui !

Il recule d'un pas et secoue la tête. Il se pince l'arête du nez et baisse les yeux sur le sol.

– Putain ! rugit-il.

Il s'éloigne encore et attrape un verre. Je sursaute lorsqu'il le balance contre le mur. Il me tourne le dos et pose ses mains sur sa nuque. Ses épaules sont tendues, tout comme le reste de son corps. La porte du bureau s'ouvre à la volée.

– Anaïs, tout va bien ? me demande une voix féminine.

Je fais volte-face et aperçois Alice qui se tient sur le seuil de la porte. C'est une belle blonde, aux formes avantageuses sans que ce soit excessif, des yeux bleu indigo qu'on ne peut pas rater. Son visage poupin met tout de suite en confiance. Elle est serveuse dans le club depuis cinq ans et on s'est rapidement liées d'amitié toutes les deux. Peu de gens du personnel voient d'un bon œil le fait que la gérance de la boîte me revienne. Alice m'est d'un grand soutien, même si elle n'est pas d'accord avec mes choix.

Ses pupilles vont d'Elijah à moi.

– Ne t'inquiète pas, M. Legrand comptait s'en aller de toute façon.

Elle plisse les yeux, mais elle finit par hocher la tête et s'en va, sans refermer la porte. Intérieurement, je souris parce que ça signifie qu'elle continue sa surveillance, au cas où j'aurais besoin d'aide. Elijah prend une profonde inspiration et me fait face à nouveau. Une lueur de regret passe dans ses yeux avant qu'ils deviennent insondables.

– Je suis désolé. Tu as raison, je ne te connais pas. Mais tu n'es pas la seule qui a changé.

Il récupère sa veste et quitte la pièce sans un regard en arrière. Je relâche mon souffle que je retenais et m'appuie contre le mur quand je sens mes jambes faiblir. Je croise les bras et laisse mes cheveux dresser un mur entre le reste du monde et moi. J'ai besoin de réparer la fissure qu'a engendrée ma rencontre avec Elijah. Et je ne connais qu'un moyen pour ça. J'attrape mes clés et ferme mon bureau. J'avance jusqu'à Alice.

– Ma belle, je te laisse fermer ce soir !

Son regard m'interroge, mais je secoue la tête.

– D'accord. Ça marche toujours pour demain midi ?

– Ouais.

Après un signe de la main, je quitte le club en n'accordant aucune attention aux filles sur le podium. Mes mains tremblent, je resserre mon emprise autour de mes clés. J'ai besoin de ma dose d'oxygène.

5

Anaïs

Je marche d'un pas rapide jusqu'à ma voiture et balance ma veste sur le siège passager. Je démarre et prends la direction de mon lieu de prédilection. J'ai découvert cet endroit par le biais d'Henri et, aujourd'hui encore, je me demande comment il savait que ça me plairait. Surtout avec mon passé plus que chaotique. C'est à une heure de Paris, mais je fais le trajet plusieurs fois par semaine, presque tous les jours. C'est devenu une nécessité de m'y rendre, comme un exutoire.

Je me gare sur le parking, totalement désert et plongé dans le noir. Je prends quelques instants pour faire le vide dans mon esprit et sors de la voiture. Je me dirige vers le portail sécurisé et entre la combinaison sur le Digicode. Je pousse la porte latérale tandis qu'un chien court dans ma direction. Je mets un genou au sol et réceptionne tant bien que mal Cahn, un berger belge malinois. Je flatte son pelage couleur cannelle. Sa muselière l'empêche de me lécher comme il le souhaite et ça m'arrange. Son maître arrive quelques secondes plus tard. Je me redresse alors que Fred, l'agent de sécurité, m'adresse un sourire éclatant. Proche de la retraite, il a un petit air de Kevin Costner – chose que je n'aurais jamais dû lui avouer, depuis il ne cesse de prendre un accent américain ridicule. Les cheveux grisonnants, des yeux bleus, des pattes-d'oie et un sourire enjôleur qui le rend attendrissant.

– Salut, ma puce, s'exclame-t-il en m'enlaçant, je ne t'attendais pas ce soir.

– Ce n'était pas prévu.

– Comment vas-tu ?

– Merveilleusement bien !

– Bon ! Alors dis-moi ce que tu fais ici. Tu sais que personne n'est là pour te permettre d'aller sur le circuit à cette heure.

– Je sais, j'avais juste besoin de venir penser à autre chose.

– Tu veux en parler ?

Je secoue la tête.

– D'accord. Je te laisse y aller, je continue ma ronde.

Fred me prend dans ses bras puis s'en va. D'habitude, lorsque je viens ici, je vais directement enfiler ma combinaison et m'installer derrière le volant de ma Porsche 911 GT3 RS, mais il est bien trop tard pour ça et je n'ai prévenu personne de mon arrivée. Je marche vers les gradins et monte jusqu'au dernier rang. Je pose mes avant-bras sur mes genoux et ferme les yeux.

Quand Henri m'a emmenée sur le circuit, j'ai cru qu'il se moquait de moi. J'avais eu la mauvaise idée de me confier à lui, un soir où j'avais forcé sur le whisky à défaut d'autre chose. J'étais affalée sur le canapé dans son bureau et je me lamentais sur ma vie, le karma, le destin ou les foutus projets de Dieu. Je lui racontais comment, avant que ma vie parte à vau-l'eau, j'étais férue de vitesse et d'automobiles. Puis je m'étais assoupie, la bouteille encore dans la main. Ça faisait déjà quelques mois que je dansais au Lady Midnight et que je squattais une chambre de son appartement au-dessus du club, il a donc demandé à un des vigiles de me porter jusque là-bas. Je me suis réveillée avec un mal de tête d'enfer et un Henri qui m'invectivait pour que je bouge mes fesses et que j'arrête de foutre ma vie en l'air. Je l'ai envoyé se faire mettre. Nos rapports étaient conflictuels. D'un côté, je ne comprenais pas pourquoi il se donnait autant de mal sans attendre de contrepartie, de l'autre j'avais peur de le faire entrer dans ma vie pour le perdre ensuite. Il a laissé quelques jours passer avant de me traîner pratiquement de force jusqu'au circuit. Il m'a présentée à une équipe et m'a confié que ça serait la mienne. Je l'ai regardé avec des yeux ronds, puis j'ai éclaté de rire en lui demandant où se trouvait la caméra cachée. Il m'a répondu que la vie était courte et que j'étais mieux placée que quiconque pour le savoir. J'ai observé les personnes qui nous entouraient, ahurie, angoissée, mais aussi excitée. Je crois que c'est à partir de ce jour que j'ai recommencé à vivre. Je ne lui ai jamais demandé comment il avait réussi à convaincre ces hommes de travailler avec une débutante, mais c'est le plus beau cadeau qu'il m'a fait. Ça, et les deux véhicules que je conduis. Et le club. Mais celui-ci, je ne suis pas totalement sûre que ce soit un cadeau. J'hésite encore avec une mauvaise blague.

J'ouvre les yeux et j'imagine ma voiture négocier le virage, frôler le mur avant de redescendre mordre légèrement le vibreur peint en rouge et blanc. Puis accélérer et enchaîner sur la chicane. Le sang bouillonne dans mes veines à l'idée de recommencer. Encore et encore. Il n'y a rien de meilleur pour moi que cette sensation qui enivre mes sens, me coupe la respiration et fait couler la sueur le long de ma colonne vertébrale. J'étouffe dans mon casque, mais je m'en moque, je ne vis que pour ces millièmes de seconde où j'envoie la mort se faire foutre. Pour ce moment où aucune pensée ne parasite mon esprit et pendant lequel l'adrénaline court dans mes veines. Un psy dirait probablement que j'ai trouvé une autre drogue, peut-être aussi dangereuse que celle que je prenais, et je ne pourrais pas lui donner tort. Mais c'est une addiction qui m'aide à ne pas replonger dans un abysse n'attendant que ma chute pour m'engloutir.

Ce soir, Elijah m'a poussée à la limite de ce que je peux supporter, en seulement quelques minutes. Il a fait remonter à la surface tous les souvenirs que j'ai voulu à tout prix oublier. Sa seule présence fissure ma carapace, la bulle dans laquelle j'essaie de rester. Je n'arrive pas à croire qu'il m'ait parlé de cette façon. Il ne pouvait pas plus me blesser qu'avec ces mots. L'admiration que je ressentais pour sa sagesse, sa force réconfortante d'autrefois s'est transformée en une rancœur sans limites. Je sais que je vais sûrement le revoir et j'appréhende.

Je soupire et bascule la tête en arrière. Ce n'est pas le moment de craquer. Dans une semaine aura lieu le Trophée Tourisme Endurance, et je dois être en forme et dans le bon état d'esprit pour affronter les épreuves qui m'attendent. Au grand dam de celui qu'on appelle mon mari. Dire qu'il n'est pas d'accord avec ma passion est un euphémisme. Il y a beaucoup de choses sur lesquelles je lui laisse le contrôle, bien trop. Seulement, je n'ai pas le choix. Je me rends compte que le circuit est ma bouffée d'air frais, mon espace de liberté. Quand je suis au volant, je ne dois penser à rien à part au fait que c'est moi qui suis au contrôle et aucune autre personne.

Je reste assise dans la même position pendant près d'une heure, assez pour que mon corps se relâche à la limite entre le bien-être et l'endormissement. Je me redresse, m'étire et descends les marches. Je salue Fred de loin et monte dans ma voiture. Aussi bizarre que ça puisse paraître, j'ai eu plus de mal à reprendre le volant pour des trajets personnels que sur circuit. Je me sentais agressée par les autres automobilistes, ce qui était parfois le cas. Mais j'étais incapable de ne pas redouter un accident dès que je démarrais. Des flashs de ce soir funeste surgissaient à tout moment, il m'a fallu des mois et une psychothérapie pour que je puisse entrer dans ma voiture sans trembler. Et le circuit était une sorte de thérapie par le mal.

Je soupire et prends la direction de mon appartement. Notre appartement. Je prie pour qu'*il* ne soit pas à la maison.

Plus je m'approche de l'immeuble, plus je ralentis. Je suis même tentée de retourner au Lady Midnight pour grappiller quelques heures de moins en sa compagnie. C'est dire à quel point j'aime mon mari. *Mon mari*. Je pouffe en silence. Il n'en porte le titre que sur le papier, pour moi il n'est rien à part une corde qui m'enchaîne à cette existence. Je grimace à l'idée du temps qu'il me reste à vivre à ses côtés. Beaucoup trop à mon goût. Je prends une profonde inspiration et pénètre dans le garage attenant à l'immeuble. Je ne sors pas tout de suite de la voiture, je me prépare à écouter la litanie de ses reproches sur le fait que je rentre toujours à des heures indues. Je lâche un grognement et je me résigne à sortir de l'habitacle. Je ne suis pas une lâche, je ne vais pas me terrer ad vitam aeternam dans le garage en espérant qu'il s'endorme avant que j'ouvre la porte de l'appartement. Je sais que c'est une chose impossible, il ne se couche jamais tant que je ne suis pas là. On pourrait prendre ça pour une forme d'attention, comme une preuve de ses sentiments pour moi. Mais il n'en est rien.

Je choisis d'utiliser les escaliers au lieu de l'ascenseur, ça me permet d'évacuer un peu la tension qui m'habite. J'aurais bien besoin d'un tour de circuit pour me détendre totalement. Malheureusement, ça devra attendre dimanche.

Légèrement essoufflée, j'arrive devant la porte de notre appartement, au huitième étage. Au moment où je l'ouvre, la douce mélodie d'un morceau de musique classique parvient à mes oreilles. J'accroche ma veste à un cintre et la range dans le placard du vestibule. Je retire mes escarpins et me dirige vers le salon. Le parquet grince un peu sous mes pas et signale mon arrivée dans la pièce. La hauteur sous plafond est ce qui me plaît le plus ici. D'ailleurs, c'est la seule chose, avec la vue sur les toits de Paris. Je n'ai pas choisi les meubles ni la décoration de ce que je suis censée appeler mon chez-moi. Tout l'honneur en revenait à mon cher et tendre.

– Enfin te voilà, s'exclame une voix rude.

Je serre les dents et tourne la tête vers l'homme confortablement installé dans un fauteuil. Jules Fournier. Un autre cadeau d'Henri. Une chevelure parfaitement disciplinée, des yeux bleus saisissants, un nez fin et des lèvres pour lesquelles beaucoup de femmes seraient prêtes à se damner. Beaucoup, sauf moi, car je sais quel venin elles sont capables de laisser s'échapper.

– Comme tu le vois, je n'ai pas quitté le foyer conjugal – et ce n'est pourtant pas l'envie qui m'en manque, ajouté-je in petto.

Il ne répond rien et se contente de me dévisager. Il lâche un soupir et se lève pour me rejoindre. Je croise les bras contre ma poitrine et lui rends son regard noir.

– Pourquoi fais-tu tout ce que tu peux pour qu'on se dispute ?

Je hausse les sourcils, incrédule.

– Dis-moi ce que j'ai fait ce soir pour provoquer une dispute !

– As-tu vu l'heure qu'il est ?

– Tu as vu où je travaille. Faut-il que je te rappelle les horaires ?

– Tu n'étais pas au club, déclare-t-il calmement.

– Bien sûr que si !

– Ne me mens pas, Anaïs.

Je plisse les yeux et tourne les talons. Quel enfoiré ! Soit il me fait suivre, soit il y a des employés du club qui le renseignent. Putain ! C'est bien ma veine. Il ne manquait plus que ça pour qu'il connaisse mes moindres faits et gestes. J'entends ses pas derrière moi, mais je décide de l'ignorer.

– Où étais-tu ?

Cette question élimine la filature. Il ne reste plus que les taupes, ce qui ne m'arrange pas tant que ça.

– Où penses-tu que j'étais ? Dans le lit d'un autre ?

Il m'attrape violemment le bras et me fait faire volte-face.

– Ne joue pas à ça avec moi, tonne-t-il avec un air sombre.

– Je ne m'y risquerais pas, je sais très bien de quoi tu es capable, Jules, répliqué-je d'un ton amer.

C'est à son tour de serrer les dents, sa poigne autour de mon bras se fait plus douloureuse. Mais je ne baisse pas les yeux. Je ne lui ferai pas ce plaisir. Je ne l'ai jamais fait et ce n'est pas aujourd'hui que je vais commencer. Je m'en tiens à mon plan et, dans quelques semaines, je serai très loin de tout ça. Il finit par me lâcher et réajuste les boutons de manchette de sa chemise.

– C'est bien que tu n'aies pas oublié. Un second séjour à l'hôpital serait regrettable. C'est tellement de paperasse, soupire-t-il.

Je pince les lèvres et réprime mon envie de le battre à mort. Le nombre de fois où j'ai voulu le tuer sans passer à l'acte est affolant. Pourquoi suis-je encore là ? Pourquoi n'ai-je pas porté plainte ? La réponse est simple : l'argent. Jules est un politicien plein aux as, mais pas seulement. Quand bien même j'arriverais à fuir, si je n'ai pas d'argent, je n'irai pas bien loin. Et il m'a déjà retrouvée, rien ne l'empêche de le faire une seconde fois.

Au début, je voyais la vie en rose. Je l'ai rencontré un soir au club, c'est Henri qui nous a présentés. Dès cet instant, Jules n'a pas arrêté de me draguer, je me demandais ce qu'il trouvait à une femme à peine capable de s'occuper d'elle-même. Pourquoi un homme riche et puissant s'intéresserait-il à une strip-teaseuse ? Pour moi, c'était inconcevable, mais je me suis laissé séduire, et au bout d'un an et demi de relation, on s'est mariés. Enfin j'avais droit à ma part de bonheur, mais j'ai vite compris que Jules dissimulait bien son jeu. Derrière son masque de gendre idéal se cache en réalité un homme sans-cœur, qui n'aime pas être contredit et qui doit contrôler absolument tous mes faits et gestes. Je n'ai découvert cette facette de lui que quelques semaines après notre mariage. La dernière fois où il a levé la main sur moi, j'étais tellement mal en point qu'il a été obligé de m'emmener à l'hôpital, sans quoi ça aurait été suspect. Et sa présence était une menace à elle seule, mais il a tenu à ajouter qu'il n'hésiterait pas à s'occuper de mes parents si l'envie de parler me venait.

Il a cru que ça suffirait à me faire peur. J'ai connu la facette la plus dure du monde, et ses menaces, au lieu de m'intimider, n'ont fait que renforcer ma détermination. Il ne le sait pas encore, mais tôt ou tard, je compte le lui faire payer. Je réprime un sourire à cette pensée. En attendant, je fais chambre à part et joue à la parfaite vie de couple en dehors. À l'appartement, c'est tout autre chose. Je ne peux pas devenir la femme modèle qu'il aimerait tant que je sois. Ce serait me rabaisser et ça ne me ressemble pas. Je n'ai pas vécu toutes ces épreuves pour qu'un connard de service dirige ma vie. Je ne veux pas devenir une femme repliée sur elle-même parce que son mari est à peine la moitié d'un homme. Je ne retiens jamais mes mots, comme à l'instant.

– Est-ce que tu as quelque chose à ajouter avant que j'aille me coucher ? lui demandé-je, un sourcil levé.

Normalement, on ne titille pas un homme violent de nature, mais Jules n'est pas bête. Son agressivité n'est pas que physique, elle peut prendre une forme plus vicieuse. C'est pour cette raison que je me méfie bien plus de ses paroles que de ses mains.

Un muscle tressaute au niveau de sa mâchoire, signe que la colère n'est pas loin d'éclater.

– Écoute, que dirais-tu qu'on parte en vacances quelque temps ? Ça pourrait nous faire du bien. Dans un mois, j'ai un créneau parfait pour plusieurs jours de détente.

Des vacances avec lui ? C'est au-dessus de mes forces.

– Je vais y réfléchir.

Je le laisse en plan dans le salon et m'enferme dans la chambre d'amis. Bien sûr, s'il pète un plomb, ce n'est pas cette simple porte qui l'arrêtera, mais ça me permettra d'appeler la police pour signaler le crime qui sera commis. Le moyen de garder une preuve.

Je soupire et m'assieds sur le lit recouvert d'une couette luxueuse. Ma vie n'est pas celle que j'avais imaginée. Je n'aurais jamais pensé que je perdrais quatre parties de mon cœur d'un coup, ni que je connaîtrais les pires visages de l'Homme. Jamais je ne me serais imaginée mariée à un homme violent. Mais j'ai franchi chaque obstacle que le sort mettait sur mon chemin, Jules ne sera pas l'exception.

6

Elijah

Quel con ! Putain ! J'ai agi comme un enfoiré avec elle. Je tire sur ma tignasse déjà hirsute et me gare sur une place quelconque bien avant d'arriver chez moi. Ça fait plusieurs heures que je conduis sans but, mais mes mains tremblent toujours et les battements de mon cœur sont trop rapides. Mes doigts blanchissent quand je serre violemment le volant. Je finis par le relâcher et pose mon crâne contre l'appui-tête.

– Tu as foiré, mec, murmuré-je.

Après toutes ces années, je n'arrive pas à croire que je l'ai traitée de cette façon. De la même manière dont je me comporte avec Noémie parfois. Peut-être que c'est préférable. Peut-être que la tenir éloignée de moi est ce qu'il y a de mieux pour elle. Elle a raison quand elle dit que j'ai coupé les ponts. Que ça soit inconsciemment ou volontairement, c'est ce que j'ai fait. Je l'ai laissée gérer sa douleur pour m'occuper de la mienne en occultant tout de cette vie. Je voulais oublier son regard anéanti qui me rappelait chaque fois, chaque seconde, que je ne pourrais plus jamais charrier mes amis ni les appeler à n'importe quel moment pour qu'on se fasse un match de foot en salle ou pour aller boire une bière. Je voulais oublier que ceux qui m'ont soutenu quand je flanchais n'étaient plus là. Je voulais oublier cette soirée où j'étais prêt à lui avouer mes sentiments, à lui ouvrir mon cœur. Je voulais oublier que le gang des Indomptables était brisé à tout jamais. J'ai fui, je me suis conduit comme un égoïste. Je me suis mis des œillères et j'ai pris la tangente. Alors que j'aurais pu rester avec elle et l'aider à surmonter cette épreuve, j'ai fait preuve de lâcheté. Mais la photo que je garde dans le tiroir de mon bureau me prouve qu'il m'est impossible de les effacer de ma mémoire.

Je ne peux m'en prendre qu'à moi-même si trois ans sont passés sans qu'on n'ait aucun contact. À présent, je ne pourrais plus faire partie de sa vie, je ne suis plus le même. Je ne mérite pas d'être à ses côtés. Je ne mérite pas son pardon. Je soupire, toujours énervé contre moi-même. Je laisse la voiture garée ici, je préfère marcher jusqu'à mon immeuble. Il est près de trois heures du matin. Encore une fois, j'ai ignoré tous les appels et SMS de Noémie. Je sais qu'elle m'attend de pied ferme à l'appartement et je n'ai aucune envie d'avoir cette confrontation. Pourtant, je n'ai pas choisi de me rendre à mon loft pratiquement vide.

Je monte les marches et ouvre la porte. Comme je l'avais pressenti, Noémie est assise sur un tabouret, une tasse de café devant elle. Cette fois, elle n'a pas sorti le grand jeu, elle est vêtue d'un short en coton et d'un tee-shirt. Je dépose ma veste sur le dossier du canapé et penche la tête sur le côté tout en continuant à l'étudier. Elle n'est pas maquillée et ses cheveux sont attachés en une simple queue de cheval. Je me demande où est l'entourloupe. Elle lève les yeux de son mug et m'offre un sourire timide.

– Comme tu ne répondais pas, je me suis inquiétée et je n'arrivais pas à dormir.

C'est nouveau ça.

– J'étais avec un client, répliqué-je, la mâchoire serrée.

Elle secoue la tête et détourne le regard.

– Je sais que je t'ai fait peur en t'avouant ce que je ressentais, mais je peux t'assurer que ça ne change rien à notre arrangement. J'ai réfléchi à ce que tu m'as demandé, et oui, je peux supporter que tu n'éprouves pas la même chose. Je ne veux pas qu'on se sépare.

Je m'appuie contre le réfrigérateur et la dévisage. Je ne suis pas habitué à la voir douce, elle est du genre à prendre des initiatives, à gueuler quand ça ne va pas. Je suis déstabilisé et l'état de colère dans lequel je me trouve ne m'aide pas à réfléchir correctement.

– Pourquoi ? lui demandé-je.

Elle ancre son regard dans le mien, un pli au milieu du front.

– Pourquoi quoi ?

– Pourquoi tu restes ? Je ne comprends pas. Je ne t'aime pas, et pourtant, tu ne plies pas bagage.

– Ne me pose pas cette question si tu m'interdis de te donner la réponse, Elijah. Accorde-moi juste une chance de te prouver que tout peut redevenir comme avant.

Je me passe une main dans les cheveux et soupire. Je lui tourne le dos et attrape un verre et la bouteille de whisky dans un placard. Je me verse une bonne rasade et avale une gorgée. Je repose le verre sur le plan en quartz blanc et appuie mes mains de chaque côté. Mes épaules s'affaissent tandis que je ferme les yeux. C'est le regard blessé d'Anaïs que je vois derrière mes paupières closes. Ses yeux gris si expressifs, si douloureux à fixer.

Je sens la main de Noémie sillonner ma colonne vertébrale, mais je ne me retourne pas. Ses doigts habiles déboutonnent mon pantalon et baissent ma braguette. Je devrais l'arrêter avant que ça parte plus loin. Mais je ressens la brûlure de la gifle d'Anaïs sur ma joue comme si elle venait de me la donner. Je bascule la tête en arrière et laisse Noémie sortir ma queue de mon boxer.

– Je peux te faire du bien, Elijah, murmure-t-elle. Donne-nous une chance.

« Tu as raison, je ne te connais pas. Mais tu n'es pas la seule qui a changé. »

Je secoue la tête pour me sortir Anaïs du crâne. Je ne dois plus penser à elle, à ce que j'ai dit ou pas dit. Peut-être que Noémie est tout ce que je mérite dans la nouvelle vie que je me suis construite. Une vie sans amour, sans saveur. Tandis que cette pensée me traverse l'esprit, je me rappelle pourquoi je ne veux pas donner la moindre chance à l'amour. La tôle froissée, l'odeur de l'essence qui humidifie le béton, le hurlement d'Anaïs. Tous ces souvenirs ont laissé une empreinte, une trace, une noirceur indélébile sur mon âme. Et j'ai perdu celle qui faisait battre mon cœur.

Je retire les doigts de Noémie autour de ma hampe, elle hoquette lorsque je la soulève et la pose brusquement sur le plan de travail. Je lui agrippe le menton et l'oblige à me regarder.

– Il n'y aura jamais d'amour, jamais de promesses vaines. Juste du sexe et ma présence auprès de toi à des événements importants. Mes conditions n'ont pas changé et le fait que je vais te baiser ne les modifiera pas.

Une lueur de convoitise traverse ses pupilles avant qu'elle hoche la tête. Je capture ses lèvres pour un baiser féroce. Encore une fois, j'agis comme un égoïste. Je me sers de Noémie pour juguler ma colère. Ma prise autour de ses hanches se fait plus forte, elle gémit contre ma bouche. Je profite de sa présence pour m'empêcher de retourner près d'Anaïs afin de m'excuser. De toute manière, c'est impossible, je ne lui apporterais rien de bon.

Je soulève Noémie et la porte jusqu'à la chambre. Il faut que j'oublie cette soirée. Que j'oublie qui j'étais et qui je suis devenu. Un homme capable d'insulter sa meilleure amie, la femme dont il était fou amoureux. La seule femme qui a compté dans son existence. Un homme incapable de s'ouvrir à nouveau. Un homme dont ses amis, s'ils étaient encore de ce monde, auraient honte.

***

Cela fait deux jours que je me plonge dans mes dossiers sans quasiment prendre de pause. Même si elle tente de le cacher, je vois bien que Noémie est énervée, car je passe le week-end à travailler. Hier soir, elle a essayé de me convaincre de sortir, mais a finalement abandonné l'idée et elle est partie avec ses copines. Je n'ai aucune envie de bouger de mon bureau. Je n'ai aucune envie de la regarder se trémousser sur une piste de danse et boire plus que de raison. En réalité, j'ai simplement besoin que mon cerveau arrête de penser à Anaïs. Qu'il arrête de jouer sans cesse les scènes de notre entrevue, mais je ne peux l'en empêcher ! Je ne peux que subir encore et encore le flot d'images qui défilent dans mon esprit. J'abandonne le dossier sur lequel je travaille puisque cela fait dix minutes que je relis la même ligne. Je souffle et porte mon regard vers l'extérieur. On est dimanche et normalement je devrais être chez moi en train de lézarder sur le canapé, au lieu de quoi je suis sur mon lieu de travail parce que je n'ai pas trouvé de meilleure solution. Pathétique ! Je soupire et décide de rentrer chez moi avant de faire un footing.

***

Mes pieds frappent le bitume en rythme. Mon souffle est régulier. Mais mes pensées ne cessent de se tourner vers elle. Où est-elle ? Que fait-elle ? Avec qui ? En trois ans, je n'ose même pas imaginer à quel point sa vie a changé. Je la retrouve patronne d'un club de strip-tease et mariée. Complètement à l'opposé de ses projets avant le drame. Comment en est-elle arrivée là ?

Puis j'ai cette impression de la voir partout. D'apercevoir son regard chaque fois que des yeux gris croisent les miens. D'entendre son rire lorsque je passe devant la terrasse d'un café. Cette sensation tenace que le vent m'apporte son parfum, le même que j'ai senti il y a deux jours lorsque j'étais près d'elle. Mes pas ralentissent, je me rends compte que ce n'est pas elle et mon cœur se serre. Cet organe qui n'a plus fonctionné depuis si longtemps, ce traître s'est remis à se remplir de sentiments. Je deviens fou, je ne vois pas d'autre explication à ce phénomène.

Sans m'en rendre compte, mes pas m'emmènent jusqu'au loft. Je monte rapidement les escaliers et dépose mon téléphone et mes écouteurs au sol. Déjà en sueur à cause de la course, j'enfile mes gants. Je ne retiens pas mes coups, je n'y vais pas crescendo. Non, mon âme hurle le besoin de libérer son aura sombre. Mes os sont à la limite de vibrer quand mes poings cognent contre le sac.

« J'aime à croire qu'une partie des Indomptables rit encore. »

Cette phrase résonne dans mon esprit. J'ai l'impression que c'était hier que je répondais à sa question sur l'au-delà. Un cri de douleur, de fureur sort de ma gorge quand mon poing frappe.

« Va te faire foutre, Elijah ! »

Je tombe à genoux, les mains toujours engoncées dans mes gants. Ma respiration est erratique, mon tee-shirt est trempé. Une goutte de sueur coule le long de mon nez et atterrit sur le béton ciré. Mes pensées fusent dans tous les sens. Je ferme les yeux de toutes mes forces, comme si ça pouvait effacer les mots que j'ai prononcés. Putain ! Je m'affale sur le sol froid et attends que les battements de mon cœur se calment. Et un souvenir me frappe de plein fouet.

***

Le bar est plein à craquer, c'est à peine si l'on arrive à respirer là-dedans. Tous les étudiants sont de sortie pour fêter l'obtention de leur diplôme. Y compris notre bande. Je suis bien plus stressé que pendant tous mes examens. Je regarde celle pour qui je suis prêt à tout. Anaïs. Ses cheveux attachés en une queue de cheval haute, ses yeux gris envoûtants. Son sourire immense me met à genoux. Près d'elle, je me sens pousser des ailes et capable de donner le meilleur de moi. Ce soir, je vais enfin prendre mon courage à deux mains et lui dire ce que je ressens pour elle. Je n'arrive plus à taire mes sentiments. De toute manière, tout le monde le voit. Tout le monde, sauf elle. Vincent m'a dit que je devais me jeter à l'eau sous peine d'avoir des regrets. Alors, c'est ce que je vais faire dès qu'on sera seuls.

– Allez, les gars, on y va, s'impatiente Anaïs.

– Oh, encore une dernière, ronchonne Anthony.

– C'est déjà la troisième dernière, réplique-t-elle à la limite de taper des pieds.

Je vois bien qu'elle est exaspérée, fatiguée, et qu'elle aimerait plutôt qu'on finisse la soirée tranquillement dans un appartement d'un des mecs du groupe. J'enroule ses épaules de mon bras et la serre contre moi.

– Tu sais quoi, on les laisse finir celle-là et je t'aide, de force s'il le faut, à les emmener jusqu'à la voiture.

Elle se met sur la pointe des pieds et dépose un baiser sur ma joue.

– Merci ! murmure-t-elle à mon oreille.

Je lui offre un sourire éclatant et observe le gang des Indomptables fêter sa victoire comme il se doit. Celui qu'on appelle monsieur Muscle, c'est-à-dire Thomas, est en pleine conversation avec la barmaid. À en croire les sourires qu'elle lui offre, il repartira avec un numéro de téléphone. Anthony lève son verre à mon intention avant de le finir cul sec. Je me demande à combien il en est. Vincent, quant à lui, le plus sage de la bande, est à moitié affalé sur la table qu'on a réussi à avoir. Pour ma part, je me suis contenté de deux bières, tandis qu'Anaïs ne boit que de l'eau. On a tous éclaté de rire quand elle a perdu au jeu de la courte paille. Elle a râlé pendant dix minutes en criant au complot, avant de nous pousser vers sa voiture. Une belle Mercedes offerte par ses parents.

Ce soir, c'est seulement entre nous. Pas de conquête, personne n'abandonne le groupe. C'est notre moment et on a décidé d'en profiter à cinq. Ce qui veut dire que demain soir – parce que bien évidemment, on a décidé de remettre ça à peine on avait passé le seuil du bar – ce sera bien pire.

– Messieurs, il est temps d'y aller. Mademoiselle ici présente, dis-je en désignant Anaïs du doigt, est trop sobre pour supporter vos conneries.

Les mecs grognent, mais ils obtempèrent tout de même, difficilement, mais ils le font. J'attrape Thomas au passage et nous sortons. Une brise glaciale nous fouette le visage quand on met le pied sur le trottoir.

– Putain, je vous aime, les gars, s'exclame Anthony avant de claquer un baiser sonore sur les lèvres d'Anaïs.

Elle le repousse en riant. Ce dernier titube et se retient à un lampadaire.

– *I'm the king of the world.*

– Redescends sur terre, DiCaprio, m'écrié-je en secouant la tête. N'oublie pas que sur la planche, il n'y avait plus que Rose à la fin !

– Merde ! C'est parce que ce n'était pas la bonne, sinon elle ne m'aurait jamais laissé partir ! Putain, il y avait de la place pour deux sur cette foutue planche !

On éclate tous de rire tandis qu'il arbore un visage sérieux. On arrive déjà à la voiture. J'aide Vincent à s'installer côté passager, on préfère qu'il soit à l'avant si jamais l'envie de vomir le prend.

– Demain, tu trouveras ta Rose, le console Anaïs avant d'ajouter : elle te laissera faire ce que tu veux avant de te dire qu'il est temps que tu te sacrifies et que vous ne pouvez pas vivre ensemble.

– Tu ne veux pas être ma Rose ? demande Anthony avec espoir.

– Même pas en rêve, s'interpose Thomas, c'est la mienne.

Anaïs lève les yeux au ciel.

Aucune chance, les gars, elle est à moi.

– En route, tout le monde, les presse-t-elle, je suis crevée et demain on remet ça. J'ai hâte de voir les Indomptables prendre Paris d'assaut.

Anthony et Thomas lèvent le poing en signe d'assentiment, puis montent à bord. Je me contente de lui faire un clin d'œil et me hisse à l'intérieur également. Dès qu'elle aura déposé les autres, je lui proposerai de faire un tour pour lui parler.

***

C'est la sonnerie de mon téléphone qui me sort du dernier souvenir que j'ai de notre clan. Je fronce les sourcils en voyant le nom de mon patron s'afficher. C'est la première fois qu'il m'appelle un dimanche. J'enlève un gant et décroche.

– J'espère que tu ne travailles pas, me dit-il sans ambages.

– Je viens de faire une pause.

– Parfait ! Dans ce cas, est-ce que tu es libre ?

– Ça dépend pour quoi.

– Pour un moment de détente ! Delaunay nous invite à regarder des essais privés d'une écurie automobile.

Je réfléchis quelques secondes avant de donner mon accord. C'est mieux que de rester ici ou à l'appartement à broyer du noir.

– OK. En revanche, je ne suis pas encore chez moi.

– Pas de soucis, je viens te chercher dans deux heures.

Je raccroche et me relève. Je ramasse mes écouteurs et retourne chez moi me préparer. Je sens que cette journée va mieux se terminer qu'elle n'a commencé.

7

Elijah

J'ai à peine le temps de prendre une douche et d'enfiler un polo et un jean que Lefebvre m'annonce qu'il est arrivé. Je fais fi du bazar qu'a mis Noémie en mon absence et descends rapidement l'escalier.

Je siffle à la vue de son nouveau jouet. Une Jaguar F-Type coupé rouge.

– Je vois que le patron se fait plaisir ! m'exclamé-je.

– On n'a qu'une seule vie, fiston. Je ne vais pas être enterré avec tout mon argent, alors autant en profiter, non ?

J'opine de la tête et suis des doigts les lignes racées du capot.

– Allez, en route, je ne voudrais pas faire attendre Delaunay.

– En parlant de lui, pourquoi avoir accepté son dossier ? N'importe quel cabinet aurait pu gérer cet audit.

– Certes, mais je ne veux pas laisser à un autre cabinet la possibilité de récupérer Delaunay. C'est un client en or et j'aimerais beaucoup le compter parmi ceux que l'on a déjà.

C'est bien ce que je pensais. Le fait qu'il me confie cette affaire m'honore et ajoute une pression supplémentaire à mon quotidien. Je ne dois pas le décevoir, même si ça signifie que je verrai Anaïs bien plus souvent que je ne le souhaiterais. Je minimiserai autant que possible nos échanges, c'est aussi simple que ça. Je ne peux pas débouler dans sa vie et exiger des réponses comme je l'ai fait il y a deux jours. Ce serait cavalier de ma part et j'ai déjà assez agi comme un abruti pour une décennie. Même si l'envie d'en savoir plus me titille et que les questions me tourmentent, je ne pense pas qu'elle souhaite à nouveau s'entretenir en privé avec moi. Mon cœur se met à battre plus vite à l'idée de la revoir alors que mon cerveau l'exhorte au calme.

***

– Messieurs, j'espère que vous aimez les sports mécaniques, nous accueille Delaunay. Ces pilotes sont exceptionnels, je regrette qu'ils ne courent qu'en amateurs.

– Vous ne nous auriez pas invités si ça ne valait pas le coup d'œil, répond Lefebvre, enthousiaste.

Quant à moi, je suis dans l'attente de voir ces fameux pilotes en action. On entre dans le paddock où tout le staff technique est sur des charbons ardents et c'est le changement de pilote au volant. Tous les deux sont de dos et ont leurs casques. Alors que l'un est plutôt grand et mastoc, l'autre est plus petit, avec des courbes généreuses, féminines. Une femme ? Je fronce les sourcils, mais je n'ai pas le temps de me poser des questions que déjà le pilote s'installe derrière le volant.

– Venez, on monte. On ne dérangera personne de cette façon.

Nous suivons Delaunay qui a l'air de connaître le circuit comme sa poche. Je décroche de la discussion qui se déroule entre Lefebvre et Delaunay pour emmagasiner le plus possible de choses. Je suis déjà allé sur un circuit, mais seulement en tant que conducteur du dimanche. Ce qui se passe aujourd'hui est d'un autre niveau, bien plus dangereux que ce à quoi je m'adonne habituellement.

On arrive finalement dans un grand espace où sont disposées des tables et des chaises dans un coin. Les baies vitrées sont situées juste au-dessus de la ligne de départ, et un écran permet de suivre le véhicule sur le reste du parcours.

Une porte donne un accès à l'extérieur pour profiter du spectacle du franchissement de la ligne. Je frissonne lorsque je vois le véhicule passer. Le son me vrille un instant les tympans. Putain ! C'est énorme. Je sors de mon état contemplatif lorsque j'entends mon prénom dans la discussion. Je me retourne et aperçois Delaunay qui a un sourire amusé sur les lèvres.

– Désolé.

– Ce n'est pas grave, fiston, me rassure mon patron. On disait simplement que tu feras un travail parfait pour le Lady Midnight.

– Bien sûr, approuvé-je d'un signe de tête.

– Mais nous ne sommes pas là pour parler boulot, déclare Delaunay. Plutôt pour profiter du spectacle que les coureurs nous offrent.

Il se dirige vers un réfrigérateur et nous donne une bière. J'avale une gorgée et me concentre sur l'écran. La voiture prend de la vitesse dans la ligne droite et décélère à peine à l'arrivée du virage. J'en viens à retenir mon souffle que je relâche lorsque le pilote freine enfin. Il négocie parfaitement le lacet avant de remettre les gaz.

– Allez, montre-moi ce dont tu es capable, murmure Delaunay.

Comme si le pilote l'avait entendu, il se met à prendre de plus en plus de risques. Ses freinages sont tardifs, j'ai l'impression qu'il les effectue à l'extrême limite du temps qui lui est imparti, de sorte que son chrono n'est pas pénalisé. Un juste équilibre. Entre vitesse et danger. Ivresse et fébrilité. Le suivre des yeux met mes nerfs à vif. Mon Dieu ! Qui aurait pu imaginer que je serais dans un tel état de tension ? Je retiens ma respiration, serre les poings et les dents à l'approche d'un virage ou d'une chicane. Je ne suis pas un professionnel, mais ce pilote a du talent et d'énormes couilles. Sa conduite le prouve. Il effectue plusieurs tours dans le même genre avant de faire une pause et de passer le volant à son partenaire.

– Redescendons, je tiens à lui dire bonjour avant qu'elle reprenne le volant.

Elle ? J'avais donc raison, c'est bien une femme. Je ne suis pas plus étonné que si ç'avait été un homme. Mais, qui qu'elle soit, elle surpasse bien des hommes. Je n'ose imaginer ce que ça donne avec des concurrents. Je finis ma bière et jette la bouteille à la poubelle avant de suivre les autres. C'est toujours l'effervescence parmi les mécaniciens et les autres membres de l'écurie. Le pilote me tourne le dos, en pleine conversation avec un homme.

– Ma championne, s'exclame Delaunay.

La femme se retourne et je crois bien que mon cerveau a un court-jus. Le destin serait-il à ce point farceur pour me remettre sur sa route ? Anaïs, pilote ? C'est impossible. Elle ne peut pas prendre autant de risques, surtout après notre accident. Je revois l'épave de sa Mercedes. Je revois son visage ensanglanté. Putain !

Un sourire franc illumine son visage lorsqu'elle aperçoit Delaunay.

– Je savais bien qu'il était impossible que vous ne veniez pas jeter un coup d'œil.

– Je suis un sponsor qui veille au grain, répond-il en haussant les épaules.

Elle secoue la tête, puis son regard tombe sur moi. Son visage se referme et elle a un mouvement de recul.

– J'ai amené des visiteurs, j'espère que ça ne vous dérange pas.

– Pas du tout, répond-elle, même si son corps donne une autre réponse.

– Vous connaissez déjà maître Legrand, laissez-moi vous présenter maître Lefebvre, son patron.

Anaïs tend sa main à Lefebvre et m'adresse seulement un signe de tête. Je détaille sa combinaison noire qui à la fois moule parfaitement son corps et me rappelle les dangers qu'elle encourt. Un frisson me parcourt et un froid glacial s'installe entre nous. Je sais que nos vies ont pris des chemins différents, mais de là à ce qu'elle fasse de la course automobile ? Je ne comprends pas. Je dois avoir une moue désapprobatrice, car elle plisse les paupières et me jette un regard noir. Je sais que si l'on n'était que deux, elle m'étriperait sur-le-champ. Et pour le coup, je regrette de ne pas pouvoir lui dire le fond de ma pensée. Savoir qu'elle fait ça délibérément est incompréhensible pour moi. Oui, je fais aussi un peu de circuit, mais avec ma voiture personnelle et à des vitesses moindres que celles dont elle s'approche. Je ne prends pas de risques, je m'amuse simplement. Je revois quelques-uns des risques qu'elle a pris sur le circuit et la colère commence à me submerger.

Elle finit par se détourner, croise les bras et s'adresse à Lefebvre et à Delaunay.

– Messieurs, je suis désolée de vous abandonner, mais je vais me désaltérer avant de reprendre le volant.

– Pas de problème. Pourquoi ne dîneriez-vous pas avec nous ?

Anaïs me jette un coup d'œil et s'apprête à secouer la tête, mais Delaunay insiste.

– Je ne partirai pas tant que vous n'accepterez pas.

Elle lève les yeux au ciel, mais accepte d'un signe de tête.

– Vous avez gagné. Seulement, n'essayez pas de me faire d'autres propositions pour le club.

Il lève les mains en l'air en arborant un visage innocent.

– Je me tiendrai, j'inviterai Mathieu pendant que vous serez au volant.

– Qui est Mathieu ? demande Lefebvre.

– L'autre pilote, répond Anaïs. Je dois vraiment y aller.

Elle passe près de moi et je sens toute la tension qui l'anime. J'attends quelques instants avant de la suivre. Je dois avoir une discussion avec elle. Merde ! Au diable, le strictement professionnel !

Je la vois se faufiler dans les toilettes, j'y entre juste avant que la porte se referme. Anaïs se tient devant un miroir, les mains appuyées de part et d'autre du lavabo. Son corps légèrement penché en avant m'offre une vue de ses courbes que je n'aurais pas dû remarquer. Je secoue la tête et ancre mon regard dans le sien. Ma mâchoire se serre et mes paupières se plissent. Je suis en colère, confus. Ses yeux me foudroient à travers le miroir. Elle retire son oreillette et me fait face.

– Qu'est-ce que tu veux ?

– Discuter.

– Comme tu l'as fait il y a deux jours ? Je m'en passerais très bien, alors sors d'ici !

– Explique-moi juste comment tu peux faire ça après l'accident !

Elle attrape son casque, et l'espace d'un instant, j'ai l'impression qu'elle va me le lancer à la figure. Je vois à la façon dont ses doigts se crispent autour qu'elle se retient de le faire. Ses iris gris se sont assombris, devenant presque de couleur onyx.

– Je veux juste comprendre, ajouté-je d'une voix tendue.

– Que veux-tu comprendre ? Comment je fais pour encore oser prendre le volant alors que c'était moi qui conduisais ce soir-là ? Pourquoi je ne me terre pas chez moi ? Je n'ai aucune explication à te donner, réplique-t-elle entre ses dents serrées. Tu as perdu ce droit il y a longtemps. Je mène ma vie comme je l'entends, et aux dernières nouvelles, tu n'en fais plus partie.

Frustré, les nerfs à vif, je me passe une main dans les cheveux et m'adosse à la porte.

– Je suis désolé.

– Pour quoi ? me demande-t-elle du tac au tac. Pour m'avoir jugée ? Pour m'avoir insultée ? Pour m'avoir abandonnée ? La liste est tellement longue, Elijah ! Et franchement, je n'en ai rien à foutre de tes excuses.

– Je me suis comporté comme un connard et…

– Tu t'es comporté comme un étranger, me coupe-t-elle. Connard est un euphémisme pour décrire ton attitude. Tu veux discuter ? Parfait ! Regarde-toi dans le miroir et discute avec ta conscience. À présent, pousse-toi de mon chemin, ou je vais me servir de ce putain de casque !

C'est la première fois que je la vois comme ça, la douce Anaïs que je connaissais n'est définitivement plus la même. Son regard est déterminé, son corps tremble de fureur. Je ne réponds rien. Accusant le coup de sa diatribe. Elle a raison. Entièrement raison ! À quoi je m'attendais en débarquant ici ? Je pousse un soupir et me décale, lui laissant accès à la poignée. Sa main se pose dessus, mais elle ne l'actionne pas.

– Tu sais ce qui fait le plus mal ? m'interroge-t-elle en tournant son visage vers le mien.

Je me passe une main dans les cheveux, puis secoue la tête.

– Après l'accident, il me restait encore un peu d'espoir parce que tu étais là. Quand tu es parti, il ne me restait plus rien, et ça, ça fait mal.

Elle ouvre la porte et sort sans un mot de plus. Je ferme les paupières et cogne l'arrière de mon crâne contre la cloison. Je revois ses yeux peinés, qui me heurtent comme un poignard en plein cœur. Elle a raison, je l'ai lâchement abandonnée et elle en a souffert. Et cette souffrance a créé un gouffre entre nous, un trou que je n'ai fait qu'agrandir en la traitant comme je l'ai fait.

Je me passe un peu d'eau fraîche sur le visage et appuie mes mains sur le lavabo. Je lève mon regard et observe mon reflet. J'ai l'air pathétique. Comment en suis-je arrivé à être cet homme-là ? Le simple fait de respirer est douloureux. Mon cœur est comprimé dans un étau, mes poumons se sont asséchés. Putain ! Je ne m'étais pas senti dans un tel état depuis que j'ai enfoui mes souvenirs au plus profond de mon esprit. Je tire sur mes cheveux et me redresse. Ce n'est ni l'endroit ni le moment pour une introspection. Je détends mes épaules, je souffle un bon coup, et à mon tour, je sors de cette pièce. Je revêts un visage impassible lorsque j'arrive au niveau des stands. Aucune trace d'Anaïs, en revanche l'autre pilote est en grande discussion avec Delaunay. Il arbore la même combinaison noire qu'Anaïs. C'est un grand blond, avec des oreilles d'elfe et des yeux bleus. Il ne pourrait être plus différent de la bombe qu'est devenue ma meilleure amie. Je secoue la tête pour retirer cette pensée de mon esprit. Lefebvre, qui m'a vu revenir, s'approche de moi.

– Je commençais à m'inquiéter, chuchote-t-il. Ça fait un moment que tu étais parti.

– Les effets de la bière, expliqué-je avec une nonchalance feinte.

Lefebvre plisse les paupières et me dévisage. Je me retiens de me dandiner sous son examen, soudain mal à l'aise.

– D'accord. La championne de Delaunay, comme il aime l'appeler, a repris le volant. On part dans quelques minutes, les pilotes nous rejoindront plus tard.

Je tourne mon regard vers les trois écrans au-dessus de ma tête et me focalise sur celui qui affiche la caméra placée face à son visage. Son expression est aussi déterminée que lorsqu'elle était avec moi tout à l'heure. On sent une rage indicible nous percuter quand on l'observe. Je retiens ma respiration et replonge dans le même état de fébrilité que tout à l'heure, puissance mille, car je sais à présent qui est le pilote. Je ne décroche pas mes yeux de son visage sauf quand j'entends le chef d'équipe jurer dans sa barbe.

– Putain ! Anaïs, ralentis, s'écrie-t-il.

Mes yeux font des allers-retours entre son visage et son véhicule qui parcourt le circuit. Elle arrive au bout d'une ligne droite et un virage en épingle se profile. Sa voiture frôle le mur avant de piquer vers la corde. Le chef d'équipe continue à lui parler, les autres s'agitent, mais tout est flou pour moi. Je m'enferme dans une bulle. Je ne vois qu'elle et sa voiture qui se rapproche dangereusement du virage sans freiner.

Et c'est comme si je n'étais plus dans les stands, mais dans la voiture alors qu'on rentrait de ce bar après la remise des diplômes. Les images se superposent. Mon cœur se met à battre à tout rompre, la sueur à couler le long de ma colonne vertébrale. Mes oreilles bourdonnent. Je revis la première secousse que j'ai ressentie, la ceinture de sécurité qui meurtrit ma peau et mon sternum, ma tête qui cogne contre la vitre, puis le véhicule qui s'immobilise enfin. On est secoués, mais on est indemnes. Je lâche un soupir de soulagement. Soupir qui se bloque dans ma gorge quand j'entends le juron d'Anthony alors que l'intérieur de l'habitacle est balayé par les phares d'un véhicule avant le choc.

Le même juron que poussent à présent tous les membres de l'écurie. Et je reviens brutalement dans le présent.

8

Elijah

Ma poitrine est oppressée, mon souffle erratique. Ça ne peut pas se reproduire. Mes yeux me projettent les visions du passé. Mes jambes vacillent et mon dos se cogne contre le mur. C'est seulement à cet instant que j'ose lever les yeux vers les écrans, que je reprends réellement pied, qu'elle passe le virage à une vitesse hallucinante. Sa voiture part en sous-virage, c'est-à-dire que l'avant glisse et ne suit pas la courbe du circuit. Pendant un instant, j'ai l'impression que le véhicule va heurter le mur. Mon cœur est en train de sortir de sa cage et il est sur le point de traverser ma peau pour s'échouer sur le sol graisseux. Mes veines se vident, pompées de leur essence sous l'effet de l'appel des ténèbres qui m'habitent. Mes organes s'assèchent sous les vibrations du cri de désespoir que poussent mes cordes vocales. Mes os fondent sous la chaleur que dégage ma peur. Je ne suis plus qu'une âme sombre, animée par la colère et la tristesse. L'air autour de moi me semble plus lourd. Cet état dure seulement quelques millièmes de seconde, qui me semblent durer une éternité. Mon âme s'accroche et réintègre mon corps pour que je puisse prendre une inspiration sifflante.

Mon regard se fige sur le circuit. Anaïs finit par corriger sa trajectoire et s'en sort sans une égratignure. La peur et la colère diminuent et laissent place au soulagement. Ma respiration reprend peu à peu un rythme normal. J'entends le chef d'équipe vociférer dans le micro.

– Allez, les gars, vous me connaissez depuis le temps, rétorque-t-elle, le ton léger.

– Tu pourrais au moins répondre !

– Désolée.

– Mouais, je te rappelle que si tu la plantes maintenant, on sera bien embêtés pour le week-end prochain.

Elle rit, et après un dernier tour, prend la direction de la ligne des stands. La colère supplante la peur et mes poings se serrent. Pour elle, ce n'est qu'une formalité, un entraînement, un jeu. Je sors avant de péter totalement les plombs. Je m'appuie contre le mur extérieur et ferme les yeux. J'inspire profondément et croise les bras contre mon torse. Je me frotte la nuque et soupire pour évacuer mon envie de faire demi-tour et de lui demander ce qui lui a pris. Mais il m'est impossible de trouver un semblant de sérénité, je suis sur les nerfs et à deux doigts d'appeler un taxi pour rentrer chez moi. Loin de ce circuit, loin d'elle. Loin de mon passé qui me rattrape. Voilà ce dont j'ai besoin pour me calmer : m'éloigner d'elle. Sa présence bouleverse tout ce que j'ai construit jusqu'à présent, mon univers entier est mis sens dessus dessous. Je m'en rends compte seulement maintenant, mais avec Anaïs je ne suis pas en mesure de me montrer distant. Elle me touche trop et ranime des sentiments que je pensais à jamais enfouis au plus profond de moi.

– Il faut avoir le cœur accroché, déclare Lefebvre, brisant mon introspection.

Je redresse la tête et tourne mon visage vers lui. Les mains dans les poches de son pantalon de costume, il en impose toujours autant. Malgré les vociférations des mécanos dans son dos, les insultes qui volent, les odeurs d'essence et d'huile, il a l'air dans son élément.

– Un peu.

– Surtout lorsqu'on connaît le pilote, ajoute-t-il.

Je sursaute comme s'il m'avait frappé.

– Comment le savez-vous ?

– J'avais des doutes. Tu viens juste de me le confirmer, m'explique-t-il.

Je me passe une main dans les cheveux, je n'ose imaginer l'état de ma coiffure, au début impeccable.

– Est-ce que je dois te retirer le dossier Delaunay ?

– Non, réponds-je, catégorique. Je peux gérer ce dossier sans y mêler ma vie personnelle.

– Je te fais confiance, dit-il en pressant mon épaule et en retournant à l'intérieur.

Je ne sais pas combien de temps je reste ici à essayer de reprendre mes esprits. Mais entendre sa voix malgré le bruit que font les mécanos ne m'aide pas. Je m'éloigne et m'arrête près de la voiture de Lefebvre. Je sens mon téléphone vibrer dans ma poche. Je le sors. C'est un message de Noémie.

[Est-ce que tu rentres ce soir ?]

Pour la première fois depuis des semaines, j'ai envie de lui répondre oui. Oui, je vais rentrer à la maison et passer la soirée avec elle. Juste pour pouvoir échapper au dîner auquel est conviée Anaïs. Juste pour pouvoir agir en lâche, encore une fois. Je serre les dents et réponds simplement que je serai avec mon patron pour un dîner d'affaires. Je prends une brusque inspiration et revêts un visage insondable avant de retourner à l'intérieur du stand. Si je veux conserver le dossier Delaunay, je dois garder la tête froide et faire comme si la présence d'Anaïs ne rendait pas chacun de mes souffles difficiles.

Heureusement pour moi, Lefebvre et Delaunay ont décidé pendant mon absence de se rendre au restaurant immédiatement.

– Les pilotes se douchent et nous rejoindront quand ils pourront, m'informe Delaunay. En attendant, allons profiter d'un bon verre.

Il a l'air d'un gosse à qui l'on a offert le jouet qu'il attendait depuis des années. Lorsque je vois le regard qu'il lance à Anaïs en pleine discussion avec son chef d'équipe, je comprends mieux quel genre de cadeau il aimerait.

– On se retrouve là-bas, Delaunay, s'exclame Lefebvre. Tiens, Elijah, ajoute-t-il en me lançant les clés de sa voiture.

– Vous me faites confiance à ce point ?

– Tu n'imagines même pas jusqu'où va ma confiance, dit-il avant de s'asseoir côté passager.

Eh bien, merde ! Je ne vais pas lui dire qu'il est fou, parce qu'il doit déjà le savoir. Je serre le trousseau dans mon poing tandis qu'un petit sourire relève les coins de ma bouche. Ce n'est pas tous les jours que j'aurai l'occasion de conduire une Jaguar, autant en profiter.

Malgré tout, je n'arrive pas à m'en réjouir. À cet instant, je n'éprouve aucune satisfaction à être au volant de ce bolide. Je reste dans mes pensées, répondant par monosyllabes aux questions de mon patron. Comment vais-je pouvoir côtoyer Anaïs sans que notre passé commun ressurgisse et tente de prendre l'ascendant sur mes résolutions ? Je ne me voile plus la face, je sais que c'est quasiment mission impossible, mais je n'ai pas enfermé mes émotions à double tour pour rien. Je vais devoir prendre sur moi et espérer que Delaunay obtienne les clés du club rapidement. Et je vais tout faire pour que ça soit le cas. Du coin de l'œil, j'intercepte les regards curieux et inquiets de Lefebvre. Je ne peux pas me permettre qu'il se mette à douter de moi. Une raison de plus pour que l'Elijah d'autrefois reste enfermé.

***

– J'espère que ça ne vous dérange pas, j'ai déjà commandé l'apéritif.

– Pas du tout, rétorque mon patron en s'asseyant.

Le serveur muni d'une bouteille arrive à ce moment, et après avoir obtenu l'accord de Delaunay, nous sert à notre tour.

– Alors, comment êtes-vous devenu le sponsor de cette écurie ? demande Lefebvre.

– Simple hasard des choses, je dirais. J'aime le sport automobile et il s'avère que l'ancien propriétaire du club m'a invité un jour alors que son poulain courait. Il m'a semblé logique de lui donner la chance de percer même en tant qu'amateur.

– Vous êtes donc un mécène, déclaré-je.

Avec un sourire amusé, Delaunay secoue la tête, puis avale une gorgée de son vin.

– Absolument pas, j'ai vu un moyen de placer de l'argent, tout simplement.

– Un homme avisé dans ce cas, complète mon patron.

Delaunay lève son verre en signe d'assentiment. On continue la conversation sur des sujets qui me semblent futiles, mais qui passionnent notre client. Je me mets un peu en retrait et me demande si Delaunay sponsorise Anaïs dans l'unique but de l'avoir à son bras. Le soir où je l'ai revue pour la première fois depuis trois ans, j'ai bien vu à quel point il était intéressé par elle. Je pensais que c'était seulement sur le plan professionnel. À présent, j'ai des doutes sur son intérêt.

Je relève la tête lorsqu'un frisson parcourt mon corps. Vêtue d'une robe rouge carmin qui moule son corps et d'escarpins noirs, Anaïs s'avance vers nous. Ses cheveux sont relevés en un chignon qui révèle son cou gracile. Je ne peux détacher mon regard de sa démarche féline, conquérante. Elle est sublime. Mon cœur s'emballe, mon sang se met à bouillir, mon corps s'enflamme. La bouche soudain sèche, je la dévore des yeux. Quelques hommes s'attardent sur ses courbes et je me surprends à serrer les poings pour me retenir de leur sauter au visage. C'est à peine si je remarque son partenaire à ses côtés. Nos regards se croisent et mon cœur a un raté pour une raison que j'ignore. Derrière son apparence, j'arrive à voir une fêlure profonde, une faille qui me tue. Je détourne les yeux et aperçois ceux intéressés de Delaunay.

L'ambiance qui était au beau fixe est à présent un peu plus tendue. Lefebvre questionne les deux coureurs, mais on sent que quelque chose a changé. Je peux pratiquement voir les fils noirs qui engloutissent la table à mesure que les minutes passent.

Je ne prends pas beaucoup part à la conversation qui tourne essentiellement autour de leur prochaine course. J'apprends par la même occasion qu'elle aura lieu la semaine prochaine. Anaïs, bien qu'enthousiaste à l'idée d'y participer, ne cesse de consulter son téléphone. Un pli se forme au milieu de son front et ne l'en quitte plus. Je fronce les sourcils, soudain inquiet. J'ai envie de lui demander ce qui se passe, mais je m'en abstiens. Elle m'a rappelé que je n'avais aucun droit de m'immiscer dans sa vie. Je préfère parler avec Mathieu, l'autre pilote de l'écurie, qui s'avère être un homme sympa, père de jumelles. Il court aux côtés d'Anaïs depuis peu, mais d'après ses dires, c'est une femme de talent, qui aurait dû continuer dans cette voie pendant son jeune âge. J'opine poliment du chef, mais mon avis est tout autre en ce moment.

Soudain Anaïs se fige, les muscles de sa mâchoire se crispent et elle tourne la tête vers l'entrée du restaurant. Je suis la direction de son regard et le mien se fixe sur un homme debout près d'une berline garée le long du trottoir et de son chauffeur.

– Messieurs, je reviens dans quelques minutes, dit-elle, tendue. Prenez-moi un dessert au chocolat, ajoute-t-elle avec un rire nerveux.

Sa démarche est raide et elle serre les poings à plusieurs reprises. Delaunay suit sa progression et aperçoit à son tour l'inconnu.

– Je ne comprends toujours pas comment elle peut être mariée à ce type, soupire-t-il.

– Qui est-ce ? demande Lefebvre.

– Jules Fournier, le fils de l'ancien propriétaire du Lady Midnight.

Il pince les lèvres et préfère détourner la conversation sur un autre sujet, mais son regard ne quitte jamais vraiment Anaïs. Je plisse les yeux, certain que cette situation cache quelque chose de sombre.

***

Anaïs

Lorsque je sors de la voiture de course, je suis sur les nerfs. Merde ! Je contrôlais tout jusqu'à mon altercation avec Elijah. Je faisais pratiquement un sans-faute et j'étais sereine quant aux modifications effectuées par les mécanos. Mais après être sortie des toilettes, je n'ai cessé de rejouer notre dispute. Ce moment où je lui jetais ma douleur et mon rejet au visage. Mon sous-virage n'est dû qu'à un manque de concentration. À cet instant-là, je n'étais plus sur le circuit, mais sur la route qui me ramenait, mes amis et moi, chez nous. Putain ! C'est la première fois que ça m'arrive depuis longtemps et je ne peux pas me mettre en danger, pas après avoir réussi à remonter la pente.

J'écoute les remontrances de Jacques, mon chef d'équipe, d'une oreille distraite. On revoit ensemble là où j'ai déconné, c'est-à-dire à pas mal d'endroits. Après ce débriefing, mon état n'a cessé d'empirer. Je n'avais aucune envie de me rendre à ce dîner. Mais depuis le temps que Delaunay me presse de dîner avec lui, autant que ça soit en compagnie d'autres personnes. Je ne suis pas naïve, son intérêt n'est pas uniquement professionnel. Mais je n'arrive pas à identifier ses réelles motivations. Je soupire et prends congé de Jacques pour me diriger vers ma voiture. Étrangement, j'ai toujours une tenue de rechange dans le coffre, mais pas seulement.

– Alors, miss, tu peux me dire ce qui t'a pris ? m'interpelle Mathieu, en me rejoignant.

Je hausse les épaules, une grimace sur les lèvres.

– Manque de concentration. Ça ne se reproduira pas.

– J'espère bien.

Il siffle à la vue de tout l'attirail que j'ai dans mon coffre. Une petite valise et une autre, légèrement plus grande.

– Tu vas quelque part ?

– Tu sais bien qu'une femme doit se tenir prête en toute occasion, répliqué-je avec un sourire forcé.

Il plisse les yeux, puis se passe une main dans les cheveux. Je retiens mon souffle tandis que son visage arbore une expression soucieuse. Finalement, il secoue la tête et préfère me laisser pour se changer à son tour.

– Si jamais tu as besoin de quoi que ce soit, tu sais où me trouver, dit-il en déposant un baiser sur ma joue.

J'acquiesce d'un signe de tête et le regarde partir la démarche souple. Ma gorge se noue au souvenir de la personne qui occupait cette place protectrice auprès de moi auparavant. Je ne peux pas impliquer Mathieu dans cette histoire. Personne ne peut l'être.

J'inspire profondément et me répète en boucle que tout va bien se passer. Pendant le trajet qui me mène aux vestiaires, ma détermination vacille quelque peu lorsque je pense à tous les points de mon plan qui peuvent partir en vrille.

Je me douche rapidement et m'habille avant de rejoindre Mathieu à l'extérieur.

– Eh bien, ma belle, s'exclame-t-il, tu as sorti le grand jeu ! Tu es magnifique.

Dans une de mes valises, j'ai en réalité seulement des vêtements que Jules trouverait inappropriés. Alors forcément, dès que j'en ai l'occasion, je revêts ces habits. Je souris, ravie de son compliment, et le contemple à mon tour. Il s'est vêtu d'un pantalon de costard noir et d'une chemise blanche.

– Très classe, jeune homme.

Ses joues rosissent tandis que mon sourire s'agrandit.

– J'espère que tu as pris un selfie pour ta femme !

– Je lui avais promis, répond-il en riant.

Il dépose un baiser sur ma joue et se dirige vers sa voiture. J'ai un pincement au cœur en pensant à sa vie parfaite. Sa femme et lui vivent le grand amour depuis le lycée, ils sont parents de merveilleuses jumelles. Lui est banquier, et elle, chef étoilée. Pas un seul caillou ne vient enrayer leur roue du bonheur. Je secoue la tête et m'installe derrière le volant. Je suis la voiture de Mathieu puisque je n'ai pas pris la peine de demander l'adresse à Delaunay.

Mathieu trouve une place qui se libère juste devant le restaurant. Je lève les yeux au ciel, je ne pensais pas que la perfection irait jusqu'à ce point. Je soupire et déniche une place un peu plus loin. Mon coéquipier m'attend devant la devanture et me prête son bras avant d'entrer dans le monde de la haute gastronomie. Je sens la brûlure de deux regards sur moi lorsque l'hôtesse nous amène à notre table. J'intercepte celui de Delaunay, qui me fait un clin d'œil, et celui plus intense d'Elijah. Ma peau devient moite et je me retiens d'essuyer mes mains sur mes cuisses. Je redresse le dos et resserre la prise de mes doigts autour du bras de Mathieu. C'est seulement pour quelques heures, ensuite nos entrevues ne dureront pas plus de quelques minutes.

– Respire, ma belle, murmure Mathieu à mon oreille.

Je me détends et le laisse tirer une chaise pour moi près du patron d'Elijah, avant de m'installer à côté de ce dernier.

– Madame Fournier, c'est un plaisir de faire plus amplement connaissance, déclare Lefebvre.

– J'ai beaucoup entendu parler de vous, maître Lefebvre, rétorqué-je avec un sourire.

Je le détaille un peu plus que lorsqu'on a été présentés par Delaunay. Malgré ses cheveux grisonnants, il reste un bel homme. Un peu comme George Clooney, mais je ne ferai pas l'erreur de le lui dire – l'accent de Fred m'a servi de leçon.

– En bien, j'espère !

– Bien sûr ! Vous êtes très réputé dans votre domaine.

– N'essayez pas de piquer mon avocat, Anaïs, s'écrie Delaunay.

– Vous n'êtes vraiment pas partageur, Sylvain, répliqué-je en riant.

– Vraiment pas ! Je garde les meilleurs avec moi, riposte-t-il avant d'appeler un serveur pour qu'il prenne notre commande.

Je porte mon choix sur une salade et du poisson. Mon regard est attiré par un délicieux dessert avec du caramel au beurre salé, mais je sais que si je craque, je devrai intensifier ma séance de sport demain. Je soupire et repose la carte du menu. Loin des yeux, loin de mon estomac.

Le repas se déroule dans une ambiance étrange. Je sais que c'est en partie ma faute, car je fais tout pour ne pas avoir à interagir avec Elijah. C'est au-dessus de mes forces. Chaque fois que mon regard se pose sur lui, sa réplique prononcée le soir de nos retrouvailles me frappe de plein fouet.

Ma vie a été un véritable enfer depuis l'accident, depuis qu'il est parti. Mais c'est la relation avec Jules qui m'a totalement changée. Le soir où j'ai fini à l'hôpital, je me suis fait une promesse : je ne laisserai plus personne me traiter comme si j'étais une moins-que-rien. Et Jules ne devra pas tarder à apprendre cette leçon.

Je sens mon téléphone vibrer dans ma pochette. En le sortant, je réprime difficilement un grognement. Je sais très bien pourquoi il m'appelle. Ne me voyant pas venir, monsieur s'inquiète et se demande où j'ai bien pu passer. Qu'il aille au diable ! Je mets mon portable en mode silencieux et l'enfouis dans ma pochette. Je reprends le fil de la discussion et explique à Lefebvre à quel genre de course on participe. Les compétitions d'endurance sont devenues notre spécialité en quelque sorte. Je sais que Mathieu rêve qu'on concoure aux 24 Heures du Mans, mais je ne suis pas certaine de rester dans le coin assez longtemps pour ça. J'arrive à me détendre et profite de la suite du repas.

Au moment des desserts, mue par un mauvais pressentiment qui me tenaille, je reprends mon téléphone et déverrouille l'écran. Je ne me préoccupe pas des dizaines d'appels et jette directement un coup d'œil à l'unique SMS non lu.

[J'arrive.]

Ce message a été envoyé il y a trente minutes. Je me retourne vers l'entrée pour voir s'il est déjà arrivé. Sa présence me glace, mon sang se fige. Merde ! Bien sûr, je ne suis pas idiote. Je sais qu'il a localisé mon portable, mais la course a toujours été mon espace de liberté et ce n'est pas aujourd'hui que je vais le laisser y pénétrer. Les yeux se lèvent vers moi lorsque je repousse ma chaise.

– Messieurs, je reviens dans quelques minutes, leur expliqué-je. Prenez-moi un dessert au chocolat.

Je tente un petit rire, mais la lueur de doute dans les yeux d'Elijah me prouve que je n'étais pas convaincante. Je déglutis et m'arme pour la confrontation à laquelle je ne vais pas pouvoir échapper. Je m'arrête à quelques pas de Jules, tandis qu'il adresse un signe de tête à son chauffeur. Ce dernier m'étudie avant de s'installer derrière son volant. Ce n'est pas la première fois que nos chemins se croisent. D'ailleurs, c'est lui qui m'a emmenée à l'hôpital lorsque son patron a eu la main trop lourde. J'ai bien été tentée de lui demander de l'aide, mais il a préféré détourner les yeux. Une attitude que j'ai remarquée à plusieurs reprises dans l'entourage de mon cher mari.

– Qu'est-ce que tu fais là ? lui demandé-je.

– Je n'ai pas droit à un baiser ?

Comme d'habitude, il est tiré à quatre épingles. Une chemise bleu ciel et un pantalon noir cintré. Sa veste de costume élégamment posée sur son bras. Il se tient face à moi, l'air conquérant, un sourire en coin. Je serre les poings pour me retenir de le gifler.

– Pourquoi es-tu ici, Jules ?

– Je m'inquiétais pour ma femme, tout simplement. Maintenant, tu vas rentrer avec moi.

Je recule d'un pas et secoue la tête. J'humidifie mes lèvres devenues sèches.

– Quand tu as un dîner d'affaires, je ne viens pas t'emmerder, alors fais de même avec moi.

– On appelle ça comme ça à présent ? De mon point de vue, ce n'est pas à quoi ça ressemble.

Il détaille ma tenue, une moue méprisante sur les lèvres. Je sens mon sang battre à mes tempes. Mon corps entier est animé par la colère, un voile sombre s'est glissé devant mes yeux.

– Je t'interdis de faire de telles allusions et je ne te suivrai pas !

Il attrape mon poignet et le serre douloureusement. Je retiens de justesse un gémissement de douleur.

– Tu rentres à la maison, tonne-t-il d'un ton froid.

Son air affable a disparu, il arbore le visage que je vois en privé habituellement. Celui dont, bizarrement, j'ai le moins peur. Je sais ce qui se déroule lorsque le masque tombe. Mais avant que Jules ait pu tenter quoi que ce soit, une voix retentit dans mon dos.

– Tout va bien ?

Elijah. Je ferme brièvement les yeux. Je ne suis pas prête pour la collision entre mon passé et mon présent.

9

Anaïs

Les battements de mon cœur s'accélèrent au point que je me demande si je ne vais pas tourner de l'œil. Jusqu'à présent, j'avais réussi à feindre de croire que Jules n'était qu'un cauchemar et que je me réveillerais bientôt. Mais le retour d'Elijah retarde mon réveil et me plonge encore plus loin dans les ténèbres. Je déglutis et arbore le visage que j'ai toujours lorsque je suis dehors et que mon mari est auprès de moi. Un sourire plaqué sur les lèvres et la mine détendue. Je suis devenue une experte pour faire illusion, pour remiser au plus profond de moi toutes mes blessures. Pour faire croire au reste du monde que ma vie est un conte de fées. Alors que ce n'en est qu'une pâle imitation. L'opposé exact du happy end. Une descente aux enfers sans parachute. Une chute vertigineuse qui prive mes poumons d'oxygène.

– Tout va très bien, maître Legrand. Laissez-moi vous présenter mon mari, Jules Fournier.

Les deux hommes se jaugent du regard et je prie pour qu'Elijah joue le jeu. Je ne veux pas que Jules sache qu'il fait partie de mon passé. Je ne veux pas qu'il pense que ce repas a un autre but que le travail. Finalement, Elijah tend sa main à Jules. Malgré sa mâchoire serrée, ce dernier l'accepte et il me semble que leur poignée est un peu trop vigoureuse. Qu'elle dure trop longtemps. Elijah a la même expression que le soir de nos retrouvailles. Il est distant, froid, implacable.

– Enchanté de faire votre connaissance, monsieur Fournier.

– De même. Est-ce que ça vous dérange si je vous enlève ma femme ?

– La bienséance voudrait que je vous dise non, mais il s'avère que mon client a encore quelques points à voir avec Mme Fournier.

Le corps de Jules se tend, il est peu habitué à ce qu'on lui refuse quoi que ce soit. À part moi, je crois bien qu'Elijah est la première personne à lui dire non. Un muscle de sa mâchoire tressaute et ses yeux se plissent.

– Je vois. Dans ce cas, dit Jules en se tournant vers moi, je vais peut-être devoir rester avec toi.

Mon cœur rate un battement. Je jette rapidement un coup d'œil à Elijah qui nous observe les mains dans les poches, l'air faussement détendu. Je ne veux pas de Jules ici, mais je ne peux pas me montrer aussi catégorique avec Elijah dans les parages. C'est toujours une question d'apparence. Le monde extérieur ne doit pas apercevoir la noirceur qui gangrène mon mariage et mon âme. Malgré moi, malgré ma volonté de limiter la casse, je ne peux empêcher les mots de sortir de ma bouche :

– Tu ferais mieux de rentrer, j'ai presque fini et certains détails doivent rester confidentiels, même pour toi.

Le circuit, c'est tout ce qu'il me reste. La seule chose qu'il n'a pas souillée. Je ne veux pas lui laisser d'emprise sur cette part de moi. Alors j'affronte son regard ténébreux et je sais. Je sais qu'il capitule, mais que cette gifle que je viens de lui administrer ne sera pas sans conséquence. Je sais que lorsque je mettrai les pieds dans l'appartement luxueux qui renferme mes souffrances, je n'aurai qu'une envie : être morte. Je sais, et pourtant je ne retire pas mes mots. Je ne fais pas machine arrière. Je ne le ferai jamais.

– D'accord, chérie, répond Jules avec un sourire qui ne me trompe pas.

Il place sa main au creux de mes reins et me rapproche de lui pour me murmurer à l'oreille :

– Réfléchis déjà à une façon de te faire pardonner.

Il plaque ses lèvres contre les miennes et m'oblige à ouvrir la bouche pour lui donner accès à ma langue. Je ne suis pas dupe, ce n'est qu'une manière de marquer son territoire. Comme un chien qui lève la patte près d'un arbre. Heureusement, son manège prend rapidement fin.

– Je t'attends à la maison. Monsieur Legrand, c'est un plaisir d'avoir fait votre connaissance.

Je ne me retourne pas pour voir l'expression d'Elijah. Je ne veux pas savoir ce qu'il pense. En réalité, j'aimerais qu'il rejoigne les autres rapidement et me donne un moment pour me reprendre.

– Tout le plaisir était pour moi, monsieur Fournier.

Jules lui adresse un signe de tête et monte à l'arrière de la voiture. Je la regarde s'engager dans la circulation et je relâche mon souffle. Mon corps frissonne et les pulsations de mon cœur deviennent douloureuses. Je ferme les yeux et offre mon visage à la brise. Je revois la lueur de colère dans le regard de Jules, j'entends la menace sous-jacente dans sa voix. Une promesse. Celle de faire des prochaines heures un calvaire. Statistiquement, j'ai peut-être plus de chance de mourir ce soir sous les coups de mon mari que d'un accident de voiture.

– Anaïs, murmure Elijah dans mon dos.

Je sursaute et croise les bras contre ma poitrine. Pendant un instant, j'aimerais retrouver mon ami. Celui sur qui je pouvais compter. Celui qui m'épaulait, peu importe les épreuves que j'avais à surmonter. Je n'ai jamais eu autant besoin de lui qu'aujourd'hui. Je déglutis péniblement, ravale mes sanglots et retiens mes larmes.

Je prends une profonde inspiration et lui fais face. Son visage est grave, son regard inquiet.

– Est-ce que tu vas bien ?

– On devrait y retourner, les autres doivent se demander pourquoi on ne revient pas.

Je passe près de lui pour rentrer, mais sa main me retient doucement par le poignet. Ses yeux sondent les miens et j'ai peur qu'il aperçoive la vérité. Je n'ai jamais été aussi terrifiée. Même lorsque j'étais dans la rue ou à la merci d'un proxénète, mes entrailles n'ont jamais été aussi nouées. Je ne sais pas combien de temps on reste ainsi, se passant de mots, communiquant par le regard. Mais il a compris que quelque chose clochait.

– Lâche-moi, Elijah.

– Anaïs, si jamais tu as besoin d'aide, je…

– Je n'ai pas besoin d'être sauvée, le coupé-je d'un ton dur. Et si jamais j'ai besoin d'aide comme tu le dis, tu seras la dernière personne vers qui je me tournerai. Dois-je te rappeler la façon dont tu abandonnes tes amis lorsqu'ils ont besoin de toi ?

Ses yeux s'assombrissent, puis il libère mon poignet.

– Tu as raison, je t'ai abandonnée.

C'est la vérité, mais le coup de poignard ne me fait pas moins mal pour autant. Je ne réponds rien et avance vers la porte du restaurant.

– Mais je ne ferai pas la même erreur aujourd'hui, ajoute-t-il.

Je serre les dents et ouvre la porte. J'entends ses pas derrière moi, mais je ne me retourne pas. C'est au-dessus de mes forces. Je mets mon masque jovial et remarque que Delaunay suit le moindre de mes mouvements.

– Excusez-moi, dis-je en m'asseyant, j'avais un détail à régler.

Delaunay hausse un sourcil, mais ne fait aucun commentaire. Il sait que c'était Jules puisque Henri les a déjà présentés. Pourtant,

Delaunay m'a toujours paru méfiant à son égard – ce que je ne comprenais pas à l'époque. Il a sûrement détecté l'obscurité qui habite Jules. Je sens le regard d'Elijah qui me brûle la nuque avant qu'il reprenne sa place.

– Ce n'est pas grave, intervient Lefebvre. Mathieu était justement en train de nous régaler d'anecdotes croustillantes.

– J'espère qu'elles ne me concernaient pas, répliqué-je avec un air faussement fâché envers mon coéquipier.

– Je plaide coupable, répond ce dernier en levant les mains en l'air.

Je fais mine de lui jeter un bout de pain, mais finis par sourire. Je passe la fin du repas dans un état second. C'est à peine si je me souviens avoir dit au revoir aux autres.

À présent, je suis dans ma voiture, mais incapable de démarrer. Je pourrais mettre mon plan à exécution maintenant, mais il y a tellement de raisons qui font que je ne suis pas prête.

Je pousse un cri quand la portière côté passager s'ouvre et qu'Elijah s'installe sur le siège.

– Qu'est-ce que tu fais là ?

Il me dévisage pendant que je me masse la poitrine pour me rassurer. Non, mon cœur ne s'est pas échappé de sa cage.

– Depuis que je t'ai vue, j'ai tout fait pour que tu me détestes. Je pense que je ne m'en sors pas mal jusqu'à présent, hein ? Mais je ne suis pas un connard à ce point-là, Anaïs. Je vois bien que ton couple n'est pas aussi joyeux que tu veux le faire croire.

– Et il t'a fallu seulement deux minutes pour t'en rendre compte ? lui demandé-je, sarcastique.

– Il m'a suffi de t'observer à côté de lui pour le comprendre. Il s'est peut-être passé trois ans depuis la dernière fois où l'on s'est vus, mais j'arrive encore à décoder ce que tu ressens. Même quand tu tentes de le cacher.

Je détourne le regard et prends une brusque inspiration. L'aide d'Elijah ne fait pas partie de mon plan et je compte bien m'en tenir à ce que j'ai prévu.

– Tu devrais rentrer chez toi, je dois retrouver mon mari.

Il soupire et replace une mèche échappée de mon chignon derrière mon oreille. Je me fige, mes bras se couvrent de chair de poule.

– Quand tu changeras d'avis, tu sais où me trouver.

La portière claque lorsqu'il sort et me laisse seule avec mes doutes et mes choix.

Après son départ, je m'enfonce dans mon siège et pose mon crâne contre l'appui-tête. Je ne sais absolument pas quoi faire. Des images de ce qui va se passer quand je franchirai le seuil de la maison me traversent l'esprit. Mais est-ce que j'ai vraiment le choix ? Je pourrais passer la nuit au club, ainsi que les suivantes, jusqu'à la mise en place de mon plan, mais il va finir par s'impatienter et les conséquences seront d'autant plus violentes. Je déglutis et ferme vigoureusement mes yeux.

J'aurais préféré mourir la première fois qu'il a levé la main sur moi. Parfois, j'aimerais rejoindre le gang des Indomptables. J'aimerais que mon âme soit apaisée. J'aimerais vivre, et ne plus survivre. S'il y a une chose dont je suis certaine à présent, c'est que mes espoirs d'une vie meilleure, heureuse, ne reposent que sur les cendres provenant du feu dans lequel mon âme se consume au fil du temps.

Je prends la direction du Lady Midnight. Lorsque j'arrive devant, c'est l'effervescence. Des clients patientent, excités à l'idée de voir des strip-teaseuses se dénuder pour eux. Certains ne comprennent pas, ne voient pas la souffrance dans le regard de ces femmes. Bien sûr, bon nombre d'entre elles aiment ce qu'elles font. Mais d'autres ne sont là que par désespoir. Que par désir de ne pas voir leur vie complètement ruinée. Si je vends le club, ce n'est pas par envie, mais à cause de la même détresse qui m'a fait pousser la porte de cet établissement, apeurée, blessée, quasiment morte. Cette même souffrance qui m'oblige à recourir à des moyens radicaux pour les jours à venir.

Je traverse le club, le regard furetant à droite et à gauche, à l'affût du moindre souci. Henri serait fier de voir que sa boîte est encore debout alors que je n'avais pas prévu de la diriger. Je sais déjà quelles seraient ses paroles :

– Eh bien, ma petite, je vois que tu as écouté ce que je te disais !

Avant d'ajouter, horrifié :

– Mon Dieu, que fait Cindy derrière le bar ? Sa place est sur le podium !

Je secoue la tête, un demi-sourire sur les lèvres. Henri était un homme qui dirigeait sa boîte d'une main de fer dans un gant de velours. Il était autoritaire, mais moi j'avais droit à la facette douce et paternelle. Il était une ancre dans ma vie et sa mort soudaine, causée par un anévrisme, m'a achevée. Je me pince l'arête du nez et m'affale dans mon fauteuil derrière le bureau. Peu de temps après, de légers coups frappés à ma porte me font sursauter.

– Oui ?

La chevelure blonde d'Alice passe l'entrebâillement de la porte.

– Hey, ma puce, entre.

– Tu as une sale tête, ma belle, me dit-elle en s'installant dans un fauteuil en face de moi.

– Je te remercie pour ce compliment, répliqué-je, une moue boudeuse sur les lèvres. Rien à signaler ce soir ?

– Non, rien d'inhabituel. Juste deux clients qu'on a dû mettre dehors parce qu'ils avaient les mains un peu trop baladeuses.

Je soupire et secoue la tête. Certains ont vraiment du mal

avec les règles. Les yeux indigo d'Alice me dévisagent, sondent mon humeur.

– Qu'est-ce que tu fais là ? Habituellement, le dimanche soir tu n'es pas ici.

– Les habitudes sont faites pour être changées, réponds-je en détournant le regard.

– Anaïs, soupire-t-elle, qu'est-ce qui se passe ?

Je me lève sans répondre à sa question et me sers un verre de whisky. Je n'ai aucune envie de discuter de ce que je fuis, même si elle doit s'en douter.

– Est-ce que c'est à cause du mec qui accompagnait Delaunay ?

Je serre les dents en repensant à Elijah et à sa proposition. L'imaginer mêlé à tout ça, malgré son attitude et son abandon, me tord l'estomac. Il va falloir que je prenne encore plus mes distances avec lui.

– Rien à voir avec lui.

– Hier, pendant qu'on mangeait ensemble, tu refusais de me dire quelle était la raison de votre dispute. C'est toujours un secret ?

– Non.

– Alors pourquoi n'en parles-tu pas ?

– Parce que c'est douloureux, lâché-je, à bout. Ça me fait mal de parler de lui, de penser à lui, éructé-je.

Je défais mon chignon et me passe une main dans les cheveux. Les nerfs prêts à lâcher, je me poste près de la seule fenêtre de ce bureau. Dans le silence, j'entends toutes les questions que rêve de poser Alice. Je sens toute sa frustration face au mur que j'ai érigé. Je finis mon verre d'une traite et fais fi de la brûlure quand le liquide traverse ma gorge. J'inspire profondément et croise les bras contre ma poitrine, puis je me laisse glisser dans les souvenirs d'un passé heureux.

***

– Tu sais que tu peux avoir n'importe quel mec ! Tu peux faire tout ce que tu veux ! clame Elijah, debout sur une chaise dans mon studio, un verre à la main.

Je ris et avale cul sec ma tequila. On est en pleine semaine, mais mon meilleur ami tenait absolument à me soutenir après une énième rupture.

– Je ne veux pas n'importe quel mec, rétorqué-je en m'allongeant à même le sol. Je veux celui qui est fait pour moi.

– Ne désespère pas, dit-il en sautant à côté de moi.

Il s'installe à son tour sur le sol et regarde le plafond comme s'il pouvait lui souffler les clés pour atteindre le bonheur ultime.

– J'ai une idée, s'écrie Eli. Après nos diplômes, on prend des vacances avec le reste de l'équipe.

– Hum, OK. Mais à la plage alors, je ne veux pas faire de trek ni d'escalade, ni aller au ski. Nos dernières vacances ont été une vraie catastrophe. Je veux juste m'affaler sur une serviette de plage et bronzer.

Il s'esclaffe au souvenir du dernier moment de répit que l'on s'est accordé avec les autres. Des vacances au ski. Je grimace en me rappelant les bleus qui ont marqué mon corps tout le long du séjour. Pourtant, on s'est éclatés.

– D'accord pour le soleil, la plage, les jolies filles et l'alcool.

– Heu… je n'ai pas changé de bord, alors n'oublie pas les beaux mecs !

– Désolé, j'ai du mal à intégrer des pectoraux luisants de sueur dans mon tableau parfait.

– Égoïste, m'esclaffé-je.

On reste un instant sans rien dire, profitant du calme et laissant l'alcool faire son chemin dans nos organismes.

– Hé, Eli ?

– Hum ?

– Tu crois qu'après on sera toujours aussi proches ? Que tout le groupe restera uni malgré le temps qui passe ?

L'alcool a tendance à me rendre nostalgique et un tantinet philosophique.

– Rien ne peut séparer les Indomptables. Rien ne pourra jamais me séparer de toi.

***

Rien à part la mort. Je me frotte la poitrine comme si ça pouvait annihiler la douleur que je ressens. Alice se poste face à moi et me retire le verre des mains. Je n'avais pas remarqué que je le serrais si fort que mes doigts blanchissaient.

– Qui est-il ?

– Aucune idée.

Et c'est la vérité. Je ne reconnais pas l'homme qu'il est devenu. Comme il ne sait rien de qui je suis à présent. Les trois dernières années passées ont créé un tel fossé entre nous que je ne suis pas certaine de vouloir le combler.

– Il faisait partie de ma vie avant, reprends-je d'une voix faible.

Avant que ma vie parte à vau-l'eau, avant que mes amis me soient retirés.

– Ça fait plusieurs années que je n'ai pas eu de nouvelles de lui et il s'avère que c'est l'avocat de Delaunay.

– Est-ce que… est-ce qu'il s'est passé quelque chose entre vous ?

Je secoue la tête et retiens de justesse un éclat de rire. Je n'ai jamais vu Elijah comme un probable amant autrefois.

– C'était mon meilleur ami, réponds-je avec une douleur

audible. Mais ma présence ici n'a aucun lien avec lui. Je suis simplement venue travailler.

– Après avoir roulé pendant des heures sur un circuit ? Je sais que tu es crevée, ça se voit à tes traits tirés. Alors si ton passé n'est pas en cause, je suppose que c'est ton présent que tu fuis.

Mes yeux s'ancrent dans les siens et j'y lis toute la peine qu'elle a pour moi. Ma respiration se fait légèrement douloureuse. Je sais que je peux compter sur elle, mais je ne peux pas la mettre en danger.

– Alice, promets-moi de ne jamais parler de tes doutes sur mon mariage à qui que ce soit !

Elle fronce les sourcils, un pli se forme au milieu de son front et ses yeux se plissent.

– S'il te plaît.

Jules a une ou plusieurs personnes qui le renseignent sur mes allées et venues ici et sur les gens que je reçois dans mon bureau, j'en suis certaine. Je ne peux pas imaginer ce qu'il ferait à Alice si jamais il apprenait tout ce qu'elle sait sur lui.

– Je ne dirai rien. Mais tu sais que tu peux me parler.

Je la prends dans mes bras et refoule une nouvelle fois mes larmes.

– Merci, ma puce. Maintenant, va travailler, je ne te paie pas pour discuter.

Elle resserre son étreinte, et après un dernier regard, traverse la pièce pour reprendre son poste. Je m'assieds lourdement dans mon fauteuil et pousse un soupir. Je préfère rester jusqu'à la fermeture avant de rentrer dans l'appartement qui abrite mon enfer.

10

Anaïs

Ne montrer aucune crainte.

Ne pas crier.

Ne pas pleurer.

Survivre.

C'étaient mes règles lorsque j'étais dans la rue et ce sont les mêmes que j'applique quand je franchis le seuil de chez moi.

Jules est assis dans une causeuse bleu marine, un journal dans une main, un café dans l'autre. Ce qui me fait reculer d'un pas n'est pas son calme apparent, mais plutôt le fait qu'il ne porte qu'une serviette. La vue de son corps d'apollon me dégoûte. Mes yeux se fixent sur la porte de la chambre d'amis, beaucoup trop loin à mon goût.

– Je commençais à me dire que je devais aller te chercher, dit Jules avant d'avaler une gorgée de son café.

Je ne réponds rien et préfère me diriger vers la chambre. Du coin de l'œil, je le vois poser sa tasse. Il a choisi la causeuse stratégiquement. Je suis obligée de passer près de lui pour atteindre le couloir. Inévitablement, il attrape mon poignet lorsque j'arrive à sa hauteur.

– Tu as réfléchi à un moyen de te faire pardonner ?

– Je ne vais pas m'excuser alors que je n'ai rien fait, sifflé-je entre mes dents.

Je tire sur mon bras, sa prise se resserre, ses yeux s'assombrissent. Les narines dilatées, il se redresse et me domine.

– Apparemment, nous n'avons pas les mêmes souvenirs.

– Ça doit être ça. Maintenant, lâche-moi.

Je suis si étonnée qu'il le fasse que je ne réagis pas assez vite lorsqu'il me gifle violemment. Mon sac à main m'échappe. Sonnée, je ne vois pas le coup de poing arriver à la hauteur de mon ventre. Mon dos rencontre le parquet parfaitement ciré, mon souffle se bloque. Le coup de pied qui suit me fait monter les larmes aux yeux. La douleur se diffuse dans tout mon abdomen. À travers ma vue brouillée, pliée en deux, j'aperçois Jules s'agenouiller près de moi. Je m'appuie sur mes mains et m'éloigne de lui. Il arrive tout de même à attraper mes chevilles et me rapproche de lui. Son corps se colle au mien, ses doigts autour de mon cou. La sueur coule le long de ma colonne vertébrale, les larmes ne demandent qu'à rouler sur mes joues.

– Chérie, n'oublie pas que c'est moi qui dicte les règles, susurre-t-il à mon oreille.

Son autre main parcourt mes courbes et l'horreur de ce qui va suivre percute mon esprit.

– Je ne coucherai pas avec toi.

– Tss… tss… C'est ton devoir conjugal.

– Non !

Je me débats et lui donne un coup de genou entre les jambes. Mais il n'y a pas assez d'espace entre nous pour que ça soit très douloureux. Au moins, son emprise autour de mon cou se desserre, j'en profite pour le repousser. Je cours jusqu'à l'entrée, mais un cri s'étrangle dans ma gorge lorsque je me sens partir en arrière, tirée par les cheveux. Puis plaquée contre le mur. J'ai juste le réflexe de tourner le visage pour éviter que mon nez soit la première chose qui rencontre le mur. La joue écrasée contre la cloison, je sens son corps s'appuyer contre mon dos. Son excitation dressée contre mes fesses me soulève le cœur.

– Tu vas regretter ce que tu viens de faire.

– Va te faire foutre, répliqué-je avec hargne.

– J'y compte bien. Je voulais faire l'amour à ma femme tendrement, mais il faut croire qu'elle en a décidé autrement.

Ne montrer aucune crainte.

Je serre les dents et lance mon coude en arrière. Jules, qui a vu le coup venir, me tord les bras dans le dos. Il est hors de question que je le laisse faire sans me défendre. De mes deux pieds, je prends appui contre le mur. Je parviens à le déséquilibrer, son dos rencontre le buffet, un vase éclate en mille morceaux contre le sol. Il me projette brutalement contre la cloison. Mon épaule droite heurte durement la surface. La douleur se propage le long de mon bras.

Ne pas crier.

Ne pas pleurer.

Survivre.

Nos respirations sont erratiques. Je trouve la force de me redresser, je veux quitter cet appartement maudit, mais Jules fait barrage avec son corps entre la porte d'entrée et moi. Je fais un pas en arrière, mon être est en feu. Sa serviette tombe au sol, son regard est dément.

Survivre.

– Tu n'as nulle part où aller, tu ne peux pas t'enfuir.

Je sens la bile remonter dans ma gorge.

– Je ne te laisserai pas faire, hurlé-je.

Encore un pas en arrière.

– Je t'en prie, chérie, débats-toi. Mais je te préviens, je ne me retiendrai pas si tu le fais.

Encore un pas.

Seulement deux me séparent de ma pochette. Et donc, de mon téléphone.

– Pourquoi tu ne me fous pas la paix ?

Un pas.

– Parce que tu m'appartiens, s'écrie-t-il.

C'est la première fois, depuis que je suis rentrée, qu'il élève la voix, signe qu'il a atteint les limites de sa patience. Je n'aurai jamais le temps d'attraper mon sac à main et de courir dans la chambre. Mes yeux s'arrêtent sur le comptoir de la cuisine. Ce salaud manipulateur a pris soin de vider le bloc à couteaux. Je fais tout de même le dernier pas qui me sépare de ma pochette. Les battements de mon cœur à mes tempes amplifient mon mal de tête. Je passe ma langue sur mes lèvres desséchées, certaine d'y goûter ma peur. Jules commence à réduire la distance entre nous. Ma respiration s'affole. Mon estomac fait un looping. Avant qu'il arrive jusqu'à moi, je tente tout de même de prendre mon sac. Lorsque mes doigts agrippent l'anse, je fais volte-face et tape un sprint vers la porte la plus proche.

Ses bras entourent ma taille, ma main glisse sur la poignée. Mes pieds battent dans le vide quand il s'avance vers *sa* chambre. Celle que je ne partage plus depuis des semaines. La décoration n'a pas changé, elle est tout aussi luxueuse que le reste de l'appartement. Il a tamisé la lumière et disposé des pétales de roses partout. Mon Dieu ! Il avait tout prévu. Il me jette sur le lit et m'y rejoint aussitôt. Je le gifle, je le frappe, mais rien n'y fait, il arrive à peser de tout son poids sur moi. Il attrape mes poignets, les plaque au-dessus de ma tête et les attache rapidement avec une corde que je n'avais pas aperçue. Je lui donne un coup de tête lorsque je vois ses lèvres s'approcher des miennes. Ma vue se brouille un instant et ce n'est dû qu'au coup de poing qu'il m'assène. Habituellement, il ne vise jamais le visage, mais il faut croire que le fait de l'avoir rembarré devant un témoin, masculin qui plus est, l'a mis hors de lui.

– Il est temps de te faire pardonner, grogne-t-il.

Il arrive à me retourner sur le ventre. Alors que je me débats, ma robe remonte au niveau de ma taille. Il en profite pour écarter mon shorty sur le côté et me pénètre d'un seul mouvement. Mon âme hurle, se brise, encore une fois. Je suffoque. Intérieurement, je déverse des torrents de larmes. La souffrance est telle que j'ai la sensation de mourir, l'impression qu'une personne s'amuse avec un tisonnier, rougi par les flammes, à transpercer mes entrailles. Puis mon cerveau se déconnecte. Je ne suis plus dans cette chambre, en train de me faire violer par mon mari. Je suis partout et nulle part à la fois. Entre deux mondes, le réel et l'imaginaire. Plus proche de l'enfer que du paradis. Je ne veux pas quitter ce trou noir. Je ne veux pas entendre ses grognements de plaisir, je ne veux pas sentir son corps sur le mien. Je ne veux pas respirer son parfum qui me prend à la gorge.

Je ne ressens plus rien à part un grand vide. Je ne réagis pas lorsque ses lèvres se posent sur ma nuque, une fois sa petite affaire finie, ni quand il me détache.

– Je tiens les rênes. Si le besoin s'en fait sentir, je me ferai un plaisir de te le rappeler, dit-il en sortant de la chambre.

Une larme s'échappe de sa prison et finit sa course sur les draps. Mon regard se pose sur la fenêtre. Un oiseau atterrit sur le rebord. Ses yeux s'ancrent dans les miens pendant un court instant, avant qu'il batte une fois des ailes. Moi aussi, j'aimerais m'envoler et fuir cette cage dans laquelle je suis. La sensation fugace qu'il comprend ma douleur libère une autre larme.

La pluie s'abat violemment aussi bien dehors qu'à l'intérieur de moi. L'oiseau prend son envol tandis que je me brise un peu plus chaque seconde.

Je ne bouge pas avant d'entendre la porte d'entrée claquer. Je descends difficilement du lit et marche jusqu'à la salle de bains. Je ne me regarde pas dans le miroir. Je fais couler de l'eau froide et je m'assieds directement sur le sol de la douche. Je replie les jambes contre ma poitrine et me balance d'avant en arrière. Ma bouche s'ouvre sur un cri silencieux, douloureux. J'étouffe. Je souffre. Je rugis jusqu'à ce que ma voix s'éteigne.

Aujourd'hui, Jules a franchi un cap dans sa violence. Aujourd'hui, il a réussi ce qu'un an dans la rue et de passes n'a pas fait. Il a écrasé le dernier morceau de mon âme encore intact. Aujourd'hui, je pleure pour la femme que je ne serai jamais. Aujourd'hui, je crie parce que la mort ne m'a jamais semblé aussi douce.

Aujourd'hui, je sais que je n'aurai plus aucune pitié.

***

Elijah

C'est le troisième soir que je viens ici.

Je ne sais même pas ce que je fais vraiment là. Il est clair qu'Anaïs ne veut aucun contact avec moi. Ce n'est pas non plus dans mes plans. Mais je n'arrive pas à oublier la terreur que j'ai aperçue dans son regard quand j'ai parlé de son mari. Est-ce qu'il est violent ?

Je finis ma bière, maussade. Un mouvement à côté de moi attire mon attention. Une blonde débarrasse une table. Des formes pour lesquelles certains seraient prêts à se damner, et un joli visage. Je me souviens que c'est la même qui nous a interrompus lorsque j'ai revu Anaïs la première fois dans son bureau. Elle me jette un coup d'œil et elle semble me reconnaître. Elle s'avance vers moi.

– Monsieur, je peux vous servir quelque chose ?

Je regarde ma montre, il est un peu plus de minuit.

– Non, je pense que je vais y aller.

Elle hoche la tête et se détourne.

– Excusez-moi, la rappelé-je.

– Oui ?

– Vous savez comment je pourrais joindre Mme Fournier ?

– Elle n'est pas là ce soir.

– Je suis déjà au courant, répliqué-je, légèrement agacé. Ce que je veux savoir, c'est si vous avez un moyen de la contacter directement.

– Je ne peux pas vous donner son numéro, monsieur, rétorque-t-elle.

Évidemment ! À quoi je pensais ? Ce n'est pas le genre de chose que fait un salarié modèle. Je passe une main dans mes cheveux, frustré.

– Vous pouvez lui transmettre un message de ma part ?

– Bien sûr.

– Dites-lui qu'Elijah a besoin de lui parler.

– D'accord, ça sera fait.

Je lui adresse un signe de tête, laisse un pourboire sur la table et je m'en vais. La fraîcheur de la nuit ne m'aide pas à éclaircir mes pensées. Tout est confus, les souvenirs du passé se mêlent au présent. Je ne sais plus qui je suis. Est-ce que l'Elijah d'autrefois aurait laissé Anaïs partir ? Certainement pas. Par contre, l'Elijah d'aujourd'hui aurait dû tourner les talons depuis longtemps pour la fuir. Alors, pourquoi je ne le fais pas ? Simplement parce que je ne peux pas le faire si elle est en danger.

Je soupire puis me dirige vers ma voiture. Une fois à l'abri, je ne mets pas le contact directement. Mon regard se pose sur la façade du Lady Midnight. Je comprends pourquoi Delaunay est intéressé par le club. Il est parfaitement bien situé, il attire du monde et l'intérieur est classe. Comment Anaïs en est-elle devenue la propriétaire ? J'attrape mon téléphone et le fais tourner entre mes doigts. Je me suis promis de ne pas mélanger ma vie personnelle et professionnelle. Alors je refoule la tentation d'appeler Delaunay pour avoir des informations. Je préfère utiliser Google pour en savoir plus sur le mari d'Anaïs. Je clique sur sa page Wikipédia.

« Jules Fournier, né le 2 juillet 1982 à Neuilly-sur-Seine, est un homme politique. Fils d'Élisabeth Leroy, autrefois ministre de l'Économie, à présent directrice générale d'une entreprise de produit de luxe mondialement connue. [...] Passé par l'IEP (Institut d'études politiques), ancien attaché parlementaire, aujourd'hui membre du mouvement Pour La France, majoritaire au Parlement, il est député. »

Je parcours le reste de sa biographie en diagonale. Il y est relaté, entre autres, que son père Henri Fournier est mort cette année d'un anévrisme à l'âge de 56 ans, sans plus de détails sur sa profession. Je quitte Wikipédia et continue à lire d'autres articles. Jules Fournier est connu pour ses prises de parole enflammées au Parlement. Il est aussi dit qu'il sera probablement le prochain président de son mouvement. Rien que ça ! Ils parlent peu d'Anaïs dans la presse, à part pour dire que c'est la femme de Jules. Il est clair que Fournier est un homme respecté et influent. J'attrape mon attaché-case et fais une dernière recherche dans mes documents. Et après ce qui me semble une éternité, je trouve l'information que je veux. Son adresse et son numéro de téléphone. Je jette encore un coup d'œil vers le club et ma décision est prise. Si Anaïs ne vient plus au boulot, il n'y a qu'un moyen de lui parler face à face. Je me frotte la nuque pour dénouer la tension que je ressens et je démarre. Je décide de ne pas rentrer chez moi, mais plutôt d'aller au loft. J'ai besoin de décompresser.

***

J'enchaîne les coups, mais son image reste devant mes pupilles. Surtout son arrivée dans le restaurant, sa démarche féline, sa robe rouge moulant sa silhouette. Tout ce que j'ai enfoui au plus profond de moi, l'accident, l'amour que je ressentais pour elle, revient heurter mon âme, mon cœur. Je secoue la tête, la sueur perle le long de mon front. J'accélère la cadence de mes frappes. Mes muscles protestent, mais je ne m'arrête pas. Je continue jusqu'à avoir le cœur en feu, de la lave liquide dans les veines. Je m'écroule sur le sol. La différence de température entre le béton ciré et mon corps en surchauffe n'apaise pas la tempête que j'ai l'impression de traverser. Les yeux fixés sur le plafond, je tente de réguler ma respiration. Je finis par me relever et vais prendre une douche avant d'aller me coucher sur mon matelas dans un coin. Je ne pense ni au passé ni au futur. Il n'y a que l'instant présent qui m'obnubile. Un présent foireux, incertain, maladif. Je m'assieds et appuie mon dos contre le mur. Je devrais être chez moi en train de dormir après avoir fait l'amour à ma copine. Mais je me retrouve dans un appartement quasiment vide, seul. Ce n'est pas vraiment ce que j'avais imaginé pour mon futur. En même temps, il est impossible de prévoir l'inévitable, d'empêcher le destin de jouer avec le hasard. Nous ne sommes que des pions sur leur échiquier.

Je me relève et me poste devant les baies vitrées. Une vue sans vis-à-vis sur les toits devrait apaiser mes maux, du moins un peu. Pourtant, rien n'arrive à me faire oublier ce que j'ai perdu. Mon cœur en feu se gèle et la glace le recouvre. Il ne manque pas grand-chose pour le fracasser une nouvelle fois.

Je baisse la tête et me détourne des fenêtres. Dans quelques heures, j'aurai les réponses aux questions qui m'obsèdent, mais je ne me fais pas d'illusions, le retour à une vie sans émotion ne se fera pas sans heurts.

11

Elijah

Je jette un coup d'œil à ma montre. Sept heures quinze.

Une voiture passant au ralenti près de moi me sort de mes pensées. À l'instant où elle se poste devant l'immeuble d'Anaïs, Fournier en sort et s'engouffre dans le véhicule. Au moins, une chose est sûre, il n'est plus dans son appartement. Il ne me reste plus qu'un écueil. Comment je fais pour entrer à l'intérieur ? J'attends que le véhicule redémarre avant de m'approcher plus près du bâtiment. Naturellement, il y a un Digicode. Au moment où je m'apprête à retourner à ma voiture, la porte s'ouvre. Une jeune femme se tient devant moi et me rentre dedans. Brune, élancée, dans un tailleur visiblement hors de prix. Elle pousse un petit cri d'effroi et a un mouvement de recul.

– Excusez-moi, je ne voulais pas vous faire peur.

Elle m'étudie, me dévisage. Une lueur d'intérêt traverse ses pupilles.

– Excuses acceptées, ce n'est pas tous les jours qu'un bel homme me bouscule et s'en excuse.

Ses joues rosissent, puis elle se met à se mordre la lèvre inférieure, tandis que je ne prononce pas un mot.

– Peut-être que vous trouverez cela cavalier de ma part, mais tant pis ! J'aimerais vous donner mon numéro de téléphone.

Sans attendre ma réponse, elle se met à fouiller dans son sac et me tend une petite carte sur laquelle est inscrit son prénom, Ambre, ainsi que ses numéros professionnel et personnel. J'apprends par la même occasion qu'elle est mannequin.

– C'est un plaisir d'avoir fait votre connaissance, Ambre, répliqué-je en lui faisant un clin d'œil et en entrant dans l'immeuble.

J'avance un peu et observe le hall fastueux et lumineux. Le sol est entièrement recouvert de marbre. Sur l'escalier donnant accès aux étages, un tapis d'un rouge sombre est déposé. Je n'ose presque pas toucher à l'ascenseur dont les contours sont de couleurs or et noire. Clairement, nous ne jouons pas dans la même cour avec Fournier.

Je jette un coup d'œil aux boîtes aux lettres pour m'informer de leur étage. Le dernier, bien évidemment. Plus les chiffres défilent, plus l'appréhension de ce qui m'attend s'intensifie. Je ne peux pas dire que j'ai été correct avec Anaïs dernièrement, loin de là, mais c'est plus fort que moi. Je dois savoir. Après quoi, on retournera à nos vies.

Continue de te voiler la face !

C'est l'unique appartement qui occupe l'étage. Une seule porte me sépare à présent d'elle. J'inspire et sonne. De l'autre côté, c'est le calme plat, ou les murs sont trop épais pour me permettre d'entendre s'il y a du remue-ménage. Je demeure immobile pendant trois minutes avant de frapper directement à la porte. Enfin, j'entends les cliquetis des verrous. Enfin, elle se tient devant moi. Je ne sais pas vraiment à quoi je m'attendais, mais pas vraiment à ça. Elle est vêtue d'un jogging et d'un tee-shirt à manches longues, tous les deux assez larges. Ses cheveux sont lâchés, encore un peu emmêlés, et cachent la moitié de son visage. Elle porte également des lunettes et c'est la première fois que je la vois avec. Elle a l'air de sortir du lit, et pourtant, elle est maquillée comme si elle s'apprêtait à se rendre à une soirée.

– Elijah, dit-elle d'une voix rocailleuse. Qu'est-ce que tu fais là ?

– J'avais besoin de te parler. Est-ce que je peux rentrer ?

Elle regarde par-dessus mon épaule, comme si elle avait peur de voir quelqu'un surgir de la cage d'escalier.

– Écoute, ce n'est pas vraiment le bon moment.

– Cinq minutes.

Elle me dévisage et finit par s'effacer pour me laisser entrer. Je sifflerais bien à la vue de l'intérieur de son appartement, mais je m'abstiens. Je m'avance jusqu'au salon et me retourne. Elle est appuyée contre le mur, les bras croisés, la tête tournée sur le côté.

– Tu veux boire quelque chose ? J'allais me faire un café.

Pourquoi j'ai l'impression qu'elle me demande ça seulement pour échapper à mon regard ?

– Alors, j'en prendrais bien un aussi, s'il te plaît.

Elle hoche la tête et se déplace vers la cuisine… en boitant. Je fronce les sourcils.

– Qu'est-ce que tu as ? Pourquoi tu boites ?

Elle se fige et reprend sa marche claudicante jusqu'à sa cafetière dernier cri.

– J'ai glissé dans la douche ce matin. C'est bête, hein, ajoute-t-elle avec un rire qui sonne faux.

Le même rire qu'elle a eu quand elle a aperçu son mari devant le restaurant. Je me place de l'autre côté du plan de travail, elle reste de dos.

– Anaïs, regarde-moi.

Ses épaules se crispent, ses poings se serrent. Elle me fait face, prenant toujours soin de me cacher une partie de son visage. J'avance vers elle tandis qu'elle recule. Très vite, elle se retrouve coincée contre le réfrigérateur. Je lève doucement la main, elle tressaille lorsque mes doigts touchent sa peau. Je place ses cheveux derrière son oreille. Je prends une inspiration sifflante lorsque je vois ce que son maquillage n'a pas réussi à cacher. Sa joue est recouverte d'un immense bleu. Elle se dérobe à mon contact et adopte une posture défensive.

– La prochaine fois, je ferai plus attention en prenant ma douche.

– Anaïs, tu ne vas pas me faire croire que c'est arrivé de cette façon, grogné-je.

– Tu es devenu expert en accident domestique à présent ?

– Pourquoi refuses-tu de me dire la vérité ?

– C'est la vérité, s'écrie-t-elle.

Elle sursaute quand mon poing s'abat contre le plan de travail. La peur prend possession de son regard et elle recule. Je n'ose imaginer ce que ce connard lui fait subir. Putain ! Pourquoi ne le quitte-t-elle pas ? Je tire sur mes cheveux et lève les yeux vers le plafond. Je redeviens maître de moi-même et laisse tomber mes mains le long de mon corps. J'ancre mes pupilles dans les siennes.

– Anaïs, ajouté-je d'une voix plus douce. Tu peux me faire confiance…

– Et quoi ? me coupe-t-elle. Tu vas me dire que tu seras là ? Comme tu l'as fait avant de lâchement faire ta vie ailleurs ? Je n'ai pas besoin de toi, Elijah ! Ce que je veux, c'est que tu quittes mon appartement.

– Je ne vais pas rester sagement dans mon coin pendant qu'il te tape dessus, m'exclamé-je.

– Personne ne me frappe, réplique-t-elle, de plus en plus agacée.

J'attrape son poignet à l'instant où elle passe près de moi. Elle pousse un petit cri et grimace. Je relève vivement la manche de son tee-shirt et remarque la trace rouge d'un lien.

– Ça aussi, c'est en tombant dans ta douche ?

Elle libère son poignet de l'étau de mes doigts.

– Cela ne te regarde pas, s'écrie-t-elle.

Ses yeux me lancent des éclairs, sa respiration est difficile. Je le sais. Je sais qu'elle ne me dit pas la vérité. Que cette ordure frappe sa femme. Putain ! Si je ne devais pas la convaincre de me laisser l'aider, j'irais attendre Fournier à la sortie de son bureau pour lui régler son compte.

– Je ne comprends pas, marmonné-je.

– Parce qu'il n'y a rien à comprendre. Il n'y a pas d'explications à chercher.

– C'est parce que tu l'aimes que tu restes avec lui malgré ce qu'il te fait subir ?

– Je pense que tu ferais mieux de partir, souffle-t-elle.

Je capte son regard et ne le quitte plus. Est-ce que je dois faire ce qu'elle me demande, au risque de le regretter ? Ou dois-je la porter sur mon épaule et la tirer de cet enfer ? Son visage reste impassible, il m'est presque impossible de savoir ce qu'elle veut réellement. *Presque*. Elle aimerait se reposer sur moi, je le sens, je le vois. Mais quelque chose la retient. Ou est-ce quelqu'un ? Elle va se poster devant les baies vitrées, attendant certainement que j'obéisse à sa volonté.

– Tu sais ce qui va se passer si je pars ?

Elle se retourne et hausse un sourcil, l'air interrogateur.

– Je vais attendre que Fournier rentre chez vous. Une fois que son chauffeur sera parti, une fois que Jules aura passé la porte de cet immeuble, je le tuerai, lui exposé-je calmement, froidement. Je ne ferai pas ça proprement, je le battrai à mort. Et tu veux savoir comment je sais ça ? Parce que c'est l'image de mes poings s'écrasant sur son visage que j'ai en tête depuis que j'ai vu ce qu'il t'a fait. Tu veux que je te laisse tranquille ? D'accord. Mais je ne le laisserai pas t'approcher. Je ne lui donnerai pas une seconde chance de recommencer.

– Tu tuerais l'homme que j'aime sur la base d'une supposition ?

– Une supposition ? Les marques que porte ton corps sont des preuves largement suffisantes pour moi.

– Un bleu sur la joue n'est pas une preuve ! s'écrie-t-elle.

– Et ton poignet ? rétorqué-je.

– Ce que je fais en privé avec mon mari ne te regarde pas !

Je soupire et ferme les yeux. Mon Dieu ! Pourquoi est-il si dur pour elle d'admettre qu'il ne sert à rien de me mentir ? Et pourquoi est-ce que je m'entête ? Après tout, elle a raison. Je n'ai aucun indice, aucune raison de douter de ce qu'elle me raconte. À part la peur qui ne quitte plus son regard. Mais je ne peux pas jouer à l'homme de Cro-Magnon, elle est déjà sur ses gardes. Non, il faut que ça vienne d'elle. Mes épaules s'affaissent.

– Tu crois qu'*ils* seraient fiers de moi si je te laissais une nouvelle fois ?

Elle a un mouvement de recul. Mes mots la percutent de plein fouet, mordent son être et son cœur. Son ton se fait distant lorsqu'elle me répond.

– On ne le saura jamais… grâce à moi, ajoute-t-elle, sarcastique.

– Putain, Anaïs !

Je me passe une main dans les cheveux, à deux doigts de péter les plombs. Cette conversation, on l'a eue maintes fois, et elle n'a toujours pas accepté qu'elle n'est en rien responsable de l'accident. Je préfère revenir au sujet présent et remettre cette discussion à plus tard.

– À ton avis, ça se passera comment la prochaine fois ? l'interrogé-je.

– Il n'y aura pas de prochaine fois, car je ne compte pas retomber dans ma douche.

– Le coup suivant sera pour quelle partie de ton corps ? lui demandé-je sans prendre en compte sa réponse. Le ventre ?

Elle tressaille. Intraitable, je continue.

– Combien il y en aura ? Peut-être que tu finiras à l'hôpital, ou pire, à la morgue ? Tu penses à tes parents quand ils devront identifier ton corps avec ton visage méconnaissable ?

– Tu ne sais pas de quoi tu parles ! s'exclame-t-elle.

– Tu crois que nous ne prenons pas d'affaires *pro bono* au cabinet ?

– Cela n'a rien à voir avec moi ! Mon mari ne me frappe pas.

– Qui essaies-tu de convaincre ? Toi ou moi ?

Le silence alourdit l'air. Je ne peux pas m'arrêter là. Il faut qu'elle comprenne qu'il peut faire encore pire. Aller encore plus loin.

– Et si par exemple tu refuses qu'il te touche de manière intime, mais qu'il passe outre ? Jusqu'à quel point penses-tu pouvoir supporter tout ça, Anaïs ?

Un éclair de souffrance traverse ses pupilles. Ses poings se serrent, et je ne suis pas certain de ne pas être sa cible.

– Tu ne sais pas ce que je suis capable de supporter, hurle-t-elle. Tu ne sais rien de ce qu'ont été ces trois années pour moi, rien de ce que j'ai vécu pendant que tu profitais de ta vie parfaite ! Comment oses-tu te pointer ici et jouer au chevalier servant ?

– Crois-moi, je sais que je ne mérite pas ta confiance, mais toi, tu ne mérites pas de vivre avec un homme violent ! Je t'en prie, laisse-moi t'aider, Anaïs, ajouté-je à voix basse.

– Tu ne peux rien faire pour moi.

– Fais-moi confiance, Anaïs.

– Jusqu'à quand ? me demande-t-elle d'un ton acéré. Un jour, tu te volatiliseras et je me retrouverai toute seule. *Encore* une fois.

Je ne réponds pas, car elle a visé juste. Peut-être que je ne sortirai pas entièrement de sa vie, mais je ne me pense pas capable d'être le même qu'autrefois. Je ne pense pas pouvoir démolir totalement les murs qui entourent mon cœur. Est-ce si égoïste de ne pas vouloir souffrir ? D'essayer de se protéger ?

– Anaïs, murmuré-je en amorçant un pas vers elle.

Elle recule, son dos s'appuie contre la vitre. Sa main se tend devant elle comme un rempart.

– Laisse-moi, Legrand. Retourne à ta vie idyllique. Crois-moi, ça vaut mieux comme ça.

Je fais un pas en arrière sans la quitter du regard. Le sien ne change pas, déterminé, froid, distant. Je ne peux rien faire contre sa volonté, je ne peux qu'attendre. Je me détourne complètement et avance vers l'entrée. Mon cœur bondit dans sa cage. Je serre les poings, mais ne me retourne pas. Mon Dieu ! C'est chaque fois plus difficile de partir sans un regard en arrière. La main sur la poignée, je me fige. Mon front se pose sur le battant. Si je pars maintenant, je le regretterai toute ma vie. Je mériterai amplement le titre de connard de l'année. J'ouvre la porte, puis la referme en la claquant. Qu'est-ce que je peux lui apporter de bon de toute façon ? Pendant toute notre discussion, elle n'a jamais avoué que son mari l'a frappée. Alors je me trompe sûrement. Je ne cherchais qu'à me rattraper pour l'avoir délaissée quand elle avait besoin de moi. Un chevalier servant ! Je réprime de justesse un rire glacial. Je n'en ai pas la carrure. Mais *eux* l'avaient.

Anaïs sursaute lorsqu'elle me voit revenir.

– Mais… j'ai entendu la porte claquer, bredouille-t-elle.

– Je n'étais pas parti. Je t'ai promis que je ne t'abandonnerai plus.

Son regard s'emplit de larmes. Elle baisse les yeux, ses épaules sont secouées de soubresauts. Je m'approche doucement d'elle et entoure son corps de mes bras. Elle niche sa tête contre mon torse et éclate en sanglots. Je ferme résolument les paupières et serre la mâchoire tant sa douleur me fait mal, me perfore de toutes parts. Je la presse plus fort contre moi tandis que ses jambes flanchent, mais elle pousse un gémissement de douleur.

Je m'écarte légèrement d'elle.

– Où ? lui demandé-je.

Elle se crispe et secoue la tête. Ses yeux sont rougis, ses larmes détruisent son maquillage, révélant l'émergence d'un œil au beurre noir.

– Anaïs, j'ai besoin de savoir.

Elle prend une profonde inspiration et soulève doucement son tee-shirt. Ma respiration se coupe. Putain ! Je ferme résolument les yeux, mais l'image est gravée dans mon esprit. L'hématome qui recouvre son ventre me donne des envies meurtrières. Elle tente de se dégager de mon étreinte.

– Ne bouge surtout pas, grogné-je.

Je rouvre enfin les yeux et les ancre dans les siens. Son armure a volé en éclats, son âme est à nu devant moi. Je ressens sa peine, sa douleur, sa méfiance. Je pose mes mains sur ses hanches et lentement je retrousse son haut. Il y a un autre bleu que je n'avais pas vu du côté droit. Je déglutis et muselle la colère qui tenaille mon esprit. J'effleure du bout des doigts les marques.

– Où ? la questionné-je à nouveau.

– Elijah, ne fais pas ça, souffle-t-elle d'une voix brisée.

Mon cœur s'écrase contre le mur de sa prison. J'opine de la tête et la reprends contre moi.

– Il faut que tu le quittes, murmuré-je contre ses cheveux.

Son corps se raidit. Elle bascule la tête en arrière.

– Promets-moi de ne pas t'en mêler, s'affole-t-elle. Promets-moi que tu me laisseras régler ça.

– Tu ne peux pas me demander ça ! rétorqué-je, stupéfait.

Elle se détache de moi et croise les bras contre sa poitrine.

– Soit tu pars, soit tu acceptes mes conditions.

Je serre la mâchoire.

– Mais merde, comment peux-tu me demander ça, Anaïs ?

– Peut-être à cause de ce que tu m'as dit. Tu as envie de le tuer et je ne tiens pas à avoir ton emprisonnement sur la conscience en plus de tout le reste.

Je soupire, mais accepte tout de même.

– À une condition. Tu ne peux pas rester ici.

– Il part en campagne électorale demain, alors tu n'as pas à te soucier de ce qu'il pourra me faire.

– Il va rentrer faire ses valises avant de partir…

Elle hausse les épaules et essuie les traces de ses larmes.

– Je serai au club à ce moment-là.

Je passe mes pouces sur ses pommettes et prends son visage en coupe. Je l'ai abandonnée brisée, il y a trois ans, mais aujourd'hui, malgré tout ce qu'elle endure, elle est plus forte que jamais. Bien sûr, son âme a des fêlures, mais sa combativité ne la quitte pas. Je soude mon front au sien. Cette fois, c'est moi qui m'accroche à elle.

12

Anaïs

J'ai essayé de laisser Elijah à l'écart de tout ça. J'ai essayé de maintenir cette barrière entre nous. Mais pour une fois, j'ai été égoïste. Pour la première fois depuis la mort d'Henri, je me suis appuyée sur quelqu'un d'autre.

Et si je n'avais pas perdu à la courte paille…

Et si je ne les avais pas pressés pour rentrer…

Et si Elijah n'était jamais parti…

Et si j'avais fait confiance à mes parents pour qu'ils m'aident à remonter la pente…

Et si je n'avais jamais fait la connaissance d'Henri…

Et si je n'avais pas répondu aux avances de Jules…

Tous ces « Et si » ne sont que le reflet de chaque pan de ma vie que le destin a foutu en l'air. Alors je craque et fonds dans ses bras. Je sais que cela ne va pas durer, qu'à un moment ou un autre, je vais devoir à mon tour partir, mais je suis tellement fatiguée de tout ça. J'aimerais trouver la solution pour attraper ne serait-ce qu'un grain de bonheur, une étincelle de vie heureuse.

Je pose mon front contre sa poitrine et m'emplis de son parfum épicé et rafraîchissant. Je respire juste cet instant de calme. Sa main dans mes cheveux apaise légèrement mon mal de crâne. Je finis tout de même par détacher mes bras autour de sa taille. Par automatisme, je cache le bleu qui orne ma joue. J'inspire profondément et plonge mes pupilles dans les siennes. Il n'y a pas de pitié dans son regard, juste son envie de me protéger sur un fond de colère. Ses yeux ont toujours été une toile de ses émotions. Une fenêtre sur son cœur. Une ouverture par laquelle je pouvais deviner ses pensées, ses attentes, ses peurs. Aujourd'hui, il a fermé les volets et seuls ses sentiments les plus vifs arrivent à passer à travers les interstices.

– Désolée pour tout ça, dis-je en désignant sa chemise tachée par mon maquillage.

– Ce n'est pas grave.

Je m'extrais de ses bras et vais dans la cuisine. Ma jambe me fait souffrir et je m'interroge pour la course de ce week-end. Il est hors de question de ne pas y participer. Je ne sais pas vraiment quel coup ou quel moment a pu susciter cette douleur. Je n'arrive pas à m'en souvenir et, honnêtement, j'essaie même d'oublier. Malgré les heures passées depuis ce jour horrible, ce jour qui a marqué un tournant décisif dans ma vie, j'ai l'impression que Jules a arrêté de me frapper il y a une heure seulement, alors que c'était trois jours auparavant. Je me plante devant la cafetière et remplis deux tasses. J'appuie mes mains sur le plan de travail et baisse la tête. Ça fait longtemps que je ne m'étais pas sentie aussi faible. Putain ! Ça fait un moment que de sombres pensées ne m'avaient pas autant traversé l'esprit.

Elijah se place à mes côtés.

– Qu'est-ce que tu vas faire ?

– Ce qui doit être fait, réponds-je laconiquement.

Il hoche la tête, puis fronce les sourcils.

– Ce qui veut dire ?

Je capte son regard interrogateur. Je grogne intérieurement à cause de mon manque de lucidité. Je n'aurais jamais dû le mettre au courant ni l'impliquer d'une façon ou d'une autre.

– Je vais divorcer, soupiré-je en passant une main dans mes cheveux.

Jules et Elijah bousculent mes plans. D'une manière totalement différente, bien sûr. Mais je ne dois pas me précipiter au risque de tout faire foirer. Je dois agir dans les règles si je veux m'en sortir. Je souffle et lui tends sa tasse.

– Je peux faire quelque chose ? me demande-t-il en avalant une gorgée de café. Je connais un très bon avocat dans ce domaine.

Je secoue la tête. Je crois qu'il est temps de mettre un terme à tout ça.

– Non. C'est gentil de t'inquiéter, même si c'est un peu tard pour ça, ne puis-je m'empêcher d'ajouter d'une voix plus basse.

Il opine de la tête puis détourne le regard.

– Même si tu n'en veux probablement pas, je serais plus rassuré si tu avais mon numéro.

– Ce n'est pas utile.

Je hausse les épaules, l'air dégagé. On ne peut pas reconstruire ce qu'il y avait entre nous. C'est impossible.

– Tu ferais mieux d'y aller. Tu dois encore changer de chemise et je ne veux pas être la raison de ton retard à ton boulot.

Il dépose sa tasse sur le plan de travail, puis sort de la poche intérieure de sa veste une carte de visite noire. Le logo de son cabinet, son nom ainsi que ses coordonnées professionnelles y sont inscrits d'une couleur or. Il tourne le bristol de l'autre côté, et après avoir sorti un stylo, il y note son numéro de portable. Il me tend la carte, mais je ne la prends pas.

– S'il te plaît, insiste-t-il.

Même si je sais que je ne l'utiliserai jamais, je la récupère.

– Merci. Tu peux m'appeler à n'importe quelle heure, je viendrai aussi rapidement que possible. Si tu as besoin de quoi que ce soit, je serai là.

« Je serai là. »

Mon cœur rate plusieurs battements. Ce sont pile les mots qu'il a prononcés le jour de l'enterrement de Vincent. Je croise les bras contre ma poitrine comme si cela créait un bouclier visible entre lui et moi. Je ne réponds rien et l'accompagne jusqu'à la porte. Il rechigne à partir, je le vois bien, mais il n'a pas le choix. Il ne peut pas me forcer à faire ce dont je n'ai pas envie. Et je ne veux pas qu'il se mêle de tout ça.

– Anaïs, murmure-t-il avant de sortir.

– Oui ?

– Si jamais…

Il inspire profondément et reprend :

– Si jamais il recommence, je le tuerai.

Je reste bouche bée face à sa détermination. Tout à l'heure, je pensais qu'il disait ça seulement pour me faire avouer la vérité, mais il n'en est rien. Il est réellement capable d'aller jusqu'à ce point de non-retour.

– Je ne lui donnerai pas cette chance, réponds-je, catégorique.

Il me dévisage et, après un hochement de tête, il emprunte les escaliers. Je ferme la porte et m'appuie contre celle-ci. Je respire lentement pour calmer la course folle de mon cœur. Pour ce que je m'apprête à organiser, je dois faire preuve de tout mon sang-froid.

***

Épuisée, je me gare devant le Lady Midnight. Je regarde la foule se presser et faire la queue. Cette soirée est spéciale, car elle est réservée aux femmes. Celles qui sont fans de Magic Mike. Celles qui souhaitent passer un bon moment entre copines. Celles qui veulent profiter de l'*happy hour*. Mais soyons honnêtes, c'est surtout pour voir des hommes se déhancher à moitié nus devant elles. Les soirées Chippendales rapportent beaucoup au club, autant en recette qu'en réputation. Et puis, regarder un strip-teaseur faire de la pole dance est agréable pour les yeux. Voir tous ces muscles en action, voir à quel point ça demande un véritable savoir-faire, c'est un spectacle fascinant. Alors, un mercredi par mois, je me rince l'œil. Mais ce soir, je ne suis pas d'humeur.

J'allume le plafonnier de la voiture et observe une nouvelle fois mon maquillage. Cette fois, j'ai tout fait pour cacher mes marques. Et puis, avec l'éclairage à l'intérieur du club, il n'y a aucun risque que quelqu'un les découvre. J'éteins la lumière et resserre les pans de mon manteau en sortant du véhicule. D'habitude, j'arrive bien plus tôt pour tout organiser, mais depuis trois soirs, je laisse le soin à Alice de gérer l'établissement. Elle est compétente et j'ai confiance en elle. Je marche d'un pas vif vers l'entrée du personnel. Une fois à l'intérieur, je m'arrête un instant pour vérifier que tout se passe bien. Aujourd'hui, nous n'avons que des employés masculins, engagés exceptionnellement pour l'occasion – à part Thierry le barman, qui travaille un soir sur deux. On a vraiment poussé le concept jusqu'au bout. Je salue Thierry d'un signe de tête et je jette un coup d'œil à la salle. L'ambiance est survoltée, plusieurs femmes se mettent à hurler de joie lorsque le strip-teaseur déboutonne lentement sa chemise. Ce dernier a opté pour le style homme d'affaires. La cravate se balance autour de son cou, ne donnant qu'une envie aux femmes au premier rang : l'attraper et l'embrasser, voire plus que ça. Un autre soir, j'aurais eu les mêmes envies qu'elles, mais pour l'instant je ne suis pas prête à nourrir de telles pensées envers la gent masculine. Je ne sais pas si un jour ça me reviendra.

Je soupire et file m'enfermer dans mon bureau. Je n'ai pas vu Alice et j'espère que Thierry ne lui dira pas qu'il m'a aperçue. Elle est trop perspicace pour ne pas se rendre compte que quelque chose cloche. J'ai déjà craqué avec Elijah, je ne suis pas certaine d'éviter la crise de larmes avec elle. Lui mentir m'est de plus en plus difficile.

Je jette mon manteau sur le canapé et m'affale sur le fauteuil derrière mon bureau. Les yeux fixés sur le plafond, je sors le bristol de ma poche. Sa carte ne m'a pas quittée depuis qu'il est parti. Je ne sais pas pourquoi je la garde, ni même pourquoi je n'ai pas simplement enregistré son numéro dans mes contacts. Je préfère jouer avec, comme si elle me ramenait à cet instant où j'étais presque sereine. En paix. Puis la vie a repris ses droits, mon esprit s'est rappelé la souffrance endurée à son départ, mon cœur s'est froissé et j'ai de nouveau levé mes boucliers.

Mon téléphone sonne m'annonçant l'arrivée d'un SMS de Jacques, mon chef d'équipe :

[Rendez-vous demain à 10 heures
pour les derniers réglages.
Départ samedi après-midi
pour ne pas avoir à se lever à
l'aube dimanche.]

Avec tout ce qui se produit dans ma vie actuellement, j'aurais pu oublier que ce week-end a lieu une des courses du Trophée Tourisme Endurance dans la Vienne, plus précisément à Le Vigeant. Normalement, le TTE ne devrait être qu'un tremplin pour la Porsche Carrera Cup la saison prochaine, à laquelle j'ai déjà refusé de participer cette année. Delaunay peut vraiment être persuasif lorsqu'il le faut, et par conséquent, il a convaincu un des membres du jury de ce championnat de nous laisser une seconde chance. Mais j'ai bien peur que ce soit un rêve sur lequel je vais devoir faire une croix. La course de ce week-end sera ma bouffée d'air frais avant que ma vie prenne un virage à cent quatre-vingts degrés. Je lui réponds un simple « OK » et me passe une main sur le visage. Merde ! On ne peut pas dire que je suis dans une forme olympique et je n'ai pas fait de sport depuis dimanche matin. Habituellement, je m'entraîne chaque jour. Ma préparation physique et mentale se doit d'être irréprochable. Conduire sur circuit est, certes, une question de pilotage, mais aussi d'endurance, de force et de connaissances mécaniques.

Je remets la carte dans ma poche et décide d'appeler mon coach sportif pour une séance matinale demain avant de rejoindre l'écurie sur le circuit. Ce qui me laisse peu de temps pour tout ce que j'ai encore à faire. Je plonge dans la paperasse, vérifie les comptes et signe une tonne de documents.

– Si ça ne tenait qu'à moi, vous ne seriez pas obligée de vendre, s'exclame une voix masculine.

Je sursaute et relève vivement la tête. Delaunay est posté devant moi, appuyé contre le chambranle de la porte. Comme à son habitude, il est vêtu de manière classique. Son caban noir est ouvert sur une chemise blanche et un pantalon cintré. Ses cheveux sont lissés en arrière.

– Monsieur Delaunay, je ne vous ai pas entendu frapper.

– Pourtant, je l'ai fait plusieurs fois. Je sais que vous ne m'attendiez pas avant demain soir, mais je passais dans le coin.

Je regarde ma montre et hausse un sourcil dans sa direction.

– À vingt-trois heures, vous vous êtes dit que c'était une bonne heure pour un rendez-vous ?

– Il n'y a pas d'heures pour les affaires.

Je lui fais signe de prendre place dans le fauteuil devant mon bureau et me renfonce dans le mien tandis qu'il ferme la porte.

– De quelles affaires voulez-vous parler, Delaunay ?

– Est-ce qu'un jour vous m'appellerez Sylvain pour de bon ?

– Il y a très peu de chances, rétorqué-je en croisant les bras contre ma poitrine. Venez-en au fait. J'ai téléphoné à votre secrétaire cet après-midi, et si mes souvenirs sont bons, nous n'avons rendez-vous que demain. Alors que faites-vous là ?

– D'ailleurs, je suis vexé que vous soyez passée par elle alors que vous avez mon numéro personnel. Mais soit, je suis venu m'entretenir avec vous.

– À propos de quoi ?

– D'une proposition.

J'attends qu'il développe, mais j'avais oublié que Delaunay a un côté théâtral. Je soupire et entre dans son jeu.

– À propos de quoi ?

– Du club. Je vous propose de le garder et de partager les parts avec moi.

Je fronce les sourcils, intriguée et inquiète.

– En contrepartie de quoi ?

– Je ne demande rien en échange.

Je m'esclaffe et lui jette un regard suspicieux.

– Je ne suis pas née de la dernière pluie. Vous êtes un homme d'affaires réputé, il y a toujours une contrepartie dans vos transactions. Vous n'avez rien à gagner en me laissant la moitié des parts du club. Alors, qu'est-ce que vous voulez en échange ?

Il m'observe longuement, je ne cille pas sous son regard. Je ne m'attendais pas à livrer deux batailles dans la même journée. La patience que j'ai généralement envers Delaunay a été mise à rude épreuve plus tôt ce matin. Je connais sa réponse, je pensais bien qu'un jour il en viendrait à me faire cette proposition. Delaunay n'est pas un homme qui a l'habitude d'entendre non, tout comme mon mari, mais ils réagissent de manière différente. Là où Jules opte pour la violence, Delaunay, lui, préfère jouer de façon stratégique. Il ne laisse rien au hasard.

– Permettez-moi d'éjecter Fournier de la partie, reprend-il.

En revanche, je ne le croyais pas si direct.

– Je ne comprends pas, répliqué-je calmement.

– Cet homme ne vous mérite pas et il est clair qu'il ne vous traite pas correctement.

Mon sang bat à mes tempes, mon corps se tend. Je m'exhorte à ne rien laisser paraître. Delaunay ne peut pas être au courant du comportement violent de Jules, c'est impossible.

– Mon mari est un homme attentionné. Je ne vois pas ce qui peut vous faire croire qu'il en est autrement.

C'est à son tour de hausser les sourcils et de croiser les bras contre son torse.

– Vous êtes celle qu'il a épousée, mais il n'est pas resté chaste en vous attendant.

Je déglutis péniblement. La sueur coule le long de mon épine dorsale. Intérieurement, je bouillonne, extérieurement je suis la femme imperturbable qui ne vient pas de sursauter de peur que Jules apparaisse, un masque menaçant sur le visage. Je n'ai pas besoin qu'un autre homme bouscule mes plans.

– Laissez-moi être plus clair, Anaïs, reprend Delaunay. J'ai connu Jules bien avant vous, je sais de quoi il est capable.

– Je ne vois toujours pas de quoi vous parlez. Quoi qu'il en soit, je ne vais pas discuter de ma vie privée avec vous. Je vais vous vendre le Lady Midnight comme vous en aviez convenu avec Henri. J'ai décidé de ne pas chercher d'autre acheteur ni de me compliquer la tâche. Une fois que cela sera fait, nos chemins ne se recroiseront probablement jamais.

Il reste silencieux une fois que j'en ai terminé. La tête penchée sur le côté, il m'analyse. Je me retiens de me tortiller sur ma chaise pour ne pas lui montrer que je suis mal à l'aise sous son examen. Puis il se lève sans un mot, et après un hochement de tête, il tourne les talons. Avant d'ouvrir la porte, il me dit par-dessus son épaule :

– À demain soir, madame Fournier.

Je relâche mon souffle après qu'il a fermé la porte. Putain ! Mais c'était quoi ça ? Et tous ses sous-entendus, est-ce que ça veut dire que Jules a été violent avec d'autres femmes ? La presse en aurait forcément parlé, non ? Son père, lui, n'aurait jamais toléré ça tant il était protecteur avec moi. Une chose est certaine, Delaunay risque de me compliquer encore plus la tâche.

« Une fois la vente conclue, nos chemins ne se recroiseront probablement jamais. »

Merde ! Je n'aurais jamais dû dire ça ! Pas alors qu'il est le sponsor de notre écurie. Je l'aurais forcément revu si je n'avais pas décidé de partir. J'ai l'impression d'être surveillée de tous les côtés à présent et la moindre erreur pourrait me pousser dans un précipice mortel.

13

Elijah

Je regarde longuement la façade de son immeuble, oppressé par un mauvais pressentiment. Est-ce que je deviens parano ou me cache-t-elle réellement quelque chose ? Je soupire et lève les yeux jusqu'à son étage. Il m'est impossible de voir ce qui s'y passe, mais j'imagine qu'elle est assise devant l'îlot central, son café froid entre les mains, la tête basse, l'esprit en ébullition. La laisser gérer ça toute seule ? Je sais que je lui ai promis de le faire, mais j'en suis incapable. Mon être vibre encore de la rage qui m'a animé quand j'ai vu ses bleus. J'en ai aperçu seulement trois, mais combien son corps en porte-t-il ? Combien de fractures fissurent son âme ? Je ferme les yeux et tente de me concentrer sur ce que je pourrais faire… J'ai merdé il y a trois ans, mais je ne compte pas répéter le même schéma.

Je pourrais appeler la police. Mais si elle refuse de porter plainte, tout ça ne servira à rien. Je réfléchis à la façon dont je pourrais la défendre contre son gré. Une fois Fournier parti pour sa campagne électorale, elle ne courra aucun risque. Mais après ? Lorsqu'il sera de retour, est-ce qu'elle va lui annoncer de but en blanc qu'elle le quitte ? Est-ce qu'il va simplement acquiescer et lui permettre de s'en aller ? Cela m'étonnerait. Fournier n'a pas l'air d'être un homme qui laisse le contrôle aux autres.

Je me passe une main dans les cheveux et regarde droit devant moi. Mes doigts jouent sur le volant, mon cerveau carbure à toute allure. Je n'arrête pas d'imaginer ce qu'elle a vécu avec lui. Puis l'image des marques sur son poignet me revient en mémoire. Mon corps se glace d'effroi lorsqu'il fait la connexion entre ces stigmates et ce qu'il s'est réellement passé. Putain ! Non ! Ma respiration se saccade et je suis à deux doigts de remonter sonner chez elle.

« Tu ne sais pas ce que je suis capable de supporter. »

Non ! Elle ne serait pas restée s'il l'avait… violée. Je n'arrive pas à… Je penche la tête sur le volant et tente de reprendre mon souffle. Mon Dieu, Anaïs ! Les larmes me montent aux yeux, j'ai de plus en plus de mal à insuffler de l'air dans mes poumons. La panique et la colère prennent possession de mon âme. C'est impossible ! Je serre les poings et inspire profondément. Mon esprit est obscurci par mes envies vengeresses. Je déglutis et tente de me calmer, mais je n'arrive pas à me contrôler. Il faut que je libère toute cette rage. Je démarre et appuie mes mains tremblantes sur le volant. Putain ! Mon regard se pose sur le rétroviseur intérieur. Mon expression est effrayante. Je ne me suis jamais vu aussi… sanguinaire. Si ce que j'ose à peine imaginer est vrai, je vais le tuer. Je dois le faire. Peu importe si je passe le restant de mes jours en prison par la suite. Une telle ordure ne mérite pas de fouler la terre. Pour lui, je ne serai pas Dieu, seulement son pire cauchemar, son enfer personnel.

Mais pour l'instant, je n'ai aucune idée de l'endroit où il se trouve. Il y a très peu de chances qu'Anaïs me le dise. Un plan commence à se former dans ma tête quand la sonnerie de mon téléphone me ramène au présent. Le numéro du cabinet s'affiche sur l'écran.

– Bonjour, Elijah, me dit la voix douce de Sarah. Votre rendez-vous de neuf heures est là.

***

Je monte les escaliers menant à mon appartement, complètement exténué par ma journée de travail. Lorsque j'ouvre la porte d'entrée, je pousse un juron. La lumière est tamisée, il y a des bougies un peu partout et l'odeur d'un repas parvient jusqu'à mes narines. Je soupire et claque violemment la porte. Noémie arrive et attise encore plus ma mauvaise humeur.

– Bonsoir, mon chéri, dit-elle d'un ton séducteur.

Ses cheveux sont relevés en un délicat chignon, son maquillage est léger, ses lèvres d'un rouge pourpre. Elle est vêtue d'une robe noire près du corps qui s'arrête au moins à dix centimètres au-dessus de ses genoux, et porte des talons vertigineux. Sa démarche langoureuse ne me fait aucun effet. *Elle* ne me fait aucun effet. Je l'ignore et dépose mes affaires sur le buffet. Je passe à côté d'elle et fais mine de ne pas voir son expression déçue, mais aussi déterminée. Je détaille la table dressée pour deux. Romantique. Ce que n'est pas Noémie habituellement.

– À quoi ça rime tout ça ? l'interrogé-je en faisant volte-face et en désignant de la main tout son bazar.

– Je pensais que ça serait une bonne idée.

– Tu devrais arrêter de penser, Noémie. Ou tu aurais pu me demander mon avis.

– Je voulais te faire une surprise, s'exclame-t-elle, l'air vexé.

Je grogne puis serre les poings. Je passe une main dans mes cheveux et ferme les yeux. Putain ! Je me comporte comme un connard avec elle depuis quelque temps. Mais mes nerfs mis à rude épreuve ce matin sont sur le point de lâcher et Noémie va en faire les frais si je ne me calme pas rapidement.

– Ce n'est vraiment pas le bon soir pour un dîner romantique.

– Mais j'ai fait livrer un repas de notre restaurant italien préféré.

– C'est ton resto favori, Noémie. Pas le nôtre ! Mais bordel, qu'est-ce qu'il te prend ce soir ?

Elle ne répond pas et choisit plutôt de se rapprocher de moi. Impassible, je la regarde glisser sa main sur mon torse.

– Je me suis dit que ça te mettrait dans de bonnes conditions pour me faire l'amour comme tu l'as fait vendredi soir.

Je recule d'un pas, dégoûté. Quand j'ai couché avec elle, c'était juste après avoir revu Anaïs pour la première fois. Mon Dieu ! J'agis vraiment comme un salaud.

– Ne compte pas dessus, réponds-je sèchement. Je ne te toucherai pas.

– Je suis sûre de pouvoir te faire changer d'avis, rétorque-t-elle en se frottant contre moi.

– Non ! Abandonne cette idée.

Je la laisse en plan et récupère mes clés sur le buffet. Elle vient de me couper le peu d'appétit que j'avais.

– Elijah, s'écrie-t-elle, ne pars pas !

– Tu ferais mieux de réfléchir à ce que tu veux et si je suis capable de te le donner, répliqué-je sans me retourner. Et je peux t'assurer que la réponse est non, ajouté-je juste avant de claquer la porte.

Je dévale les escaliers et arrête ma course devant ma voiture, à peine essoufflé, mais l'esprit embrouillé. Je monte à l'intérieur et démarre. C'est presque par automatisme que je me dirige vers le Lady Midnight.

***

– Oui.

J'ouvre la porte du bureau d'Anaïs et me fige sur le seuil. Je l'ai vue ce matin et pourtant j'ai la sensation de faire face à une personne différente ce soir. Celle devant moi est une femme d'affaires, sans pitié, sans peur. Le maquillage cache totalement les marques sur son visage. Combien de temps a-t-elle dû passer devant le miroir pour couvrir ses blessures physiques ? Combien de temps a-t-elle dû retenir ses larmes en revoyant ce qu'il avait fait ? Sa coiffure est stricte, sa tenue sombre. Rien ne dépasse, rien ne rappelle la jeune fille joyeuse qu'elle était autrefois. Ce soir, c'est une femme imperturbable dont la vie ne souffre d'aucun accroc.

– Elijah, qu'est-ce que tu fais là ? s'exclame-t-elle en se levant d'un coup.

Je ferme la porte derrière moi et m'assieds sur une chaise devant son bureau, ma bière toujours à la main.

– Honnêtement ? Je n'en sais rien, soupiré-je. Je suppose que je suis venu voir comment tu vas.

– Comme tu peux t'en apercevoir, je vais bien.

Elle croise les bras contre sa poitrine, clairement sur la défensive.

– Permets-moi d'en douter. Est-ce qu'il est parti ?

Son visage se crispe, sa bouche ne forme plus qu'une ligne dure.

– Oui, il ne reviendra que dimanche soir.

– Tu ne veux toujours pas me dire ce que tu as prévu pour la suite ?

Elle secoue la tête puis détourne le regard.

– J'avais oublié à quel point tu peux être tenace, murmure-t-elle.

– C'est ma faute si tu l'as oublié.

– C'est vrai.

– Mais je compte bien te le rappeler, ajouté-je. Alors, la suite ?

– Je t'ai déjà dit ce que j'allais faire, répond-elle en ancrant son regard dans le mien. Je vais demander le divorce.

– C'est aussi simple que ça ?

– Bien sûr. Pourquoi voudrais-tu que ça en soit autrement ?

– Simplement parce que ton mari est un homme violent,

répliqué-je, un sourcil levé. Mais aussi parce que tu l'aurais déjà fait depuis longtemps si c'était si facile, non ?

Cette fois, c'est son corps entier qui se tend. Pour une personne qui ne l'a jamais connue, elle est maîtresse de ses émotions et ne laisse rien filtrer, mais j'arrive à apercevoir les failles dans son armure. Elles sont fines et minimes, mais elles sont là et cela est suffisant pour savoir qu'elle ne me dit pas tout.

– Admettons qu'il suffise que tu demandes le divorce pour qu'il te laisse tranquille… Où vas-tu vivre ?

– Si tu es venu ici pour un interrogatoire, tu peux repartir et arrêter de nous faire perdre du temps à tous les deux, tonne-t-elle d'une voix froide.

Je penche la tête sur le côté et l'observe en silence. Mal à l'aise, elle se déplace pour se servir un verre de whisky. L'air de la pièce est alourdi par les non-dits.

– Anaïs, je cherche juste à t'aider.

– Mais je ne t'ai pas demandé de le faire. Je m'en sors très bien toute seule.

– Oh, oui ! On voit très bien à quel point, ne puis-je m'empêcher de répliquer.

Les mots ont à peine franchi la barrière de mes lèvres que je les regrette déjà. Son corps recule comme si je venais de lui asséner un coup violent. Merde !

– Ce n'est pas ce que je voulais dire.

– Si, au contraire, réplique-t-elle calmement. Tu penses que je suis incapable de m'en sortir sans toi, c'est ça ? Alors tu me prends en pitié et tu viens me tendre la main ?

– Putain, Anaïs, ce n'est absolument pas ça.

Elle avale une gorgée de son whisky et me dévisage. Son regard est orageux.

– Qu'est-ce que tu veux vraiment ?

Je me passe une main sur le visage, déstabilisé par sa question.

– Je te l'ai déjà dit. T'aider.

– Pourquoi ? Parce que tu as ce sentiment de culpabilité qui ne te quitte plus depuis que tu m'as revue ? Parce que tu regrettes d'être parti sans garder ce lien qui nous unissait ? Parce que tu as continué ta vie sans te soucier de ce que je devenais ? Tu veux un scoop ? Ces trois dernières années ont été un véritable enfer, j'en ai chié, mais je m'en suis sortie toute seule. Et c'est de cette même façon que je vais me débrouiller avec mon divorce. Sans toi.

Cette fois-ci, c'est moi qui ai l'impression d'avoir pris un uppercut. Cette fois-ci, c'est moi qui fuis son regard. Je ne pensais pas que la conversation prendrait ce chemin. Pourtant, je ne devrais pas être étonné qu'elle refuse mon aide. Après trois ans de silence, je ne peux pas revenir dans sa vie si je ne lui donne pas de garanties. Mais est-ce que je peux le faire sans lui mentir ? Je plonge mes pupilles dans les siennes. Et je sais que je ne pourrai pas refaire la même erreur aujourd'hui. Je ne peux pas partir et la laisser seule. Je veux connaître tous ses secrets, toutes ses blessures. Merde !

– Tu vas devoir m'inclure dans tes plans, parce que tu peux me croire, je vais tout faire pour y être. De ton plein gré ou de force, poursuis-je en haussant les épaules.

Je m'appuie contre le dossier du siège et j'attends qu'elle me lance une réponse cinglante. Mais elle n'en fait rien. Elle soupire et finit d'une traite son verre.

– Si tu veux bien, on reprendra cette discussion un autre jour, souffle-t-elle.

Pendant quelques secondes, je suis hypnotisé par ses yeux gris. Je secoue la tête et me redresse.

– D'accord, mais n'oublie pas que je ne vais pas te laisser seule à présent.

Elle ne dit rien et se contente de me regarder. J'aimerais tendre la main et replacer une mèche échappée de son chignon, mais ce serait franchir les limites qu'elle a tracées.

– À bientôt, Anaïs.

– Au revoir.

Je sors de son bureau et du club avec la sensation qu'on vient de passer une étape. Peut-être que petit à petit, on retrouvera notre amitié.

14

Anaïs

Mes mains se mettent à trembler. Je repose lentement le verre de peur de l'envoyer contre le mur. Je fais les cent pas pour tenter de me calmer. Je ne boite presque plus, mais la douleur est toujours là comme une vieille amie. Comme un souvenir qu'on aimerait effacer de sa mémoire, mais qui persiste à s'accrocher, qui nous persécute avec ses ombres.

Heureusement, le problème Jules sera bientôt réglé, ce n'est qu'une question de jours à présent. Et de cette façon, je n'aurai plus Elijah et Delaunay sur le dos. Je serai enfin libre et loin de la pagaille qu'est devenue ma vie.

Alice débarque alors que je suis encore plongée dans mes pensées.

– Tu ne crois quand même pas que je ne t'ai pas vue arriver, s'exclame-t-elle sans autre forme de salutation.

Je lève les yeux au ciel et m'appuie contre le mur près de la fenêtre.

– Tu étais occupée, réponds-je, lasse.

Elle ne dit rien et préfère se planter face à moi, adoptant la même posture que la mienne.

– Si je ne savais pas que tu étais là, voir Delaunay et peu de temps après ton ancien ami sortir de ton bureau aurait suffi à me mettre la puce à l'oreille.

Je soupire puis plonge mon regard dans le sien, indigo.

– Comment ça se passe ce soir ?

Alice plisse les yeux, mais ne pose pas la question qui lui brûle les lèvres. Pour l'instant.

– Très bien, comme chaque soirée spécial femmes. Les serveurs se débrouillent parfaitement, même s'il y a eu un peu de cafouillage au début. Ce n'est pas commun de travailler dans un club où les femmes, quand elles sont bien éméchées, ne demandent qu'une chose, vous arracher votre tee-shirt.

Je souris et hoche la tête. Je me souviens d'une scène le mois dernier où le serveur était totalement paniqué face à une cliente trop entreprenante. Le pauvre ! Mais Alice avait géré la situation comme un chef. Je penche la tête et la dévisage.

– Tu te vois où dans quelques années ? la questionné-je.

Alice fronce les sourcils, se demandant sûrement où je veux en venir.

– Certainement toujours serveuse ici. Pourquoi ?

– Je réfléchissais, c'est tout. Tu n'as jamais eu envie de plus ?

Elle hausse les épaules, la mine encore interrogative.

– L'occasion ne s'est pas présentée et les autres filles feraient la gueule si j'avais la possibilité de monter en grade avant elles.

Intérieurement, je secoue la tête. Travailler au club donne la sensation d'être sur un champ de mines. Les femmes – strip-teaseuses et serveuses comprises – sont particulièrement acariâtres. Et encore plus depuis la mort d'Henri. Mais Alice est celle qui s'investit le plus au Lady Midnight et mériterait d'avoir une promotion. Elle me sort à nouveau de mes pensées en me posant enfin la question qui la turlupine.

– Qu'est-ce qu'ils faisaient là, tous les deux ?

Je tuerais pour une cigarette, mais j'ai arrêté comme beaucoup d'autres choses. Il ne me reste plus que le whisky de la réserve d'Henri. Alice pense que je devrais garder le club, et non le revendre. Malgré son désaccord qu'elle m'a signifié une fois, elle me soutient.

– Delaunay était là pour parler de l'entreprise, et Elijah, je ne sais pas vraiment.

– Hum… Elijah, c'est donc comme ça qu'il s'appelle. J'aime bien. Tu sais qu'il est venu ici pendant ton absence. Tous les soirs, insiste-t-elle.

Je reste bouche bée face à sa révélation. Pourquoi aurait-il fait ça ? Seulement pour prendre de mes nouvelles ? Non, plutôt pour observer les femmes se déhancher sur la scène. Je hausse les épaules, l'air nonchalant.

– On a de très belles danseuses.

– Il ne les regardait jamais danser. Il se renseignait pour savoir si tu étais présente, attendait quelques heures et repartait. Hier soir, il m'a demandé de te faire passer un message.

Elijah n'a donc pas menti quand il m'a dit, après sa rencontre avec Jules, qu'il ne m'abandonnerait pas. Depuis, il me l'a répété maintes fois, mais ses mots se confrontent toujours à la barrière du passé. La barrière de son dernier abandon, des horreurs que j'ai vécues.

– Quel était le message ?

– C'était qu'il avait besoin de te parler.

Il a dû en avoir marre d'attendre et c'est pour cette raison qu'il est venu directement chez moi. D'ailleurs, c'est seulement à cet instant qu'une question surgit dans mon esprit.

– Est-ce que tu lui as donné mon adresse ?

– Non, s'exclame Alice. Pourquoi ? Il est allé chez toi ?

– Ouais, soupiré-je. Je me demande comment il a réussi à se

la procurer, mais peu importe. Je suppose que j'aurais fini par lui parler.

– Tu vas le laisser revenir dans ta vie ?

« Tu vas devoir m'inclure dans tes plans, parce que tu peux me croire, je vais tout faire pour y être. De ton plein gré ou de force… »

Alice ne connaît pas les détails de ma relation avec Elijah. Elle sait comment j'en suis arrivée à devenir sans-abri, strip-teaseuse, puis gérante de ce club. C'est la seule véritable amie que j'ai. Mais mettre des mots sur tout ça me demanderait une énergie et une force que je n'ai pas ce soir.

– Je ne sais pas, réponds-je en enlevant les épingles de mon chignon.

– Ça te ferait peut-être du bien de lui parler.

– Je discute avec toi, c'est amplement suffisant, répliqué-je, agacée.

– Tu vois très bien ce que je veux dire. Et puis, tu ne me parles pas vraiment. Pas de ce qui est important.

– Crois-moi, c'est mieux comme ça.

– Mieux pour qui, Anaïs ?

Pour toi, je crie intérieurement.

Mais au lieu de ça, je me contente de la regarder, un sourcil dressé. Elle souffle et se lève.

– Réfléchis à ce que ça peut t'apporter. T'appuyer sur quelqu'un sans avoir peur. Ne pense pas aux risques pour une fois.

Elle sort de la pièce sans me laisser le temps de répondre. J'aimerais que ça soit aussi simple, mais les risques sont bien trop grands pour ne pas y faire attention. Je n'ai plus la tête à m'occuper des papiers, mais cela me permettra de ne pas regarder ma montre toutes les minutes jusqu'à l'heure de mon rendez-vous avec mon coach.

***

Je suis vannée après ma séance de sport intensive. Mon coach s'est vengé de mes absences répétées, il n'y est pas allé de main morte pour me faire comprendre la leçon. Je l'ai maudit sur plusieurs kilomètres, je n'ai jamais été aussi ravie de voir la fin du parcours arriver. Il m'a fait jurer que je ne sauterais plus jamais mes séances. Je l'ai fait, même si je sais que c'est une promesse que je ne pourrai tenir. Il n'est que huit heures trente, mais j'ai encore tellement de choses à faire. Je marche jusqu'à ma voiture et prends la direction de l'appartement. Cet endroit que je n'ai jamais considéré comme un chez-moi. D'ailleurs, à quand remonte la dernière fois où j'ai prononcé ces mots en les pensant réellement ? Dans mon petit studio parisien. À l'époque où l'insouciance avait encore sa place dans ma vie. Je soupire et tapote le volant de mes doigts. Mes contacts m'ont confirmé que tout sera en place dans quatre jours. Quatre jours pendant lesquels je vais devoir retenir mon souffle. Quatre jours à l'affût du moindre souci, du moindre grain de poussière qui pourrait enrayer la machine. J'ai un sourire sardonique en pensant à la réaction de Jules. Je paierais cher pour voir sa tête, malheureusement j'aurai d'autres chats à fouetter à ce moment-là. Je monte hâtivement les étages et frissonne lorsque j'entre dans l'antre du diable. Cette sensation d'asphyxie ne me quittera pas tant que je devrai mettre les pieds ici. Je passe rapidement dans le salon. Malgré toute ma bonne volonté, je ne peux empêcher les images de m'assaillir quand mon regard se pose sur cette pièce. J'ai le souffle court comme ce matin-là, j'ai les muscles engourdis par la peur, j'ai la nausée, et j'ai cette voix qui me dit que peu importe ce qu'il fera, je serai toujours Anaïs. J'ai mis du temps à retrouver cette part de moi après. Ma combativité, la seule chose que l'on ne peut m'arracher à moins de me tuer.

Une fois que je ne suis plus dégoulinante de sueur, je me maquille minutieusement. Mes marques commencent à s'estomper, mais elles sont toujours trop visibles pour passer pour une simple chute dans la salle de bains. Quand je suis satisfaite du résultat, je file dans la chambre. Je m'habille rapidement et entreprends de remplir une valise. Encore une. Combien mon coffre en compte-t-il maintenant ? Je secoue la tête et me concentre sur ma tâche. Je fais un tour sur moi-même pour vérifier que je n'ai rien oublié. Mais à part des vêtements, je n'ai rien de valeur ici. Comme si, dès le début, j'avais eu peur d'entacher mes effets personnels par le mal. Je ferme la porte et pousse un soupir mêlé de soulagement et de colère. Je suis tentée de la rouvrir et de saccager tout ce qui s'y trouve. Mais à quoi bon ? Cela se retournerait forcément contre moi. Si mon plan se déroule comme prévu, je ne reviendrai jamais ici. Je n'aurai plus jamais l'impression de perdre un peu plus de morceaux de mon âme en passant le seuil de cet appartement. Ni celle d'entrer de mon plein gré dans une cage.

Je me dépêche de mettre de la distance entre l'horreur qui abrite ces murs et moi. Plus la voiture avale les kilomètres, plus mes muscles se relâchent. Une étape de franchie. Il y en a encore beaucoup trop à mon goût, mais c'est dans les jours à venir que tout va se jouer. J'ai dit la vérité à Elijah, je compte bien divorcer, mais à ma façon. Je fais à peine attention au trajet, mes pensées étant toutes tournées vers le futur. Je tressaille lorsqu'un sentiment proche de l'euphorie m'effleure. Je ne suis plus habituée à ressentir ce genre de chose.

J'arrive au circuit en un temps record. Mathieu se gare juste à côté de moi.

– Salut, miss, s'exclame-t-il quand je me penche à sa fenêtre.

Je lui fais un bisou sur la joue, étonnamment de bonne humeur.

– Bonjour, jeune homme. Prêt pour nos derniers tours ici ? l'interrogé-je en reculant pour qu'il puisse ouvrir la portière.

– Bien sûr ! Même si Nathalie a un peu râlé.

Je peine à croire que sa femme ait eu une réaction du genre, elle est très douce et très compréhensive par rapport à toutes nos obligations. Je hausse un sourcil, lui demandant silencieusement de développer ce qui s'est passé.

– Bon, j'avoue, c'est seulement parce qu'elle ne peut pas venir. Elle m'a fait promettre de remporter la course.

Je souris, attendrie.

– Comment vont tes filles ?

– De vrais tyrans ! Elles sont infernales. Mais sinon, elles vont bien. Tu te rends compte que l'année prochaine elles vont entrer à l'école maternelle ? Si ça ne tenait qu'à moi, elles resteraient à la maison toute leur vie.

– Tu n'auras pas le temps de dire ouf qu'elles te présenteront leurs copains.

Mathieu se contente de grimacer à cette idée. Je m'esclaffe et lui attrape le bras.

– Qu'est-ce qui te rend si joyeuse ?

– Rien, réponds-je en haussant les épaules. Il fait beau, demain on sera en route pour un week-end qu'on attend depuis longtemps. Je n'ai aucune raison de faire la gueule.

Il m'observe attentivement, longuement. Puis un sourire étire ses lèvres.

– Je suis heureux de l'apprendre !

Il passe son bras autour de mon cou tandis qu'on se dirige vers l'entrée du circuit. J'ai l'impression qu'une partie du poids qui alourdissait mes épaules a disparu. Je me sens un peu plus légère, mais je reste tout de même sur mes gardes. On retrouve Jacques, notre chef d'équipe, en compagnie de tous les autres.

– Enfin vous voilà, grogne-t-il.

Mathieu et moi levons les yeux au ciel de concert. On est habitués au caractère irascible de Jacques, cela va avec le personnage. Comme un package. Je regarde ostensiblement ma montre.

– C'est vrai qu'il est neuf heures cinquante ! Mon Dieu, Mathieu, nous sommes en retard ! Qu'allons-nous faire ?

Mathieu se pince les lèvres pour s'empêcher de rire. Il se penche à mon oreille et chuchote :

– Ça fait plaisir de te retrouver, miss !

Je déglutis pour faire passer la boule d'émotion qui m'obstrue la gorge. Je comprends ce qu'il veut dire. Depuis que Jules s'est montré violent avec moi la première fois, je n'utilisais plus le circuit que comme une échappatoire. Un moyen pour évacuer toute ma fureur. Je n'ai plus ri sincèrement par la suite. Je n'avais plus le cœur à le faire, alors que c'étaient Henri et cette équipe qui m'avaient redonné ma joie de vivre, mon bonheur de respirer encore, autrefois perdus au fin fond de mes cauchemars. Mon coéquipier me presse gentiment l'épaule et me fait un clin d'œil.

– Puisque tu es d'humeur taquine, Anaïs, tu commences, déclare Jacques. Allez vous changer et dépêchez-vous.

– Oui, chef, répondons-nous en chœur.

J'éclate de rire lorsque je comprends qu'il jure à voix basse. Un bout de mon âme remonte à la surface et s'illumine. J'enfile ma combinaison, impatiente de m'installer derrière le volant. Quand les mécanos me donnent le feu vert, l'adrénaline court dans mes veines. J'entends la voix de Jacques dans mon oreillette, mais je l'écoute à peine. Je caresse le volant, prends une profonde inspiration et me lance sur la piste.

Comme d'habitude, je ne fais qu'un avec la voiture. Mais cette fois, c'est beaucoup plus intense. J'ai le sentiment de renaître, d'aspirer une bouffée d'air frais après être restée longtemps dans les profondeurs d'un océan trouble. Cette fois, c'est la Anaïs que je pourrais être qui se trouve à la manœuvre. Une nouvelle Anaïs, plus forte, plus déterminée que jamais. Quatre jours et je montrerai au reste du monde que je respire encore.

15

Anaïs

Mes mains se resserrent sur le volant lorsque j'attaque le virage. J'éclate de rire quand mon pied appuie sur l'accélérateur. Malgré la chaleur, malgré la pression, je n'ai jamais été aussi bien depuis le drame qu'aujourd'hui. Je sais que je suis loin d'être sortie d'affaire, mais je ne peux empêcher mon cœur de s'ouvrir un peu. À mon esprit et mon âme d'apporter un peu de couleur dans leurs recoins sombres.

On fait une pause aux alentours de treize heures pour déjeuner. On se retrouve dans la grande salle VIP au-dessus de la piste. Un sandwich à la main, je me poste dehors et regarde la ligne de départ. Je ferme les yeux et imagine les essais et la course de ce week-end. Je sens les vibrations qui parcourent mon corps, l'adrénaline qui me rend plus vigilante, plus téméraire. Je sens chacune de mes cellules nerveuses s'enflammer.

– Je pense qu'on est prêts pour dimanche, s'exclame Mathieu en me sortant de mes pensées.

Il se plante près de moi et son regard se perd sur la piste.

– Oui, nos temps sont meilleurs et l'équipe a fait du très bon travail sur la voiture.

– On a nos chances, déclare-t-il avec un grand sourire.

– Bien sûr, on est une équipe de *winners*.

Il rit, puis croise les mains par-dessus la rambarde.

– L'année prochaine, on leur montrera de quoi on est capables à la Porsche Carrera Cup.

Je prends une brusque inspiration et reste silencieuse. Je ne peux mentir à Mathieu, les mots ne sortent pas pour lui avouer qu'on ne pourra pas être dans la même écurie la saison suivante. Ça me brise le cœur de savoir que je vais rater ce moment unique. Le voir s'extasier pendant cette expérience, prendre des photos pour sa femme si jamais elle est absente, écouter les remontrances de Jacques. Je serre les dents et tente d'endiguer la tristesse qui me noue la gorge.

– Tu n'imagines pas à quel point j'ai hâte de montrer ça aux filles.

Oh, Mathieu, tu ne sais pas combien tes mots me broient.

Je lui souris, du moins c'est ce que j'essaie de faire, et mords dans mon sandwich pour ne pas avoir à répondre.

– Tu crois que Delaunay sera là ? reprend Mathieu.

– Il y a peu de chances qu'il n'assiste pas à la victoire de son équipe.

– Je n'ose imaginer de quelle façon il voudra fêter ça, dit-il en frissonnant.

J'éclate de rire. Il est vrai que ses fêtes sont… extravagantes. Delaunay. Je soupire intérieurement. Mon instinct me dit que cet homme va me causer des problèmes, mais c'est aussi lui qui va me permettre de franchir une étape. Et ça, dès ce soir.

Je finis rapidement mon sandwich et m'appuie contre la rambarde.

– Je crois qu'il est impossible de savoir à l'avance ce que va faire Delaunay.

– Tu n'as pas tort.

Un silence agréable s'installe. Je laisse le vent de ce mois d'avril balayer mes cheveux.

– On y retourne, crie Jacques de l'intérieur.

***

Je suis éreintée et pourtant ma journée est loin d'être finie. Loin de là, car j'attaque la deuxième partie. Je me gare près du club et prends l'entrée du personnel. Alice est déjà là, comme à son habitude, motivée pour une nouvelle soirée. Elle me fait un signe de la main auquel je réponds par un sourire. Elle penche la tête puis la hoche doucement. Je plisse les yeux, ne comprenant pas pourquoi elle m'étudie ainsi. Ses lèvres s'incurvent lentement. Je hausse les épaules et continue jusqu'à mon bureau. Mes yeux fouillent la pièce alors que les souvenirs affluent. Je revois Henri et son pli au milieu du front quand il parcourait les documents sous ses yeux. Son rire, sa voix de ténor, ses accès de colère me reviennent en mémoire. Cette pièce est le dernier endroit dans lequel des souvenirs de lui persistent. Chez Jules, il n'y a rien d'Henri, d'ailleurs il n'y a jamais mis les pieds. Je lâche un soupir en même temps que mes fesses touchent le fauteuil. En réalité, c'est ici le dernier endroit que j'ai considéré comme mon chez-moi. Henri était une figure paternelle pour moi, mais aussi pour toutes les filles de ce club. Sa mort soudaine nous a secoués. Son anévrisme a eu lieu ici même. Je m'enfonce dans mon siège et ferme les yeux. Et dire que je vais vendre son bébé. Est-ce qu'il m'en voudrait ? Je me passe une main dans les cheveux tandis que la réponse me vient. Bien sûr qu'il serait énervé, il avait toute confiance en moi, mais il ne m'a jamais parlé de me léguer son club. Et pourquoi changer le testament peu de temps avant sa mort ? Est-ce qu'il a vu quelque chose chez moi qui l'a convaincu que j'étais faite pour diriger son entreprise ? Comme une illumination ? J'ai du mal à y croire.

Henri, si tu savais dans quel pétrin tu m'as mise !

– Toujours aucune envie de garder ce club ? murmure une voix masculine.

Je relève les yeux et je suis à peine surprise de voir Delaunay se tenir sur le seuil de la porte. Je regarde ma montre et me fais la réflexion qu'il ne respectera jamais l'heure convenue.

– Vous êtes en avance, monsieur Delaunay.

– Comme d'habitude. En affaire, il faut toujours avoir un coup d'avance !

Je lui désigne de la main un siège, puis croise les bras contre ma poitrine. Si ce n'était pas un rendez-vous professionnel, j'aurais levé les yeux au ciel.

– Puisque vous êtes là, autant en venir au fait.

– Je suis tout ouïe, madame Fournier, répond-il en plaçant sa cheville sur son genou.

Chaque fois qu'une personne m'appelle ainsi, j'ai une envie quasi incontrôlable de vomir. Je me penche en avant et croise mes mains sur mon bureau.

– Je vais être claire et concise. Je vous vends le Lady Midnight au prix fixé au préalable avec Henri. Je tiens à ce qu'Alice Morel soit nommée gérante, elle connaît tout ce qu'il y a à savoir sur cette entreprise, vous n'aurez qu'à prendre un comptable en plus. Les danseuses restent, et Thierry aussi. Sur l'acte de vente, toutes mes conditions sont inscrites.

Delaunay reste silencieux et m'observe par-dessous ses cils.

– Qu'en est-il de Fournier ?

Je plisse les yeux. Je ne pensais pas qu'il reviendrait si vite à la charge.

– Je n'ai pas changé d'avis, j'aime mon mari.

Dire ces mots me donne la nausée.

– Bien sûr, bien sûr, réplique-t-il d'un ton non convaincu.

– Alors, les termes de la vente vous conviennent ? lui demandé-je pour revenir au sujet.

Là encore, il prend son temps pour me répondre.

– Cette Alice, quelle fonction occupe-t-elle actuellement ?

– Elle est serveuse, mais elle me remplace chaque fois que je dois m'absenter pour une course.

Il caresse son menton, pensif.

– Il va falloir que je me renseigne.

Je pousse dans sa direction des documents que j'avais mis de côté. Il sourit et passe ses doigts dessus.

– Vous voulez vraiment faire ça ?

– Pourquoi rechignez-vous alors qu'avec Henri vous étiez pressé ?

– Parce que je vous aime bien, Anaïs, et je vois bien que vous ne le faites pas de gaieté de cœur.

Je déglutis et détourne le regard. Delaunay vient d'appuyer sur le point qui fait mal. Évidemment que je vends le club à contrecœur, mais je n'ai pas le choix. J'ai besoin de cet argent pour la prochaine étape.

– Je vous laisse jusqu'à dimanche, Anaïs. Si d'ici là vous n'avez pas changé d'avis, vous aurez l'argent sur votre compte dans la minute.

– Alors, préparez-vous à devenir le patron d'un club de strip-tease, monsieur Delaunay.

Il secoue la tête, une lueur indéfinissable passe dans son regard.

– J'espère que vous ne le regretterez pas, Anaïs.

Je me contente de le regarder, impassible. Intérieurement, je bouillonne. Il prend l'acte de vente et se lève. Je fais de même et l'accompagne jusqu'à la porte.

– À dimanche, monsieur Delaunay.

– J'espère que vous en sortirez gagnante.

Sur ces mots, il se détourne et disparaît dans l'obscurité du couloir. Je déglutis bruyamment et ferme la porte. Je retiens le sanglot qui veut sortir de ma gorge. Je sais très bien qu'il ne parlait pas de la course. Delaunay sait que je vais aller au-delà des limites de Jules. Je joue à un jeu dangereux et j'espère aussi ne pas perdre. Je retourne m'asseoir dans mon fauteuil. Sûrement pour la dernière fois.

Plus que deux étapes et je serai enfin libre.

***

Elijah

Je ne suis pas rentré chez moi après avoir vu Anaïs. Je n'avais aucune envie de discuter avec Noémie ni de me prendre la tête avec elle. Par conséquent, on ne s'est pas vus depuis que j'ai claqué la porte. Pour une fois, elle ne m'a pas envoyé de SMS ni appelé. Mais ce soir, malgré l'heure tardive, je sais que la discussion est inévitable. On ne peut pas continuer comme ça à se disputer sans cesse. Je suis trop fatigué pour faire mine de ne pas voir que cette relation part à vau-l'eau.

Je soupire et monte les escaliers qui mènent à mon appartement. Cette fois, lorsque j'ouvre la porte, il n'y a pas de bougies ni d'odeur alléchante. D'ailleurs, en faisant le tour, je m'aperçois qu'elle n'est même pas là. J'en profite pour prendre une douche et me poser un peu dans le salon. Ça fait longtemps que je ne m'étais pas senti comme ça. Complètement déphasé. À l'ouest. La dernière fois que c'est arrivé, c'est quand je me suis réveillé à l'hôpital après l'accident. Apparemment, j'avais perdu connaissance à la suite de la seconde collision. Anaïs était là, son front posé sur ma main perfusée. À l'instant où elle a relevé la tête en sursaut après avoir senti mes doigts bouger et que j'ai vu ses yeux rougis et ses cernes, j'ai su. J'ai su que c'était grave. Naïvement, je croyais que la mauvaise nouvelle concernait mon corps. Pas ma santé mentale.

Je ne pensais pas que la Faucheuse viendrait nous rendre visite si tôt, si brusquement, si violemment. Quand Anaïs m'a annoncé ce qui s'était passé, j'ai pleuré pour la première fois de ma vie. Je n'ai jamais perdu de proches. Je ne savais pas qu'une sensation de vide nous broyait de l'intérieur lorsque ça arrivait. Qu'on avait l'impression que plusieurs bouts de nous-mêmes nous étaient brutalement arrachés, qu'on nous tailladait de l'intérieur, qu'une personne jouait avec nos plaies à vif. Puis j'ai vu le regard éteint d'Anaïs. Elle n'était plus là, elle n'était déjà plus la même. Et à partir de cet instant, il n'y avait plus rien à détruire chez moi, parce que celle que j'aimais plus que tout avait disparu en même temps qu'eux.

L'Elijah que ma famille a toujours connu s'était envolé. J'ai bien essayé de le faire remonter à la surface, mais c'était peine perdue. À cette époque, je n'étais pas assez fort pour supporter ce drame et la mort à petit feu d'Anaïs. Je le reconnais, je n'ai pas été un soutien pour elle au moment où elle en avait le plus besoin. Mais je n'avais personne sur qui m'appuyer non plus. Je ne pouvais pas lui parler de toutes les fois où je me réveillais en sueur à deux doigts de l'appeler pour savoir si elle allait bien. Des fois où j'avais la sensation de me noyer et d'être incapable de remonter à la surface. Sans mes parents, je sais que je ne serais plus de ce monde. Contrairement à ce que pense Anaïs, ma vie n'a pas été un conte de fées au début, mais j'évite de réfléchir à cette période où le suicide était une option envisageable.

Aujourd'hui, je pense être assez fort, assez résistant pour l'épauler.

Je ferme les yeux et bascule la tête en arrière. Au fil des heures, il y a des questions récurrentes qui me viennent à l'esprit. Je me demande quelle a été sa vie pendant ces trois dernières années. Elle m'a dit qu'elle en avait chié, mais à quel point ? Cette interrogation m'empêche de penser à autre chose. Comment en est-elle arrivée à gérer une boîte de strip-tease, mais surtout à épouser Fournier ? J'ouvre les yeux et les laisse se perdre dans le vague. Est-ce que si j'étais resté, sa vie aurait été différente ? Je sais qu'il ne sert à rien de ressasser le passé, mais le nôtre a encore beaucoup d'incidence sur le présent. Un bruit de clé dans la serrure m'empêche de ruminer ces questions jusqu'à en devenir fou. Je tourne la tête et aperçois Noémie entrer. Elle est vêtue d'une longue robe noire et de talons hauts.

Elle sursaute lorsqu'elle me voit affalé dans le canapé.

– Elijah ! Je ne savais pas que tu serais là ce soir, s'exclame-t-elle, le regard fuyant.

Je fronce les sourcils. Ce n'est pas la phrase à laquelle je m'attendais. Non pas que je m'en plaigne, mais je ne comprends pas pourquoi, derrière son ton faussement enjoué, je décèle de la culpabilité. Je la dévisage puis secoue la tête. Je ne vais pas commencer à me torturer l'esprit avec ça, je dois avoir les idées claires pour ce que je m'apprête à faire. J'attends qu'elle ait retiré ses chaussures et qu'elle se soit avancée dans le couloir pour reprendre la parole.

– Je suis désolé de ne pas t'avoir donné de nouvelles, j'avais besoin d'être seul.

Pour toute réponse, elle m'offre un sourire aguicheur.

– Et maintenant, tu es rentré à la maison. Ce qui signifie qu'on va reprendre comme avant.

Je me frotte le front avec la main et lâche un soupir.

– Tu as réfléchi à ce que je t'ai dit avant de partir ? Sur ce que tu veux, ajouté-je quand je vois qu'elle ne comprend pas à quoi je fais allusion.

– Je n'ai pas eu à le faire. Je savais que tu allais revenir chez nous et je suis persuadée que tu peux m'apporter tout ce dont j'ai besoin. Il nous faut simplement un peu de temps.

Putain ! Ça va être bien plus compliqué que je ne l'imaginais.

– Tu ne comprends pas, Noémie. Je ne peux pas t'apporter d'amour, je te l'ai répété des centaines de fois, j'en suis incapable. Tout ce que tu gagnes dans notre relation, c'est de la souffrance et de faux espoirs. Il est peut-être impossible d'aimer pour moi, mais je ne suis pas sans cœur, Noémie.

Sa mine se chiffonne, elle se laisse tomber dans le fauteuil qui me fait face.

– Tu... tu es en train de rompre ? bégaie-t-elle.

Ce n'est pas vraiment une question. Je pense qu'elle est sous le choc, mais je préfère que tout soit clair. Je ne veux pas d'ambiguïté.

– Je pense qu'il est plus judicieux de mettre un terme à tout ça, oui.

– Non, s'écrie-t-elle en se relevant. Tu n'as pas le droit de faire ça. Je ne te laisserai pas mettre une croix sur notre couple aussi facilement.

– Tu veux m'empêcher de rompre avec toi ? lui demandé-je, ahuri. Enfin, Noémie, ouvre les yeux, putain ! On va droit dans le mur. Tout ça ne rime à rien ! Ne fais pas comme si ce n'était pas difficile pour toi de savoir que je ne pourrai jamais partager tes sentiments. Ne me fais pas croire que tu n'as jamais envie de prononcer ces trois mots que tu as sur le bout de la langue.

Elle détourne le regard et croise les bras contre sa poitrine.

– Tu ne peux pas tirer un trait sur ce qu'on a vécu.

– Dis-moi ce qu'on a eu de si merveilleux ensemble, Noémie, l'interrogé-je en me levant à mon tour. Parle-moi de tes souvenirs où notre amour était palpable. Vas-y, je t'écoute ! Merde ! Ce n'est pas si compliqué, cite-moi un moment où tu avais l'impression que tu étais le centre de mon univers.

Seul le silence me répond. Il n'y a jamais eu d'instants mémorables entre nous, à part la baise. C'était le contrat, rien de plus, rien de moins.

– Noémie, reprends-je d'une voix plus douce, c'est ce qu'il y a de mieux pour nous deux. Tu vas finir par m'en demander plus et je ne peux pas te le donner. Tu vas m'en vouloir et nos disputes d'aujourd'hui ressembleront à de la rigolade en comparaison avec celles qui nous attendent. Tu vas être malheureuse et le temps arrivera où tu voudras fonder une famille. Famille que tu n'auras jamais avec moi.

– Je suis certaine que tu peux changer d'avis et te rendre compte à quel point on est faits pour être ensemble.

Je soupire et me pince l'arête du nez. Je suis à deux doigts de péter un plomb. Je ne sais pas comment lui ouvrir les yeux, à part y aller franco. Je ne voulais pas la blesser, je ne voulais pas enfoncer le clou, mais elle semble se mettre des œillères et ne pas voir qu'on va droit dans le mur.

– Je ne ressens et ne ressentirai jamais rien d'autre pour toi qu'une attirance. Il ne sera jamais question d'amour, Noémie.

– Comment peux-tu en être aussi sûr ? hurle-t-elle en me faisant face.

Je hausse les épaules. Je le sais, c'est tout. Mais je suis certain que si je lui réponds de cette façon, elle n'abandonnera pas. Alors je réfléchis réellement à sa question. Ma réponse va être rude, dure à entendre et même à dire, mais je pense qu'elle en a besoin.

– Je suppose que je le sens au plus profond de moi. Lorsque je te regarde, je ne vois pas la femme que j'aimerais épouser, celle avec qui j'aimerais avoir des enfants. Je te l'ai déjà dit, je n'en ai pas envie. Mais si tout ça vient à faire partie de mes projets un jour, je sais que ce ne sera pas avec toi. Je suis persuadé que les sentiments sont instantanés et grandissent avec le temps. Or avec toi, ils ne sont jamais apparus au bout d'un an. Il n'y a pas d'étincelle entre nous.

Un silence pesant s'installe dans le salon. Je tente de déchiffrer son visage, mais il est impassible. Ses yeux s'ancrent dans les miens, la tristesse habite ses iris.

– Quand veux-tu que je déménage ? finit-elle par demander.

– Prends ton temps, je ne te jette pas d'ici comme un vulgaire déchet.

– Je serai partie dimanche.

On se dévisage quelques secondes, elle hoche la tête et se réfugie dans la chambre. Je laisse échapper un soupir de soulagement et passe une main dans mes cheveux. Pendant un instant, j'ai bien cru que cette conversation se finirait en une énorme dispute. Je pensais qu'elle serait plus en colère, et finalement, ça s'est plutôt bien passé. Ou peut-être que sa réaction n'est due qu'au choc. Je prends mes clés pour aller au loft cette nuit. Je reviendrai demain matin pour me changer et récupérer quelques affaires. Je vais lui laisser du temps pour digérer tout ça et se retourner.

16

Elijah

J'ai le nez plongé dans un dossier au bureau quand Sarah m'annonce l'arrivée de Delaunay. Il a sollicité ce rendez-vous en urgence, car selon lui, il sera trop tard pour s'occuper de la paperasse ensuite. Je ne sais absolument pas de quoi il est question, mais je suppose que je vais l'apprendre pendant cet entretien. Je le rejoins à l'accueil et, tout en le guidant vers mon bureau, je lui demande s'il aimerait quelque chose à boire.

– Non, merci.

– Je vous en prie, installez-vous, lui dis-je en désignant un siège devant mon bureau.

Je fais le tour du meuble et m'assieds à mon tour.

– Monsieur Delaunay, dites-moi en quoi je peux vous être utile.

– Je sais que vous n'avez pas fini l'audit du Lady Midnight, mais ne vous en occupez plus et regardez plutôt ceci, s'il vous plaît.

Une brûlure me traverse le sternum à l'idée qu'il ait changé d'avis et laisse tomber Anaïs. Il sort de son attaché-case une pochette cartonnée et me la tend. Je l'ouvre et fronce les sourcils lorsque je vois l'intitulé du contrat que j'ai entre les mains. Il faut croire qu'Anaïs a pris sa décision.

– Vous allez accepter son offre ?

Delaunay s'appuie lourdement contre le dossier de sa chaise, son regard se perdant dans le vide. Puis il me dévisage.

– Vous connaissez Mme Fournier, n'est-ce pas ? me demande-t-il d'un ton abrupt.

Merde ! Suis-je si transparent ? Comment aurait-il pu comprendre le lien qui m'unit à Anaïs ? Est-ce que je dois lui dire la vérité, au risque de perdre ce contrat ? Je suis tiraillé entre l'envie de lui poser des questions et celle de me taire pour ne pas mettre en péril mon travail. Mon cerveau tourne à plein régime, puis la réponse jaillit de ma bouche avant que je m'en rende compte.

– Oui, lâché-je dans un souffle.

Il hoche la tête et s'avance pour poser ses avant-bras sur la table.

– Êtes-vous proches ?

– On l'était. Pourquoi ces questions, monsieur Delaunay ?

Delaunay se frotte le menton, perdu dans ses pensées, puis secoue la tête.

– Simple curiosité, finit-il par répondre. Je vais bien acheter le Lady Midnight. Je veux que vous regardiez le contrat, je n'ai pas le temps de le faire avant de le signer.

– D'accord. Jusqu'à quand l'offre est-elle valable ?

– Je lui communiquerai ma réponse dimanche.

Puisque nous sommes samedi matin, il me reste peu de temps pour étudier les conditions de vente et vérifier toutes les annexes sans faire d'heures supplémentaires. Je vais devoir donner la priorité à ce dossier pour lui transmettre mon expertise dans les plus brefs délais. Mais si Anaïs est toujours aussi rigoureuse, je ne doute pas une minute que ce contrat est dans les normes et en béton.

– Vous aurez très vite mon avis, monsieur Delaunay.

– Bien, répond-il en se levant, je compte sur vous, Legrand. Cette affaire doit être réglée rapidement et dans la plus grande discrétion. Au fait, renseignez-vous sur Alice Morel, Mme Fournier veut que je la nomme gérante.

Je me lève à mon tour et boutonne ma veste. Je suis tenté de lui demander pourquoi c'est d'un coup si urgent, mais je n'en fais rien. Me documenter sur cette Alice va me prendre du temps, je retiens de justesse un soupir. Je vais forcément rentrer tard ce soir.

– Je ne vous décevrai pas, monsieur.

Il a un mouvement de tête approbateur.

– Est-ce qu'André est dans son bureau ? m'interroge-t-il sur le seuil de la porte.

– Oui. Je vais demander à Sarah de lui dire que vous voulez le voir.

Je l'accompagne jusqu'à la salle d'attente et passe le message à la réceptionniste. Dans mon bureau, je me mets aussitôt au boulot. Je ne souffle pas un instant, si bien que lorsque Lefebvre frappe à ma porte et l'ouvre, j'ai un sursaut. Puis je pose une main sur ma poitrine pour calmer les pulsations de mon cœur.

– Eh bien ! s'exclame-t-il avec un sourire. Tu travailles trop.

Je dresse un sourcil face à ce reproche. C'est un comble venant de sa part.

– Oui, je sais, je suis mal placé pour parler, réplique-t-il en haussant les épaules.

Je crois bien que c'est la première fois que je vois mon patron aussi détendu. Je plisse les yeux et lui demande :

– Qu'est-ce qui vous met de si bonne humeur ?

– Rien. Je suis seulement fier de voir à quel point tu gères très bien les dossiers qui te sont confiés.

– J'ai plutôt intérêt, sinon vous n'hésiterez pas une minute à me souffler dans les bronches.

– Tout à fait, jeune homme, réplique-t-il. Réserve ton dimanche, tu es pris.

Je croise les bras contre ma poitrine et m'installe plus confortablement dans mon fauteuil.

– Puis-je savoir pour quelle raison, monsieur ?

– Hum… non.

– Sérieusement ? l'interrogé-je, incrédule.

– Absolument ! Dépêche-toi de finir ce sur quoi tu travailles et rentre chez toi. Je viens te chercher demain matin.

Médusé, je le regarde sortir de mon bureau d'un pas vif. Ça alors ! Je me demande ce qu'il me réserve, mais je ne dis pas non à un peu de distance avec tout ce qui se passe actuellement dans ma vie. Je replonge dans le dossier de Delaunay, fais toutes les vérifications nécessaires et appelle différents contacts pour me renseigner sur cette fameuse Alice. Tout a l'air en ordre et il est près de vingt et une heures quand je téléphone à Delaunay pour lui dire que tout est OK. Je soupire en raccrochant et regarde la tonne de dossiers qui attend d'être traitée. Je m'étire en me redressant et pense que lundi va être une journée chargée. J'éteins toutes les lumières en sortant de mon bureau et veille à bien fermer les locaux.

En marchant vers ma voiture, un frisson parcourt ma nuque. Je regarde par-dessus mon épaule, mais je n'aperçois rien d'anormal. Je secoue la tête et accélère le pas jusqu'à mon véhicule. Je prends la direction du loft et me dis qu'un peu de contact avec le sac de frappe me fera le plus grand bien.

Je me gare non loin de l'immeuble. Ce n'est qu'une fois que j'ai refermé la porte de l'appartement que cette sensation qui me collait à la peau disparaît. Je dois être bien plus fatigué que je ne le pensais. Je me déshabille et, sans prendre la peine de mettre un survêtement, j'enfile mes gants. C'est toujours le même rituel, la même danse. J'abandonne toute retenue, je laisse toutes mes frustrations, toutes les questions surgir à travers mes poings. Je frappe jusqu'à ce que mon souffle soit saccadé, jusqu'à ce que la sueur humidifie mon corps. Jusqu'à ce que mon âme se soit purgée de toute agressivité. Mais ce soir, quelque chose ne marche pas comme d'habitude. Ce soir, la danse est imprécise, perturbée par une fausse note. Ce soir, je n'arrive pas à me libérer de la tension qui m'anime. De l'impression que quelque chose de gros s'approche et que je ne suis peut-être pas prêt à l'affronter.

***

Anaïs

Courbaturée, je me redresse et masse le bas de mon dos. Dormir sur ce canapé n'est pas ce qu'il y a de plus confortable, mais c'était ma dernière nuit au Lady Midnight. Les heures que je passe ici sont les dernières. Je jette un coup d'œil autour de moi et mon cœur se serre. Je sens l'essence d'Henri à chaque coin, sur chaque meuble. Mon regard s'embue, je baisse les yeux vers mes pieds nus sur le parquet taché par l'alcool et un mauvais entretien. Je n'ai pas le choix, il faut que je tire un trait sur son rêve, que je donne son bébé à quelqu'un d'autre.

Je prends une profonde inspiration et me lève. Un frisson parcourt ma colonne vertébrale à l'idée de ce que je m'apprête à faire. Il ne me reste plus que deux pas vers la liberté. J'enfile une paire de chaussures, puis j'attrape une pile de vêtements que j'ai préparés la veille et ma trousse de toilette avant de me diriger vers les vestiaires. Le club est totalement désert et c'est toujours angoissant pour moi de traverser la grande salle vide habituellement comble où se mélangent les parfums des hommes, des danseuses et les odeurs d'alcool. Je pousse la porte et appuie sur l'interrupteur pour baigner la pièce de lumière. Des casiers gris sont disposés d'un côté tandis que de l'autre se trouvent les douches. Je dépose mes affaires sur le banc qui se situe au milieu et commence à me déshabiller.

Je me fige lorsque j'entends un bruit sourd. Je retiens mon souffle et regarde derrière moi, attendant de voir si cela va se reproduire. Mais ce n'est pas le cas. Je secoue la tête et retire le reste de mes vêtements. Je rentre dans une des cabines et appuie mon front contre le carrelage lorsque l'eau se met à couler. Je ne pensais pas qu'il me serait si difficile de franchir les dernières étapes avant de disparaître. J'abandonne mes rêves, l'espoir qu'Henri a réussi à insuffler en moi, mes parents, un probable avenir. Dans quelques jours, je vais devoir tirer un trait sur chacune de ces choses. Je soupire et me savonne. Je grimace lorsque j'appuie sur certaines parties de mon corps encore douloureuses. Ces dernières ne seront rien en comparaison de ce que je vais bientôt ressentir. Subitement, je retiens mon souffle quand j'entends des bruits de pas dans la pièce. Mon cœur se met à battre à tout rompre. Je jurerais avoir perçu le son d'une respiration saccadée dans mon dos. Il n'y a aucune raison qu'une personne se trouve ici et, à part Alice, je suis la seule à avoir les clés du club.

Lentement, je fais volte-face, mais à cause du rideau, je n'aperçois rien. Pas la moindre silhouette. Il n'y a plus aucun bruit. Je regarde autour de moi, même si je sais que je n'ai aucune arme à portée de main. Alors je m'adosse au mur et attends. Peut-être que c'est mon esprit qui s'imagine des trucs à cause de ce qui va se passer ce week-end. Ou peut-être qu'il y a quelqu'un de l'autre côté du rideau n'attendant qu'une chose. Me faire du mal. Je bats des cils pour les débarrasser de l'eau qui coule encore. Je n'ose plus faire le moindre geste, je suis comme paralysée par la peur. Ma poitrine se lève et s'abaisse à un rythme affolant.

– Anaïs ? crie une femme.

Sa voix me semble lointaine. Je mets du temps à comprendre qu'on me cherche. J'ouvre et referme la bouche sans pouvoir articuler le moindre mot. Était-ce cette femme que j'ai entendue tout à l'heure ? Ou bien quelqu'un d'autre s'est-il introduit ici ?

– Anaïs !

Je sursaute en reconnaissant la voix d'Alice. Mes yeux sortent de leurs orbites, des images de mon amie se faisant agresser défilent dans ma tête. J'écarte subitement le rideau, prête à me défendre, or il n'y a plus personne. Mais pendant un court instant, je n'ai pas été seule dans cette pièce. Les traces d'une paire de chaussures pleines de terre sur le sol carrelé confirment ma crainte.

– Anaïs ? Où es-tu ?

Je me drape d'une serviette avant de sortir précipitamment des vestiaires. Alice parcourt la grande salle d'un pas vif quand elle m'aperçoit.

– Ah, tu es là ! Je ne te trouvais pas, mais je n'ai pas pensé à regarder dans les vestiaires. Tu vas bien ? me demande-t-elle en voyant mon air absent.

Je regarde ses pieds et vois qu'elle porte des chaussures à talons.

– Il y avait quelqu'un d'autre ici. Tu n'as vu personne ?

– Ben non, on est les seules à être en possession des clés et des codes de l'alarme. Et je viens de faire le tour pour te trouver, on n'est que toutes les deux. Est-ce que tu es sûre de toi ?

Je me passe une main dans les cheveux, à moitié rassurée. Je secoue la tête et m'appuie contre le mur. Alice se rapproche, puis ses paupières s'agrandissent d'effroi quand elle me détaille. Au début, je ne comprends pas pourquoi son regard s'embue, puis je baisse les yeux. Mes bleus. Je ne suis pas maquillée. Et je suis à moitié nue. Pour la première fois, elle a la confirmation de ce qu'elle redoutait.

– Oh, mon Dieu, ma belle, dit-elle, la bouche tremblante. Mon Dieu !

– Dieu n'a rien à voir là-dedans, répliqué-je en soupirant.

Son corps tressaille et je sais qu'elle se retient de pleurer. Elle inspire profondément et marmonne entre ses lèvres pincées :

– Je vais le tuer.

– Non, m'écrié-je en me décollant du mur. Je t'en prie, ne t'en mêle pas !

– Donne-moi une bonne raison de ne pas le faire, hurle-t-elle. Regarde ce qu'il t'a fait ! Une merde comme ça ne mérite pas de vivre.

Alice se met à marcher de long en large et tire sur sa tignasse. Je n'avais jamais vu ma petite blonde aussi sauvage. Ses cheveux volent dans tous les sens, ses yeux indigo se sont assombris.

– Laisse-moi m'occuper de lui, murmuré-je.

Elle s'arrête et me dévisage.

– Fais-moi confiance, attends lundi avant de tenter quoi que ce soit.

On reste un instant comme ça, le regard ancré dans celui de l'autre. Elle finit par opiner et lâche un souffle douloureux.

– Pourquoi ne m'en as-tu jamais parlé ?

– Jules n'est pas un homme qu'on peut défier sans craindre que ça nous retombe dessus.

– Je ne comprends pas.

– Je te connais, Alice. Tu serais partie le voir et tu l'aurais menacé, peut-être même que tu aurais essayé de lui faire du mal. Crois-moi, tu ne serais jamais rentrée chez toi ce jour-là.

Elle ouvre la bouche, hébétée. Elle ne s'attendait pas à ce que Jules soit… si violent ? Machiavélique ? Je pose une main sur son épaule.

– Pour l'instant, Jules n'est pas notre problème prioritaire. Quelqu'un s'est introduit dans le club, il faut qu'on découvre comment.

Elle inspire profondément et acquiesce.

– Tu en es sûre ? me demande-t-elle une nouvelle fois.

Je pousse la porte des vestiaires et désigne de la main les empreintes sur le sol.

– Puisque ni toi ni moi ne portons des baskets, je pense que oui.

– Mon Dieu, il y avait quelqu'un pendant que tu prenais ta douche ?

Mon cœur se remet à battre frénétiquement à cette idée. Il se peut que l'arrivée d'Alice m'ait sauvé la vie.

– Il faut qu'on appelle la police.

– Non, m'exclamé-je. On va d'abord regarder les vidéos de surveillance, ensuite on avisera.

– Enfin, Anaïs ! On ne peut pas faire comme si de rien n'était !

– Ce n'est pas ce que je te demande. Mais il y a de fortes chances que cette personne connaisse les emplacements des caméras, puisqu'elle a réussi à entrer sans activer les alarmes.

En réalité, il y a une autre raison pour que je ne veuille pas que la police soit mêlée à cette histoire. Qui que ce soit, il en a clairement après moi. C'est personnel et un seul être est susceptible d'avoir des griefs contre moi. Je m'habille rapidement, tout en jetant des coups d'œil aux traces sur le sol. Elles s'arrêtent juste devant la cabine où j'étais. Je frissonne et sors hâtivement de la pièce. Je rejoins Alice dans la salle de contrôle. C'est petit et il y fait chaud, mais après avoir eu des problèmes avec des clients, Henri a décrété qu'il était indispensable d'avoir des preuves et des yeux partout.

Je m'assieds à côté d'Alice tandis qu'elle rembobine les vidéos des caméras intérieures, alors que je m'occupe de celles filmées à l'extérieur. On travaille en silence, mais on arrive à la même conclusion. Les images se brouillent à partir du moment où j'entre dans les vestiaires. Le silence devient pesant, angoissant.

– D'accord, on peut prévenir les flics maintenant ?

Je réfléchis à sa question puis secoue la tête. Mon plan ne fonctionnera jamais si je dois m'occuper de tenir la police à l'écart.

– C'est inutile, je ne pense pas que ça se reproduira. Je pars cet après-midi pour le circuit. Et… le club change de propriétaire dimanche, je lui en parlerai.

Alice se lève d'un bond et croise les bras contre sa poitrine.

– Tu comptais me le dire quand ?

Je détourne le regard et serre les dents.

– Tu n'allais pas le faire, c'est ça ? Putain ! crie-t-elle lorsque je ne réponds pas.

Elle quitte la pièce et claque la porte. Je pose les coudes sur mes cuisses et me prends la tête entre les mains. Mon plan. Je dois m'en tenir au plan, même si j'ai envie de la rattraper et de lui dire à quel point je suis désolée. Mais ça rendrait encore plus difficile ce qu'elle va devoir affronter dès la semaine prochaine. J'en ai presque fini avec tout ça, j'en suis capable. Je me redresse et sors de la pièce. Alice est appuyée contre le bar, le regard perdu dans le vide. Dans mon esprit, j'emmagasine l'image de ma petite blonde. Ma seule amie. Une main serre son emprise autour de mon cœur et me fait suffoquer. L'image se brouille, se dissipe pour ne devenir qu'un songe. Je me détourne et vais dans mon bureau. Je soulève le carton que j'ai rempli de mes effets personnels hier soir. Avant de sortir, je m'adosse au chambranle de la porte. Je revois Henri rire dans cette même pièce, me tendre un verre de whisky alors que je venais à peine de passer le seuil. Je l'aperçois les yeux perdus à travers la fenêtre. Je baisse le menton et laisse plusieurs larmes couler sur le premier objet du paquet. Une bouteille de whisky, son préféré.

– À bientôt, Henri, murmuré-je.

J'essuie rapidement mes larmes et me dirige vers Alice. Elle évite mon regard.

– Je suis désolée, ma puce.

Elle ne prononce pas un mot, alors je continue d'avancer vers la sortie.

– Attends, s'exclame-t-elle dans mon dos.

Je regarde par-dessus mon épaule et l'aperçois s'approcher à grandes enjambées vers moi. Malgré le carton, elle arrive à me prendre dans ses bras.

– Ça ne sera pas pareil sans toi ici, mais on est amies, alors on se reverra. D'ailleurs, on se fait un repas lundi midi, ajoute-t-elle en me tenant à bout de bras.

J'opine de la tête, la gorge trop nouée pour parler. Elle me fait un bisou sur la joue et me laisse partir. Ce qu'elle ne sait pas, c'est qu'on ne se reverra jamais.

17

Anaïs

J'avance rapidement vers ma voiture et ne me retourne pas une seule fois de peur qu'elle voie les larmes couler sur mes joues. J'ouvre le coffre et dépose le carton à côté de mes trois valises. Mes épaules s'affaissent à l'idée que toute ma vie tient dans ces seuls bagages. Je prends une profonde inspiration, sèche mes larmes et referme le hayon. Je monte à l'avant, et tandis que mon cœur se brise un peu plus à chaque kilomètre parcouru, je repense à tout ce qu'il me reste à faire.

Je fais un détour et m'arrête à quelques pas de la maison de mon enfance dans un quartier pavillonnaire. Elle n'est pas très grande, mais l'a été suffisamment pour mes parents et moi. La couleur blanche de la façade commence à se ternir, mais les roses de ma mère sont toujours plantées tout autour. Je lève les yeux et aperçois la fenêtre de ma chambre. Celle sur laquelle j'étais montée il y a quelques années avant qu'Elijah me ramène de force dans la pièce. Je secoue la tête, ce n'est pas le moment de penser à cette période. Ça fait des mois que je n'ai pas vu mes parents, que je n'ai pas répondu à leurs appels. Aujourd'hui encore, alors que je sais qu'ils sont chez eux, je ne peux leur rendre visite. D'abord, parce que je n'ai pas pris la peine de me maquiller et que mon coquard est toujours bien visible, ensuite parce que je ne tiens pas à les voir, mais aussi parce que je ne tiens pas à leur mentir, ni à leur raconter mon plan. Au moins, ils seront en sécurité, à l'abri du courroux de Jules. C'est la seule raison pour laquelle je suis restée avec lui, que j'ai subi sans répliquer. Mais lundi, Jules va apprendre à quel point ma rancune peut être tenace. À quel point ma colère peut être dévastatrice ! À quel point mes coups peuvent être douloureux ! À quel point mon âme peut hurler sa soif de vengeance ! Un sourire sans joie étire mes lèvres. Je sens mon sang bouillonner d'exaltation, mes nerfs se réveiller, mes poings se crisper, prêts pour mon dernier combat.

J'abaisse le pare-soleil et attrape ma trousse de maquillage sous le siège passager. Je cache rapidement le bleu pour ne pas inquiéter Mathieu et le reste de l'équipe. À l'instant où je range mes affaires, ma mère se tient debout sur les marches menant à la porte d'entrée de chez elle, une poubelle entre les mains. Le regard figé dans ma direction. Je déglutis péniblement, puis ma respiration se coupe tandis qu'elle lâche le sac et s'avance d'un pas déterminé vers ma voiture. Je pourrais démarrer et partir d'ici avant qu'elle atteigne le véhicule. Pourtant, ce n'est pas ce que je fais. J'ouvre la porte et descends. Mes membres se meuvent de leur propre volonté, agissent rapidement. Arrivée à sa hauteur, je ne peux m'empêcher de la prendre dans mes bras. Je ferme les yeux et resserre l'étau autour de son corps. La dernière fois que je l'ai enlacée remonte au premier enterrement auquel j'ai assisté. C'était celui d'Anthony. Comme lors des autres cérémonies, je suis sortie bien avant la fin et c'est ma mère qui m'a retrouvée alors que j'étais en pleine crise d'hystérie. Elle m'a tenue, comme elle le fait à présent. Comme un bouclier contre le monde et ses atrocités, contre la peine et la douleur. Comme une mère qui cherche à protéger son enfant. Je sens ses larmes mouiller le col de mon tee-shirt et je retiens difficilement les miennes.

– Ma chérie, bafouille-t-elle en s'écartant.

Nous avons les mêmes cheveux, bien que les siens commencent à grisonner, le même teint, mais quelque chose a changé en elle. Il me faut un certain temps pour me rendre compte que ce sont ses yeux. Ils sont animés d'une telle détresse que le marron clair, auparavant vif, est devenu terne. Elle a aussi maigri. Mon cœur se brise un peu plus en pensant que c'est ma faute. J'arrange une mèche grise derrière son oreille et ne quitte plus son regard.

– Tu m'as manqué, maman, murmuré-je.

Elle me serre à nouveau dans ses bras, et cette fois, c'est à mon tour de lui servir de bouclier. Contre la douleur causée par l'enfant qu'elle chérit. Contre le destin et le hasard. Contre la mort. On reste plusieurs minutes ainsi jusqu'à ce que je sois obligée de desserrer l'étreinte.

– Maman, je ne peux pas m'éterniser, lui annoncé-je d'une voix brisée.

J'inspire profondément avant de reprendre :

– J'ai une course et je dois rejoindre mon équipe.

– Pourquoi ne nous l'as-tu pas dit ?

Je pince les lèvres et refuse de lui avouer que ça aurait été trop dur de leur rendre visite avant. Alors, j'opte pour un mensonge.

– Jusqu'à aujourd'hui, je n'étais pas certaine d'y participer.

– Quand reviendras-tu nous voir ?

Je détourne le regard et lève les yeux au ciel pour empêcher mes larmes de dévaler.

– Il faut que j'y aille, maman, je suis en retard, répliqué-je en faisant un pas en arrière.

– Attends, crie-t-elle, les joues baignées par ses pleurs. Ton père ne va pas tarder à rentrer, il aimerait te voir.

Je secoue la tête. J'aurais dû partir quand je le pouvais encore. C'est bien plus difficile que je ne l'imaginais.

– Je ne peux pas, maman. Je t'aime et dis à papa que je l'aime aussi.

Je fais volte-face et cours en ignorant ses appels. Je monte dans ma voiture et démarre sans mettre ma ceinture de sécurité. Putain ! Je passe devant elle, son visage défait, meurtri reste gravé dans mon esprit. Quand les alarmes de la voiture commencent à me taper sur les nerfs, je me gare sur le bas-côté et attache ma ceinture. Mais je suis incapable de reprendre la route. Mes sanglots m'étouffent et deviennent des cris de rage. Je frappe plusieurs fois le volant. Mes parents étaient tout ce qu'il me restait. Lorsque Henri m'a aidée à remonter à la surface, j'ai repris contact avec eux. Et nos liens, autrefois brisés, se sont ressoudés, sont devenus plus forts. Je m'appuyais un peu plus sur leurs épaules quand je me sentais partir à la dérive. Puis Jules est arrivé. Il m'a retiré la dernière chose qui m'empêchait de partir en vrille. Il va bientôt se rendre compte à quel point il a eu tort. Pour la deuxième fois, je sors ma trousse de maquillage, et après avoir réparé les dégâts, je reprends la route.

Tout le monde est déjà présent quand j'arrive sur le parking. Jacques me saute dessus dès que mes pieds ont touché le sol. Je l'écoute d'une oreille distraite m'engueuler pour mon retard, mon esprit est encore devant la maison de mes parents. Ma douleur me sert de moteur et je reviens dans le présent, prête à faire payer Jules. Les camions et les mécanos viennent à l'instant de partir. Il ne reste que Jacques et Mathieu. Jacques est toujours en train de me faire un sermon sur l'importance de la ponctualité.

– Bon, on fait du covoiturage ? coupe Mathieu.

– Sans moi, réponds-je.

– Pourquoi ? demande Jacques.

Je ne peux leur donner la véritable raison. Encore une fois, je suis obligée de mentir.

– Vous ne tiendrez jamais avec moi au volant. Et honnêtement, je n'ai pas envie de me perdre.

– Je ne vois pas pourquoi tu dis ça, réplique Jacques, l'air boudeur.

Je me contente de hausser les sourcils.

– C'est vrai que tu es nul comme GPS, rétorque Mathieu en riant.

– Très bien, bougonne mon chef d'équipe. Je monte avec Mathieu et on te suit, Anaïs.

– Ça me convient, déclaré-je avant de tourner les talons.

C'est parti pour quatre heures de route. Plus le temps passe, plus ma rage prend de l'ampleur. Je la contiens, prête à la déverser sur Jules quand il le faudra.

Lorsqu'on arrive, je suis épuisée. Je m'étire et détaille notre hébergement. Dans l'enceinte même du circuit, la résidence est de forme rectangulaire, la façade est d'un brun foncé. Je frissonne quand j'entends les voitures passer non loin. La proximité de la piste est vraiment un plus. Il y a déjà des essais aujourd'hui, mais pour des questions pratiques, on a décidé de faire les nôtres uniquement demain. Il n'y a pas de personnel quand on pénètre à l'intérieur, mais grâce aux codes d'accès que nous donne Jacques, on circule librement. Je suis la seule de l'équipe à avoir le droit à une chambre individuelle, ce qui m'arrange bien vu tout ce que je vais y faire.

Une fois installée, je m'assieds sur le lit *king size* et fais tourner mon téléphone entre mes doigts. Je finis par l'éteindre et sors celui que j'ai mis dans ma valise. Place à la troisième étape. Je l'allume et vais dans mes contacts. Il n'y en a que deux dans mon répertoire. Les seuls dont j'ai besoin pour les jours à venir.

– Salut.

– Bonjour, Laurent, rétorqué-je. Je voulais être sûre que tout est prêt.

– Tout se passe comme prévu. Dimanche, je mets en place les derniers détails.

– Parfait.

– Tu es certaine de vouloir faire ça ?

Je serre les dents. Il me pose la question chaque fois qu'on entre en contact.

– Tu devrais savoir que je ne suis pas du genre à changer d'avis. Tiens-toi prêt.

– D'accord. À dimanche.

Je raccroche et m'allonge sur le lit tout habillée. Est-ce que c'est une bonne idée ? Plus l'échéance arrive, moins j'en suis convaincue. Mais je ne peux plus reculer. Je me redresse et enlève mes vêtements avant de rejoindre la salle de bains. Je m'arrête devant le miroir placé sur la porte. Je soupire en détaillant mon corps. Les bleus sont encore bien visibles, légèrement douloureux. Mes os ressortent – symptôme de mon mal-être. Je passe mes doigts sur la cicatrice de la blessure qui m'a amenée devant le Lady Midnight un soir d'hiver. Située juste sous mes côtes, elle ne se voit pratiquement plus, et pourtant j'ai l'impression qu'elle brille sur ma peau contusionnée, meurtrie. Ce soir, elle agit comme un rappel des dernières années vécues. Des épreuves auxquelles j'ai dû faire face. Des pertes que la vie m'a infligées. Je retiens mon souffle et serre les poings pour ne plus sentir leur manque. Anthony. Vincent. Thomas. Henri. Mes parents. Elijah. Je suis seule à présent. Le destin a décidé que ma vie sera cette succession de souffrances, mais dimanche je compte bien mettre mon jeu en place. C'est à mon tour de jouer mes cartes. J'ancre mon regard dans celui de mon double. Exténuée, mais encore pourvue de combativité. Je passe une main dans mes cheveux emmêlés et inspire profondément avant de me détourner de mon reflet. Je prends rapidement une douche et m'endors dès que ma tête se pose sur l'oreiller.

***

Les essais privés et qualificatifs de ce matin se sont déroulés comme prévu. On commence la course en pole position sur la grille des départs. En appui contre le mur, je regarde tout le monde s'agiter. L'adrénaline court dans mes veines, je prends de profondes inspirations pour me calmer. Je me charge du volant la première avant de laisser ma place à Mathieu. J'écoute d'une oreille distraite les consignes de Jacques. Il me les a déjà données avant qu'on descende. Je sais tout ce que j'ai besoin de savoir pour l'heure qui arrive. Je me ferme au monde et visualise la piste. Encore et encore.

– Anaïs, tu m'écoutes ? crie Jacques.

– Non, grogné-je. Est-ce différent de ce que tu m'as dit il y a dix minutes ?

Il me lance un regard sombre et tourne les talons. Je réprime un sourire et croise les bras contre ma poitrine. Je ferme les yeux et détends chacun de mes muscles. Je viens de franchir une nouvelle étape. Demain matin, plusieurs journaux vont paraître avec en une la vérité sur Jules. Demain, Jules vivra un enfer médiatique. Demain, la France connaîtra le vrai visage de mon mari. Ses électeurs y réfléchiront à deux fois avant de voter pour lui. Étant donné que la campagne bat son plein, ma vengeance arrive au meilleur moment. Mais je ne serai pas là pour voir les retombées.

J'ouvre les yeux et finis ma boisson énergisante. Mathieu se poste à côté de moi et décapsule à son tour sa bouteille. En silence, on observe les mécaniciens vérifier les derniers détails. Mon cœur se met à battre plus vite lorsque Jacques me donne le signal pour m'installer derrière le volant.

J'inspire profondément et extrais de ma poche la photo qui ne me quitte jamais. Un selfie de nous cinq. Le soir du drame. La sortir maintenant alors que je suis assise sur ce siège, c'est ma façon de faire un doigt d'honneur à la mort, de savourer mes battements de cœur, mais aussi la seule manière pour moi de les avoir à mes côtés. Je la range et jette un coup d'œil à la voiture à ma droite, puis reporte mon attention devant moi. Après un tour de circuit, la voiture de sécurité rentre au stand et c'est le début de la course. Les battements de mon cœur se calent sur les vibrations du moteur.

– Anaïs, tu sais ce que tu as à faire. Montre-leur ce que tu vaux.

La ligne droite est vite avalée, un concurrent me colle au train et tente de profiter de l'aspiration pour me doubler. Je me concentre sur le virage et mets la gomme pour le distancer. Cette première heure est la mienne. Le moteur me sert de tremplin vers un autre monde. Mon être entier vibre avec la voiture. Il n'y a que moi et la course. Mon esprit est focalisé sur les prochains virages à affronter, sur les concurrents à décourager. Je ne me suis jamais sentie aussi vivante que pendant ces instants où je ne fais qu'un avec la voiture.

Les accidents se multiplient, mais grâce à mon *spotter*, j'arrive à ne pas être impliquée. Deux tours avant de donner ma place à Mathieu, je vois un adversaire se rapprocher très rapidement derrière moi. Le numéro trente-trois. Il essaie de me doubler dans le virage, mais je résiste. Mes pneus roulent sur les vibreurs rouge et blanc. Le volant tremble fortement et je serre les dents. Je prends le risque d'accélérer alors qu'un autre virage se profile devant moi. L'aile gauche touche celle de droite de l'autre véhicule.

– Anaïs, ralentis ou tu vas finir dans le bac à sable, crie Jacques.

Hors de question de laisser ma place à cet enfoiré. Jacques continue de me parler tandis que je persiste à prendre de la vitesse, mais il me connaît et finit par me conseiller de freiner très fort à l'entrée du prochain virage. La sueur coule le long de mon dos, j'ai l'impression que mon corps est en surchauffe. Le virage en épingle se rapproche, je freine brutalement. L'autre n'abandonne pas et reste à mes côtés. Putain ! Nos carrosseries se frôlent, on perd de la gomme sur la piste. J'appuie sur l'accélérateur dès que je peux et le vois enfin dans mon rétroviseur intérieur. Mais il ne lâche pas l'affaire pour autant. C'est un véritable combat entre nous deux. On se rend coup pour coup. Je devais donner ma place à Mathieu, mais notre duel m'empêche de le faire. Je suis toujours en tête, mais il arrive à rattraper son retard à chaque fois. Je jure intérieurement.

– Anaïs, la prochaine chicane fera la différence.

– Et comment ?

– Mets les gaz dans la ligne droite et tu lui refais le même coup que tout à l'heure.

Je jette un coup d'œil dans mon rétroviseur avant d'attaquer une courbe à droite.

– OK.

Je redouble de vigilance, et comme me l'a dit Jacques, je mets tout ce que je peux dans cette petite ligne droite. À cet instant, l'adrénaline fait office de carburant et je vois à peine passer la chicane. Mes roues frôlent les vibreurs, mais je m'en sors sans perte de temps et file à toute vitesse.

– Il a été plus prudent que toi. Continue comme ça, et dans deux tours, l'écart sera suffisant pour que tu fasses le relais avec Mathieu.

Je relâche mon souffle, et après deux tours, je sors de la voiture. Je m'étire et retire mon casque. Jacques me tape dans le dos et répète ce que je vais devoir améliorer quand je reprendrai ma place. Dans l'ensemble, je me suis très bien débrouillée et je suis certaine que sans incident, on a toutes nos chances de remporter cette course. En me retournant pour attraper une autre bouteille d'eau, j'ai la mauvaise surprise de me trouver face à face avec une complication.

18

Anaïs

Ma mâchoire se crispe. Au cours des dernières années, la vie a dû la mettre deux fois sur mon chemin. Lorsque Jules me l'a présentée, puis une seconde fois à notre mariage. Son tailleur noir détonne dans le stand où les mécanos ont les mains pleines de cambouis et où on est tous en combinaison. Son chignon tire encore plus ses traits figés. On ne s'est jamais entendues. Au début, je pensais qu'elle voulait protéger son fils d'une croqueuse de diamants. Vu ma situation, c'était compréhensible, mais la vérité est tout autre. Elle est aussi fourbe que Jules. Aussi détraquée. Mon mari m'a avoué que c'est grâce à elle et à ses ressources qu'il m'a retrouvée la première et unique fois où je me suis enfuie. Je croise les bras et laisse son regard dédaigneux glisser sur moi sans m'atteindre. Si elle pense m'impressionner, elle se met le doigt dans l'œil. Je ne me suis jamais écrasée devant quiconque, ce jour ne fera pas exception. Je redresse les épaules et hausse un sourcil.

– Madame Leroy, quelle surprise ! m'exclamé-je.

Malgré moi, le sarcasme s'entend dans ma voix.

– Bonjour, Anaïs. Il est naturel que je vienne voir la course de ma belle-fille, répond-elle avec un sourire pincé.

Je penche la tête sur le côté. Je n'y crois pas un seul instant. Ce serait bien la première fois qu'elle fait le déplacement pour cette raison.

– Vous n'auriez pas dû vous donner cette peine. Nous savons toutes les deux que si la bienséance n'était pas de mise, je vous aurais déjà chassée du stand et dis d'aller vous faire mettre. Mais je suis une personne polie, alors je vais me contenter de vous ignorer.

Elle se rapproche de moi, comblant par la même occasion la distance qui nous sépare.

– Dois-je vous rappeler qui je suis ?

– Une garce ? répliqué-je, le menton dressé.

– Faites bien attention, Anaïs.

– Vous ne me faites pas peur. Ni vous ni votre fils.

– Vous devriez pourtant. Je sais ce que vous avez fait ! Vous pensiez réellement que personne ne m'avertirait d'une telle chose ? Vous avez oublié le pouvoir que je détiens ?

Mon cœur, qui était calme jusqu'à maintenant, commence à battre plus vite. Donc, elle est venue uniquement dans le but de défendre son fils. Ça ne m'étonne pas qu'elle accoure au moindre de ses soucis. J'ancre mon regard dans le sien, glacial. Le même que celui de Jules avant qu'il se mette dans une colère noire.

– Je ne vois pas de quoi vous parlez.

– Ne vous faites pas plus bête que vous ne l'êtes, Anaïs. Ne pensez pas un seul instant que vos agissements n'auront aucune conséquence.

J'étrécis les paupières et laisse la fureur prendre possession de mon être.

– Comme lorsque votre fils me frappe ? Comme lorsque vous utilisez des méthodes illégales pour retrouver une femme battue qui tente de fuir ? Ne me poussez pas à bout ou ce n'est pas seulement la carrière de votre cher fils qui sera en péril !

– Vous osez me menacer ?

– Vous ne savez pas de quoi je suis capable, madame Leroy.

On se jauge du regard. Je ne baisse pas les yeux, je ne rends pas les armes. La voix de Jacques perce notre bulle chargée d'ondes négatives. Elle recule d'un pas tandis que ses poings se serrent. Aussi violente que son fils ? Ce ne serait pas une surprise. Je tourne la tête dans la direction de Jacques et vois qu'il est en train de crier après Mathieu.

– Ce n'est pas fini, Anaïs, reprend-elle.

– Ce le sera bien plus vite que vous ne le croyez, déclaré-je avant de la planter sur place.

Quand je suis certaine de ne plus être dans son champ de vision, je relâche la pression et autorise mon corps à trembler. Je croise les bras autour de ma poitrine et m'appuie lourdement contre le mur. Je ferme les yeux et inspire profondément. Je laisse l'ambiance du stand réchauffer mes cellules frigorifiées. Dans mon plan, j'avais occulté la mère de Jules. Je n'imaginais pas qu'il y aurait des fuites aussi tôt. Putain ! Je me demande ce qu'elle va encore inventer pour foutre ma vie en l'air. Je ne vois aucun moyen pour l'empêcher de faire ce qu'elle veut. Je vais devoir accélérer les choses. Je soupire et ouvre les yeux. Je lève la tête et pose mon regard sur les écrans face à moi. Nous sommes toujours en première position, mais le numéro trente-trois continue de nous mettre la pression. Il n'y a pas à dire, il est bon et ne se décourage pas facilement. Je sens qu'on va l'avoir sur le dos jusqu'à la fin de la course. Je prends mon oreillette au cas où Jacques aurait besoin que je me replace derrière le volant plus tôt que prévu, et décide d'aller me dégourdir un peu les jambes. Après quelques minutes de marche dans les paddocks, je suis interceptée par Delaunay. Mon visage devient impassible.

– Madame Fournier, ça tombe bien, je vous cherchais !

– Monsieur Delaunay, j'espère que c'est pour une bonne nouvelle.

– Ça dépend si vous avez changé d'avis.

Après la visite de la mère de Jules, ça ne risque pas d'arriver.

– Pas du tout.

Il sort son téléphone et pianote quelques instants dessus.

– Dans ce cas, vous voilà plus riche et moi propriétaire d'une boîte de strip-tease.

J'accepte sa poignée de main, le cœur en lambeaux, mais avec un sourire, un peu forcé, sur les lèvres.

– Vous ne le regretterez pas, monsieur Delaunay.

– J'en suis certain, mais est-ce que je peux en dire autant de vous ?

Pour toute réponse, je me contente de hausser les épaules. Il me dévisage longuement avant de soupirer.

– Vous savez où me trouver si jamais vous avez besoin d'aide, Anaïs.

Je prends une brusque inspiration et détourne le regard. J'aime quand il m'appelle par mon prénom et j'admets que sa sollicitude me touche. Surtout à quelques heures du grand final.

– Arrêtons de parler affaires, répliqué-je en riant. Allons plutôt voir comment se débrouille Mathieu.

On se dirige en silence vers le stand. Ce n'est pas le moment de craquer ou de changer d'avis, j'y suis presque. Je répare mon armure fêlée par endroits et enfouis au plus profond de moi ma tristesse. Je laisse Delaunay saluer les membres de l'écurie et me pose dans un coin, les yeux fixés sur un écran. Si tout se passe bien, Mathieu ne me donnera le volant que dans trente minutes. Je n'ai rien à faire à part patienter et me détendre. Je me demande si la mère de Jules est encore dans les parages ou si elle est partie terroriser une autre personne. Je secoue la tête et refoule cette pensée dans un coin de mon esprit. Mathieu creuse l'écart avec les autres concurrents, même avec le fameux numéro trente-trois. Delaunay revient vers moi et se poste à mes côtés.

– Dites-moi, quels liens avez-vous avec Elijah Legrand ? me demande-t-il, la tête penchée.

Sa question me fait sursauter. Je lui jette un coup d'œil avant de reporter mon attention sur l'écran.

– Aucun, réponds-je laconiquement. Pourquoi ?

– Hum. Vous ne vous êtes jamais rencontrés ?

– Où voulez-vous en venir ?

– Nulle part, je me pose simplement la question.

– Eh bien, vous avez eu la réponse. Voilà, votre curiosité est satisfaite.

Il ne dit plus rien, sa présence et son silence deviennent oppressants.

– C'est dommage, finit-il par reprendre.

– Quoi ?

– Que vous n'ayez personne sur qui vous appuyer.

– Je n'ai besoin de personne, rétorqué-je.

– C'est ce que vous pensez, Anaïs, mais la solitude ne réussit jamais à l'Homme.

Je hausse une épaule, faussement détendue. En réalité, cette discussion me met les nerfs à vif.

– J'espère que vous saurez demander de l'aide quand cela sera nécessaire, Anaïs. Je l'espère vraiment.

Je ne réponds pas. Je n'ai jamais demandé de l'aide. À quoi bon ? À qui ? La vie m'a appris que je ne pouvais compter que sur moi-même et cela n'est pas près de changer. Il lâche un soupir puis attrape ma main. Il y dépose un papier et referme mes doigts autour.

– Au cas où vous ne l'auriez pas. Je dois y aller, j'ai des amis à accueillir.

Je hoche la tête et attends qu'il se soit éloigné pour regarder ce qu'il m'a donné. C'est une carte de visite d'Elijah. La même que j'ai déjà en ma possession. Je la serre entre mes doigts et déglutis difficilement. Je relève le regard et l'ancre dans celui d'une autre complication.

Elijah.

Je suppose que c'est un des invités de Delaunay. J'inspire profondément et range la carte dans ma poche. Il ne me lâche pas des yeux, et malgré moi, mon cœur se met à battre plus vite. Heureusement, les cris de Jacques me ramènent à la réalité et à la raison de ma présence ici. Je peux ignorer Elijah. D'ailleurs, c'est ce que je vais faire.

***

Elijah

Après que j'ai déposé mes affaires dans la chambre de l'hôtel au sein même du circuit, Lefebvre m'emmène au plus près de l'action. On passe d'abord par la loge VIP, je ne quitte pas des yeux l'écran et suis la progression d'Anaïs, fébrile. Lorsqu'on descend dans les stands, c'est l'effervescence, mais je ne m'en préoccupe pas, car je croise son regard. Nos pupilles s'accrochent, puis elle se détourne.

Je laisse Lefebvre faire la conversation avec Delaunay avant de m'éclipser. Il faut absolument que j'arrive à parler à Anaïs.

– Veuillez m'excuser un instant, je reviens.

Je marche d'un pas déterminé vers elle, je ne la laisserai pas m'ignorer et faire comme si je n'existais pas. Elle est dans sa combinaison noire. Elle ressemble à une panthère, mystérieuse, la démarche féline, le regard sauvage. Ses cheveux sont attachés en un chignon bas. Elle est sublime. Je serre les poings pour résister à la tentation de la toucher.

– Salut, dis-je en me postant près d'elle.

– Salut, souffle-t-elle, le regard fixé sur les écrans. Je ne savais pas que Delaunay vous avait invités.

– Hier matin encore, je n'étais pas au courant non plus. C'est une surprise de mon patron.

Je laisse passer plusieurs minutes avant de reprendre.

– Comment tu vas ?

– Je n'ai pas besoin que tu t'inquiètes pour moi, Legrand, je peux me débrouiller seule, rétorque-t-elle d'un ton froid.

– Je sais, mais tu ne peux pas m'en empêcher.

– Tu n'as qu'à faire comme il y a trois ans et me rayer de ta vie. Je trouve que c'est une bonne méthode.

Je soupire et passe une main dans mes cheveux. Sa colère et sa rancœur sont justifiées, ce n'en est pas moins dur pour moi de me rappeler à quel point j'ai été lâche. À quel point la laisser alors que mon cœur battait pour elle m'a anéanti.

– Écoute, ce n'est vraiment pas le moment, j'ai besoin de rester concentrée pour le reste de la course.

– Alors, accorde-moi dix minutes après la course.

– Pourquoi ? On s'est déjà tout dit !

– Non, tu as dit tout ce que tu avais sur le cœur, mais pas moi.

– Je ne pensais pas que tu en avais encore un, rétorque-t-elle, acerbe.

Je m'appuie lourdement contre le mur, ses mots me percutent de plein fouet. Elle a raison, il y a peu je n'en avais plus. Du moins, il était bien barricadé avant qu'elle mette tout sens dessus dessous.

– Rappelle-toi que je suis tenace. S'il te plaît, seulement dix minutes, ajouté-je d'une voix plus douce lorsque je vois qu'elle reste de marbre.

Son chef d'équipe l'appelle et lui dit qu'elle reprend le volant dans cinq minutes. Anaïs se redresse, et avant d'enfiler sa cagoule, elle se tourne vers moi.

– Seulement dix minutes.

J'opine et la regarde s'éloigner. J'espère réussir à la convaincre que je ne compte aller nulle part cette fois. Lorsque je tourne la tête, j'aperçois un homme me dévisager et partir précipitamment. Je fronce les sourcils et remise cet homme étrange dans un coin de ma tête à l'instant où je vois Anaïs s'installer derrière le volant. Il ne reste plus qu'une heure et demie de course. Une heure et demie d'angoisse pour moi.

19

Anaïs

Je m'installe derrière le volant, déstabilisée par le comportement d'Elijah. Quand il m'a dit qu'il ne lâcherait pas l'affaire, je n'imaginais pas qu'il était sérieux. Du moins, pas au point de me supplier de lui accorder quelques minutes de mon temps. C'est son regard qui m'a convaincue de lui donner une chance. L'espace d'un instant, j'ai retrouvé l'homme que je connaissais. Pendant ces quelques millièmes de seconde, j'ai eu la sensation que mon cœur avait cessé de battre, que j'avais fait un bond dans le passé et que je pouvais une nouvelle fois courir me réfugier dans ses bras, le sourire aux lèvres. Puis le temps a repris sa course, le présent a repris le dessus sur mes illusions. La raison et mon cœur me soufflent que je ne peux pas lui accorder plus que ces dix minutes. Je compte bien les écouter.

J'inspire profondément et me concentre sur la course. Mathieu a très bien géré le chrono, c'est à mon tour à présent de finir. Ma gorge se noue en pensant que c'est la dernière fois que je m'installe derrière ce volant, avec toute l'équipe qui m'encourage, Jacques qui m'engueule car je prends trop de risques, l'adrénaline qui me coupe le souffle, cette sensation de pouvoir survoler la piste. À cause d'un homme, je dis au revoir à ce qui faisait de moi une nouvelle personne. Je ne sais pas ce que je vais devenir, je ne sais pas si je vais réussir à me relever après ce énième coup de la vie. Ce que je sais en revanche, c'est que je n'ai pas le choix. Si je veux survivre, il faut que j'aille de l'avant et surtout jusqu'au bout de mon plan.

Bien que le numéro trente-trois soit déterminé à me ravir la première place, je ne me laisse pas faire. Il prend tous les risques, mais moi aussi. On frôle l'accrochage à plusieurs reprises, mais au bout, c'est moi qui franchis la ligne d'arrivée en premier.

Le numéro trente-trois arrive vers moi. Le regard froid, il me tend sa main :

– Je crois que je suis censé te féliciter.

– Tu n'es pas obligé si ça te fait si mal au cul, rétorqué-je en acceptant sa poignée de main.

Il se rapproche dangereusement de moi et murmure à mon oreille :

– Fais gaffe à tes arrières, Fournier, tu as eu de la chance aujourd'hui. Je ne suis pas certain qu'elle sera toujours de ton côté.

Et il s'en va sur ces mots. Un frisson me parcourt le dos. Je fronce les sourcils. Qu'est-ce qu'il veut dire ? Je secoue la tête. Ce mec est juste dérangé. J'attrape la coupe de champagne que me tend Mathieu et trinque avec lui. Ses yeux pétillent, il se projette déjà sur la prochaine course. Si seulement je pouvais en être…

Je lui tourne le dos pour ne pas lui montrer que mes yeux brillent aussi, mais pas pour la même raison. Mon regard tombe dans celui intense d'Elijah, je crois qu'il est temps de lui accorder ses dix minutes.

Je reste encore quelques instants à profiter de l'écurie et de l'ambiance générale. Mon cœur se serre à l'idée de les abandonner, mais je n'ai pas le choix. Je m'avance vers Elijah qui, étonnamment, n'est pas venu me voir après mon arrivée dans les stands.

Un frisson me parcourt quand je prends le temps de l'observer. Il est à la fois celui que j'ai connu et un étranger. Son aura sombre, ses cheveux indisciplinés, son regard de braise lorsqu'il se pose sur moi me troublent.

– Félicitations, dit-il quand je lui fais face. Tu as été… exceptionnelle.

Je hausse les épaules, une boule logée au fond de la gorge. Je déglutis et inspire profondément.

– Merci. Si tu veux toujours que je t'accorde du temps, rejoins-moi sur le parking dans trente minutes et l'on pourra discuter.

Ses yeux sondent les miens à la recherche de sincérité. Ce qu'il trouve semble le satisfaire puisqu'il hoche la tête. Je lui tourne le dos, et après quelques accolades, je vais dans les vestiaires. Il est temps que je retire pour la dernière fois ce qui faisait de moi la nouvelle Anaïs. Ma gorge se noue quand je mets dans mon sac ma combinaison. Je ne suis pas prête à dire au revoir à ma passion, à lâcher la bouée qui m'a ramenée sur le rivage de la vie, me sauvant de l'océan de noirceur qui m'entourait. J'essuie les larmes qui ont réussi à franchir la barrière de mes paupières, puis prends une rapide douche.

Mon sac sur l'épaule, je rejoins Mathieu qui est en grande conversation avec Jacques.

– Anaïs, tu as été géniale, crie mon coéquipier en m'étreignant. Comme d'habitude !

– Je n'ai pas fait la course toute seule.

– On ne change pas une équipe qui gagne, hein, réplique-t-il en me faisant un clin d'œil.

– Les enfants, vous m'oubliez un peu, là, intervient Jacques.

– Difficile de t'oublier, Jacques, tu fais tout pour que ça n'arrive pas.

Il me jette un regard qui en aurait fait fuir plus d'un et qui a l'effet inverse sur moi. Je m'approche de lui et le serre dans mes bras.

– Merci d'être un super chef d'équipe.

C'est la première fois que je me permets ce genre d'effusion avec lui. Gêné, il me tape maladroitement dans le dos. Mon sourire s'agrandit puis s'affaisse. Ses gueulantes vont me manquer. Comme tout le reste.

– On se retrouve pour le dîner de ce soir ? me demande Mathieu.

– Bien sûr.

– Super ! Alors, à tout à l'heure. Ma femme m'attend sur Skype avec les filles.

– À tout à l'heure.

Ma voix est rauque et heureusement il ne s'en rend pas compte, alors que Jacques me dévisage, les yeux plissés.

– Tu ne vas pas faire de connerie, petite, n'est-ce pas ?

« Petite ». Il m'a appelée ainsi lorsque je suis arrivée accompagnée d'Henri, subjuguée par tout ce qui m'entourait dans les stands, m'interdisant de toucher à quoi que ce soit. Je secoue la tête, les lèvres pincées pour les empêcher de trembler. C'est plus dur que je ne l'imaginais.

– Non, je suis simplement heureuse de notre victoire.

Sceptique, il reste muet. Je résiste tant bien que mal à me dandiner d'un pied sur l'autre.

– Tu sais que si tu as besoin de n'importe quoi, tu peux compter sur moi ou sur n'importe qui de l'écurie.

Si seulement je pouvais me reposer sur eux… Je retiens de justesse un soupir de tristesse.

– Je sais et je ne vous remercierai jamais assez pour tout ce que m'avez apporté.

– Gagne les courses avec Mathieu. C'est ça notre récompense.

Et c'était la mienne il y a encore quelques minutes.

– On se voit au repas.

Je hoche la tête et le regarde s'éloigner. Mes yeux englobent ce qui m'entoure, les mécaniciens qui s'activent en riant, ma voiture sur laquelle des bosses démontrent à quel point la course a été rude. Je me détourne et me dirige vers le parking. J'aperçois Elijah en pleine discussion avec Delaunay. Au vu de leur expression, je sais que c'est une conversation sérieuse. Il ne peut pas l'interrompre. L'excuse parfaite pour m'éclipser sans lui accorder un tête-à-tête. Je me rends compte que je n'en ai pas la force. Pas après avoir dit adieu à mon équipe sans pouvoir leur dire tout ce que j'ai sur le cœur.

Je sens le regard d'Elijah me suivre quand je marche d'un pas rapide vers ma voiture. Mon cœur rate un battement en pensant que c'est à mon tour de partir sans me retourner. Est-ce que je fais une erreur ? Est-ce que je vais le regretter comme je regrette toutes ces années passées loin de lui ? Je secoue la tête, je n'ai pas le choix, je dois le faire. Je jette mon sac dans mon coffre à côté de mes valises et claque le hayon un peu violemment. Les émotions commencent à m'engloutir, il faut que je mette les voiles. Rapidement. Mais mes pieds se figent côté conducteur lorsque j'entends sa voix.

– Tu vas quelque part ? Tu ne fêtes pas ta victoire avec les autres ?

Je me retourne lentement, mes doigts serrant mes clés. Comme d'habitude, il est tiré à quatre épingles, malgré la chaleur qui nous étouffe. Ses bras se croisent sur son torse pour simuler une attitude décontractée. Je sais que ce n'est pas le cas. Son regard est froid, son sourire carnassier.

Jules.

La sueur coule le long de mon échine. Ce n'est pas comme ça que cela devait se passer. Mon plan devient aussi fragile qu'une pyramide de cartes. Mes yeux fouillent les alentours à la recherche d'une échappatoire. Mais voulant jouer la discrétion pour ma fuite, je m'étais garée loin des autres véhicules, au fond du parking, dans un coin isolé.

– Alors, est-ce que ma femme compte me répondre ?

Mes épaules se tendent.

– Qu'est-ce que tu fais ici ?

Ses yeux se plissent, ma respiration se saccade.

– Il est normal qu'un mari vienne supporter sa femme, non ?

– Tu n'es venu à aucune de mes courses jusqu'à présent et tu devais être en campagne électorale.

– Tu me surveilles maintenant ? me demande-t-il d'un ton calme, trop calme.

Je recule d'un pas, incertaine quant à la démarche à suivre pour éviter le pire.

– Je te pensais plus intelligente que ça, Anaïs. Tu imaginais pouvoir raconter des conneries sur moi à la presse sans que j'en sois informé ?

– Ce ne sont pas des conneries, seulement la vérité, répliqué-je entre mes dents serrées. Les gens doivent savoir à quel point tu es un connard, lâché-je malgré moi.

Son poing se serre, il se rapproche soudainement de moi, me coinçant contre la portière de ma voiture.

– Fais attention à tes paroles, Anaïs. Souviens-toi à quel point tout ça peut m'exciter.

Mon corps se tend. Sa proximité m'écœure. Des images de notre dernière lutte se superposent à la réalité. Elles sont bien trop nettes à mon goût. Je ne peux pas le laisser gagner une nouvelle fois. Il faut que je trouve un moyen de partir d'ici sans lui. S'il n'a pas encore parlé des penderies vides à l'appartement, c'est qu'il n'est pas au courant de mon intention de mettre les voiles dès ce soir.

– Voilà ce qui va se passer, reprend Jules en se collant un peu plus à moi. On va rentrer à la maison et je vais te montrer comment ma femme doit se comporter.

– Va te faire foutre ! crié-je en le repoussant.

Son geste est si rapide que je ne vois pas la gifle arriver. La brûlure sur ma joue est cuisante. Ses doigts s'enroulent autour de ma gorge avant que j'aie pu réagir.

– C'est le programme que j'ai prévu pour toi, chérie.

Son corps se colle tellement au mien que je peux sentir son excitation. La bile me monte à la gorge.

– Plutôt crever que te laisser me toucher encore une fois, craché-je.

Sa main se resserre, ma respiration devient difficile.

– Ça peut s'arranger.

La folie habite son regard. Et c'est à ce moment que je comprends qu'il est sérieux, il a perdu le contrôle. Je me débats, essaie par tous les moyens de lui faire lâcher prise. La panique prend possession de mon corps. Ma vision se brouille au fur et à mesure que la pression autour de mon cou augmente, mes forces diminuent.

– Passe le bonjour à papa, murmure Jules à mon oreille.

Mes bras tombent le long de mes flancs, je n'ai plus conscience du monde qui m'entoure. Soudain, je sens Jules partir en arrière. Mon corps chute lourdement sur le sol, j'avale une bouffée salvatrice d'air et cligne des yeux. Le spectacle qui se joue devant moi est mon pire cauchemar…

20

Anaïs

J'entends des cris, des grognements. Une personne me relève et me parle, mais mon regard n'arrive pas à se détacher de Jules et de l'autre homme qui se battent. Ma bouche remue pour crier une supplique qui ne franchit pas la barrière de mes lèvres. Ça ne devait pas se passer comme ça ! Mon plan était aussi solide que peut l'être celui d'une femme fuyant son mari fortuné en espérant laisser quelques preuves de l'enfer qu'elle a vécu à ses côtés. Personne ne devait être un témoin direct de son calvaire. Elle devrait être déjà sur la route, sur la ligne droite en direction de la liberté. Pas arrêtée sur le bas-côté, regardant deux véhicules se percuter de plein fouet. Un homme trapu se place devant moi et claque des doigts près de mon visage. Je cligne des yeux avant de me focaliser sur lui, laissant l'horrible cauchemar se dérouler sans rien faire.

– Madame Fournier, vous allez bien ?

Je l'ai déjà vu dans les stands, mais je ne sais absolument pas qui c'est. Mon regard se tourne à nouveau par-dessus l'épaule de l'homme. Je suis paralysée. Mon esprit et mon corps sont incapables de se coordonner pour arrêter ce qui se passe. L'homme suit mon regard et grimace lorsque le bruit d'un os brisé retentit malgré les cris.

– Madame Fournier, j'ai vraiment besoin de savoir si vous allez bien, me demande à nouveau l'inconnu, les yeux fixés sur mon cou.

Mes mains se posent sur ma peau tandis que je déglutis péniblement. Je prends une brusque inspiration. Mon corps est pris de tremblements, le choc est trop dur à encaisser. Mon esprit se débat contre les méandres de l'inconscience qui me tendent les bras.

– Elijah, murmuré-je, la voix rauque.

Une odeur métallique parvient jusqu'à mes narines. Je l'ai sentie tellement de fois après avoir essuyé les coups de Jules que je sais exactement ce que c'est. Du sang. Mes jambes flanchent, et sans l'aide de l'homme, je serais tombée. Ma respiration se saccade. Je suis incapable de faire face à ce qui se produit. C'est trop pour moi.

– Lâchez-moi, entends-je crier.

Cette voix m'est familière. Je l'ai souvent entendue, parfois attendue. Quand j'avais besoin de son aide pour les révisions. Quand je m'ennuyais dans une soirée étudiante. Quand j'avais juste besoin de rire. Quand j'avais besoin de lui. C'est cette voix qui répondait à l'appel. Cette voix qui m'apaisait. Cette voix au timbre rauque. Cette voix masculine, virile.

– Madame Fournier, il faut vous asseoir.

L'homme m'aide à m'installer à même le sol, la tête contre la portière de ma voiture.

Je redresse le visage et constate qu'Elijah a réussi à se libérer de l'emprise de ceux qui le retenaient. Il se rue sur Jules qui est appuyé contre le mur. Ils se jettent l'un sur l'autre. Un uppercut cueille Jules et l'envoie contre le mur. Le sang bout dans mes veines. J'essaie de me relever, mais je n'y arrive pas.

– Arrêtez-le, il va le tuer, supplié-je l'homme.

Il me regarde bizarrement. Il pense sûrement que je m'évertue à protéger mon mari, l'homme qui vient d'essayer de me tuer. Mais c'est Elijah que je tente de protéger. L'homme n'a pas besoin de le savoir. Je soutiens son regard et tente de lui faire comprendre qu'il doit agir. Tandis qu'il se résigne à rejoindre le groupe qui essaie de séparer les deux adversaires, je ferme les yeux. Ma tête me fait mal, ma gorge me fait mal. Mais ce n'est pas le plus douloureux. Le fait de voir mon secret révélé à des personnes que je connais, de cette façon, de manière si réelle, si tangible, est ce qui me broie la poitrine. La honte me submerge. Je sais pourtant que ce n'est pas moi qui devrais avoir honte, mais je ne réussis pas à lutter contre.

Ma respiration est encore erratique, mais je perçois l'instant où la bagarre cesse. Un murmure parcourt l'assistance. Je sens des regards tournés vers moi. Oppressée, j'ouvre les yeux et tombe sur ceux d'Elijah qui arrive vers moi. Malgré moi, j'ai un mouvement de recul. Il jure quand il s'en aperçoit et s'arrête. Ses poings sont ensanglantés, ses pupilles sont encore dilatées par la colère et la folie. J'essaie de me contrôler et de retrouver la Anaïs forte, qui ne laisse personne se battre pour elle. Lorsque je me sens capable de me maîtriser, je me redresse, mais reste en appui contre ma voiture. Je cherche des yeux Jules. Il est entouré d'autres personnes. Heureusement, il tient encore sur ses deux jambes. Je reporte mon attention sur Elijah. Il est toujours devant moi, dans l'attente d'un signe de ma part lui signifiant qu'il peut avancer. Au loin, le son des sirènes se fait entendre. J'ai envie de lui crier dessus, de le frapper. De lui demander pourquoi il s'en est mêlé, mais ce serait égoïste de ma part alors qu'il vient certainement de me sauver la vie. Pourtant, bien que connaissant le droit français, il était prêt à aller jusqu'au bout. Je le sais, je le vois dans son regard. J'inspire profondément, j'ouvre la bouche pour parler, mais je la referme aussitôt. Rien de ce que je dirais ne pourrait effacer les derniers événements. Je ne peux plus nier que Jules lève la main sur moi. Je ne peux plus jouer le rôle de la femme follement amoureuse. Je ne peux plus faire semblant. Je suis à nu devant lui et je ne me suis jamais sentie si vulnérable. Elijah est le premier à rompre le silence entre nous.

– Est-ce que tu vas bien ?

Je n'ai pas le temps de répondre que Mathieu me rejoint, détaillant chaque partie de mon corps avant de s'arrêter sur ma gorge. Je sens ses muscles se tendre et je vois ses poings se serrer.

– Putain ! éructe-t-il.

Je détourne les yeux. Une foule s'est agglutinée autour de nous. Mon écurie est là, le regard vengeur fixé sur Jules. Mes nerfs lâchent et mon corps se remet à trembler. Je ne vais pas résister plus longtemps. Elijah fait un pas prudent dans ma direction. Les sirènes se rapprochent. Je sais ce qui va se passer. Je le sais et je ne le supporte pas. À l'instant où je suis sur le point de m'écrouler, Elijah me rattrape.

– Anaïs, crie-t-il, paniqué.

Son étreinte se resserre autour de moi, son regard se fait plus acéré. Je ressens la colère qui parcourt son être, mais aussi sa peur pour moi.

– Je ne peux pas, Eli. Je ne peux pas, pleuré-je contre son torse.

Tous les griefs que j'ai à son égard disparaissent face à ce qui m'attend. Face à ce qui nous attend.

– Je suis là, murmure-t-il à mon oreille.

Il caresse mes cheveux pour me rassurer, mais ses mots ont l'effet inverse sur moi. Il n'était pas là il y a quelques années, il ne le sera pas, non plus, maintenant. J'ai peur de m'accrocher à lui et de m'apercevoir qu'il ne sera plus là le jour suivant. Mon cœur me dit que je peux lui faire confiance quand mon cerveau me souffle que c'est une très mauvaise idée.

– Anaïs, arrête !

Je ne me rends pas compte que je me débats jusqu'à ce que ses mains attrapent doucement mes poignets.

– Pourquoi tu es intervenu ? lâché-je en le repoussant, hystérique.

Il vacille, son regard s'assombrit.

– Tu aurais préféré que je le laisse te tuer ?

Ses mots me percutent, je sais que je panique, que je délire. Merde ! Pour la première fois, Jules était prêt à me tuer. Le regard de Mathieu va d'Elijah à moi.

– Anaïs, tu ferais mieux de t'asseoir.

La police finit par arriver sur les lieux.

– Je ne veux pas m'asseoir ! crié-je.

Mes nerfs sont en train de lâcher. Lorsqu'un des agents s'approche de moi, je fais un pas en arrière. Elijah se place face au policier et fait rempart avec son corps. La tension qui émane de lui est palpable.

Jules commence à vociférer et à invectiver Elijah. Il crie au policier qu'Elijah l'a agressé sans raison. Sa mère arrive sur les lieux et affirme avoir été témoin de tout. Quant à moi, je suis incapable de faire le moindre geste, de parler.

Mon enfer porte un nom.

Il s'appelle Fournier.

***

Elijah

J'écoute d'une oreille distraite les accusations de ce connard. Mon regard reste fixé sur Anaïs, le sien est vide. J'ai envie de la prendre dans mes bras et de l'emmener loin de ce cauchemar. Mais elle est sous le choc et j'ai peur de l'approcher. Mathieu, son copilote, tente de la faire réagir, mais c'est peine perdue. Même lorsqu'un policier me passe les menottes, je ne la lâche pas du regard. Elle est absente, son âme est en train de se déliter sous mes yeux et je ne peux absolument rien faire. Mon cœur se serre à l'idée de la perdre à nouveau alors que je viens à peine de la retrouver. J'ai la sensation de revenir trois ans en arrière et d'être cet homme incapable de la sauver.

– Anaïs, murmuré-je pour qu'elle reprenne vie.

Mais rien n'y fait, elle ne m'entend pas, alors je pète une nouvelle fois les plombs. Je crie son prénom, tire sur mes menottes. Il faut plusieurs policiers pour me maîtriser et me mettre de force dans leur véhicule.

Jules, lui, est simplement mené dans une autre voiture, les poignets libres.

Les flics qui m'entourent me jettent des regards noirs, auxquels je réponds sans équivoque par des œillades menaçantes. Peu importe le sort qui m'est réservé. Si c'était à refaire, je ne changerais rien. Cet enfoiré de Fournier mérite de passer sa vie en prison, pourquoi devrais-je y aller seul ?

Je me cogne la tête contre l'appui-tête et fais jouer mes poignets. On ne peut pas dire qu'ils n'ont pas serré ces putains de menottes. Quand la voiture démarre, je jette un coup d'œil par la fenêtre. Un agent de police est en train de parler à Anaïs, mais je vois bien à la façon dont son corps se tient qu'elle est toujours absente. Je serre les poings et me dis une nouvelle fois que je ne regrette absolument rien.

Je suis emmené au poste, puis directement dans une cellule, pour que je puisse me « calmer ». Cette mise en détention ne fait que m'énerver davantage, mais je n'en montre rien. Lorsqu'un agent daigne enfin ouvrir la porte, il me dirige vers le bureau d'un officier de police. Le jeu des questions-réponses commence. Je suis accusé de coups et blessures volontaires. Évidemment, ce lâche de Fournier a porté plainte contre moi. Il affirme que j'essayais d'agresser sa femme et que je me suis jeté sur lui quand il est intervenu. J'ai envie d'éclater de rire, mais je ne suis pas certain que l'officier le prenne bien. Je me contente de secouer la tête et de nier les faits. Je raconte ma version, la vérité. Pourtant, on ne me croit pas. Bien sûr. Est-ce qu'un député serait assez bête pour lever la main sur sa femme, de plus en public ? Il est connu que ces hommes ne font jamais la moindre erreur, le moindre faux pas. Toujours dans la légalité et l'amour, n'est-ce pas ? Un député violent ? C'est impensable ! Je bous de colère, mais je me contiens. Lefebvre, qui a décidé d'être mon avocat malgré mes refus répétés, m'a conseillé de faire profil bas. J'ai l'impression d'être du mauvais côté et que l'enfer m'ouvre ses portes, prêt à m'accueillir. J'inspire profondément et me calme. Je répète plusieurs fois les faits. L'officier cherche à prouver que je mens ? Que j'ai inventé tout ça et qu'un détail démontrera ma supercherie ? J'ai des dizaines de témoins qui pourront confirmer ce que je dis. Je ne pense pas que Fournier en trouve un seul, à part sa mère. On me laisse partir et on me dit que je recevrai une convocation dans quelques jours. Ils ont visiblement décidé d'être rapides.

Dès que j'ai un pied en dehors du commissariat, je me tourne vers Lefebvre.

– Comment va Anaïs ?

J'ai besoin de la voir, de la prendre dans mes bras, de la savoir en sécurité. J'ai besoin d'elle.

– Je ne sais pas.

– Comment ça ? Je vous ai demandé de veiller sur elle.

Mon patron se passe une main sur le visage, las. Cela ne lui ressemble pas.

– Elle a disparu, me répond-il.

Abasourdi, je fronce les sourcils, certain d'avoir mal entendu.

– Disparu ? répété-je bêtement.

Il hoche la tête.

– Après que la police vous a embarqués, Jules et toi, Mathieu a proposé de l'emmener à l'hôpital pour qu'elle se fasse examiner. Elle a refusé et a dit qu'elle préférait y aller seule. On a tous répliqué que c'était une mauvaise idée, mais on ne pouvait pas la forcer. L'agent de police avait déjà essayé de la convaincre de la nécessité d'appeler les pompiers. En vain. Alors on l'a laissée monter dans sa voiture et Mathieu devait la filer pendant que j'étais ici. Mais… on a tout simplement perdu sa trace.

Je serre les poings. Il ne manque pas grand-chose pour que je les envoie dans le mur derrière moi.

– Elle n'a pas pu disparaître comme ça.

– Malheureusement, si. Et tant qu'elle ne refait pas surface, c'est ta parole contre celle de Fournier. Quelques-uns ont vu les marques autour de son cou, mais personne ne sait qui les lui a faites, à part vous trois. Et il n'y a pas de caméra de surveillance de ce côté du parking.

Pour l'instant, je me contrefous de mon cas. Je veux savoir où se trouve Anaïs et si elle va bien. Putain ! Pourquoi est-elle partie ?

« Je ne peux pas, Eli. Je ne peux pas. »

Elle a paniqué et a fui. C'est la seule explication que je trouve et qui me paraît plausible. Mais où peut-elle bien être ? Je me souviens l'avoir vue discuter avec Delaunay. Peut-être que lui saura me dire où je peux la trouver.

– Je dois la retrouver.

– Je sais, mais pour l'instant, tu dois rentrer chez toi et te reposer.

Me reposer ? Je ne pourrai pas fermer l'œil tant que je ne saurai pas si Anaïs va bien. Je ne veux pas l'abandonner une seconde fois.

Lefebvre me dépose chez moi. Je reste un instant devant mon

immeuble. Je n'ai aucune envie d'être là, mais qu'est-ce que je peux faire pour le moment ? Déclarer la disparition d'Anaïs ? Je connais déjà la réponse que me fera la police. Elle est majeure, son escapade n'a rien de suspecte. Pour eux, sans doute. Pour moi, elle est plus qu'inquiétante. Une fois chez moi, je soupire, me passe une main dans les cheveux et les tire, puis déraidis ma nuque. Je n'ai pas envie d'être ici à me morfondre. Je me relève d'un bond et attrape mes clés. Je claque la porte d'entrée et dévale les marches. Le trajet jusqu'au loft est flou, je ne me rappelle même pas avoir mis le contact. Je jette mes clés sur le comptoir et me déshabille jusqu'à me retrouver seulement vêtu de mon boxer. Je ne prends pas la peine de bander mes mains avant d'attaquer le sac de frappe. Je me vide l'esprit de ce qui aurait pu arriver à Anaïs si je l'avais rejointe quelques minutes plus tard. De ce qui va m'arriver si je ne me sors pas de ce piège que me tendent les Fournier. Ma respiration est fluide, mes gestes précis. Ils reflètent toute ma détermination à les voir tomber.

Je ne sais pas pendant combien de temps j'évacue la pression. Mon esprit est engourdi, mes phalanges déjà douloureuses à ma sortie de garde à vue le sont encore plus quand je m'arrête enfin. Le soleil s'est couché, laissant dans la pénombre les gratte-ciel qui m'entourent. Je m'étire et prends dans la cuisine une bouteille d'eau que je vide d'un trait. Les mains à plat sur le plan de travail et la tête basse, je sens mon cerveau repartir au quart de tour. Je n'ai eu qu'un instant de répit avant que l'avalanche de questions revienne me submerger. Mais une seule d'entre elles compte : où est Anaïs ?

Je prends rapidement une douche et revêts les habits de rechange que j'ai amenés ici hier. Il est temps de commencer les recherches.

Le premier endroit que je choisis, c'est le Lady Midnight. Je sais qu'elle l'a vendu à Delaunay, mais peut-être qu'elle y a trouvé refuge. Les lumières sont éteintes. Une affiche annonce déjà qu'il y a un changement de propriétaire. Je fais le tour du quartier dans l'espoir de trouver sa voiture. En vain. Je serre plus fort mon volant et jette un coup d'œil à l'heure affichée sur le tableau de bord. Vingt-trois heures. Il est bien trop tard pour déranger un client tel que Delaunay. Surtout pour une affaire qui ne le regarde en rien. Mais il avait l'air de bien connaître Anaïs, du moins plus que moi. De toute manière, qu'est-ce que je risque ? Mon travail ? C'est déjà le cas. Je me gare en double file et fais défiler mes contacts jusqu'à tomber sur son nom. Il décroche au bout de trois sonneries.

– Je me demandais quand vous alliez m'appeler.

Je reste un instant stupéfait, les sourcils froncés, avant de prendre la parole.

– Comment ça ?

– Vous cherchez Anaïs et vous m'avez vu parler avec elle pendant la compétition. Vous savez que je la connais.

– C'est vrai. Est-ce que vous savez où je peux la trouver ? l'interrogé-je sans tourner autour du pot.

– Si c'était le cas, pourquoi vous le dirais-je ?

Je soupire et tente de contrôler mes nerfs.

– Je connais Anaïs. Personnellement. Écoutez, je n'ai pas le temps d'entrer dans les détails, mais vous pouvez me faire confiance.

– C'est exactement ce que m'a dit son mari.

C'est un miracle si le volant ne se tord pas entre mes mains.

– Vous m'avez l'air d'être un homme sérieux. Plus que Fournier que j'ai toujours su malsain. J'ai essayé de tendre la main à Anaïs, mais elle n'en a pas voulu. Tout ce que je peux vous dire, c'est que si elle souhaite disparaître, elle en a les moyens à présent.

– C'est-à-dire ?

– Je lui ai fait un virement sur un compte offshore pour la vente du club. Je pense qu'elle comptait partir dès aujourd'hui.

Putain ! Est-ce que cela veut dire que je n'ai aucune chance de la retrouver ? Je me refuse d'y croire, c'est impossible.

– Mais à mon avis, reprend Delaunay, elle est trop bouleversée pour le faire ce soir. Je l'ai vu dans son regard.

Il soupire et reste un moment silencieux.

– Je vais vous donner une adresse, il est possible qu'elle se terre là-bas le temps de se remettre. C'était la maison d'Henri et je sais que Jules pense qu'elle est vendue depuis belle lurette.

J'attrape un ticket de caisse qui traîne et un stylo, et note l'adresse.

– Merci !

– Ne me le faites pas regretter, ça serait fâcheux pour vous et ce qui reste de votre carrière. Bien plus que si la plainte de Fournier aboutit, croyez-moi.

Je ne sais pas pourquoi, mais je le crois capable de me pourrir la vie.

– Aucune chance pour cela, réponds-je.

Je raccroche et me dirige vers, je l'espère, Anaïs.

21

Anaïs

– Tu es sûre de ne pas vouloir que je conduise ? me demande une nouvelle fois Mathieu.

Je jette un regard à la foule autour de moi. Tout le monde m'observe, s'attendant à ce que je pleure, hurle ou m'évanouisse. Je ne fais rien de tout ça. J'enfouis mes émotions au plus profond de moi et fais fi de ce qui m'entoure.

– Anaïs, répète Mathieu.

– Je préfère conduire, j'ai besoin d'être seule.

Mathieu m'observe, incertain.

– S'il te plaît, insisté-je.

– D'accord, soupire-t-il. Je te suis, on se rejoint à l'hôpital.

J'opine de la tête. Il me dévisage encore un peu, puis se détourne. Le poids du regard des autres m'oppresse. À l'instant où je m'apprête à monter dans ma voiture, un homme se place à ma droite. Il me faut quelques secondes pour le resituer. C'est l'inconnu qui est venu me voir tout à l'heure. Le même qui traînait dans les stands.

– Madame Fournier ?

Je recule et croise les bras dans une posture défensive.

– Qui êtes-vous ?

– Je souhaitais vous parler, mais je n'en ai pas eu l'occasion.

Il regarde par-dessus son épaule, puis autour de lui comme s'il avait peur d'être entendu.

– C'est au sujet d'une disparition, reprend-il, mais ce n'est pas le bon moment pour en discuter.

Il sort son portefeuille de la poche intérieure de sa veste, puis me tend une carte de visite blanche.

– Appelez-moi quand vous le pourrez, madame Fournier, c'est important. C'est au sujet de votre mari, ajoute-t-il précipitamment.

Sur ces derniers mots, il s'en va. Je l'observe se fondre dans la foule, puis jette un coup d'œil à sa carte. Quand j'aperçois Jacques s'approcher de moi, je m'empresse de la mettre dans ma poche et de monter dans ma voiture avant de démarrer. Mon esprit ne cesse de rejouer les derniers événements et l'arrivée de cet homme, un détective d'après sa carte, n'arrange pas les choses. Mes émotions sont toujours anesthésiées et je sens que lorsque le barrage cédera, cela sera un véritable tsunami.

Je prends la direction de l'hôpital comme promis à Mathieu. Mais plus j'approche de la destination, plus je me sens fébrile. Mes mains tremblent et j'ai la sensation d'être comme hors de mon corps. Je jette un coup d'œil dans mon rétroviseur intérieur. Mathieu est arrêté à un feu rouge derrière moi. Au lieu de continuer tout droit, je décide de tourner à gauche. Avant de comprendre ce que je fais, je m'éloigne de l'hôpital. Je ne suis pas prête. Pour la deuxième fois dans ma vie, je choisis la lâcheté. J'erre dans la ville, avant de me garer dès que je vois une place. De mes mains tremblantes, j'attrape mon téléphone. J'appelle l'un des seuls contacts affichés dans le répertoire.

– Comment tu vas ? me demande-t-il d'emblée.

Je préfère ne pas répondre à cette question et lui en poser une à mon tour.

– Est-ce que tout est prêt ?

– Oui, soupire-t-il.

Il devait se douter que j'esquiverais. Machinalement, mes doigts parcourent la peau de mon cou.

– Je vais arriver plus tard que prévu, le préviens-je.

– Je pense bien, avec ton dépôt de plainte et tout ce qui s'ensuivra. Je t'attendrai.

Je ne lui dis pas que je ne suis pas au poste de police ni qu'il n'y aura pas de « et tout ce qui s'ensuivra ».

– Bien. À plus tard.

Je raccroche avant qu'il ait pu ajouter quelque chose. De toute manière, j'aurai droit à un interrogatoire en règle lorsque je le verrai. Et comme d'habitude, je ne vais pas y répondre. Je laisse mon regard se perdre autour de moi. Le soleil commence à se coucher et les gens à rentrer chez eux en vue d'un repos bien mérité avant la reprise du travail le lendemain.

Je déglutis péniblement et remets le contact. Il est temps pour moi de réfléchir à ce que je vais faire. Est-ce que ça sera différent de ce que j'avais prévu ? J'entends encore Elijah crier mon prénom. J'étais trop amorphe pour faire le moindre mouvement, mais le désespoir perçant dans sa voix m'a remuée au plus haut point. J'inspire profondément. Je ne peux pas porter seule le poids de mon présent. Je sais déjà comment vont réagir Jules et sa mère.

Pourquoi Elijah ? Pourquoi après toutes ces années ?

Ces questions n'auront probablement jamais leurs réponses, mais je ne peux empêcher mon esprit de se les poser sans cesse. Une larme dévale ma joue et s'écrase sur le col de mon tee-shirt. Je serre les dents et me refuse à laisser les autres suivre le même chemin. Je ne suis pas prête pour ça non plus. J'ai des heures de route avant d'arriver à destination. À ce moment-là, je pourrai lâcher les vannes. En attendant, je refoule tout et fais comme si le plan se déroulait comme prévu. Je ne dois pas dévier de ma route. Pas encore.

Exténuée, je me gare dans l'allée de la grande maison qui me fait face. Je ne suis venue ici qu'une fois, mais c'était à un moment décisif de ma vie. C'est sûrement pour cette raison qu'Henri me l'a léguée.

C'est une bâtisse typique du Sud de la France, elle se fond parfaitement dans le décor. La porte s'ouvre à la volée lorsque je gravis les marches. Un homme d'une quarantaine d'années se tient devant moi, dans un costume impeccable. Son teint hâlé et ses yeux bleus font souvent tourner la tête des femmes sur son passage. Ce n'est pas un don Juan, mais il sait qu'il plaît et naturellement il en profite. Laurent. Je l'ai rencontré par l'intermédiaire d'Henri, dont il était un très bon ami. Et même si je me suis méfiée de lui au début, on a des atomes crochus. Il a un côté bourru, mais c'est un nounours en réalité, il n'arrête pas de s'inquiéter pour moi. Bien que je le repousse sans cesse, cela ne le décourage pas. C'est certainement pour cette raison que j'ai fait appel à lui pour le reste de mon plan.

– Je pensais que tu arriverais plus tard que ça.

Je hausse les épaules et le dépasse pour entrer.

– Tu n'as pas respecté les limitations de vitesse, j'imagine.

Je ne lui réponds pas, car il connaît déjà la réponse. Je vais dans la cuisine et me sers un verre de rosé. Lorsqu'il me rejoint, il se fige sur le seuil.

– Qu'est-ce qui t'est arrivé ? me demande-t-il, horrifié.

Je passe ma main sur ma gorge et la rabaisse aussitôt.

– Rien.

– Rien ? répète-t-il, incrédule.

Je dépose mon verre sur le comptoir, plus bruyamment que je ne le souhaitais. Je souffle et me pince l'arête du nez.

– Rien qui ne vaut la discussion qui m'attend si je t'explique. Est-ce que tout est prêt ?

Laurent soupire à son tour et croise les bras contre sa poitrine.

– Tu as des contusions au niveau du cou et c'est tout ce que tu vas me dire ?

– Oui, c'est la seule explication que tu mérites.

Il encaisse le coup, difficilement, mais il ne relève pas ma pique.

– Tout est prêt.

– Parfait. Je vais me coucher, j'ai besoin de me reposer.

Et de réfléchir à la suite. Avant qu'il parte, j'interpelle Laurent.

– Merci.

Il a un discret mouvement du menton et s'en va. Je le suis du regard, le cœur lourd. La tête basse, je retiens mes larmes et serre mon verre entre mes doigts. Je revois le visage de Jules face au mien quand il a commencé à m'étrangler, j'entends les coups échangés, j'entends Elijah crier mon prénom. Il ne m'en faut pas plus pour balancer mon verre et le regarder se briser en mille morceaux contre le mur. Mon souffle est court, les battements de mon cœur erratiques. Il me faut quelque chose pour annihiler mon envie de me perdre. Je devrais aller me coucher au lieu de quoi je prends les clés de ma voiture et ressors. Dès que je mets le contact, ma tension s'apaise, mais pas totalement. Il me faut un shoot d'adrénaline. L'altercation avec Jules a anéanti tout le bien-être que j'avais réussi à accumuler pendant ma dernière course. Je m'engage rapidement sur l'autoroute pratiquement vide. Devant moi se profilent l'asphalte et les chimères d'une liberté retrouvée. Le pied sur la pédale d'accélérateur, j'avale une profonde bouffée d'air frais nocturne et laisse la vitesse faire son travail sur mon organisme. Je retrouve presque les sensations qui me parcourent quand je suis sur un circuit. Presque. Je soupire et relâche la pédale. Mettre en danger la vie d'autres personnes qui n'ont rien demandé ne me mènera à rien. Je prends la direction de la villa et me dis que dormir m'aidera peut-être.

C'est l'esprit embrumé que je me réveille. Ma gorge reste un peu douloureuse, ce qui me sert de rappel constant de ce qui a failli se produire la veille. Je repousse les couvertures et traîne des pieds jusqu'à la cuisine. Je me prépare un café, et les coudes appuyés contre le comptoir, je me masse les tempes, le regard fixé sur les débris du verre d'hier soir. Il faut que je me ressaisisse. J'ai encore tellement de choses à faire. Je jette un coup d'œil autour de moi. Je pourrais presque entendre Henri siroter son whisky assis dans le fauteuil du salon. Je soupire et attrape ma tasse de café. Je n'aurais pas dû choisir cette maison, j'y ai trop de souvenirs. Et si Jules se donne vraiment la peine de me retrouver, est-ce qu'il pensera à cette maison ? J'ai tout fait pour qu'il n'y arrive pas. Je serre la tasse chaude entre mes mains et me dirige vers le jardin. Je m'assieds sur les marches et laisse mon regard vagabonder à travers les massifs fleuris. Henri adorait cet endroit, il l'apaisait.

***

– Bienvenue chez moi, me dit Henri en faisant un geste vers la vaste demeure.

Je fais mine d'être blasée alors que je suis agréablement surprise. Je pensais qu'il me mènerait dans une maison hors normes, du genre ostentatoire, mais pas du tout. Elle s'accorde parfaitement avec le reste de la rue. Elle a l'air accueillante. Je croise les bras contre ma poitrine et affiche une moue agacée.

– Oui, je sais que tu ne voulais pas venir, mais tu verras, ça te fera du bien.

D'après Henri, je m'enfonce de plus en plus au lieu de remonter la pente. Toujours selon ses dires, j'ai besoin d'un nouvel air pour comprendre que la vie vaut la peine d'être vécue. Voilà la raison de ma présence ici, alors que j'aimerais plutôt être dans mon lit après la cuite que j'ai prise hier. Je remets mes lunettes de soleil et le suis jusqu'à l'entrée.

– Tu verras, tu te sentiras mieux dans quelques jours.

Je ne suis pas convaincue, je préfère me taire. Henri me fait une visite sommaire et m'invite à aller me coucher. Je ne me le fais pas dire deux fois. Je fuis dans une chambre, choisie au hasard, et m'affale sur le lit confortable.

À la fin de cette semaine, j'ai dû avouer à Henri qu'il avait raison. Je me sens bien dans cette maison, mais je n'arrive pas à en trouver la cause. Elle a quelque chose de spécial. Il était fier, mais surtout satisfait de voir que j'avais repris des couleurs. Lui-même avait l'air de mieux respirer.

***

Maintenant que je connais sa femme et son fils, je comprends son envie de s'isoler.

J'appuie mon dos contre la rambarde et inspire profondément en fermant un instant les yeux. Je finis mon café et profite du lever de soleil. Il ne me reste plus que quelques jours avant de tirer un trait sur mon passé. Est-ce que mes parents m'en voudront de ne pas leur avoir parlé de ce que j'ai vécu ? Je suis certaine que oui. Je vois encore le visage de ma mère quand je l'ai quittée avant de prendre la route pour ma dernière course. Mon père sera fou de rage et sûrement triste. Alice se fustigera et m'insultera parce que j'ai refusé toutes ses mains tendues. Mathieu et le reste de l'équipe ont déjà assisté à un bout de mon cauchemar, ils ne seront pas étonnés, mais profondément touchés.

Il y a quelques heures à peine, j'étais seulement une coureuse, patronne d'un club de strip-tease et femme d'un député. Dans quelques heures, pour le reste de la France, je ne serai plus qu'une femme battue parmi tant d'autres. Mais je ne veux pas qu'une seule femme soit noyée dans la masse. Je veux que chaque cas soit entendu et que justice soit faite avant qu'il ne soit trop tard. Pour moi, il s'en est fallu de peu. Ma respiration se coupe en revoyant le visage d'Elijah. Je ne peux pas me voiler la face. Sans lui, je ne serais certainement plus de ce monde. Le revoir et le laisser me prendre une nouvelle fois dans ses bras a réveillé quelque chose en moi. Je n'arrive pas à mettre de mots dessus, mais l'espace d'un instant, je me suis sentie en paix, à ma place. Ma main se pose sur ma gorge et touche la peau douloureuse. Je déglutis et la baisse sur ma cuisse. Jamais la Faucheuse n'avait été si proche de moi, alors que je l'avais appelée maintes fois auparavant. Je me redresse et dépose ma tasse dans la cuisine. Un coup d'œil sur l'horloge m'indique que les chaînes d'information en continu doivent déjà se faire l'écho des talents de mon cher mari. Mon téléphone est éteint et je n'ai aucune envie de regarder la télévision pour entendre tout et son contraire. Je suis certaine que plusieurs médias doivent traîner mon nom dans la boue. Je sais que j'ai lancé un pavé dans la mare, je les laisse se débrouiller avec ça pendant quelques jours avant de refaire surface avec l'ultime annonce.

Oh, Jules, prépare ta défense, tu vas en avoir besoin.

Je prends mon second téléphone et appelle Laurent, qui doit déjà être à sa quatrième tasse de café.

– Dis-moi que tu as réfléchi, me dit-il d'emblée.

– Je ne fais que ça depuis plusieurs mois. Laurent, ne t'inquiète pas pour moi. La dernière phase est-elle prête ?

– Si tout se déroule comme prévu, tu pourras le faire.

– Parfait, soupiré-je.

– Tu sais, tu peux encore changer d'avis, Anaïs.

– Si j'abandonne, tout ce que je viens de faire n'aura servi à rien. Je dois aller jusqu'au bout.

Je suis certaine que déjà des voix s'élèvent pour dire que Jules est un homme bien et que tout ça n'est qu'un tissu d'inepties, que des *haters* se font une joie de m'insulter. Je ne peux pas faire marche arrière, il est trop tard pour ça. Épouser Jules a été une des pires décisions de ma vie, je vais tout faire pour que ça soit la dernière.

– D'accord. De toute manière, je sais que je ne pourrai pas te faire changer d'avis.

– Tu me connais. Je te rappelle si besoin.

– Prends soin de toi.

Je raccroche et triture mon téléphone. Qu'est-ce que je vais faire en attendant la dernière étape ? Voilà une chose à laquelle je n'ai pas pensé. Déjà l'ennui se fait ressentir, et si je ne me trouve pas rapidement une activité, je vais craquer. Je ne suis plus habituée à l'oisiveté. Elle me laisse trop de temps libre pour réfléchir à ce qu'est devenue ma vie, à ce qu'en penseraient mes amis de l'autre côté. Je chasse leurs visages de mon esprit et me redresse. Je ne peux pas me permettre de sortir et de faire un tour dans la ville sans risquer qu'on me reconnaisse.

Je lance mon portable sur le comptoir et l'observe glisser sur la surface. Mon regard se perd sur l'extérieur puis sur les débris que je n'ai toujours pas ramassés. Ma vie est à leur image. Brisée. Je secoue la tête et je vais chercher un balai.

Malgré la fraîcheur matinale, je décide d'utiliser la piscine. J'ai besoin de me dépenser un peu et il n'y a rien de mieux que plusieurs longueurs pour ça. Je monte dans la chambre que je me suis attribuée et ouvre ma valise. J'attrape mon maillot de bain une-pièce et me dépêche de l'enfiler. Après avoir mis un peignoir, je redescends et sors. Je frissonne lorsque je l'enlève. Je ne me laisse pas le temps de changer d'avis et plonge puis nage sans discontinuer. Mes nerfs se détendent enfin, je retrouve presque la sensation qui me saisit quand je suis derrière le volant. Presque, mais il me manque encore quelque chose. Cette euphorie lorsque je défie la mort. Cette impression que rien ne pourrait m'arrêter. Que je contrôle mon destin. Alors je continue jusqu'à ce que mes muscles demandent grâce et que la douleur se réveille. Mes bras tremblent légèrement quand je me hisse hors de l'eau. J'attrape une serviette et m'enroule dedans. Pieds nus, je rentre dans la maison et m'arrête dans le salon. Mais qu'est-ce que je vais faire à présent ? La folie me guette déjà quand je me rends compte du temps qu'il me reste à patienter.

La sonnette de la maison me fait sursauter. Personne ne sait que je suis ici. Normalement. Est-ce que les journalistes ont déjà retrouvé ma trace ? Ou pire encore, Jules ? D'un pas hésitant, je me dirige vers l'écran du visiophone. Je me fige quand je vois qui se trouve sur le seuil de la porte.

Elijah.

Que fait-il ici ? Comment m'a-t-il retrouvée ? Je ne peux pas lui ouvrir, je ne veux pas. Merde ! Pourquoi faut-il qu'il mette à mal à chaque fois tous mes plans ? Je me passe une main dans mes cheveux mouillés et soupire. Je baisse à nouveau les yeux sur l'écran. Il se tient là, immobile, le regard noir et les bras croisés. Déterminé. Je sais qu'il ne partira pas avant de m'avoir parlé. Je vais lui accorder les minutes que je lui avais promises, puis je lui demanderai de partir. Forte de cette résolution, je marche vers la porte d'entrée.

22

Elijah

Tremblant d'impatience, j'attends qu'elle m'ouvre. Je sais qu'elle est là. Je ne peux pas avoir avalé autant de kilomètres pour rien. Je refuse d'être confronté à un échec, à celui de ne pas retrouver Anaïs et d'aller de fausse piste en fausse piste.

J'attends quelques secondes à peine avant d'appuyer à nouveau sur la sonnette. Je croise les bras et inspire profondément. Quand la porte s'ouvre enfin, je relâche mon souffle. Elle est bien là. Ses cheveux sont mouillés. Une serviette enroulée autour de son corps cache ce que je devine être un maillot de bain. J'en déduis que la maison est équipée d'une piscine et qu'elle en sort tout juste. La voir ainsi vêtue me perturbe plus que de raison et je ne saurais en expliquer la cause. Je l'ai déjà vue dans cette tenue, alors pourquoi mon corps est-il parcouru de frissons ? Mes sens s'enflamment et mon envie de la prendre dans mes bras augmente. Soudain, je brûle de retirer cette serviette qui la couvre et de semer des baisers sur son corps. Je secoue la tête et me donne mentalement des gifles. Ses traits sont tirés, mais sa posture reste celle d'une femme qui ne laissera rien ni personne lui dicter sa conduite.

– Comment m'as-tu trouvée ?

– J'ai eu un peu d'aide. Delaunay m'a indiqué que tu pouvais être ici.

Anaïs secoue la tête et serre les mâchoires tout en me laissant entrer, comme à contrecœur. Elle semble déjà réfléchir à un plan B. Elle décroise les bras et inspire profondément. Elle ouvre la bouche, mais je la coupe avant qu'elle prononce le moindre mot.

– Je sais que tu souhaiterais sûrement me mettre à la porte, et c'est ton droit, mais j'aimerais simplement te parler.

– Cinq minutes, souffle-t-elle.

Je lâche un soupir de soulagement. Elle me dépasse et se dirige vers ce que je suppose être le salon. Les murs sont peints d'un gris clair, deux canapés blancs en cuir entourent une table basse, en face de nous se trouve un écran plat encadré par plusieurs livres. Elle s'appuie contre un mur près de la fenêtre et me dévisage sans prononcer un mot. J'avais tout un discours en tête quand je suis parti de chez moi, je l'ai répété mille fois, mais maintenant que je l'ai enfin face à moi, je suis muet. Je me passe une main dans les cheveux et m'adosse aussi contre un mur. L'un en face de l'autre, une distance qui semble infinie entre nous, on se dévisage. Les battements de mon cœur s'affolent. Les sentiments que je garde enfouis au fond de moi remontent à la surface. Je serre les poings pour ne pas me précipiter vers elle et la plaquer contre le mur. J'inspire profondément pour retrouver mon sang-froid.

– Je sais que j'ai perdu tout droit de savoir ce que je m'apprête à te demander, mais est-ce que tu vas bien ?

Ses yeux se perdent un instant sur l'extérieur avant de se reporter sur moi.

– Tu as raison, tu as perdu ce droit. Mais je vais bien, ajoute-t-elle. Maintenant que ta curiosité est satisfaite, tu peux partir.

– Je ne suis pas ici parce que j'étais curieux, je m'inquiète pour toi.

Elle laisse échapper un rire sans joie.

– Toi, tu t'inquiètes ? Première nouvelle ! Je n'avais pas l'impression que c'était le cas ces dernières années.

Je grimace et me fustige intérieurement d'avoir été un abruti avec elle. Mettre de la distance entre nous n'a été bénéfique pour personne. Et j'ai peur que le fossé créé entre nous soit infranchissable.

– Je sais que j'ai tout foutu en l'air.

– C'est le cas de le dire, marmonne-t-elle. Que veux-tu, Elijah ?

– M'excuser.

Elle hausse un sourcil et croise les bras dans l'attente que je développe.

– Je suis désolé de t'avoir abandonnée alors que tu avais besoin de moi. Je suis désolé de ne plus avoir pris de tes nouvelles après mon déménagement. Je suis désolé d'avoir été un gros con dans ton bureau au club. Je regrette sincèrement d'être un connard à tes yeux.

Anaïs reste silencieuse tellement longtemps que je commence à me dandiner d'un pied sur l'autre. Je voudrais ajouter autre chose, mais je sais que rien de ce que je dirai ne pourra effacer ces trois années loin l'un de l'autre. Et rien ne pourra la pousser à me pardonner. Je ne sais pas ce qu'elle a fait pendant ce temps, il en est de même de son côté pour moi. Finalement, nous sommes réellement deux inconnus. Peut-être que la solution est de repartir à zéro. Est-ce seulement possible ? Est-ce que j'aimerais oublier tout ce que l'on a vécu ? Tous nos moments de joie… toutes nos peines. L'amour que j'éprouvais pour elle. Ces sentiments si forts, si intenses, que j'étais prêt à lui avouer avant que tout bascule. Je n'en suis pas certain.

– Tu t'es excusé et tes cinq minutes arrivent à leur terme, tu peux partir maintenant.

Je ne suis pas vraiment étonné qu'elle me mette à la porte, mais je suis un peu déçu. Pas d'elle, car son attitude est tout à fait normale, surtout au vu de nos derniers échanges. Déçu, parce que le temps me manque pour lui exprimer tout ce que je souhaiterais.

– Est-ce qu'on pourrait se revoir pour boire un café ?

Je retiens mon souffle le temps qu'elle me réponde.

– Pour quoi faire ? me demande-t-elle sèchement.

– Discuter, rétorqué-je en haussant les épaules. Apprendre à se connaître.

– Je n'ai pas le temps pour ça, réplique-t-elle d'un ton froid. Le mieux, c'est que tu repartes et que tu continues de faire comme avant. Faire comme si on n'avait jamais été meilleurs amis.

J'ai l'impression de recevoir un uppercut. Même si ses paroles sont méritées, elles sont difficiles à entendre. J'inspire un grand coup et tente d'oublier la douleur qui me transperce.

– Je ne peux pas repartir une nouvelle fois et agir comme si de rien n'était.

– Ça ne te posait pas autant de problèmes avant.

Je serre les dents. Encore une fois, elle n'a pas tort.

– Je sais que j'ai déconné, laisse-moi me rattraper, s'il te plaît.

– Je ne suis pas certaine que ce soit rattrapable. Je pensais que rien ne pouvait détruire ce que l'on avait, mais par deux fois je me suis trompée. La première fois, la Faucheuse s'est chargée de me faire passer le message. La deuxième, tu l'as fait toi-même. J'ai assez donné, alors non, nous n'allons pas prendre un café comme de vieux amis qui se retrouvent.

Ses mots sont plus affûtés que des lames de couteau. J'ancre mon regard dans le sien. Elle est en colère, déterminée à me chasser de cette demeure, mais aussi triste. Un jour, elle m'a dit que j'avais le don de déchiffrer ses émotions comme personne d'autre n'en était capable. Aujourd'hui, j'en ai encore la capacité et ça me tue. Je l'ai blessée, abandonnée, et j'ai fait ma vie de mon côté comme si elle n'avait jamais existé. Tandis qu'elle pleurait la mort de nos amis, je me vautrais dans le travail et le sexe.

– Dans ce cas, ne célébrons pas les retrouvailles. Que dirais-tu d'un verre dans un bar miteux ? Ne réponds pas tout de suite. J'ai repéré un bar à deux rues d'ici. Si tu décides de venir, j'y serai à dix-neuf heures.

Elle plisse les yeux.

– Je n'y serai pas.

– C'est possible, mais ça ne m'empêchera pas de t'attendre, rétorqué-je avec un sourire en coin.

Je la regarde une dernière fois et quitte sa maison. Je relâche ma respiration quand j'arrive sur le seuil. Rien ne me dit qu'elle viendra, bien au contraire, mais je veux y croire. Aujourd'hui, c'est la seule chose qui m'aide à ne pas aller directement régler mes comptes avec Fournier.

J'erre pas mal de temps dans la ville avant d'arrêter mon choix sur un hôtel à mi-chemin entre chez elle et le bar. La décoration est simple, la chambre peu meublée, mais je ne vais pas m'en plaindre. Les coudes sur les genoux, je ressasse les paroles d'Anaïs depuis la première fois que je l'ai revue. Je remue le couteau dans la plaie pour pouvoir mieux l'enfoncer.

***

– Vincent, lâche-moi avec ça, soufflé-je en m'affalant sur mon canapé.

Il est seulement dix-sept heures et mon meilleur ami me gonfle depuis dix minutes sur ce que je dois faire ou ne pas faire concernant mes sentiments pour Anaïs. On attend que les autres soient prêts pour nous rendre chez elle.

– Je te dis juste qu'il ne faut pas que tu fasses n'importe quoi ! Tu as prévu des fleurs ? Un CD de musique romantique ?

Je lève les yeux au ciel et me pince l'arête du nez.

– Depuis quand tu es devenu un expert en relations amoureuses ?

– Depuis toujours ! réplique-t-il en bombant le torse.

Je secoue la tête, mais je ne peux lui donner tort. Il est le seul de nous tous à ne pas enchaîner les relations. Les coups d'un soir ne sont pas son genre.

– D'accord, capitulé-je. Je vais te dire ce que j'ai prévu. Si tout se passe bien, je vais lui annoncer ce soir. Pas de fleurs, elle déteste ça. Pas de musique, ça donne l'impression du mec prêt à tout pour tirer un coup. Non, ça sera la butte Montmartre, elle adore ce quartier. Et seulement nous deux. Juste nous deux.

***

J'ai fait bien plus que l'abandonner, j'ai brisé ce qui restait de notre groupe, ce qui restait de mon cœur. Au lieu de la soutenir, j'ai coupé la corde qui nous empêchait tous les deux de finir au fond du précipice. Au lieu d'essayer d'attendre une quelconque éclaircie au-dessus de nous, j'ai jugé que l'on était plus proches du fond et que les efforts à faire pour remonter à la surface n'en valaient pas la peine. J'ai été lâche et ça nous a coûté bien trop cher.

Je lâche un soupir et jette un coup d'œil à ma montre. Presque dix-huit heures quinze. Je n'ai rien mangé de la journée et je ne pense pas avoir la force d'ingurgiter quoi que ce soit pendant que j'attendrai Anaïs. Je me lève du lit et vais dans la salle de bains pour me rendre présentable. L'eau chaude de la douche détend mes muscles engourdis après plusieurs heures de route. Le front plaqué sur le carrelage, je ne cesse de me demander si elle viendra.

Tout se joue maintenant. Est-ce qu'elle en a profité pour partir et mettre autant de distance entre elle et moi qu'entre son mari et elle ? C'est une possibilité, mais je ne sais pas pourquoi, j'ai ce fol espoir qu'elle soit restée encore un peu dans cette ville, qu'elle nous accorde un nouveau départ. J'en demande beaucoup, et je le sais, mais je me dois d'essayer.

Après m'être vêtu, je quitte la chambre. Le trajet jusqu'au bar est court et pourtant j'ai la sensation qu'il fait des centaines de kilomètres. Je m'impatiente, mais je redoute aussi l'attente. Quand j'arrive devant l'établissement, l'endroit est encore peu peuplé. Je m'assois en terrasse, commande une bière à la serveuse et c'est le début de la torture pour moi. Je regarde l'heure sur mon téléphone ou sur ma montre toutes les minutes comme si cela pouvait changer quelque chose et la faire apparaître. Dix-neuf heures trente. Elle n'est toujours pas là. Je commence à me dire qu'elle ne viendra pas. Je ne lui ai pas vraiment donné de raison de le faire et je comprends qu'elle ne veuille pas me parler. Je soupire et demande un whisky. Tant pis pour l'esprit lucide. Depuis l'accident, je fais toujours attention à la quantité d'alcool que je bois, ce soir ne fera pas exception. Mais je donnerais beaucoup pour que cet état euphorique que l'ivresse me procurait m'aide à tenir toute la soirée.

Je baisse la tête et joue avec les glaçons. Le monde autour de moi s'alourdit de rires, de verres que l'on trinque, et pourtant je ne ressens que ma solitude qui pèse sur mes épaules. C'est fou, il a fallu que mon passé percute mon présent pour que je comprenne que la voie que j'empruntais n'était pas la bonne. Que je me trompais sur toute la ligne et que jamais je ne serais heureux de cette façon. Mais est-ce que je peux encore l'être ? Je n'en suis pas si sûr.

Soudain, le raclement d'une chaise face à moi me fait relever la tête. Anaïs s'assied et demande un soda à un serveur qui passe près d'elle, avant de se tourner vers moi. J'ouvre la bouche et la referme.

– Tu as l'air surpris de me voir, Elijah.

– Disons que je commençais à perdre espoir.

– Il paraît que l'espoir fait vivre, tu ne devrais jamais le perdre.

On reste peut-être bien deux minutes à se regarder dans le blanc des yeux. Elle remercie le serveur et boit une gorgée de sa boisson. Encore une fois, toutes les paroles que j'avais préparées se sont envolées.

– Pour un homme qui était pressé de me parler, tu es bien muet.

Je secoue la tête et m'adosse plus confortablement contre mon dossier.

– Tu as raison, je ne sais même plus quoi te dire.

Elle hausse les épaules et regarde autour d'elle. Ses yeux se posent sur un groupe d'amis qui rient, une lueur de tristesse traverse ses iris avant qu'ils redeviennent insondables.

– Pourquoi es-tu venue ?

– Je m'ennuyais, c'était l'occasion de sortir un peu.

Il y a tant de sujets que je pourrais aborder. Les années passées loin l'un de l'autre. Son mariage avec Fournier. Sa relation avec Delaunay. Les années heureuses qu'on a vécues tous ensemble, de l'amour que je lui portais. Mais je ne peux pas parler de ça maintenant et peut-être que je ne suis pas prêt à voir cet instant voler en éclats.

– Est-ce que tu vas continuer à courir ?

– Je ne sais pas. Je n'ai plus d'écurie maintenant, alors peut-être que j'irai de temps en temps faire un tour sur un circuit pour le plaisir.

– Plus de compétitions ? demandé-je, étonné.

Pendant le seul prix que je l'ai vue disputer, elle a été

exceptionnelle. Elle a ça dans le sang, et même si je retenais mon souffle à chaque virage, je peux dire qu'elle est faite pour ça.

– Je ne pense pas, dit-elle d'un ton triste. Même si j'adore être sur le circuit, je sais que les semaines à venir vont être trop compliquées pour que je sois suffisamment sereine derrière le volant à ce moment-là.

Elle se reprend comme si elle en avait trop dit et détourne le visage.

– Je suis désolé. Mais tu ne devrais pas abandonner définitivement.

Elle secoue la tête et sirote son soda sans me regarder. Un silence tendu s'installe entre nous.

– Je ne crois pas que ce rendez-vous soit une bonne idée, soupire-t-elle. Je ne sais même pas réellement pourquoi je suis venue.

– Tu étais peut-être curieuse.

– À quel sujet ?

– Je ne sais pas. Peut-être sur ce qui restait de nous.

– J'ai déjà la réponse à ça, réplique-t-elle d'un ton distant. Il ne reste rien. Tout a été détruit le soir de l'accident. Il n'y a plus eu d'Indomptables dès ce soir-là.

Une balle en plein cœur n'aurait pas été plus douloureuse. Ma gorge se noue, j'ai envie de lui crier que c'est faux, qu'on est toujours là tous les deux. Elle se lève brusquement de sa chaise et s'en va. Je dépose rapidement de l'argent sous le cendrier, sûrement trop par rapport à la note, et la suis.

– Anaïs, attends ! m'écrié-je en la rattrapant.

Elle fait volte-face.

– Tu ne comprends pas. Te revoir ne fait que raviver de mauvais souvenirs.

– Seulement les mauvais ? l'interrogé-je en lui barrant la route. Tu as oublié toutes les heures que l'on a passées à rire, à s'amuser, à bosser comme des fous ?

– Elles sont toutes éclipsées par cette nuit-là. Quand je vois ton visage, tout ce dont je me souviens, c'est l'instant où j'ai compris qu'il ne restait des Indomptables que nous deux. Ils étaient tout pour moi, éructe-t-elle. Tu étais tout.

Elle se détourne, mais je vois une larme rouler sur sa joue. Avant que j'aie pu dire quoi que ce soit, elle s'en va en courant. Mon cœur, cet organe que je pensais à l'abri derrière ses murs en béton, cogne contre ceux-ci, demandant sa liberté. Je regarde Anaïs disparaître à l'angle de la rue.

Je suis parti il y a trois ans, fou amoureux d'elle. Quand je la retrouve enfin, je la laisse seule face à la violence de sa vie. Est-ce que je vais encore lui tourner le dos et continuer ma misérable existence comme si de rien n'était ? Je ne réfléchis pas et me lance à sa poursuite. Les battements de mon cœur s'accélèrent. Pas question qu'elle sorte de ma vie cette fois.

23

Anaïs

J'entends des pas derrière moi. Je regarde par-dessus mon épaule et vois Elijah qui me suit. Je m'arrête et m'adosse contre un mur. Je sais que ça ne sert à rien de courir.

Il pousse un soupir de soulagement quand il arrive à ma hauteur et adopte la même posture que moi.

– Pourquoi tu ne passes pas à autre chose, Elijah ?

– C'est impossible. Pendant toutes ces années, j'ai cru y parvenir, mais je n'ai pas réussi. Pourquoi ça serait le cas maintenant ?

– Je ne sais pas. Peut-être que tu avais besoin de nos retrouvailles pour tourner la page ?

– Tu y arriverais, toi ? À tourner la page sur tout ce qui fait ce que l'on est aujourd'hui ?

Je reste silencieuse, je n'ai pas la réponse. Je devrais répondre oui et chacun reprendrait son chemin, mais quelque chose m'en empêche.

– Parfois, reprend Elijah avec un sourire triste, je me tourne pour demander à Vincent un conseil et je me souviens qu'il ne me répondra pas.

Je serre les dents pour ne pas crier de douleur. Il inspire profondément et lève les yeux au ciel.

– On n'a pas le droit de se fuir, murmure-t-il.

– On ne se fuit pas, on vit notre vie chacun de notre côté.

– C'est… Je ne sais pas. Incompatible avec ce que l'on était ?

– Le mot clé de ta phrase est : « était ». On a changé, Elijah, mais tu n'as pas l'air de t'en rendre compte.

– Au contraire, c'est pour cette raison que je me dis que l'on a peut-être une chance de redevenir amis.

Je fronce les sourcils puis lui jette un regard interrogateur.

– On n'est plus les mêmes, on a passé beaucoup d'années séparés, on a vécu. On a de nouvelles choses à se dire, à se raconter.

– On n'est pas dans le monde des Bisounours. Tu oublies que l'on a un passé en commun.

– Je ne l'oublie pas. Même si je le voulais, c'est impossible. À part cette soirée horrible, on a vécu de trop belles années tous ensemble pour que je souhaite les effacer de ma mémoire.

Je soupire et détourne le regard. C'est tellement étrange de se trouver là, appuyés contre un mur à discuter du passé. Cela me rappelle les moments où l'on se promenait sans destination, on riait beaucoup, on refaisait le monde, on discutait de tout et n'importe quoi. Parfois, le reste du groupe nous rejoignait et l'on finissait dans un bar, mais la plupart du temps on était seuls. Je me décolle du mur et me dirige vers chez Henri. Je ne suis pas surprise d'entendre les pas d'Elijah dans mon dos, puis il me rejoint rapidement et marche à mes côtés sans parler.

– Ce n'est toujours pas une bonne idée, on devrait continuer nos vies comme on le faisait.

– Pourquoi ?

Je l'observe du coin de l'œil. Les mains dans les poches, il affiche un air nonchalant, mais je sais qu'il feint. Il est sur le qui-vive.

– C'est plus facile, réponds-je en haussant une épaule. Pas de prise de tête, pas de relation compliquée. Une vie simple.

– Une vie solitaire, réplique-t-il, les sourcils froncés.

– C'est bien ce que je dis. Une vie simple.

Il n'ajoute rien, reste silencieux. Je me rends compte que mes pas ne m'ont pas conduite jusque chez Henri, mais plus loin. Je m'apprête à faire demi-tour lorsque Elijah se place face à moi.

– Tu fuis encore.

– Je me protège.

– De quoi ?

– De toi.

Je le contourne et avance d'un pas plus vif vers la maison.

– Anaïs !

Il court et me barre à nouveau le chemin.

– Je ne te ferai plus de mal.

– C'est bien, au moins tu reconnais m'en avoir fait.

– Bien sûr que je le reconnais. J'ai agi comme un connard, ce n'est pas une raison pour te prendre pour une idiote en plus.

Je penche la tête sur le côté. Elijah a toujours été une personne franche. Même si ses mots pouvaient être blessants, il ne nous épargnait jamais. Une preuve de son amour pour nous, selon lui.

– On n'a rien à se dire.

– Je pense le contraire.

– Tu penses trop, grogné-je.

Ses lèvres s'incurvent légèrement vers le haut.

– Je sais, tu me l'as dit assez souvent pour que je m'en souvienne.

Je grimace et préfère ne rien ajouter. Je m'arrête devant le portail de la maison et me tourne vers lui. Parler avec lui ce soir a été agréable même si nous n'avons pas dit grand-chose. Peut-être que cette soirée m'aidera à tourner la page, même si j'en doute fortement.

– Voilà, nos chemins se séparent ici.

Il lève les yeux sur la maison d'Henri et soupire.

– Je devrais respecter ta volonté et m'éloigner de ta vie, mais je n'arrive pas à imaginer qu'on ne se reverra plus. C'est hypocrite et égoïste de ma part, hein ? Je le sais, pourtant je n'y peux rien. Tu as tous les droits de m'en vouloir, de m'insulter, mais j'aimerais te revoir.

C'est impossible. Dans quelques jours, j'attaquerai la dernière phase de mon plan et Elijah n'en fait pas partie. Je ne peux pas tout changer seulement parce qu'il s'est trouvé une conscience. J'ancre mon regard dans le sien. Il est triste, mais aussi déterminé. Je sais qu'il a une volonté de fer, mais c'est également mon cas. Aucun de nous ne voudra lâcher le morceau. Je pose à mon tour les yeux sur la maison et glisse une main dans mes cheveux. Peut-être que des adieux dans les règles nous aideront à passer à autre chose.

– Un petit déjeuner demain ? lui demandé-je.

Je n'en reviens pas de lui proposer cela sans avoir le réflexe de revenir sur mes paroles. Il me regarde et s'empresse d'accepter ma proposition de peur que je change d'avis.

– Neuf heures, ça te va ?

– Parfait. Je te laisse le soin d'apporter les viennoiseries.

Je tourne les talons sans qu'il ait pu ajouter un mot. Je vais peut-être regretter au réveil de lui avoir proposé de venir, mais pour l'instant je ne ressens rien de négatif. À vrai dire, mes sentiments sont ambigus, je ne sais pas sur quel pied danser. Je décide de ne plus me prendre la tête et d'attendre demain matin.

***

Entre mon angoisse pour les événements à venir et mon rendez-vous avec Elijah, j'ai à peine fermé l'œil de la nuit. Douchée et habillée, j'attends qu'il arrive. Et s'il avait changé d'avis ? J'essaie d'ignorer la pointe de déception qui me traverse à cette pensée. S'il ne venait pas, cela résoudrait une partie de mes problèmes. Je n'aurais pas à m'inquiéter des conséquences de ce rendez-vous, je pourrais me focaliser sur ce qu'il me reste à faire et pas sur ce que je ressens à propos de son retour. Je soupire et me passe une main sur le visage.

Pour penser à autre chose, je joue avec la carte que l'inconnu m'a remise après la course. Je fronce les sourcils, soucieuse. Qu'est-ce qu'il me veut ? Et que voulait-il dire en parlant de disparition ? Mon corps est pris de frissons, je ne peux pas me permettre de rajouter des problèmes à ceux déjà existants. Je fais tourner ce bristol simple, mais intriguant. À quoi est mêlé Jules encore ? Je pourrais avoir la réponse en un seul coup de téléphone, un seul, mais je préfère déposer la carte sur le comptoir et me contente de l'observer comme si elle représentait un danger.

Le stress monte quand la sonnette retentit. Je ne me suis jamais sentie aussi fébrile. Même pendant mes courses, j'étais plus sereine. Je vérifie que tout est en ordre sur la table dans la salle à manger et inspire profondément. Je lisse ma jupe et ouvre. Elijah se tient devant moi, des sachets de viennoiseries dans chaque main. Mon cœur cesse soudain de battre avant de reprendre un rythme effréné. Depuis nos retrouvailles, chacune de nos rencontres me bouleverse sans que j'arrive à comprendre pourquoi.

– Bonjour, dit-il timidement.

– Bonjour, réponds-je en m'effaçant.

Il se tourne vers moi et attend que je le dépasse pour me suivre. Un silence gênant s'installe lorsqu'on s'assied l'un face à l'autre. Je me racle la gorge et arrête d'émietter mon croissant avant de relever la tête. Elijah a le regard fixé sur moi, il a à peine touché à son pain au chocolat. Je m'agite sur ma chaise et choisis un sujet le moins épineux possible.

– Alors, ça se passe bien avec Lefebvre ?

Elijah fait tourner sa tasse entre ses mains avant de répondre.

– Plutôt, oui, c'est un formidable mentor. Il me confie de plus en plus de gros dossiers, je suppose que ça veut dire que je ne me débrouille pas trop mal.

Je hoche la tête. Ça ne m'étonne pas, j'ai toujours su qu'il finirait par être un grand avocat. Si Jules ne détruit pas sa carrière, il le deviendra. Je reporte mon attention sur mon croissant déchiqueté. J'entends Elijah soupirer, mais ne redresse pas la tête.

– Anaïs, tu ne m'as pas invité pour qu'on reste là sans se parler.

– Non, mais je me rends compte que je ne sais pas quoi te dire.

– Alors, tu n'as qu'à m'écouter pour l'instant.

J'ancre mon regard dans le sien.

– De toute façon, j'ai toujours été le plus bavard des deux.

– C'est vrai, répliqué-je avec un petit sourire.

Il croise les bras contre son torse et laisse ses yeux se promener sur la pièce avant de les poser sur moi. Je me demande ce qu'il voit quand il me regarde.

– Depuis mon départ, enfin ma fuite, appelons un chat un chat, j'ai passé tout mon temps au boulot. J'ai enchaîné les heures supplémentaires et j'ai fait tout mon possible pour oublier ce qui s'est produit ce soir-là. J'ai banni tous les sentiments de ma vie, ne laissant la place que pour le travail.

Il lâche un soupir triste et détourne le regard.

– Aucune excuse ne serait assez bonne pour justifier la façon dont je suis parti. J'ai fermé les yeux sur ta douleur et n'ai pensé qu'à la mienne. Puis quand on s'est revus, j'ai été odieux, et encore, le mot est faible. Je ne sais même pas si moi je pourrai me pardonner un jour. Mais je veux tout faire pour qu'on recommence à se parler. Je sais que ça ne sera jamais comme avant, plus rien ne le sera jamais, mais je ne veux plus quitter ta vie.

Je ne suis qu'à moitié surprise par ses mots. Je sais qu'il voulait revenir dans ma vie, mais je dois avouer que je ne m'attendais pas à entendre encore des excuses. Cette fois est différente, car je n'ai pas amené le sujet sur la table, je ne l'ai pas invectivé pour qu'il assume enfin ses torts.

– Je ne te demande pas de me donner immédiatement une seconde chance, reprend-il, on peut y aller petit à petit. Qu'en penses-tu ?

Si seulement ma vie était si simple.

– Je pense que tu te berces d'illusions, Elijah. Ce que tu me demandes est impossible, il y a trop de choses entre nous pour que ça marche.

– Je sais, mais on peut y arriver.

J'abandonne définitivement mon croissant et essuie mes mains sur une serviette.

– Tu ne peux pas dire ça sans connaître celle que je suis devenue.

– Je ne souhaite que ça, découvrir la nouvelle Anaïs.

– Tu ne l'aimerais pas, réponds-je d'un ton froid.

Elijah fronce les sourcils et se penche un peu plus vers moi.

– Je ne vois aucune raison à ça.

– Tu vas sans cesse la comparer à l'ancienne.

Il secoue la tête, les lèvres pincées.

– Ça sera plus fort que toi, continué-je. C'est le fantôme de celle que j'étais que tu aimerais revoir, à qui tu aimerais parler. Elle ne reviendra jamais !

– C'est pour ça que je veux qu'on reparte à zéro, s'obstine-t-il. Pas d'a priori, pas d'attente par rapport à nos passés respectifs. Juste les nouveaux Anaïs et Elijah. Ne crois pas que tu sois la seule qui ait changé.

Je soupire et frotte mes mains sur mes cuisses avant de me pincer l'arête du nez.

– Se revoir ce matin était une mauvaise idée.

– Au contraire, je pense que tu as bien fait de me le proposer.

– Non, je me suis trompée. Je l'ai fait uniquement dans le but de tourner la page et de ne jamais reprendre contact avec toi, mais visiblement tu attends autre chose de moi. Quelque chose que je ne peux pas te donner.

– Là encore, tu te trompes quand tu penses que j'en attends trop de toi, mais je ne reviendrai pas sur ça pour le moment. Ne condamne pas ce qui n'a pas eu le temps de naître.

– Ce que tu ne comprends pas, c'est que je ne veux plus de liens avec toi. Je sais où ça mène.

Je me redresse d'un coup, la douleur au milieu de ma poitrine s'intensifie.

– Je pense qu'il est temps que tu t'en ailles, j'ai un emploi du temps chargé.

– Anaïs, ne fais pas ça.

Je respire lentement pour calmer mes nerfs à fleur de peau et revêts un visage impassible.

– Il faut que tu partes, Legrand. Maintenant.

Il plonge ses yeux sombres dans les miens et ne les détourne pas. Un frisson parcourt ma colonne vertébrale. Un sentiment que je n'arrive pas à identifier me traverse. Les battements de mon cœur deviennent frénétiques, presque indomptables.

– D'accord, mais je ne vais pas sortir de ta vie de cette façon, Anaïs.

– Pourquoi tu t'entêtes ?

– Parce que tu le mérites.

Il jauge ma réaction à ses mots. Voyant que je ne réponds pas et attends qu'il s'en aille, il se lève de sa chaise.

– Je sais qu'on est repartis du mauvais pied et que c'est entièrement ma faute, mais je crois toujours en la possibilité d'un nouveau départ pour nous.

Il y a tant de conviction dans ses mots que je pourrais presque y croire aussi. Je me passe une main dans les cheveux, mais reste silencieuse.

– Je m'en vais, mais j'espère que tu ne me rayeras pas de ta vie, Anaïs.

Il m'effleure quand il quitte la pièce. Je relâche mon souffle lorsque j'entends la porte d'entrée se refermer. Je pose mes mains sur le dossier d'une chaise, mes épaules s'affaissent. Il serait tellement facile de me laisser porter par l'espoir qui émane de lui et de croire qu'on peut redevenir amis, mais c'est impossible. Ça l'est, non ? Putain ! Je serre les poings et jure tout bas. Si seulement Henri était encore en vie, il me conseillerait sûrement d'aller faire un tour sur un circuit pour me détendre, mais je n'ai pas ce loisir. Je me redresse et débarrasse la table. Je vais d'abord mettre Jules à terre. Elijah, lui, devra se faire une raison, on ne peut devenir autre chose que des inconnus l'un pour l'autre.

24

Elijah

Je jette un regard vers cette maison. Quelque chose me dit que si je pars maintenant, je ne la reverrai sans doute jamais. Un frisson picote ma nuque, je me retourne vers la rue, mais je ne vois personne. Est-ce que je deviens paranoïaque ? Certainement. Je fais face à nouveau à la maison et me mords la lèvre inférieure. La dernière fois que j'ai quitté un endroit tout en la sachant seule, ça s'est mal terminé. Je secoue la tête et enclenche la poignée, priant pour qu'elle n'ait pas déjà fermé la porte. Je soupire de soulagement quand je la vois s'ouvrir. Je fais quelques pas et trouve Anaïs face à la baie vitrée. Ses cheveux sont détachés et ondulent librement jusqu'à sa chute de reins. C'est indéniable, c'est une belle femme. Elle l'a toujours été, mais aujourd'hui les événements de la vie, au lieu de la détruire, ont fait d'elle une femme sur qui on se retourne, une femme qu'on envie.

Je me racle la gorge pour signaler ma présence, elle sursaute et se tourne d'un coup vers moi, la main sur la poitrine.

– Putain ! Eli, tu m'as fait peur, s'écrie-t-elle.

L'entendre prononcer mon surnom diffuse une chaleur au niveau de ma poitrine, mais je sais que ça lui a échappé.

– Désolé, ce n'était pas mon intention.

– Tu as oublié quelque chose ? me demande-t-elle.

– Oui.

Elle hausse les sourcils quand elle voit que je ne développe pas. Je m'assieds dans un fauteuil face à elle.

– J'ai déjà été lâche, je ne veux pas faire la même erreur aujourd'hui. Alors oui, j'ai oublié quelque chose. D'arrêter de tourner autour du pot. Ça ne nous avance à rien, au contraire on ne cesse de faire marche arrière de cette façon. Parle-moi franchement, Anaïs. Crache-moi toute ta colère au visage, je la mérite et je suis prêt à y faire face. J'attends que tu me dises mes quatre vérités comme tu en meurs d'envie.

Elle me dévisage, le front plissé, les mâchoires serrées.

– J'ai toujours été franche avec toi.

– Pas totalement. Tu n'as pas encore vidé ton sac.

– Tu n'aimerais pas ce qui en sortirait.

– Ça ne peut pas être plus dur pour moi que cette distance entre nous.

– Tu te trompes !

– Je ne le crois pas.

Elle me jette un regard noir avant de détourner les yeux.

– Je n'ai rien à te dire.

Je me passe une main dans les cheveux, frustré de ne pas arriver à mes fins. Je décide alors de changer de tactique.

– Qu'est-ce que tu as fait ces dernières années ?

– Ça ne te regarde pas, tonne-t-elle.

– Laisse-moi deviner, dis-je sans prendre en compte sa remarque. Tu as voyagé, puis tu es revenue ici. Tu es entrée en contact avec des personnes riches, puis tu t'es trouvé un gentil mari.

Si un regard pouvait tuer, je serais déjà six pieds sous terre.

– Tu veux savoir ce que j'ai fait pendant que tu te la coulais douce ? s'écrie Anaïs. J'ai chuté encore et encore jusqu'à ne plus me reconnaître ! Je me suis droguée, j'ai fait le trottoir, j'ai fini à l'hôpital et frôlé la mort tellement de fois que j'ai arrêté de compter, puis je me suis relevée. Sans ton aide ! Je ne pouvais pas imposer ça à mes parents, je me suis débrouillée, j'ai trouvé un travail. J'ai ramé, on m'a aidée et je me suis accrochée à ma passion pour remonter la pente. Oui, je me suis mariée. Pour le meilleur pendant quelques semaines, mais surtout pour le pire depuis. La seule personne dans cette nouvelle vie qui aurait pu m'aider est morte, alors je mène mes combats seule et je m'en sortais très bien avant que tu viennes fourrer ton nez dans mes affaires. Tu arrives trop tard ! Je ne veux plus de toi dans ma vie, je ne peux plus attendre ton appel ou ton SMS telle une naufragée attendant une bouée. Je ne veux plus avoir affaire à toi !

À bout de souffle, elle me toise, les yeux pleins de colère, de tristesse, mais aussi de regrets. Les fissures sur les murs qui entourent mon cœur s'agrandissent et un liquide rouge s'en écoule.

– On n'a plus rien en commun, Elijah, tu peux retourner à ta petite vie tranquille.

Mon Dieu ! Je serre les dents. Si j'étais resté, aurait-elle évité toutes ces épreuves ? Je me masse la nuque et baisse la tête. Je ne peux qu'applaudir sa force et sa détermination à s'en sortir seule. Je reste silencieux. Déboussolé. Anéanti. Je redresse la tête lorsque j'entends le soupir d'Anaïs.

– Je ne dis pas ça pour te faire de la peine ou pour que tu me plaignes, mais seulement pour que tu arrêtes de croire que tout peut se régler en un coup de baguette magique.

– Ce n'est pas ce que je pense. Je croyais…

Dépité, je glisse mes doigts dans mes cheveux et baisse le regard sur mes chaussures.

– Je ne sais pas. J'ai sûrement été crédule, je croyais que si l'on crevait l'abcès entre nous, on pourrait démarrer quelque chose de nouveau.

J'entends ses pas avant qu'elle s'affale dans un canapé face à moi.

– Tu as toujours été plus idéaliste que moi.

Je hoche la tête en signe d'assentiment. Je n'arrive pas à croire qu'elle soit là devant moi, à me parler, alors qu'elle devrait me lancer des choses au visage après tout ce qu'elle a vécu. Le plus fort de nous deux, c'est bien elle.

– Je le reconnais, mais je ne perds pas espoir que tu changes d'avis.

Elle penche la tête sur le côté et me dévisage, puis lève le regard sur le plafond.

– Impossible. Hier soir et ce matin, c'est tout ce que je peux t'accorder.

Je pose mes coudes sur mes cuisses et appuie mon menton sur mes mains jointes.

– Négocions.

– Il n'est pas question de contrat ici.

– Non, mais je ne veux pas partir sans avoir tout essayé.

Elle hausse les sourcils, les lèvres pincées.

– Putain, ce que tu peux être buté, grogne-t-elle.

– Je vais prendre ça pour un compliment, rétorqué-je, un petit sourire sur les lèvres.

Je me renfonce dans le fauteuil et plonge mon regard dans le sien. Il m'a toujours déstabilisé. Ce gris foudroyant. Cet écrin argenté dans lequel on s'engouffre sans essayer d'en sortir.

– Ce n'en était pas un. Il n'y a rien à négocier puisque, pour ma part, la question est réglée.

– Pas pour moi. Voilà ce que je te propose, enchaîné-je sans lui laisser le temps de m'interrompre, un autre rendez-vous demain matin. Si jamais tu ne passes pas un bon moment en ma compagnie, je te laisserai tranquille. Tu n'entendras plus jamais parler de moi.

– Plus jamais ? me demande-t-elle, les paupières plissées.

– Parole de scout.

– Tu n'as jamais été scout, réplique-t-elle, les lèvres frémissantes.

– Certes, réponds-je en haussant les épaules, mais tu n'as pas dit non.

– Je l'avais sur le bout de la langue, tu ne m'as juste pas laissé le temps de le prononcer.

– Là, tu l'avais et tu ne l'as toujours pas fait. Dois-je considérer cela pour un oui ?

– Non ! Il n'y aura pas de déjeuner, ni rien de la sorte.

– Tu es certaine de ton choix ? Tu raterais quelque chose d'énorme. Une belle surprise.

Autrefois, elle était incapable de résister à ce genre de proposition. Elle voulait à tout prix savoir ce qu'on lui cachait. J'espère qu'elle a toujours ce trait de caractère, c'est ma dernière chance.

Son regard se fait acéré, elle croise les bras contre sa poitrine.

– À quel point la surprise est-elle énorme ?

Je hausse les épaules et me lève.

– Cela ne t'intéresse pas, ça ne sert à rien que je t'en parle.

– Elijah, ne joue pas au con, tu sais que je déteste ça !

– Oui, je le sais. Ce n'est pas pour rien que je le fais.

Elle grogne et jure tout bas. Je retiens un sourire. Je ne peux pas m'avouer victorieux tant qu'elle ne m'aura pas dit oui. Une nouvelle fois, ses yeux se portent sur le plafond. Je plisse les paupières et suis son regard. Mais à part un vieux lustre, je n'y vois rien d'intéressant.

– D'accord, marmonne-t-elle. Ça a intérêt à valoir le coup.

– Ça vaut toujours le coup. Je reviens te chercher à neuf heures.

***

Impatient, trépignant sur place, je l'attends devant chez elle, les mains dans les poches. Je n'ose sonner de peur de lui mettre la pression. Ou de me rendre compte qu'elle a mis les voiles. Je sais que c'est idiot, mais je n'arrive pas à faire les pas qui me séparent de sa maison. J'espère qu'elle n'a pas changé d'avis et qu'elle va sortir. Sinon je devrai m'avouer vaincu et abandonner tout espoir qu'on redevienne amis et de lui confier que je n'ai jamais cessé de l'aimer. Quand la porte s'ouvre enfin, j'ai le souffle coupé. Ce n'est pas tant à cause de la façon dont elle est habillée – un bustier bleu, un jean et des baskets blanches – ou dont ses cheveux dansent librement sur ses épaules. C'est un tout. Elle porte des lunettes de soleil, mais je sens son regard fixé sur moi. Je me secoue et me redresse. Elle s'avance vers moi, le port altier. On se dévisage quelques secondes, puis je reprends mes esprits.

– Tu es prête pour un petit tour ?

– Tout dépend du temps que ça prendra.

– Fais-moi confiance, tu ne le regretteras pas.

– Je le fais déjà, dit-elle tout bas.

J'ignore sa remarque en souriant intérieurement et lui ouvre la portière côté passager. J'attends qu'elle soit confortablement installée avant de faire le tour pour me mettre derrière le volant. Je serre les poings quand le stress me gagne d'un coup. Je lui jette un coup d'œil. Le visage impassible, elle regarde droit devant elle. Le regrette-t-elle vraiment ? Va-t-elle apprécier ? Je respire profondément et démarre. Advienne que pourra. Je n'ai plus qu'à croiser les doigts.

Le court trajet s'est fait dans un silence tendu. Je n'ai pas osé le briser, et Anaïs n'a rien fait pour entamer une conversation. Cela n'annonce rien de bon pour le reste de la journée. Lorsqu'on arrive à destination, elle me jette un regard incrédule. Je me tourne totalement vers elle.

– Alors, je sais que tu es une pro et que tu préférerais certainement rouler avec ta propre voiture, mais j'ai pensé que ça te plairait.

Elle ne dit rien et se retourne vers le circuit plus loin. Dès que je suis arrivé dans ma chambre d'hôtel, j'ai cherché sur Internet où l'on pourrait se rendre pour qu'elle puisse souffler un peu. J'ai trouvé cet endroit et je me suis dépêché d'appeler pour savoir s'il était possible d'avoir un créneau, quitte à payer plus cher. Je suis prêt à tout pour elle. Elle sort sans ajouter un mot et m'attend devant le capot. Je me dépêche de faire le tour pour la rejoindre.

– Tu as eu raison sur ce coup. Alors, c'est quoi le programme ?

– Suis-moi, je vais te montrer.

J'entre et patiente à l'accueil derrière un autre client. Anaïs est devenue une autre personne depuis qu'on a franchi la porte. Je l'observe à la dérobée. Son corps s'est détendu, elle a du mal à réprimer un sourire quand elle entend le moteur d'un bolide. Elle est éblouissante, c'est comme si elle était enfin elle-même. Elle revêt un visage impassible quand elle se tourne vers moi.

– Comment t'est venue l'idée de faire ça ?

Je hausse les épaules, faussement nonchalant.

– Je t'ai vue sur un circuit, j'ai vu ce que ça te faisait d'être derrière un volant. Alors je me suis dit que c'était un lieu parfait pour ce rendez-vous.

Elle me dévisage, mais avant qu'elle ait pu ajouter quoi que ce soit, c'est à notre tour d'avancer. L'homme qui nous accueille n'a d'yeux que pour Anaïs. Je secoue imperceptiblement la tête. Je le comprends, c'est difficile d'ignorer sa présence alors qu'elle attire toute la lumière à elle. Son regard vous happe, et lorsque vous avez la chance qu'elle vous sourit, vous ne touchez plus terre. C'est exactement ce qui arrive à l'hôte d'accueil.

Je me racle la gorge pour lui rappeler ma présence. L'homme m'adresse un sourire d'excuse et nous accompagne jusqu'au parc automobile. Les yeux d'Anaïs pétillent devant tous ces véhicules et s'agrandissent de joie quand elle comprend qu'elle va piloter une monoplace. Puis commence le débriefing avec l'instructeur. Il nous explique le déroulement du stage et des techniques de pilotage ainsi que les règles de sécurité. Anaïs écoute d'une oreille attentive même si elle est une experte dans le domaine. Ne comptant pas aller sur la piste aujourd'hui, je passe le plus clair de mon temps à la regarder. Son visage marqué par les épreuves mises sur son chemin n'est que plus attirant. Au lieu d'être tirés par la tristesse, ses traits reflètent une détermination sans faille. J'ai envie de suivre de mes doigts les courbes de son cou puis de ses épaules dénudées. De recommencer encore et encore, avec ma bouche, ma langue. De la vénérer comme elle le mérite. Comme j'aurais dû le faire il y a des années. Mon cœur se serre à cette pensée. Sentant mon regard sur elle, elle tourne son visage vers moi, le sourcil levé en signe d'interrogation. Je secoue la tête et reporte mon attention sur l'instructeur. Même si Anaïs a accepté de venir à ce rendez-vous et qu'elle passe un bon moment, rien ne me dit qu'elle voudra encore me voir.

Mes yeux se posent encore une fois sur elle et mon cœur cogne les murs de plus en plus fort. Je me masse la poitrine et inspire profondément, espérant faire disparaître la douleur qui vient de s'y loger. Elle va partir, j'en suis certain. La question est de savoir si je vais réussir à entrer suffisamment dans sa vie pour qu'elle ne me quitte pas sans un regard.

Une heure plus tard, on se lève enfin. Anaïs se dirige vers les vestiaires pour se changer et revêtir la combinaison. Lorsqu'elle revient, des murmures parviennent jusqu'à mes oreilles. Je suis tenté de remettre à leur place ces imbéciles, mais Anaïs y arrive très bien en leur adressant un regard noir. C'est la seule femme présente et pourtant je jurerais que c'est la seule à avoir sa place ici.

– Excitée ? lui demandé-je quand elle arrive à ma hauteur, son casque sous le bras.

– Comme jamais, réplique-t-elle.

Son sourire à cet instant rend ma respiration presque inexistante. C'est la première fois qu'elle n'arbore pas un visage empreint de colère ou dénué d'expression en ma présence. Je lui rends son sourire. Le sien s'efface, mais je suis déterminé à ce qu'il revienne.

25

Anaïs

Merde ! C'est une trop bonne surprise pour que je n'en savoure pas chaque seconde. Je rêvais de faire un tour en monoplace depuis des années, avant l'accident qui a emporté mes plus chers amis. Après avoir repris la compétition, c'était presque devenu une obsession. Le fait que ce soit Elijah qui m'offre ça me laisse sans voix. Comment a-t-il su ? Je secoue la tête et inspire profondément. Je me place près du bolide. Il est bien plus puissant que tout ce que j'ai pu conduire jusqu'à maintenant. Je laisse mes doigts glisser sur sa coque en carbone. Un frisson d'excitation remonte le long de mon échine. Cela fait longtemps que je n'ai pas connu une telle euphorie, un tel enthousiasme. Mon Dieu, encore un peu j'en pleurerais. Je fais fi des regards mi-séducteurs mi-moqueurs des autres clients et écoute les dernières recommandations avant de commencer les tours de reconnaissance derrière la *safety car*.

Les sensations ne sont pas du tout les mêmes que celles que j'ai ressenties derrière le volant de ma Porsche. J'ai presque peur d'accélérer. La sensibilité au moindre coup de volant, les vibrations dans ce dernier, la musique du moteur. C'est grisant. Quand les tours de reconnaissance se terminent, je retiens mon souffle. C'est bien plus enivrant que n'importe quelle drogue que j'ai déjà essayée. Ça, c'est ce pour quoi je respire encore. Cette sensation de pouvoir voler au-dessus du bitume, que mon être tout entier se décompose et devient des particules infimes, insaisissables, invisibles à l'œil nu. Ce bolide de deux cent vingt chevaux m'emporte plus loin, plus haut que tout ce que j'ai connu. Cette sensation de faire un doigt à la mort est décuplée. Putain ! Si je pouvais, je n'arrêterais jamais. Je ferais en sorte que les tours soient infinis. Je ne me suis jamais sentie si loin du gouffre depuis leurs morts.

Là, derrière ce volant, j'oublie tout ce qui m'attend. Jules et sa mère. Les journalistes et leur chasse aux scoops. Le fait d'avoir abandonné mon copilote et l'écurie. J'oublie tout. Tout, sauf la personne qui m'a permis de me sentir vivante une dernière fois. Elijah. L'envie d'accélérer se fait sentir, mais je me contrôle. Je suis là pour en profiter, non pour faire peur à l'instructeur. Je me détends totalement et savoure les tours qu'il me reste avant la pause.

Jambes tremblantes, je sors de la F2, un sourire plaqué sur mes lèvres, et me dirige d'un pas léger vers Elijah. Je le retrouve les yeux rivés sur son téléphone, l'air préoccupé. Je m'arrête un instant et l'observe. Il est toujours cet homme à l'allure dominante et fière, mais on sent une fêlure chez lui. Une faille. Elle n'est pas détectable pour quelqu'un qui ne l'a jamais connu personnellement, mais étonnamment je réussis à la voir. Peut-être parce qu'il n'a pas tant changé que ça. Sentant mon regard sur lui, il redresse la tête et m'adresse un sourire timide. Mon cœur s'affole, la chair de poule habille ma peau. Pendant quelques secondes, je suis tétanisée par ce qu'il me fait ressentir. À travers ses yeux, je me sens belle, parfaite, sans aucune tache sur mon âme. Je prends une profonde inspiration pour me sortir ces inepties de mon esprit.

– Alors, prête à te mettre à la F1 ?

Je réprime de justesse un rire et secoue la tête.

– Je n'ai ni l'étoffe ni l'argent pour ça. Mais merci beaucoup pour cette surprise. Tu avais raison, ça valait le coup.

Son sourire s'agrandit.

– En tout cas, tu étais géniale. J'ai des vidéos si jamais tu ne me crois pas, ajoute-t-il face à mon air dubitatif. Tout ça m'a donné faim, pas toi ?

Quelques minutes plus tard, nous sommes attablés dans un petit restaurant traditionnel. Même si j'ai passé un super moment sur le circuit, mes réserves et ma rancune à son égard sont de retour. Je ne peux pas simplement effacer ces dernières années comme si de rien n'était. Surtout que nous n'avons toujours pas abordé les sujets épineux. Je soupire et redresse la tête. Elijah a le regard plongé vers l'extérieur, l'air perdu, ailleurs. Il baisse les yeux quand il sent que je l'observe.

– Je sais à quoi tu penses, me dit-il.

Je hausse un sourcil, sceptique.

– Ah bon ? Et comment est-ce possible ?

Il affiche un sourire triste avant de détourner à nouveau le regard.

– Il fut un temps où ce n'était pas compliqué pour moi de te déchiffrer.

Mes épaules se tendent, je m'appuie plus confortablement contre le dossier de ma chaise.

– Ça remonte à loin. Très loin.

En réalité, pas tant que ça, mais j'ai l'impression que ça fait des siècles qu'on ne s'est plus retrouvés ainsi face à face, à discuter autour d'une assiette. Il se tourne enfin vers moi et ancre ses iris sombres dans les miens.

– Je suis désolé, Anaïs. Je ne le répéterai certainement jamais assez, mais je le suis. C'est tout ce que je peux dire.

Ses émotions me percutent tels des coups de poing et me font suffoquer. Tristesse. Colère envers lui-même. Regret.

– Je pense que rien de ce que tu diras ou feras ne pourra changer quoi que ce soit.

Il secoue la tête, puis la baisse sur le menu.

– Tu as raison, chuchote-t-il.

Le silence qui s'installe devient assourdissant. Pourquoi ai-je accepté ce repas ? Je ne peux pas me voiler la face, je voulais le voir une dernière fois avant de chambouler encore plus mon avenir. Juste une dernière fois, sentir son regard bienveillant sur moi. Un regard qui voit au-delà de ce qui s'est produit dans ma vie ces dernières années. Pas de pitié. Pas de jugement. Aujourd'hui, une flamme ardente y brûle et rend mon corps fiévreux. J'ai l'impression que seules ses mains pourraient apaiser mon être en feu. Les pupilles d'Elijah se posent sur mes lèvres. Ma respiration s'accélère. Je déglutis péniblement et ne laisse pas mon trouble prendre le dessus.

– Est-ce que tu vas rester chez Lefebvre ? lui demandé-je, la voix rauque.

Sans me répondre, il ancre son regard dans le mien. Peut-être que je ne suis pas la seule à être secouée. Non, c'est impossible. Elijah n'est là que pour renouer notre amitié, rien de plus.

– Comme je te l'ai déjà dit, c'est un bon mentor et il ne me prend pas pour son esclave. Il a du respect pour les gens avec qui il travaille malgré sa notoriété. J'aurais peut-être pu envisager d'intégrer d'autres cabinets plus importants, mais je n'en ai aucune envie.

Elijah a toujours accordé plus d'importance à l'être qu'au paraître. Je comprends donc son choix. Il reste silencieux, mais je sais qu'il se retient de m'interroger, de peur de créer un malaise entre nous. Pourtant, il y en a déjà un, causé justement par notre retenue.

– Tu peux me poser des questions, je te promets de ne pas t'envoyer paître. Sauf si tu franchis des limites.

Il hoche la tête et réfléchit longuement avant d'oser ouvrir la bouche.

– Toutes celles que j'ai sur le bout de la langue peuvent mettre un terme à ce rendez-vous, j'en ai peur, grimace-t-il.

– J'imagine très bien lesquelles tournent en boucle dans ton esprit. Essaie toujours.

Il inspire profondément et se lance enfin.

– Comment es-tu devenue directrice du bar ?

De toutes les questions, il a fallu qu'il choisisse celle-là. Honnêtement, je ne crois pas qu'il y en ait une seule qui ne soit pas à risque. Est-ce que je dois enjoliver ma réponse ou lui donner la version sans fard ? Je décide de répondre franchement, pas parce qu'il le mérite, mais je ne vois pas l'utilité de lui cacher la vérité et ce que j'ai vécu.

– C'est le propriétaire, Henri, qui me l'a légué à sa mort. Dire que je ne m'y attendais pas est un euphémisme. Notre rencontre m'a sauvée et je lui dois tellement. Quand je suis entrée dans son club la première fois pour du travail, j'étais dans un sale état. Il m'a dit qu'il n'avait rien pour moi, alors je suis partie. Mais le destin a voulu que nos chemins se recroisent ce soir-là, il m'a apporté son aide et m'a appris les ficelles du métier petit à petit.

Ma gorge se noue quand je repense à ces moments passés dans son bureau. Il me manque. Sans lui, je suis certaine que j'aurais fini par sombrer totalement.

– Toutes mes condoléances, il avait l'air d'être un homme bon.

– Il l'était.

Le silence s'installe, mais je n'y fais pas très attention. À vrai dire, je n'arrête pas de penser à Henri et à ce qu'il dirait s'il savait que j'ai vendu son club. Certainement rien de bien. J'inspire profondément pour chasser le frisson qui vient de me parcourir.

– Et comment en es-tu arrivée à faire de la course ? Je me souviens que tu faisais du karting plus jeune, mais tu as arrêté après.

– Encore une fois, c'est Henri qui m'a remise en selle. Un jour, j'ai dû lui parler de ma passion pour la course et il a décidé que je devais m'y remettre.

– Il l'a décidé juste comme ça ? me demande Elijah, incrédule.

– Henri était comme ça. Il n'y a pas beaucoup de domaines où il m'a laissé le choix, et même après sa mort, il a réussi à m'imposer la gestion de son club.

Sacré Henri. Je secoue la tête et pose à mon tour des questions.

– Je ne vois pas d'anneau à ton doigt, mais ça ne veut pas dire que tu es célibataire. Où se cache Mme Legrand ?

Une ombre traverse son visage. Pendant un instant, j'ai peur d'avoir déterré un sujet sensible.

– J'étais en couple, mais c'était voué à l'échec dès le début, dit-il.

– Comment ça ?

Ses yeux se perdent dans le vide, comme s'il revivait certains événements.

– Je me suis fermé à toute émotion, j'ai fait en sorte de ne pas nouer de liens forts avec les autres. Ça vaut aussi pour ma vie sentimentale. Notre relation ne reposait que sur le sexe.

– Impossible, murmuré-je.

Il hausse un sourcil interrogatif.

– Et pourquoi ça ?

– Il y a forcément un moment où on s'attache à l'autre. Peut-être pas amoureusement, mais on s'habitue à sa présence, à ses mots et à ses attentions. Il est impossible de ne rien ressentir, l'Homme n'est pas fait pour ça. Un être dénué de sentiments n'existe pas.

Elijah me dévisage, pensif.

– Tu as raison. J'ai fini par m'en rendre compte, mais trop tard pour celle qui vivait avec moi, soupire-t-il.

– Elle est tombée amoureuse de toi, c'est ça ?

– Malheureusement, oui, et la rupture n'a pas été facile.

– J'imagine.

En même temps, c'est illusoire de penser qu'on peut bannir les sentiments de sa vie. Il hausse les épaules et détourne le regard. Je passe mon doigt sur le tour de mon verre et réfléchis à ce que sa décision impliquait. Pas d'amis. Pas de femme. Pas d'attaches. Ces dernières années, mon existence a peut-être été affreuse, mais je n'ai pas perdu l'espoir de m'installer un jour avec quelqu'un sans avoir peur de ce qui m'arrivera. Elijah, lui, s'est totalement fermé. Il n'a laissé aucune chance aux gens autour de lui. Peut-être est-ce mieux que l'on n'ait pas été en contact pendant tout ce temps. Le voir détruit m'aurait mise K.-O. et je n'aurais rien fait contre Jules. Je crois bien que je me serais contentée de me laisser couler sans avoir la force de m'accrocher. Je soupire et redresse la tête. Elijah a la mine songeuse. Avant que j'aie pu l'interroger, le serveur arrive pour prendre notre commande. C'est à peine si j'ai regardé la carte. J'y jette un coup d'œil et opte pour des pâtes à la bolognaise. Tout au long du repas, je ne cesse d'observer Elijah.

On se dispute pour régler la note, et je finis par remporter la partie. Le circuit est déjà une belle surprise, je peux au moins payer pour le remercier.

Lorsque l'on sort du restaurant, le vent s'est levé. Je croise les bras contre ma poitrine pour me protéger du froid et lève les yeux au ciel. On se rend sur le circuit, où l'instructeur nous enseigne ce que l'on peut améliorer avant de retourner derrière le volant. On enchaîne ensuite avec les deux dernières séries de tours. La sensation est aussi grisante que la première fois. Les débriefings individuels sont vraiment géniaux. Après une remise de diplôme et quelques coupes de champagne, je pars me changer. Retirer ma combinaison est une véritable épreuve. Ça me rappelle ce que je laisse derrière moi, que je ne prendrai plus le volant pour faire gagner mon écurie. Je lâche un profond soupir et rejoins Elijah dehors.

Le soleil est couché depuis longtemps. Je n'ai pas vu le temps filer. Je suis Elijah jusqu'à sa voiture en me remémorant ces dernières heures passées avec lui. C'est étrange, on a presque retrouvé notre complicité, mais il y a quelque chose de nouveau. Je n'arrive pas à mettre le doigt dessus et cela me perturbe.

Le trajet jusque chez moi se déroule en silence, je suppose qu'il est lui aussi plongé dans ses pensées. Il avait promis que si je ne passais pas un bon moment, je n'entendrais plus jamais parler de lui. C'était notre deal. Qu'est-ce que je vais bien pouvoir lui dire ? D'un côté, je sais que l'on devrait couper définitivement les ponts, mais d'un autre, passer du temps avec lui m'a fait du bien. Ça m'a permis d'oublier, l'espace d'un instant, toutes les horreurs qui se sont présentées dans ma vie.

Lorsqu'on arrive devant chez moi, je n'ai toujours pas la réponse à ma question. Je soupire et tourne mon regard vers lui. Le sien est braqué sur le pare-brise.

– Je te raccompagne jusqu'à ta porte.

– Je pense que ça va aller.

Il se tourne enfin vers moi.

– Je sais.

J'ignore s'il parle de ce soir ou du reste de ma vie. Je sors de la voiture et le suis jusqu'à ma porte. Je lui rentre pratiquement dedans quand il s'arrête avant de l'atteindre.

– Elijah, qu'est-ce qu'il y a ?

Son regard inquiet me fige sur place.

– Est-ce que tu as laissé ta porte ouverte ?

– Bien sûr que non, m'écrié-je.

Je le dépasse d'un pas vif pour voir ce qui se passe.

La porte est entrouverte. Mon cœur est sur le point de sortir de ma poitrine. Est-ce que Jules m'a retrouvée ? Est-ce qu'il est toujours là ? Mon Dieu, je pensais être en sécurité ici.

– Retourne à la voiture et appelle la police, dit Elijah en passant devant moi.

Angoissée, je le regarde s'engouffrer dans la maison. Je m'avance jusqu'au seuil et m'arrête sous le choc.

26

Elijah

Tout a été saccagé. Des meubles sont reversés, les toiles éventrées. Je me retourne quand j'entends un gémissement dans mon dos. Anaïs se tient là, une main devant sa bouche, l'autre accrochée au chambranle de la porte. Je fais demi-tour et lui cache la vue du carnage.

– Tu ferais mieux d'attendre dans la voiture jusqu'à ce que je sois sûr qu'il n'y ait plus personne.

Elle secoue la tête et croise les bras contre son ventre. Je rechigne à la laisser me suivre, mais je sais que je n'arriverai pas à la faire changer d'avis. Je plonge mon regard dans le sien, dévasté. La voir comme ça me brise le cœur. J'attrape sa main que je serre fort avant de l'emmener dans chaque pièce.

La ou les personnes qui sont entrées par effraction n'y sont pas allées de main morte. Pas une seule pièce n'est épargnée. J'entends le souffle court d'Anaïs dans mon dos, je ne peux qu'imaginer à quel point elle se sent mal. Après avoir fait le tour, on se rend à l'évidence, les cambrioleurs sont déjà partis. Anaïs appelle la police, le corps tremblant. Je la prends dans mes bras dès qu'elle a fini.

– Je ne comprends pas, murmure-t-elle contre mon torse. Ça

fait des mois que personne n'a mis les pieds dans cette maison. Pourquoi aujourd'hui ?

Le désespoir dans sa voix me brise de l'intérieur. Je crois que c'est l'épreuve de trop pour elle cette semaine. Je passe mon bras autour de ses épaules et la fais sortir d'ici. Elle inspire profondément une fois qu'elle se trouve dehors.

– Je pense qu'il n'y a rien à comprendre. Il n'y a sûrement aucune logique derrière cet acte horrible.

– Alors, pourquoi saccager les murs et vider les placards, le frigo ? Si c'était simplement des bijoux qu'ils cherchaient, pourquoi faire tout ça ? Je ne comprends pas.

J'admets que j'ai été aussi surpris qu'elle par la dégradation des lieux. Je me passe une main dans les cheveux, énervé de ne pas pouvoir lui donner une réponse satisfaisante. Elle se met à faire les cent pas. Sa colère de plus en plus forte m'étouffe. Je me poste face à elle pour l'obliger à s'arrêter et pose mes mains sur ses épaules. Elle se cambre pour se dégager et retourne à l'intérieur. Je l'appelle, mais elle poursuit son chemin. Je la suis. Elle continue jusqu'à l'étage et va directement dans une des chambres. Elle fouille dans un tiroir déjà ouvert et reste figée devant. Je la rejoins doucement de peur de la brusquer.

– Ils n'ont pas pris les bijoux de valeur. Ce n'était pas un cambriolage. Ce n'est pas possible que ça en soit un. Dans cette boîte, il y en a pour plus de deux mille euros d'or. Même le plus con des cambrioleurs ne serait pas passé à côté étant donné qu'ils ont tout retourné.

Elle sort d'un pas précipité de la chambre. Elle passe le seuil d'une autre chambre et pousse du pied les vêtements éparpillés au sol, pour la plupart déchirés, avant de mettre la main sur une boîte vide.

Elle plisse le front, la mine concentrée et soucieuse.

– C'était personnel, murmure-t-elle.

– Qu'est-ce que tu veux dire ?

– Pourquoi détruire mes affaires, voler mes bijoux, mais pas ceux d'Henri qui valent plus cher ? Pourquoi détruire les tableaux, vider les placards, mais laisser la voiture alors que les clés étaient en évidence ? Ça n'a aucun sens, grogne-t-elle en se passant une main dans les cheveux.

Soudain, ses poings se serrent et se desserrent. J'ancre mon regard dans le sien et je sens qu'elle a besoin d'évacuer sa colère, sa frustration de ne pas avoir les coupables face à elle. Je ne peux pas lui dire que tout va s'arranger, car il est peu probable qu'on les retrouve, à moins qu'ils aient laissé des empreintes. Je me campe devant elle et prends son visage entre mes mains pour essayer de la calmer.

– Et si on attendait dehors ?

Elle soupire et ses épaules s'affaissent. Je me sens démuni face à son désarroi. Je lui attrape la main et l'aide à sortir.

Quelques minutes plus tard, la police arrive. On les regarde faire le tour de la maison. Même si je sais ce qu'ils vont trouver, c'est-à-dire rien ni personne à part le chaos, j'espère tout de même une autre issue. Je reste en arrière tandis qu'ils posent plusieurs questions à Anaïs. Je sens qu'elle est sur le point de tout envoyer bouler, mais se retient en serrant ses poings. Alors qu'elle contacte quelqu'un pour faire réparer la porte, je me demande où elle va séjourner. Quand toutes les formalités administratives sont réglées, elle revient près de moi, silencieuse, plongée dans ses pensées. J'ai peur de la perturber en ouvrant la bouche, alors je me tais et attends. Elle soupire et tourne la tête vers moi.

– Je ne sais même pas pourquoi ça m'étonne que ça soit arrivé.

Je fronce les sourcils, ne comprenant pas où elle veut en venir.

– Jules a les moyens de me retrouver, je suis certaine qu'il est derrière tout ça.

– Tu ne peux pas le savoir. Et je ne vois pas ce que ça peut lui rapporter de saccager la maison.

– Oh, tu sais, il y a beaucoup de choses qui peuvent faire plaisir à Jules sans que ça ait un sens moral.

Je serre les poings en repensant à ce qui a failli lui arriver. Elle détourne le regard et croise les bras contre son ventre.

– Est-ce que tu sais où tu vas aller maintenant ?

– Je vais prendre une chambre pour le reste de mon séjour ici. Après, je verrai.

Elle ne va pas rester ici ? Où va-t-elle aller ? J'ouvre la bouche pour lui poser toutes ces questions, mais un agent de police revient. J'écoute d'une oreille distraite ce qu'il lui demande. Je suis encore obnubilé par ce qu'elle vient de dire. L'angoisse prend possession de mon être. Que compte-t-elle faire après ? Je n'ai pas remarqué qu'Anaïs me parlait avant qu'elle me touche le bras pour me faire réagir.

– Je pense que tu peux partir maintenant.

Je regarde autour de moi et remarque que nous sommes seuls. Il n'y a plus aucune voiture de police et des hommes sont déjà arrivés pour changer la porte.

– Je ne vais pas te laisser toute seule.

Elle hausse un sourcil, une réplique cinglante sur le bout de la langue. Je le sais à la lueur qui traverse ses iris. On a passé un bon après-midi, mais cela ne veut pas dire qu'elle m'a pardonné. En réalité, je doute qu'elle y arrive un jour. Je me masse les tempes.

– Si c'est bien Jules qui est à l'origine du cambriolage, reprends-je, il a peut-être prévu d'autres mauvaises surprises du genre. Il est hors de question que je parte.

– Je n'ai plus besoin que quelqu'un vienne à mon secours, et certainement pas toi, Elijah.

– Je sais très bien que tu n'as pas envie de me voir plus souvent et rien de ce que je dirai ne te fera changer d'avis.

– Alors pourquoi tu persistes ?

Je baisse les yeux sur mes chaussures et mets mes mains dans les poches de mon pantalon. Je pourrais partir et la laisser se débrouiller seule comme je l'ai fait il y a trois ans. Mais c'est impossible, pas quand je la regarde dans les yeux et vois toute sa peine et sa colère refoulées. Je redresse le visage et plonge mes pupilles dans les siennes. Elle attend une réponse, la tête penchée sur le côté.

– Je ne peux pas encore t'abandonner, Anaïs. Ne me demande pas de le faire. Ne me demande pas de te regarder partir sans essayer de te retenir, c'est au-dessus de mes forces. Ne me demande pas de me regarder dans la glace chaque matin avec le sentiment qu'il y a un vide dans ma vie qui ne sera jamais comblé. Ne me demande pas de faire tout foirer une seconde fois. Ne me demande pas d'être celui que je me suis évertué de devenir ces dernières années.

Une lueur traverse ses iris. De l'espoir ? De la tristesse ? Je n'arrive pas à en identifier la nature, car trop vite elle détourne le visage. Ses épaules se redressent tandis qu'elle inspire profondément avant de me faire face à nouveau.

– Je ne te demande aucune de ces choses, d'ailleurs je ne te demande rien, à part partir.

– Je ne partirai pas, déclaré-je d'un ton résolu.

Sa mâchoire se crispe et ses poings se serrent.

– Putain ! Elijah, pour une fois, tu pourrais arrêter d'être égoïste et penser à ce que veulent les autres.

Le couteau qu'elle a déjà planté plus tôt s'enfonce plus profondément encore. Les rigoles de sang sur les murs qui entourent mon cœur s'élargissent. Merde ! Je ne pensais pas que ça me ferait si mal, que ça serait si douloureux de ressentir à nouveau.

– Je ne suis pas égoïste. Si c'était le cas, je ne serais jamais venu jusqu'ici. Je ne cherche pas ton pardon pour me sentir mieux et pouvoir réussir à fermer les yeux la nuit. Je m'inquiète vraiment pour toi et ta sécurité.

Elle s'éloigne de moi, puis s'appuie contre la portière de sa voiture. Je remarque seulement maintenant les pneus crevés et la rayure qui barre tout le côté droit. J'inspire profondément pour calmer la rage qui cherche à m'engloutir. Heureusement, Jules n'est pas face à moi, sinon cette fois, je finirais bel et bien ma vie en prison.

– Je n'ai plus jamais été en sécurité depuis ce jour-là, déclare Anaïs d'une voix distante. Tu sais qu'être accro à la drogue, faire le trottoir, vivre avec des mecs bourrés, c'est risquer chaque jour de rencontrer la femme encapuchonnée ? Moi, je le sais parce que je l'ai vécu. Être en sécurité est un sentiment perdu à jamais pour moi. Depuis le soir où un autre conducteur a fauché ma vie.

Je détourne le regard et lutte contre les larmes qui veulent me submerger. La dernière fois que j'ai pleuré, c'est à l'enterrement de Vincent. Depuis, mes yeux sont secs, ils traversent un désert aride sans aucune oasis à l'horizon. Je déglutis difficilement.

– Anaïs, dis-je la voix rauque, je…

– Non, m'interrompt-elle, je ne te raconte pas ça pour que tu aies pitié de moi. Je veux juste te faire comprendre que je ne suis pas un être fragile à la recherche de quelqu'un pour me secourir. Je ne suis plus la même, j'en ai trop vu, trop fait pour que ça soit possible.

– Je n'espère pas revoir l'ancienne Anaïs. Je veux apprendre à connaître celle que tu es devenue, avec tes fêlures, tes combats, mais aussi tes forces.

– La vie n'est pas si simple que ça, soupire-t-elle comme si elle faisait face à un enfant.

– Je le sais bien, rétorqué-je sur la défensive. Et je sais aussi que je t'en demande beaucoup.

On laisse le silence s'installer. Je ne trouve pas les mots pour la faire changer d'avis. Vaincu, j'esquisse un pas en arrière alors que je ne rêve que d'une chose, combler la distance qui nous sépare et l'embrasser jusqu'à en perdre haleine. Jusqu'à ce qu'on soit tous les deux incapables de réfléchir, de respirer.

– Attends, murmure-t-elle.

J'essaie d'éteindre l'espoir qui naît brusquement en moi en entendant ce mot, mais je n'y arrive pas. Je tourne le visage vers elle, ses yeux sont posés sur la maison. Et j'attends comme elle me l'a demandé. Jamais les secondes ne m'ont paru si longues. Quand elle parle enfin, elle ne me regarde toujours pas.

– C'est vrai, tu m'en demandes beaucoup. Sûrement trop.

Elle me scrute et j'ai la sensation qu'elle passe mon âme à la loupe.

– Mais il y a quelque chose que la Faucheuse ne m'a pas enlevé. Mon envie de vivre sans regret. Je ne veux pas en avoir nous concernant.

À cet instant, les battements de mon cœur sont tellement forts qu'ils détruisent les murs qui l'entourent. Je prends une brusque inspiration et me noie dans son regard.

– Tu m'accordes une autre chance ?

– Je t'accorde un dîner, c'est déjà pas mal.

Lentement, un sourire étire mes lèvres avant de s'effacer quand je me tourne vers la maison.

Les hommes ont déjà fini d'installer la nouvelle porte. Anaïs va les rejoindre avant qu'ils s'en aillent, pour signer des papiers. Je lève les yeux sur le soleil couchant et me passe une main dans les cheveux, las. Ce qui était une superbe journée s'est transformé en quelque chose de plus sombre.

– Alors, ce dîner ? s'exclame Anaïs en interrompant mes pensées.

Je baisse les yeux et la dévisage. Comment peut-elle faire comme si de rien n'était ? Mais en scrutant longuement son regard, je me rends compte que ça n'est qu'une façade. Elle est atteinte, mais ne se laisse pas démonter par cet événement.

– Tu ne veux pas appeler l'assurance pour ta voiture ?

Elle y jette un coup d'œil et serre les poings. Elle secoue la tête en se tournant vers moi.

– Non, je le ferai plus tard. Elle n'est pas à quelques heures près et elle ne risque pas de bouger.

Je comprends surtout qu'elle a besoin de penser à autre chose.

– Alors, allons-y.

Elle chausse ses lunettes de soleil et redresse les épaules. Est-ce qu'elle les a mises pour éviter qu'on la reconnaisse ou pour cacher ses bleus ? Je suppose que c'est un peu des deux.

On déambule dans les rues de la ville avant d'arrêter notre choix sur un petit restaurant de quartier. On choisit une table dans le fond et on commande seulement l'apéritif, car il est encore tôt pour manger.

Anaïs penche la tête sur le côté et me dévisage.

– Qu'est-ce qu'il y a ?

– J'essaie de comprendre ce qui t'a poussé à te fermer totalement.

Je baisse le regard sur ma serviette. S'il y a bien une chose qui n'a pas changé chez Anaïs, c'est qu'elle va droit au but.

– Tu as toujours été le plus stable de nous deux, ajoute-t-elle. Et pourtant…

– Et pourtant, je donne l'impression d'avoir vécu pire, c'est ça ?

Elle hoche la tête.

– Tu te trompes quand tu dis que j'étais le plus stable. Tu exprimais plus facilement ce qui te perturbait que moi, tu étais plus dans l'action. Alors que j'attendais simplement que ça passe.

Elle réfléchit, plongeant dans les souvenirs avant de mordre sa lèvre inférieure.

– Non, on avait une façon différente de gérer les choses. J'avais tendance à paniquer pour un rien ou à m'énerver sans raison.

– Seulement pendant les périodes d'examens. Le reste du temps, tu avais autre chose en tête.

Un sourire effleure ses lèvres et je crois bien que je tuerais pour qu'il y reste.

– C'est vrai, mais je n'étais pas la seule.

Je baisse à nouveau les yeux en pensant à eux. Est-ce qu'un jour je n'aurai plus envie de tout casser quand ils traverseront mon esprit ? Est-ce que les jours heureux supplanteront enfin ce soir-là dans ma tête ? Le serveur arrive avec nos boissons, et j'avale une grande gorgée de mon soda.

– J'ai été égoïste et j'ai oublié de te demander si Lefebvre avait mal pris ce qui s'est passé ce week-end.

– Tu n'as pas du tout été égoïste. En ce qui concerne Lefebvre, il m'a soutenu et a été mon avocat pendant la garde à vue.

Elle grimace et la colère flamboie dans son regard.

– Je suis désolée que tu sois mêlé à ça.

– Pas moi, rétorqué-je. Si c'était à refaire, je n'hésiterais pas une seconde.

Elle soupire et plonge son regard sur son verre. Je ne veux pas ternir ce moment en parlant de son mari.

– Alors, tu as été gérante d'un club de strip-tease, tu dois forcément avoir beaucoup d'anecdotes drôles à me raconter.

Elle redresse le visage, un véritable sourire sur les lèvres.

– Tu n'imagines même pas.

– Justement, j'ai peur d'imaginer. Je sais que nous pouvons être sacrément obsédés, nous les hommes.

– Vous n'êtes pas les pires, je crois, dit-elle, songeuse.

– Oh, tu en as trop dit pour t'arrêter là !

Ses yeux pétillent et mon cœur bondit de joie. Cette sensation me paralyse un instant, la peur reprend le dessus face à ce sentiment. Je me crispe avant de m'obliger à me détendre.

– D'accord. Attends, je réfléchis à l'épisode qui m'a le plus choquée.

Je la laisse naviguer dans ses pensées et l'observe. Je ne lui ai pas menti, même si elle a vécu des choses horribles, j'ai l'impression qu'elle s'en est mieux sortie que moi. Je veux dire qu'elle ne s'est pas fermée aux autres, alors qu'elle aurait toutes les raisons de le faire.

– Ah, je sais ! C'est celui de l'attente dans les vestiaires.

– J'ai peur de demander, lui dis-je avec des yeux ronds.

– Ta peur est totalement justifiée, rit-elle.

Et elle me raconte comment une femme a réussi à se faufiler jusqu'aux vestiaires, totalement nue, pour y attendre un des Chippendales. Je n'arrive pas à y croire. Et pourtant, elle me conte plein d'autres anecdotes du même genre. Chaque fois, que ça soit avec un homme ou une femme, la scène se finit de la même façon. Au poste de police. Pendant tout son récit, Anaïs est détendue et on communique facilement. On se découvre à nouveau. Finalement, ce dîner est une bonne chose et je compte bien tout faire pour que ça ne foire pas.

27

Anaïs

Voir cette maison que Henri chérissait tant dévastée a mis un sacré coup à mon moral. Il n'y a que Jules pour être capable de faire une chose pareille. Bien sûr, il ne l'a pas fait lui-même, mais je sais reconnaître son sadisme sans aucun problème. Je ne pensais pas que ça arriverait à nouveau un jour, mais la présence d'Elijah m'a beaucoup aidée. Et le fait de rire avec lui ce soir a changé quelque chose entre nous. Le poids qui était sur nos épaules pèse un peu moins, même si on le sent encore. Le repas se passe dans une ambiance légère malgré notre découverte au retour du circuit.

On se chamaille une nouvelle fois pour l'addition. Arguant que c'est sa deuxième chance, il ne veut pas me laisser régler la note et finit par payer.

Il est tard quand on sort du restaurant. Je resserre les pans de ma veste et lève les yeux au ciel. On marche sans but, un silence serein entre nous.

– Alors, est-ce que tu as des regrets ? m'interroge Elijah.

– Ça dépend à propos de quoi.

Il réfléchit longuement. Il doit sûrement se demander s'il va aborder des sujets compliqués ou rester léger.

– Concernant cette soirée ? répond-il finalement.

– Hélas, oui.

Il tourne un visage stupéfait vers moi.

– Pourquoi ?

Je ne réponds pas tout de suite et marche encore quelques secondes en silence avant de m'arrêter et de lui faire face.

– Il n'y avait plus de tiramisu au spéculoos, c'est inacceptable, dis-je d'un ton théâtral.

Son corps se relâche et un sourire éclaire son visage.

– Je savais bien que cet épisode t'était resté en travers de la gorge.

– Et il y a de quoi, dis-je, faussement énervée.

– Je te promets de me rattraper.

– Tu as intérêt !

Mais en disant ces mots, je sais qu'il y a peu de chances que cela arrive. Si je suis la suite de mon plan, demain je ne serai déjà plus dans cette ville. Mon humeur s'assombrit et je me mords l'intérieur des joues pour ne pas craquer.

– Hé, m'interpelle Elijah avant de me relever le menton. Qu'est-ce qu'il y a ?

Et c'est à cet instant que je sais. Je sais que si je le laisse entrer dans ma vie une nouvelle fois, je vais être dévastée. Je secoue la tête et recule pour échapper à son contact.

– Rien, j'étais seulement dans mes pensées.

– Elles n'avaient pas l'air joyeuses.

Je lui jette un coup d'œil avant de m'arrêter sur un banc.

– Il y a quelques années, je t'ai demandé s'il existait quelque chose après.

– Je m'en souviens, dit Elijah en prenant place à ma droite.

– Tu m'as répondu que tu l'espérais parce que ça leur permettrait de rire encore ensemble.

Il hoche la tête, le visage tourné vers le ciel.

– J'espère aussi que c'est le cas et qu'ils ne nous en veulent pas trop d'avoir merdé.

Un sourire se dessine sur ses douces lèvres.

– À mon avis, ils sont en train d'enchaîner les pintes parce qu'on se parle enfin.

Je ris puis appuie mes coudes sur mes cuisses.

– Tu penses qu'ils peuvent boire jusqu'à être bourrés au paradis ?

– Avec eux, tout est possible, réplique-t-il en haussant les épaules.

Le silence s'installe et pourtant je pourrais presque entendre leurs rires.

– Ils me manquent, murmuré-je.

– À moi aussi, répond-il, la voix rauque.

Ma gorge se noue et je lutte contre les larmes qui veulent couler. Un soupir tremblant passe la barrière de mes lèvres. Elijah entoure mes épaules de son bras et me serre contre lui.

– Pour eux, on doit arrêter de merder.

J'opine du chef, puis pour la première fois, je laisse mon bouclier se fendre et je pose ma tête contre son torse. J'inspire profondément et son parfum m'apaise aussitôt. On reste comme ça plusieurs minutes jusqu'à ce que mon corps commence à frissonner à cause du froid. Elijah se redresse et me tend sa main. J'hésite un instant avant de glisser mes doigts entre les siens. Nos corps sont si proches que je sens son souffle contre mes lèvres. Je reste quelques secondes captivée par celles d'Elijah avant de relever les yeux et de les plonger dans les siens. Une lueur qui agite mon âme sans que je la comprenne traverse ses iris. Je m'écarte soudainement, la respiration troublée. Elijah se racle la gorge et détourne le visage, puis reporte son attention sur moi.

– Tu sais dans quel hôtel tu vas réserver une chambre ?

Je secoue la tête. Pendant les quelques heures où j'étais avec lui, j'ai complètement oublié ce qui était arrivé.

– Mon hôtel n'est pas très loin, et vu l'heure, je ne suis pas certain qu'il accepte une réservation, mais tu peux toujours squatter ma chambre.

– Non, je vais…

– Anaïs, me coupe-t-il, il est tard et tu es fatiguée. Tu ne vas pas te lancer à la recherche d'une chambre simplement parce que tu ne veux pas que je t'aide.

– Tu as raison, c'est stupide. Mais où vas-tu dormir ?

– Ne t'inquiète pas pour ça, il y a un canapé très confortable.

Je le regarde, un peu sceptique, puis je finis par accepter. Je suis effectivement épuisée et passer au moins une nuit avec le sentiment d'être en sécurité n'est pas de refus. Pour les suivantes, la question ne se posera plus.

On va tout d'abord jusqu'à la maison. Mon cœur se serre à nouveau, j'inspire profondément avant d'ouvrir et de pousser la nouvelle porte. Le chaos est toujours présent, toujours aussi douloureux à regarder. Je ferme un instant les yeux. Je sens la chaleur réconfortante d'Elijah dans mon dos, puis sa main se pose au creux de mes reins et me donne la force d'avancer. Je redresse les épaules et je vais jusque dans la chambre où j'avais mis ma valise. Je fouille et trouve quelques vêtements qui ont été épargnés par la folie du cambrioleur. J'attrape un sac plastique qui traîne par terre et les fourre dedans. Je fais un tour sur moi-même à la recherche de quelque chose que j'aimerais emporter, mais il n'y a rien. Seulement des restes d'une vie brisée. La main d'Elijah se glisse naturellement dans la mienne et mon cœur part au galop lorsque je capture son regard. La colère y brille, mais il y a aussi de la tendresse à mon égard. Je baisse les yeux sur nos doigts entrelacés et je me demande pourquoi je ne le repousse pas.

Parce que j'en ai besoin.

Je puise de sa force et, une fois certaine que je ne vais pas fondre en larmes, je relâche sa main. On sort en silence de la maison. Je lève la tête vers l'étage. Je chasse les frissons qui me parcourent comme un mauvais pressentiment m'avertissant que c'est peut-être la dernière fois que je mets les pieds ici. Je suis Elijah jusqu'à l'hôtel qui se trouve effectivement non loin de la maison.

Passé le seuil de la chambre, je me retourne et le fusille du regard.

– Où est le canapé ?

Il me désigne le sol, puis retire tranquillement sa veste.

– Tu n'es pas sérieux ! m'exclamé-je.

– Tu n'aurais jamais accepté sinon, réplique-t-il en haussant les épaules.

– Bien sûr que non. Je ne vais pas te laisser dormir par terre !

– Combien de fois l'a-t-on déjà fait ?

– C'était différent. Tu avais un matelas gonflable !

– Qu'est-ce qui te fait croire que je n'en ai pas un ?

– Tu en as un ?

– Non, réplique-t-il avec un sourire en coin.

Je grogne et lutte pour reprendre mon calme.

– Elijah, je ne vais pas te piquer ton lit.

– Je crois que tu n'as pas vraiment le choix et ce n'est pas une nuit par terre qui va me tuer.

Il me tourne le dos et enlève son tee-shirt en se dirigeant vers la salle de bains. Sa façon de me dire que la discussion est close. De toute manière, j'aurais été incapable de continuer d'argumenter, car mes yeux restent fixés sur les muscles de son dos. Je détourne rapidement le regard et me mords la lèvre inférieure. Je pourrais simplement partir pendant qu'il prend sa douche, mais pour cette nuit, je ne me sens pas en état de me retrouver seule. Je savais que le fréquenter à nouveau me ferait cet effet.

Je soupire et m'assieds sur le lit en jetant un coup d'œil autour de moi. La décoration est sommaire, je suppose qu'il s'est arrêté au premier hôtel sur sa route. J'écoute d'une oreille distraite l'eau couler, tout en me remémorant les événements de la journée. Est-ce que je vais suivre mon plan comme prévu ou Jules réussira-t-il encore à me barrer la route ? Je serre les poings, je ne le laisserai pas faire. Je dois me battre. Je dois me faire entendre, même si ma vie est en jeu. Le reste du plan est simple, peu importe où je me trouve, l'impact sera tout aussi puissant. J'envoie un SMS à Laurent pour le tenir informé du changement de notre lieu de rencontre. Puisque la maison d'Henri est compromise, cette chambre d'hôtel fera l'affaire.

[D'accord, je vais le dire
aux autres et on va s'arranger.]

[À demain.]

Mes épaules s'affaissent. Après ça, je ne serai plus jamais tranquille et une seule solution s'offre à moi. Je relève le regard de mon portable lorsque j'entends la porte de la salle de bains s'ouvrir. Elijah en sort, torse nu et en bas de jogging. Mes yeux ne peuvent s'empêcher de détailler sa musculature plus développée que dans mon souvenir. Il n'a pas changé qu'émotionnellement, le physique a suivi. Il était déjà bien musclé, mais pour l'avoir vu plusieurs fois sans tee-shirt, je me souviens que ses muscles n'étaient pas aussi bien dessinés. Ma bouche s'assèche et je sens une douce chaleur me gagner. Je me gifle mentalement, ce que je ressens n'est pas dû au désir, je suis simplement fatiguée. Je plonge mes iris dans les siens et je suis happée par l'émotion qui y brille. Je n'arrive pas à mettre de mots dessus tant elle est intense et brûlante. Elijah se racle la gorge.

– Tu peux utiliser la salle de bains si tu veux.

J'opine d'un mouvement de tête et me redresse. Lorsque je passe devant lui, son parfum caresse mes sens. Je serre les dents, attrape ma trousse de toilette ainsi que des vêtements de rechange et me dépêche de rejoindre la salle de bains. Être dans une pièce aussi petite avec un homme n'est pas une bonne idée.

Mais ce n'est pas le premier venu !

C'est vrai que je n'aurais jamais accepté de dormir dans la même chambre qu'un autre. Certainement pas après tout ce temps passé près de Jules. Pas pour une question de peur, mais je n'ai pas la force d'accorder ma confiance. Je ne veux pas d'un nouvel homme dans ma vie. De toute manière, cette question n'est pas à l'ordre du jour et ne le sera peut-être plus jamais. Pendant quelques minutes, je ferme les paupières et laisse l'eau dévaler le long de mon dos. Mes muscles se détendent et mon cerveau cesse de tourner en boucle sur ce qui va se produire après ma rencontre avec Laurent. *Alea jacta est.*

En sortant de la douche, j'essuie la buée sur le miroir et scrute chacun de mes traits. Elijah m'a dit que les difficultés n'avaient pas laissé de traces apparentes sur moi. Pourtant, je ne vois qu'elles. Les marques de strangulation. Les bleus des coups. Le regard d'une femme qui en a trop reçu. Peut-être qu'il ne les voit pas parce qu'il ne le veut pas. Je baisse les yeux sur mes mains qui tremblent légèrement, et les serre. Non ! Jules n'aura plus aucune emprise sur moi, ça n'arrivera plus. Je m'habille rapidement et inspire profondément avant de rejoindre Elijah dans la chambre. Il est posté devant la fenêtre et me tourne le dos.

– Si tu veux, tu peux prendre la couverture, tu seras plus à l'aise, lui dis-je.

Il me jette un regard par-dessus son épaule.

– Qu'est-ce que tu vas faire après ? me demande-t-il sans répondre à ma proposition.

Je le dévisage et décide de m'asseoir sur le lit pour avoir cette conversation.

– J'allais justement t'en parler. Normalement, je devais accorder une interview à un journaliste chez moi demain, mais vu les dégâts, c'est impossible. J'aimerais la faire ici, si ça ne te dérange pas.

Il me fait face et croise les bras contre son torse.

– En quoi une interview va-t-elle t'aider contre Jules ?

– Avec mon passé, il y a des risques qu'il s'en sorte sans problème après un procès. C'est un homme puissant d'une famille qui l'est tout autant. Si je n'arrive pas à le faire enfermer, je veux que tout le monde sache quel genre d'être il est. Je veux détruire sa vie, comme il a essayé de le faire avec la mienne.

Il se passe une main dans les cheveux, les lèvres pincées et le regard meurtrier. On dit que les yeux sont le miroir de l'âme. À cet instant, la sienne est sombre et a soif de vengeance. Je pourrais prendre peur si je ne savais pas ce qui le met dans cet état. Elijah a toujours eu à cœur de me protéger, malheureusement cette fois il est arrivé trop tard. Il est parti et j'ai fait face à leur absence seule. Elijah reporte son attention sur l'extérieur, cherchant à canaliser sa colère.

– Je ne vois aucun problème à ce que ça se passe ici. Tu préfères que je reste ou que je parte faire un tour ?

Je réfléchis quelques instants. Le plus simple pour moi serait qu'il ne soit pas là. Je ne veux pas voir son expression au moment où je répondrai aux questions. Et de cette manière, je pourrai partir sans qu'il le sache, mais cette idée me rebute. Il m'a aidée, m'a épaulée, et même s'il est parti il y a plusieurs années, je ne peux agir de la sorte.

– Tu peux rester, ça ne me dérange pas.

Toujours de dos, il hoche la tête et met les mains dans ses poches. Encore une fois, mes yeux sont attirés par le jeu de ses muscles. Cela peut paraître cliché, mais j'ai toujours aimé qu'un homme soit musclé sans que ça soit dans l'excès. Et c'est le cas pour Elijah. Je baisse les yeux sur mes pieds et soupire. Je ne pourrai peut-être plus vivre de moments intimes avec un homme.

– Est-ce que ça arrivait souvent ? me demande soudainement Elijah.

Je redresse la tête, les sourcils froncés.

– Quoi ?

Les muscles de son dos se crispent.

– Qu'il te frappe, répond-il d'un ton froid.

Je serre les dents et refoule toutes les images qui veulent remonter à la surface de mon esprit. Je n'ai pas besoin de les évoquer pour me rappeler que ça s'est produit juste une fois de trop. Dans un couple normal, ça n'arrive jamais.

– Oui, répliqué-je laconiquement.

Sa colère monte d'un cran et me donne la chair de poule, puis ses épaules s'affaissent avant qu'il se tourne vers moi.

– Je suis désolé, me dit-il.

Je lui jette un regard interrogateur.

– De ne pas avoir été là, ajoute-t-il.

Je déglutis difficilement. J'ai un flash-back de ce qui s'est produit dans ma vie. J'ai toujours pensé que s'il avait été présent, rien de tout ça ne serait arrivé. Aujourd'hui, quand je sais comment il a géré leur mort, je n'en suis pas si certaine. On se serait peut-être mutuellement entraînés vers le fond et laissés couler. Ce qui est fait est fait, il ne sert à rien de ressasser le passé.

– Ce sont mes décisions qui m'ont amenée jusque-là, pas ton absence.

– C'est faux. Peut-être que j'aurais pu empêcher ça.

Je hausse les sourcils, clairement sceptique.

– Tu n'es pas Dieu, tu n'es pas tout-puissant.

– Ce n'est pas ce que je dis, simplement… je ne sais pas, hésite-t-il en passant la main dans ses cheveux.

Je me lève et le rejoins.

– Je t'en ai voulu. Énormément. Je me suis sentie seule et trahie. Aujourd'hui, j'ai compris que c'était peut-être l'unique chose à faire. On avait besoin de suivre des chemins différents, de vivre séparément.

– On aurait peut-être mieux vécu ensemble.

– Avec des si, on mettrait Paris en bouteille.

Ses lèvres s'étirent légèrement.

– Tu as raison.

– J'ai toujours raison.

– C'est vrai aussi, réplique-t-il en riant franchement.

Je souris et l'observe. Il se lâche de plus en plus à mon contact et une partie de moi se sent flattée. Je bâille et m'étire.

– Tu as eu une longue journée, va te reposer.

Je retourne sur le lit, mets la couverture sur le côté pour qu'il la prenne et me glisse sous le drap. Elijah n'a pas bougé.

– Tu ferais mieux d'en faire autant.

Il attrape un oreiller et la couverture, puis s'enroule dedans avant de se coucher à même le sol. Mes yeux restent fixés sur le plafond, j'entends sa respiration profonde et sais qu'il ne dort pas. Comment le pourrait-il sur ce sol dur ? C'était une mauvaise idée, mais il y a bien une chose que je peux faire pour arranger ça.

– Elijah ?

– Oui ?

– Le lit est assez grand pour nous deux et je refuse que tu passes la nuit par terre.

– Je t'assure que ce n'est pas si mal que ça.

– Et moi, je t'assure que ça ne me dérange pas.

Elijah n'est quand même pas le premier venu. Il grommelle dans sa barbe, puis j'entends des froissements de tissu avant de le voir se redresser. Je me décale légèrement pour lui laisser plus de place. Il pousse un soupir d'aise en s'installant, signe qu'il n'était pas si bien que ça sur le sol.

– Je l'avoue, c'est plus confortable.

Je souris.

– Bonne nuit et merci, murmuré-je.

– Bonne nuit.

Demain sera une journée chargée et remplie d'émotion. Après cela, je vais avoir besoin de souffler. J'inspire profondément et ferme les yeux. Je sens le regard d'Elijah peser sur moi. Je devrais me sentir gênée ou en colère, mais aucun de ces sentiments ne me traverse. Au contraire, je me sens en sécurité et m'endors presque immédiatement.

28

Elijah

Elle m'a pardonné ! Je n'arrive pas à le comprendre alors que je suis incapable de le faire. La culpabilité n'a cessé de me tourmenter depuis que je connais une partie de ce qu'elle a vécu. Même si elle a affirmé que ce n'était pas ma faute, je n'arrête pas de revoir les mains de Jules autour de son cou. Sa force et sa détermination à s'en sortir prouvent à quel point c'est une femme courageuse. Elle s'est battue pour survivre. Demain, elle montrera encore au reste du monde qu'elle n'est pas à terre. À ses côtés, je suis tellement insignifiant. Je me suis laissé porter par la vie, sans jamais chercher à prendre mon destin en main. Au contraire, j'ai tout fait pour qu'il ne change surtout pas. Je n'ai pris aucun risque, j'ai emmuré mon cœur. Il n'y a qu'au travail que j'ai pleinement vécu. J'ai arrêté de vivre ce soir-là, il y a trois ans, alors qu'Anaïs a fini par reprendre goût à la vie et c'est le plus beau doigt d'honneur qu'elle peut adresser à la Faucheuse.

Le soleil commence à darder ses rayons à travers les rideaux et révèle la silhouette d'Anaïs. Je me retiens de glisser mes doigts dans ses cheveux éparpillés sur l'oreiller. Je ne me suis pas senti aussi bien depuis tellement longtemps. Depuis ce terrible accident. La confiance qu'elle m'accorde en dormant avec moi me coupe presque le souffle. J'ai peur qu'en ouvrant les yeux, elle regrette et me chasse définitivement de sa vie. Alors je savoure chaque seconde passée à ses côtés.

Je l'ai regardée dormir une partie de la nuit, elle a souvent gémi et elle s'est agitée. Je suppose que le cambriolage et la vie auprès de Jules ne sont pas étrangers à son anxiété. J'aimerais tant que ce salaud ne soit plus un problème pour elle, mais je sais que l'histoire est loin d'être finie. Il va lui causer beaucoup d'ennuis et lui mettre des bâtons dans les roues dès qu'il le pourra. Je retiens un soupir et me redresse. Étonnamment, cette nuit est la meilleure que j'ai passée depuis l'accident. Est-ce du fait de sa présence ou d'avoir dit tout ce que nous ressentions ? Je n'ai pas la réponse et ce n'est pas important. Aujourd'hui, Anaïs va franchir une nouvelle étape et je tiens à être près d'elle pour la soutenir. Je sors doucement du lit et enfile un tee-shirt posé sur la chaise. J'attrape mon téléphone et aperçois que j'ai des appels en absence de Lefebvre ainsi qu'un message vocal. Je m'isole dans la salle de bains pour ne pas la réveiller et le rappelle sans prendre la peine de consulter mon répondeur.

– Bonjour, Elijah, dit-il en décrochant.

– Bonjour. Je suis désolé de ne pas vous avoir appelé plus tôt, je viens à peine de voir que vous avez essayé de me joindre.

– Ce n'est pas grave. As-tu réussi à retrouver ton amie ?

– Oui, je suis avec elle.

– Bien. Elle va avoir besoin de beaucoup de soutien, réplique-t-il d'un ton sinistre.

La voix de Lefebvre m'amène à penser qu'il sait quelque chose que j'ignore.

– Que voulez-vous dire par là ?

– Je me fie toujours à mon intuition, et concernant cette affaire, elle me dit que ça va mal finir. Fournier n'est pas le genre d'homme à se laisser faire sans réagir… violemment.

– Vous pensez que l'intégrité physique d'Anaïs est en danger ?

Il soupire et je suis certain qu'il se passe une main sur son menton.

– C'est possible, surtout avec le battage médiatique autour de cette histoire.

Je ferme les yeux et tente de juguler la peur qui m'étreint à l'idée de la perdre.

– Elle a été cambriolée hier, ça a un lien d'après vous ?

– Tout est possible avec lui.

– Putain ! m'exclamé-je.

Je me retiens de justesse d'envoyer mon poing dans le mur. Si Anaïs fait son interview comme prévu, la colère de Fournier va croître. Qui sait ce qu'il fera à ce moment-là ?

– Merci de m'avoir prévenu, reprends-je, une fois calmé.

– Ne me remercie pas pour ça. Ce n'était pas la seule raison de mon appel. On doit aussi parler de la plainte qu'il a déposée contre toi. Est-ce qu'Anaïs va faire la même chose contre Jules ?

– Je n'en ai aucune idée, nous n'en avons pas parlé.

Lefebvre reste silencieux quelques secondes avant de se racler la gorge.

– Dans ce cas, vous devriez le faire. Ça me permettrait de préparer un angle d'attaque pour ta défense.

Je me passe une main dans les cheveux, déjà las de la discussion à venir. On vient à peine de poser les premières pierres à l'édifice qui symbolise notre départ à zéro. J'ai l'impression qu'il va s'écrouler dès que j'aurai ouvert la bouche pour aborder le sujet.

– D'accord. Je vous tiens au courant dès que j'en sais plus.

– Parfait. Prends soin d'elle, Elijah.

– Comptez sur moi.

Je raccroche et dépose mon téléphone sur le lavabo. Je me passe un peu d'eau sur le visage pour me rafraîchir et redevenir maître de mes émotions. Anaïs va avoir besoin de quelqu'un sur qui s'appuyer, pas d'une personne incapable de s'occuper d'elle-même. Je pose mes mains sur le rebord et me demande comment je vais devenir cet homme. Je tends l'oreille quand un bruissement se fait entendre de l'autre côté de la porte. Anaïs doit être réveillée. Je prends une profonde inspiration, je récupère mon portable et me redresse. Lorsque j'ouvre la porte, je m'appuie contre le chambranle et la regarde se réveiller. Ses cheveux partent dans tous les sens, ses paupières plissées me scrutent et ses lèvres affichent une moue boudeuse. Je souris et croise les bras contre mon torse.

– Toujours pas du matin, n'est-ce pas ?

Elle grogne et bascule les jambes par-dessus le lit.

– C'est ta faute, tu ronfles !

– Je sais que c'est faux !

– Et comment ? Tu t'enregistres avant de t'endormir ?

– On me l'aurait dit !

– Peut-être qu'elles ne voulaient pas froisser ton petit ego si sensible.

Je pose une main sur mon cœur, faussement indigné.

– Ce que tu dis me blesse énormément. C'est indigne de toi !

– Tu survivras, réplique-t-elle, un grand sourire sur les lèvres.

Le mien s'agrandit d'autant plus. Mon cœur rate plusieurs battements avant de repartir dans une course contre la montre. Qui sait quand les murs autour de lui referont surface ?

– Et si on allait déjeuner, je meurs de faim !

Elle jette un coup d'œil à son téléphone et hoche la tête.

– Je fais un petit tour dans la salle de bains et on pourra partir.

– Tes tours dans cette pièce n'ont jamais été petits ! Tu mets toujours des heures avant d'en sortir.

– Trente minutes n'équivalent pas à des heures, rétorque-t-elle en levant les yeux au ciel.

– Nous n'avons pas la même notion du temps.

– Ça doit être ça, réplique-t-elle en riant.

Elle attrape quelques vêtements dans son sac plastique puis m'écarte du seuil et ferme la porte derrière elle. Discuter et rire avec elle est si facile que c'en est effrayant. Je repousse mes cheveux en arrière et lève les yeux au plafond. Je n'ai aucune envie de parler de Jules, mais peut-être vaut-il mieux le faire maintenant plutôt qu'attendre qu'on soit dans un café.

Au bout d'un quart d'heure, Anaïs sort de la salle de bains.

– J'admets avoir eu tort. Au temps pour moi.

– Excuses acceptées. On y va, dit-elle en prenant son sac à main.

– Attends, j'aimerais te parler avant de sortir.

Elle fronce les sourcils, mais accepte de reposer son sac.

– De quoi veux-tu qu'on parle ?

– De Jules, soupiré-je.

Son visage se ferme tandis qu'elle croise les bras dans une position de repli.

– Je t'écoute.

Son ton est froid et cassant. Je sais que ce n'est pas contre moi, mais contre la situation.

– J'ai appelé Lefebvre pendant que tu dormais. Je lui ai parlé brièvement du cambriolage. D'après lui, c'est possible que ça soit l'œuvre de Jules ou d'un sbire grassement payé. Donc, tu as raison sur ce point.

Elle hoche la tête, le visage impassible. Je suppose qu'elle a passé trop de temps à cacher ses émotions pour se laisser aller aujourd'hui.

– Il voulait aussi savoir si tu allais porter plainte contre lui.

Elle me dévisage et soudain je sens sa colère me percuter.

– Est-ce que c'est pour ça que tu es venu jusqu'ici ? Pour me faire changer d'avis ?

– Pas du tout ! m'exclamé-je en me levant d'un bond. Si je suis ici, c'est parce que je me fais du souci pour toi et que je… je voulais…

Mes épaules s'affaissent et je me rassieds lourdement sur le lit.

– Qu'est-ce que tu voulais ? me demande-t-elle d'un ton plus doux.

– Je ne sais pas vraiment. Avoir une seconde chance ? Te parler à nouveau ? Qu'on reparte de zéro ?

Elle ne répond pas tout de suite, puis elle finit par venir s'asseoir près de moi.

– Je suppose que c'est aussi flou dans ta tête que ça l'est dans la mienne, plaisante-t-elle.

Je plonge mon regard dans le sien.

– C'est vrai, mais ce qui m'arrive n'est pas important.

– Ça l'est. Pour moi.

Je reste un instant captif de son regard avant de secouer la tête.

– Il n'y a aucun souci à se faire pour moi.

– Avec Jules sur le dos, permets-moi d'en douter.

Je pose mes coudes sur mes cuisses et tourne la tête sur le côté pour la regarder.

– Je risque moins que toi.

Elle acquiesce d'un mouvement de tête puis reste plusieurs secondes silencieuse avant de reprendre :

– Je porterai plainte pour étayer ta défense.

– Tu n'es pas obligée de le faire.

– Non, mais je préfère éviter que tu fasses partie des dommages collatéraux de sa vendetta.

– Il ne me fera aucun mal.

– Tu ne peux pas en être sûr. Crois-moi, il est capable du pire.

Je me force à ne pas laisser paraître ma haine en entendant la colère et la douleur qui teintent sa voix.

– Maintenant que c'est réglé, s'exclame-t-elle avec un entrain forcé, allons manger !

Elle saute sur ses pieds et me tend sa main. Comment fait-elle pour être si forte ? Je n'aurai probablement jamais la réponse à cette question, mais une chose est sûre, je l'admire. Je glisse mes doigts entre les siens. Un sentiment inconnu me traverse, un frisson secoue mon âme. Et alors que nos regards sont ancrés l'un dans l'autre, le monde autour de nous disparaît. Je relâche mon souffle quand Anaïs détache ses doigts des miens. Elle détourne rapidement le regard, mais j'ai pu y lire de la peur mêlée à de l'espoir. Elle marche vers la porte, le corps tendu. Je suis un moment paralysé à cause de ce qui vient de se passer. Putain ! Mais qu'est-ce que c'était ? Je me passe une main sur le visage.

– Tu viens ? me demande-t-elle, sa bonne humeur retrouvée.

J'ai dû rêver ce qui vient de se produire, sinon pourquoi serais-je le seul à être troublé ?

– J'arrive, répliqué-je en attrapant mon portefeuille.

On choisit un petit restaurant sympathique et l'on discute naturellement de tout et n'importe quoi. Anaïs profite d'un moment d'un silence agréable pour parler d'eux.

– Je pense souvent à ce que seraient leurs vies si tout n'avait pas basculé.

– Moi aussi, mais je crois qu'on se fait du mal.

– Je sais, pourtant je n'arrive pas à m'en empêcher, soupire-t-elle.

– Peut-être que c'est notre façon de les garder en vie.

– Un peu glauque, tu ne trouves pas ?

Je hausse les épaules.

– Chaque personne gère le deuil comme elle le veut et surtout comme elle le peut.

Elle reste un instant songeuse, le regard dans le vide.

– Je n'ai pas vraiment fait le mien. À vrai dire, je ne sais pas si j'en suis capable.

Il y a peu, je me suis posé la même question. Et si le deuil était un état perpétuel ? Est-ce que c'est comme un manteau que l'on porte à jamais sur nous même si nous avons chaud ?

– Faire son deuil, c'est peut-être accepter qu'on ne les revoie plus dans cette vie.

Un sourire étire ses lèvres.

– Seriez-vous devenu philosophe, monsieur Legrand ?

– Oh, non ! Mon cerveau n'est pas configuré pour ce genre de chose.

Elle s'adosse plus confortablement contre sa chaise en finissant son café.

– Je ne te crois pas.

– Je t'assure que ça le ferait exploser.

– Dans ce cas, pour quoi est configuré ton cerveau si fragile ? me demande-t-elle, le regard malicieux.

Je fais mine de réfléchir, les yeux fixés sur le plafond avant de reporter mon attention sur elle.

– Voyons voir, réponds-je en énumérant sur mes doigts, le poker, le strip-poker, mon travail et te regarder sur un circuit.

Les derniers mots sont sortis de ma bouche avant que j'aie pu les arrêter. Je ne voulais pas remettre ça sur le tapis, je ne voulais pas gâcher notre repas en abordant ce sujet. Encore une fois, Jules l'empêche de vivre sa vie comme elle l'entend. Je croise son regard, j'ai peur de voir la tristesse y passer, mais au contraire elle est toujours joueuse.

– Tu es nul au poker ! Le strip, n'en parlons même pas.

– Hé ! m'écrié-je, faussement indigné, c'est faux. Je t'ai déjà battue !

– Seulement parce que tu me faisais de la peine et que je t'ai laissé gagner.

– Toutes ces années où je me suis cru bon dans quelque chose, dis-je en secouant la tête.

– On ne pouvait pas te laisser perdre chaque fois que l'on jouait.

– Tous mes rêves de gloire dans ce domaine sont brisés à jamais. J'espère que tu t'en rends compte.

– Heureusement que la vérité éclate au grand jour, sinon tu aurais perdu toute ta fortune et ta dignité.

– Ma mère sera déçue, moi qui lui avais promis d'être riche et célèbre.

– Je t'ai évité de faire de la téléréalité, elle me remerciera, s'exclame-t-elle en riant.

Je ris à mon tour et me détends. Putain, que ça fait du bien d'être simplement là sans se soucier de ce que nous réserve l'avenir, de rire et de dire des âneries ! Pourquoi ai-je mis autant de temps à m'en apercevoir ? Pourquoi ne suis-je pas revenu vers elle avant ? Si le destin n'avait pas décidé de nous remettre sur le même chemin, on serait chacun sur notre route déserte. Toutes ces années perdues, toute cette peine amoncelée en nous. Tout ça aurait pu être évité si je n'avais pas fui.

– Hé, s'exclame Anaïs en me sortant de mes pensées lugubres. Où étais-tu parti ?

– Pas bien loin.

Elle me dévisage, inquiète, mais elle comprend que je préfère ne pas aborder le sujet. Elle jette un coup d'œil à son portable et soupire.

– Je crois qu'il est temps d'y aller.

L'ambiance sombre un peu.

– Tu es sûre de vouloir faire ça ?

– Oui, répond-elle sans hésitation.

– Dans ce cas, allons-y, répliqué-je en lui tendant la main pour l'aider à se lever.

Je règle l'addition et on sort du restaurant.

– Je crois que j'ai trop mangé, dit Anaïs en posant la main sur son ventre.

– En même temps, tu as pris le menu brunch, même moi je ne m'y suis pas risqué.

– Petit joueur, me taquine-t-elle.

– Tout à fait, et je l'assume.

– Autant que tes prouesses au poker ?

Je lui lance un regard meurtrier auquel elle répond par un sourire. Le reste du trajet, trop court à mon goût, se déroule dans la même ambiance. Je sens souvent le regard interrogateur d'Anaïs posé sur moi, mais elle ne me dit rien. Je ne la pousse pas dans ses retranchements, elle a déjà bien à faire sans que je vienne en rajouter. Alors, je me contente d'attendre que les questions qu'elle a sur le bout de la langue sortent. Et c'est ce qui finit par se produire juste avant qu'on arrive.

– Est-ce que tu crois qu'ils nous en veulent d'avoir gâché notre seconde chance ? Celle que la Faucheuse ou le destin nous a laissée ?

Je m'arrête et lui fais face.

– Sûrement, mais c'est à nous de nous rattraper. C'est à nous de leur montrer qu'on la mérite.

Je place ma main sur sa joue et caresse sa peau, puis remets une mèche derrière son oreille. Ce n'est pas la première fois que je pose mes mains sur elle, mais aujourd'hui la sensation n'est pas la même. Il y a quelque chose de nouveau. D'enivrant. Mes sens sont décuplés. Mon cerveau ne se focalise plus que sur elle, sur son regard qui véhicule tellement d'émotions. Mes yeux se posent sur ses lèvres à l'instant où sa langue fait son apparition.

Mon cœur bat la chamade. Mes mains se mettent à trembler, puis c'est mon corps qui suit. Sa bouche s'entrouvre. Je déglutis difficilement. Je ne sais plus quoi faire, quoi penser. Anaïs fait un pas en arrière pour rompre le contact, mais son corps reste tout de même près du mien. Mes pupilles plongées dans les siennes, je pourrais presque croire que nous sommes seuls au monde. C'est la deuxième fois que je ressens cela près d'elle depuis qu'on s'est retrouvés.

– On ferait mieux d'y aller, murmure-t-elle.

Mais elle ne bouge pas. On est tous les deux enlisés dans la sensation d'être à la croisée des chemins.

29

Anaïs

Qu'est-ce qui se passe ? Comment la présence d'Elijah peut-elle à ce point me perturber ? Je ne comprends pas ce qui nous arrive. Je secoue la tête et fais encore un pas en arrière, me séparant de sa chaleur. Je dois me focaliser sur la suite de mon plan, pas sur un homme. Pas sur lui. Je prends une profonde inspiration et mets plus de distance entre nous. Elijah glisse une main dans ses cheveux, aussi dérouté que moi. Au moins, je ne suis pas la seule à être perdue.

Je me remets en marche, Elijah sur les talons. On ne parle plus pendant les quelques mètres qui nous séparent de l'hôtel. La chair de poule couvre mes bras, mais je ne sais pas si cette sensation est due à ce qui a failli se produire ou à l'interview qui m'attend. Je me mords l'intérieur de la joue et essaie de mettre mon cerveau sur pause. Je dois faire le vide avant de me confronter à Laurent.

Lorsqu'on arrive, je m'enferme directement dans la salle de bains sans adresser un mot à Elijah. J'enlève le foulard qui cachait les marques autour de mon cou et revêts une chemise blanche, ainsi qu'un pantalon tailleur. Je redeviens l'épouse Fournier. Quand il m'a demandée en mariage, j'ai été plus que surprise. J'étais une femme à la dérive qui remontait tout juste la pente. J'étais passée de la studieuse future avocate, à une droguée puis à une serveuse dans un club de strip-tease, doublée d'une pilote automobile. Je n'avais rien d'une femme convenable pour un politicien. Je me disais que les critiques à mon égard seraient horribles. Elles le furent, mais Jules est passé outre. Il a prouvé à tout le monde qu'il était maître de son destin, qu'il faisait ses choix et les assumait. J'étais tellement fière, tellement heureuse de voir comment il se battait pour moi. Ce n'est que plus tard que j'ai compris la triste vérité. Il se battait seulement pour garder son punching-ball près de lui, sans quoi il aurait dû en chercher un autre. Mes mâchoires se serrent. Aujourd'hui, c'est à mon tour de lui prouver qu'il a eu tort de me choisir.

J'ai un léger sursaut quand des coups sont frappés contre la porte.

– Anaïs, murmure Elijah, tu vas bien ?

Un dernier coup d'œil dans le miroir et je lui ouvre. Il a un mouvement de recul, car il ne s'attendait pas à ce que je le fasse sans lui répondre avant. Il me détaille, puis plonge son regard dans le mien. La tension qui m'habite s'évacue peu à peu.

– Je vais bien. Je me préparais.

Il hoche la tête et se décale pour me laisser passer.

– À quelle heure vont-ils arriver ?

Je prends mon téléphone et regarde l'heure.

– Ils ne devraient pas tarder.

Il s'assied sur le lit et me dévisage tandis que je reste debout près de la porte.

– Qu'est-ce que tu vas faire après l'interview ?

Je ne compte pas lui révéler le reste de mon plan parce qu'il voudra contrecarrer mes projets.

– Je ne sais pas. D'abord, on va voir ce que ça va donner, ensuite j'aviserai.

Il penche la tête sur le côté et j'ai la désagréable sensation qu'il lit en moi comme dans un livre ouvert et qu'il sait que je mens.

– Qu'est-ce que tu attends comme réaction précisément ?

– Ça dépend de qui. De son parti, qu'il le vire, de ses électeurs, qu'ils le renient, de sa mère, qu'elle soit déchue, et de lui... je n'attends rien.

Il hausse les sourcils, visiblement surpris.

– En ce qui le concerne, reprends-je, je veux seulement que la justice fasse son travail. Mais je sais que tout ça est illusoire. Finalement, je le fais simplement pour moi et celles qui ne peuvent plus le faire.

Mon téléphone sonne, m'annonçant l'arrivée d'un message.

– Ils viennent de se garer sur le parking, expliqué-je à Elijah.

Ma nervosité monte d'un cran. Je sens une main presser la mienne. Je redresse la tête et m'aperçois qu'il est près de moi. Je suis tellement sur les nerfs que je ne l'ai pas entendu s'approcher.

– Tout va bien se passer.

– Je sais. Ce n'est pas tant l'interview qui me stresse, c'est plus ce qui va en résulter après.

Je m'apprête à faire une interview qui sera rediffusée dans un journal télévisé à vingt heures. D'un coup, cette idée ne me paraît plus si bonne que ça.

– Je serai là.

Comme tu l'étais après l'enterrement de Vincent ?

Ces mots traversent mon esprit, mais je refuse de les exprimer à voix haute. Laurent frappe à la porte. J'inspire un grand coup tandis qu'Elijah va lui ouvrir. Ils se serrent la main, puis Elijah s'efface pour le laisser entrer.

– Comment tu vas ? me demande Laurent en me scrutant.

– Mieux, réponds-je laconiquement.

Il hoche la tête, pas convaincu.

– J'ai le matériel dans la voiture, mais tu peux encore changer d'avis.

– Je n'en ai pas envie.

Il sort son téléphone et avertit sûrement son collègue de monter avec le matériel. Laurent balaie la pièce du regard et fait une moue affligée.

– Chez toi aurait été mieux.

– J'ai été cambriolée hier, alors la maison n'est pas en état pour une entrevue filmée.

Laurent me regarde avec des yeux ronds.

– Tu comptais m'en parler quand ?

Je lève les yeux au ciel.

– Avant l'interview.

Il soupire et secoue la tête.

– Pourquoi ça ne m'étonne pas ?

– Parce que tu me connais ? rétorqué-je, un petit sourire sur les lèvres.

– Hélas… hélas.

De légers coups résonnent contre la porte. Elijah ouvre et tombe sur un homme brun, de larges épaules et un corps tout aussi épais.

– Entre, s'exclame Laurent. Je vous présente Cédric. Il va installer tout ça et on pourra commencer.

Je m'assieds sur le lit et observe les faits et gestes des deux hommes. Ma jambe tressaute et mes doigts tapent en rythme sur la couverture. Elijah s'assied près de moi et attrape ma main. Je la serre de toutes mes forces.

– C'est bon, on est prêts. Et toi ? me demande Laurent.

J'opine d'un mouvement de tête et me redresse. Je m'installe face à Laurent et croise les jambes. Il me regarde longuement, jaugeant probablement jusqu'où il peut aller. On a déjà vu ensemble les questions qu'il me poserait, mais aujourd'hui mon état d'esprit a un peu changé. Étrangement, je suis plus fragile qu'au moment où j'ai fait appel à lui. Peut-être est-ce dû à la présence d'Elijah. Ce dernier se tient dans un coin de la pièce, adossé à un mur, les bras croisés et les yeux rivés sur moi. Je m'appuie sur l'assurance et le sentiment de sécurité qu'il dégage. Je fais fi de la lumière et de la caméra et reporte mon attention sur Laurent. Je ne peux me permettre de faire machine arrière. J'adresse un hochement de tête à Laurent et on commence.

– Bonjour, madame Fournier. Merci d'avoir accepté cette rencontre.

Nous savons tous les deux que la demande vient de moi et non de sa chaîne, même si elle est heureuse d'avoir le scoop.

– Bonjour, monsieur Benoit.

– Ce n'est pas dans mes habitudes de tourner autour du pot, alors nous allons entrer dans le vif du sujet. Il y a quelques jours, vous avez accordé une interview-choc à une revue, avec photos à l'appui, dans laquelle vous accusiez votre mari, Jules Fournier, de violence conjugale.

– C'est exact. Je voulais faire réagir les gens et je sais que s'il n'y avait pas eu de photos, on ne m'aurait pas crue.

– Pourquoi ne pas avoir porté plainte tout simplement ?

– Tout simplement ? répété-je, les sourcils haussés. Rien n'est simple quand on est victime de violence conjugale. Rien ne l'est quand il s'agit d'un homme de pouvoir. Vous pensez réellement que l'histoire n'aurait pas été étouffée ? Ou qu'il n'aurait pas trouvé un moyen de passer pour un ange ?

– Certes, mais la justice est là pour que ça n'arrive pas.

J'éclate d'un rire sans joie.

– Allez dire ça à toutes les femmes dont les maris s'en sont sortis avec une simple tape sur les doigts. Ou à qui on a dit de déposer une main courante au lieu d'une plainte. La justice n'est pas toujours impartiale, monsieur Benoit. Et parfois, il est trop tard pour qu'elle nous aide.

– Que voulez-vous dire ?

Je sors un peu de ce qu'on avait prévu, mais les choses ont changé. Jules est allé plus loin, à moi d'en faire autant.

– Ce que j'ai dit.

J'inspire profondément et reprends :

– Les photos parues dans le magazine ne sont pas là pour faire le buzz ou je ne sais quoi, elles sont là pour montrer que ça arrive. Ce n'est pas la première fois que Jules lève la main sur moi. Mais à part la violence physique, il y a aussi la violence morale. Les menaces. Les dénigrements. Ces photos sont là pour montrer que derrière n'importe quel masque de respectabilité peut se trouver un être cruel et sans scrupules. Malheureusement, je ne suis qu'une femme parmi tant d'autres. Mais si ma voix, mon histoire peuvent en aider quelques-unes, je veux bien me mettre en danger. Ce que j'ai fait. Quand mon mari a appris l'existence de cet article la veille de sa sortie, il m'a agressée. Les marques sur mon cou le prouvent, les déclarations des témoins présents le prouvent aussi. Ce soir-là, j'ai failli ne jamais rentrer chez moi, parce que j'ai dit « ça suffit ». Combien de femmes sont mortes sous les coups de leur conjoint ? Combien de voisins, de collègues étaient au courant et ont fait semblant de ne rien voir ? Je sais qu'il arrive qu'on refuse des mains tendues, mais parfois quand on sait, quand on sent qu'il est temps de dire stop, on aimerait savoir vers qui se tourner. Un ami ? Un membre de la famille ? La police ? On aimerait être soutenue sans avoir peur des représailles. On aimerait pouvoir souffler et se reconstruire. Donc non, rien n'est simple.

Laurent reste un instant silencieux, je le sens touché par mon discours même si son visage garde un air impassible.

– Qu'est-ce que vous allez faire à présent ?

Je jette un coup d'œil à Elijah.

– Continuer de vivre et faire en sorte que Jules soit puni pour ses crimes, même si ça veut dire que mon nom sera traîné dans la boue.

– Pourquoi le serait-il ? m'interroge Laurent.

– Je sais parfaitement comment ça marche. On décrédibilise la victime, puis on se fait passer pour une personne tout à fait respectable, incapable de perpétrer de tels méfaits. Je n'ai pas eu une vie facile, j'ai commis des erreurs, mais ce sont les miennes, et je les assume. Pour autant, je ne mérite pas ce que j'ai vécu, aucune femme, aucun homme ne le mérite.

– Qu'attendez-vous de la justice ?

Sa question fait écho à celle d'Elijah. Je pourrais lui donner la même réponse, mais je préfère taire mes craintes.

– Qu'elle fasse son travail. Qu'elle protège les personnes à qui cela arrive. Je ne vis pas dans le monde des Bisounours, mais je souhaiterais un peu plus de sécurité pour les plaignants.

– Merci, madame Fournier, d'avoir pris le temps de répondre à nos questions.

Je lui adresse un hochement de tête, puis Cédric éteint la caméra ainsi que la lumière. Laurent se renfrogne dans son siège et me dévisage.

– Tu sais que je t'aurais tendu la main si j'avais été au courant plus tôt.

J'opine de la tête.

– Je sais, mais je n'étais pas prête. Et tu m'as aidée, tu le fais encore aujourd'hui.

– J'ai l'impression que ce n'est pas assez, soupire-t-il.

– C'est parce que tu es un chic type, Laurent.

– Mouais, réplique-t-il.

Il se lève et se passe une main sur la nuque.

– On va au studio télé pour tout finaliser et être dans les temps pour ce soir. Je te tiens au courant.

– Parfait. Et encore merci, Laurent.

– Ne me remercie pas. Je n'ai fait que te poser des questions.

– Tu sais que c'est faux. Tu te mouilles pour moi, pour que je me fasse entendre. Alors ça vaut bien des remerciements.

Il secoue la tête, puis me serre délicatement dans ses bras comme si j'étais un être fragile sur le point de se briser. Je remercie d'un mouvement de tête Cédric et les observe quitter la chambre. Le silence est pesant lorsqu'ils ferment la porte. Elijah n'a pas bougé de sa place, son regard est toujours fixé sur moi.

– Qu'est-ce qui se passe ?

– Je me demande comment tu fais pour ne pas la voir.

Je fronce les sourcils, ne comprenant pas de quoi il parle.

– Ta force, explique-t-il, voyant mon air interrogateur. Tu n'es pas qu'une victime, Anaïs. Tu es aussi une battante, une survivante.

Ma gorge se noue, je cligne des paupières pour empêcher les larmes de couler.

– Je suis beaucoup de choses, Elijah, mais pas ça.

Il se rapproche de moi, comblant la distance qui nous sépare, et prend mon visage en coupe. Mon corps frissonne, j'humidifie mes lèvres sèches. Ses mains sont sur mes joues, mais j'ai la sensation qu'elles se promènent partout sur ma peau. L'espace d'un instant, mon cerveau se met sur pause et je savoure pleinement la proximité d'Elijah, son parfum qui titille mes sens, les battements de mon cœur redoublant d'intensité.

– Tu ne te vois pas comme je te vois. Tu ne vois pas la femme belle, puissante et incroyable que tu es.

Je secoue la tête, des négations sur le bord de la langue, mais Elijah ne me laisse pas le temps de parler.

– Je sais ce que je vois. Je sais qui tu es devenue. Tu es une femme avec de grandes convictions, avec un cœur immense. Une femme qui mérite qu'on parle d'elle en bien.

Les larmes finissent par déborder et glissent le long de mes joues. Les pouces d'Elijah les essuient tendrement. Mon cœur bat à un rythme effréné, j'ai la sensation qu'il va sortir de ma poitrine et se lover contre le sien pour être plus près de lui. J'ancre mon regard dans le sien. Un sentiment de plénitude m'étreint. Je devrais me détacher de lui, mais je ne peux pas. Je pose mon front contre son torse et prends une profonde inspiration. Ses bras se resserrent autour de moi. Je ferme les yeux et me détends.

Ça fait tellement longtemps que je ne me suis pas abandonnée de la sorte. J'avais oublié à quel point c'est important de se reposer sur autrui de temps en temps. Je cale ma respiration sur la sienne. Je ne sais même pas pourquoi je pleure. À cause du chamboulement provoqué par le retour d'Elijah ? De la fin de ma carrière de pilote ? À cause de l'enfer que m'a fait vivre Jules ? De la mort d'Henri ? De la perte de ma seconde famille ? De tout cela à la fois ? Je crois bien que c'est ça. Mes larmes me libèrent de ces émotions refoulées depuis des années.

– Anaïs, murmure Elijah, regarde-moi.

Je n'ose pas affronter son regard, je ne veux pas y voir la pitié qu'il doit ressentir pour moi. Il recule d'un pas et m'oblige à relever le menton. Aucune trace de pitié dans ses iris, seulement une immense tristesse, mais aussi quelque chose d'autre que je n'arrive pas à identifier.

– Cette fois, je serai là et je me battrai à tes côtés.

– Je ne veux pas que tu sois mêlé à cette histoire.

– C'est de ta vie qu'on parle et je veux en faire partie.

Mon cœur s'apaise un peu.

– D'accord.

– Bien, réplique-t-il en essuyant mes larmes. Qu'est-ce que tu veux faire maintenant ?

Je serais bien restée dans cette chambre d'hôtel pour me rouler en boule et pleurer, mais j'ai encore trop de choses à faire.

– Il faut que je déclare la dégradation de ma voiture à la police et à mon assurance. Et que je fasse le tri dans ce que je peux garder chez Henri.

– Dans ce cas, allons-y. On n'aura peut-être pas le temps de tout faire aujourd'hui, mais on y retournera demain s'il le faut.

Demain. Normalement, j'aurais dû mettre les voiles dès la fin de l'interview, mais je dois m'occuper de ça avant. Je ne fais que repousser mon départ.

Tu partirais alors que tu viens à peine de le retrouver ?

Si c'est la seule façon de le garder en sécurité, je le ferai sans hésiter.

Comme je l'avais fait remarquer à Elijah, ma voiture n'a pas changé de place. Elle est toujours là, ses quatre pneus à plat. Je prends des photos des lacérations bien visibles sur chacun d'entre eux et appelle mon assurance tout en montant les marches qui mènent à la maison. La colère d'Elijah me brûle le dos. Il n'a pas dit un mot tandis que je faisais le tour de mon véhicule, mais j'ai vu plus d'une fois ses poings se serrer. Je prends une grande inspiration et déverrouille la porte. Le chaos à l'intérieur me brise toujours autant le cœur. Comment Jules a-t-il pu commanditer la destruction de biens appartenant à son défunt père ? Ça me dépasse, comme tout ce qui le concerne.

– Par quoi tu veux commencer ? me demande Elijah en se plaçant à mes côtés.

Je fais un tour sur moi-même puis pousse un soupir.

– Pourquoi pas le salon ?

Il attrape ma main qu'il serre fort avant de traverser le salon pour s'y rendre. Je le regarde se déplacer, tel un guerrier sur la voie de la vengeance. Prêt à l'affrontement. Prêt à se battre pour moi, et mon cœur se met à cogner plus fort.

30

Elijah

Il nous aura fallu près de trois jours pour faire le tri et jeter ce qui était en mauvais état. J'ai vu plusieurs fois les yeux d'Anaïs s'embuer sans qu'elle laisse ses larmes couler. Elle a décidé qu'elle ne craquerait pas. Je l'ai épaulée du mieux que j'ai pu, mais je me suis senti parfois inutile face à sa peine. Son interview a été diffusée le soir même de sa réalisation, et comme elle l'avait prédit, quelques journaux ont ressorti tout ce qui est arrivé dans sa vie. Les gros titres ont été racoleurs. Nous n'avons pas allumé la télévision, j'ai tout fait pour l'éloigner des magazines. Mais en naviguant de temps en temps sur les réseaux sociaux, il était facile de tomber sur un de ces articles. Assis sur les marches derrière la maison, j'en découvre un. Je serre tellement fort mon téléphone que c'est un miracle qu'il n'explose pas entre mes doigts. Quelles bandes d'abrutis ! Heureusement, elle reçoit aussi des messages de soutien que je lui lis dès que j'en ai l'occasion.

Je relève la tête de mon écran et la regarde se dépenser dans la piscine.

Quelque chose a changé entre nous. Il y a une attraction qui me perturbe et me trouble. Les sentiments que j'éprouvais pour elle à l'époque ne sont rien comparés à ceux d'aujourd'hui. Pourquoi sont-ils aussi forts ? Peut-être parce que nous sommes différents à présent. Nos âmes et nos cœurs ont changé de bien des façons. J'abandonne mon téléphone par terre et pose mes coudes sur mes genoux. Je lui ai dit que je serais présent pour elle, mais je ne sais pas quelle est la suite de son plan. Que compte-t-elle faire maintenant ? Rester ici pour toujours ? Aucun journaliste n'est venu frapper à la porte, mais rien ne dit que ça n'arrivera pas. Je ne sais absolument pas quoi faire. J'ai appelé Lefebvre pour le tenir informé et lui dire que je prenais quelques jours de repos. Heureusement, tous les gros dossiers ont été traités avant la plainte de Jules.

Anaïs sort de la piscine, rompant le fil de mes pensées. L'eau glisse sur sa peau mate et mon souffle se raréfie. Elle essore ses cheveux et attrape une serviette avant de se draper dedans. Je ne peux pas me voiler la face, je sais pourquoi mon corps réagit de cette façon à sa présence. Il la désire, la veut. Nos rapports ont changé. On a retrouvé une complicité, mais elle est différente. Elle est plus intime, alors que je ne lui ai pas avoué ce que je ressens.

De sa démarche envoûtante, Anaïs avance vers moi.

– Tu devrais vraiment piquer une tête tant qu'il fait encore beau. Il pleut ce week-end.

– Je sais, mais je n'ai pas de maillot de bain.

– Il y a un magasin de sport en bas de la rue, tu devrais trouver ton bonheur.

Je ne l'ai pas quittée d'une semelle depuis que nous sommes ici. J'avoue que je rechigne à sortir sans elle. J'ai un mauvais pressentiment, alors je secoue la tête.

– Elijah, grogne-t-elle, je ne vais pas m'envoler. Je serai toujours là à ton retour.

– Bon, d'accord.

Je me redresse et me trouve debout face à cette déesse,

enchanteresse malgré elle. Encore une fois, notre proximité rend l'air électrique. Je serre les poings pour ne pas laisser mes mains vagabonder sur son corps. Je doute qu'elle s'abandonne à moi ainsi. Son regard s'empare de moi, de mon âme, et je ne fais rien pour l'en empêcher. À l'instar des autres fois, c'est Anaïs qui fait un pas en arrière pour rompre l'alchimie, mais elle est toujours palpable.

– Je reviens vite.

Elle lève les yeux au ciel tandis qu'elle se rend dans la cuisine.

– Je vais faire à manger pendant ce temps-là.

– Ne brûle rien ! m'exclamé-je en mettant mes chaussures.

– Eh ! réplique-t-elle, le regard noir, je me suis améliorée !

– Va dire ça au riz trop cuit d'hier.

Elle me lance un gobelet en plastique que j'esquive de peu en riant.

– À tout à l'heure.

Pour toute réponse, je ne reçois que des grommellements. Le sourire ne quitte pas mes lèvres pendant le trajet jusqu'au magasin. Je jette rapidement mon dévolu sur un short de bain. J'en profite pour prendre des tee-shirts, car je n'avais pas prévu de rester aussi longtemps loin de chez moi. Je grogne lorsque j'arrive à la caisse, il n'y en a qu'une d'ouverte et ils n'ont pas l'air décidés à changer ça. La queue est si longue que j'hésite à faire demi-tour et à tout laisser, mais j'ai besoin de ces vêtements. Je soupire et prends mon mal en patience. Les clients devant moi râlent, et au bout d'une dizaine de minutes, une autre caisse ouvre. Les gens se jettent dessus, je n'ai pratiquement plus personne devant moi de sorte que je peux enfin régler mes achats.

En arrivant près de chez Anaïs, le mauvais pressentiment qui m'assaillait plus tôt avant de partir revient en force. Je tente de détendre mes épaules crispées, mais rien n'y fait. Je presse le pas et me fige quelques secondes devant la porte entrouverte. Est-ce que je l'aurais mal fermée ? Je fronce les sourcils, puis ma respiration se bloque à l'idée que c'est le cambrioleur payé par Jules qui est venu terminer ce qu'il a commencé. Je cours et monte quatre à quatre les marches. Je lâche mon sac dans l'entrée et tends l'oreille à l'affût du moindre bruit, mais je n'entends rien. Par contre, je sens une odeur de brûlé.

– Anaïs ? crié-je, de plus en plus angoissé.

Aucune réponse. Je longe le couloir et fouille du regard le salon sans voir personne, ni rien d'anormal. Je continue jusque dans la cuisine et éteins le feu sous une casserole de pâtes.

– Anaïs ? l'appelé-je de nouveau.

Mon corps tout entier se crispe et mes poings sont si serrés que j'ai peur d'en casser les os. Je jette un coup d'œil dehors et n'aperçois personne. Il ne reste que l'étage. J'inspire profondément. Elle va bien. Peut-être qu'en répétant ces mots, je vais finir par y croire. De la vapeur sort en dessous de la porte de la douche. Plus je me rapproche, plus l'écoulement de l'eau se fait entendre. Puis une phrase sur le mur me saute aux yeux et me tétanise.

Tout se paie un jour.

Ce matin encore, elle n'y était pas. La sueur coule le long de mon échine et mes yeux s'embuent. Elle est saine et sauve. C'est impossible autrement. Je m'arrête devant la porte de la salle de bains et tourne la poignée. Mes yeux se posent directement sur elle. Complètement nue. En train de prendre sa douche. Je relâche mon souffle ainsi que la poignée qui fait du bruit en se repositionnant. Anaïs se tourne d'un coup et pousse un cri en me voyant.

– Putain, Eli ! Qu'est-ce que tu fous là ?

– Je…

Je secoue la tête et tente de reprendre mes esprits et de reléguer mon affolement au fond de mon cerveau.

– Désolé, j'ai pris peur.

Elle fronce les sourcils, puis attrape rapidement une serviette pour se couvrir. Même comme ça, malgré la situation, je sais que la vision de son corps tout en courbes a marqué à jamais mon esprit.

– Qu'est-ce qui se passe ?

– Quand je suis arrivé, la porte d'entrée était ouverte et tu ne répondais pas. Avec l'odeur des pâtes brûlées, je me suis inquiété.

– Oh, mon Dieu, les pâtes !

– Ce n'est pas le plus important, murmuré-je en me passant une main sur le visage. Quelqu'un est entré ici.

Anaïs accuse le coup et s'appuie contre le lavabo.

– Tu as peut-être oublié de fermer la porte ?

– Non, grogné-je. Il y a une inscription sur le mur.

La peur prend possession de son regard et son corps se met à frissonner.

– Où ça ? murmure-t-elle.

– Juste à côté de la salle de bains.

Ses jambes cèdent et je la retiens de justesse.

– Est-ce que ça va aller ? Je dois aller vérifier qu'il n'y a personne.

Ses doigts s'agrippent à mon tee-shirt.

– Non, n'y va pas ! Ça pourrait être dangereux !

– Tout autant que de rester ici. Ne t'inquiète pas, ça va aller. Ferme à clé derrière moi.

J'embrasse son front et sors le plus discrètement possible de la salle de bains. Les poings serrés, je fais le tour de chaque pièce et du jardin sans trouver personne. Mes épaules se détendent, mais la tension que je ressens ne s'évanouit pas totalement.

– Anaïs, c'est moi, dis-je en frappant contre la porte.

Elle m'ouvre, habillée d'une jupe et d'un tee-shirt.

– Une personne était présente pendant que je prenais ma douche, dit-elle, l'angoisse perceptible dans sa voix. Oh, mon Dieu, ça recommence.

– Comment ça ? lui demandé-je en la serrant contre moi.

– Le jour où j'ai récupéré mes affaires au club, il y a eu un intrus pendant que j'étais dans les vestiaires en train de prendre ma douche.

Je m'écarte légèrement, inquiet.

– Tu l'as signalé à la police ?

Elle secoue la tête.

– Mais pourquoi ?

– Je pensais que c'était quelqu'un embauché par mon mari et je voulais m'occuper de Jules avant de faire appel à la police. Sur le coup, je pensais que c'était simplement pour me faire passer un message. Comme quoi je suis surveillée. Je ne le croyais pas capable de recommencer.

– Tu te rends compte des risques que tu as pris ?

Elle se détache de moi et s'appuie contre le lavabo.

– Des risques, j'en ai pris pendant toutes ces années ! rétorque-t-elle, le regard flamboyant. Je savais très bien ce que je faisais.

Je me passe une main sur la nuque et serre les mâchoires.

– Est-ce que maintenant tu rechignes encore à faire appel à la police ?

– Non, je ne suis pas stupide, Elijah ! Je sais très bien qu'il a franchi un cap dans ses menaces.

– D'accord. On devrait le faire tout de suite alors.

Elle hoche la tête et me suit quand je sors de la salle de bains. Ses pieds se figent et son corps se crispe devant le message.

– Maintenant, je suis certaine que c'est lui.

– La police dira le contraire.

– Je sais, grogne-t-elle.

On descend et on refait le tour de la maison à la recherche d'autres messages, mais nous n'en trouvons pas. Pendant qu'Anaïs appelle la police, je fais du café. Je sens qu'elle va en avoir besoin. À l'instant où je lui tends une tasse, des agents de police arrivent sur le seuil de la porte d'entrée. Et c'est reparti pour le même cirque qu'il y a quelques jours. Des questions, des recherches d'empreintes. Le temps que tout ça se finisse, le soleil se couche. Anaïs s'assied lourdement sur le canapé et fixe son regard sur le jardin à travers les fenêtres.

– Tu ne peux pas rester ici, dis-je en prenant place face à elle.

– Ce n'était pas prévu, répond-elle sans me regarder. Si je m'en étais tenue à mon plan, je ne devrais même pas être là.

La peur m'étreint face à son ton dépourvu d'émotion.

– Et où devais-tu aller ?

– Loin d'ici, réplique-t-elle.

Ses yeux se posent enfin sur moi et me poignardent en plein cœur. Il y a un vide dans son regard qui me terrifie, puis elle cligne des paupières, et c'est comme si j'avais rêvé.

– Tu ne peux pas quitter le pays.

Elle hausse les épaules et reporte son attention dehors.

– C'est ce que tu vas faire, n'est-ce pas ? lui demandé-je dans un souffle.

Mon cerveau imagine mille scénarios de ce qu'elle pourrait faire et tous, sans aucune exception, me font éprouver une frayeur sans nom, parce qu'elle ne voudra pas de moi. Je ne pourrai pas la protéger, peu importe si elle ne court aucun danger, c'est ce que souhaitent mon âme et mon cœur. Je veux être près d'elle.

– C'était ce que je devais faire. C'est ce qui serait le plus raisonnable. Mais aujourd'hui, j'ai pris conscience qu'il me retrouvera toujours, que je sois en France ou ailleurs.

– Alors faisons en sorte qu'il comprenne qu'il aurait plus à perdre en te harcelant de la sorte.

– Et comment comptes-tu faire ça ?

Je grimace et m'adosse contre le fauteuil.

– Je n'y ai pas réfléchi. Mais une chose est sûre, on doit partir d'ici !

– On ? rétorque-t-elle, les sourcils haussés. Elijah, tu ne vas pas t'impliquer davantage. Il n'hésitera pas un instant à te prendre pour cible.

– J'accepte ce risque.

Elle plonge ses iris dans les miens, à la recherche de quelque chose. J'ai la sensation qu'elle passe mon âme brisée à la loupe, examinant chaque fissure.

– Je ne pourrai pas te faire changer d'avis, hein ?

C'est plus une affirmation qu'une question, alors je me contente de la regarder. Elle soupire, puis se lève. Elle avance, s'arrête juste devant moi et se hausse sur la pointe des pieds pour déposer un baiser sur ma joue. Mon cœur rate plusieurs battements.

– Merci, murmure-t-elle contre ma peau.

Je sens encore ses lèvres quand elle s'éloigne pour se rendre dans la cuisine. Je refoule mon envie de lui courir après pour la prendre dans mes bras et l'embrasser jusqu'à en perdre le souffle. Quand elle revient, nos tasses de nouveau remplies de café, elle se mordille la lèvre en s'asseyant.

– Tu pourrais venir chez moi.

– Je ne vais pas m'installer chez toi !

– Et pourquoi pas ?

Elle ouvre la bouche pour répondre, mais ne trouve aucune excuse valable.

– On ferait mieux de partir dès ce soir.

– Ce soir, ce n'est pas possible, je ne récupère ma voiture que demain.

– Demain matin dans ce cas.

Elle hoche la tête et avale une gorgée de café. Elle ferme les yeux et appuie l'arrière de sa tête contre le dossier du canapé. Je pose ma tasse et me redresse. Je m'assieds sur la table basse face à elle et attrape sa jambe. Elle a un sursaut et tente de récupérer son pied, mais je raffermis ma prise.

– Qu'est-ce que tu fais ? murmure-t-elle.

– Je prends soin de toi. Maintenant, tais-toi et profite.

Elle lâche un petit rire puis se renfonce dans le canapé. Je pose son pied sur ma cuisse et commence à masser son mollet avant de descendre sur sa cheville. Elle pousse un soupir de contentement et son visage se détend.

– Je comprends mieux pourquoi elle est tombée amoureuse de toi.

Je me fige et relève les yeux.

– De qui tu parles ?

– De ton ex. Si tu lui faisais des massages comme ça, c'est normal. Tu as des doigts de fée.

– Alors pour commencer, ne dis jamais que j'ai des doigts de fée !

Elle éclate de rire et agite sa jambe pour me dire de continuer.

– Ensuite, je ne lui ai jamais fait ça.

Elle ouvre grand les yeux et me dévisage.

– Ben merde ! Elle a raté un sacré truc.

Je ris et la masse jusqu'à être certain qu'elle est totalement détendue.

Au moment d'aller nous coucher, je vérifie chaque porte. Même si ça n'a pas arrêté le cambrioleur plus tôt, ça nous rassure. À l'instant où je m'apprête à entrer dans ma chambre, Anaïs m'interpelle. Elle triture ses doigts avant de prendre une profonde inspiration.

– Tu veux bien dormir avec moi ? Je me sentirais plus en sécurité.

Mon cœur se gonfle et est sur le point d'exploser. C'est la première fois qu'elle s'appuie sur moi et l'effet que ça a sur mon être est indescriptible.

– Bien sûr. J'espère seulement que ton lit est suffisamment grand, sinon c'est toi qui dors par terre, dis-je d'un ton léger.

Elle rit et ouvre un peu plus sa porte avant de disparaître dans la pièce. Je la suis.

– Est-ce que cela vous convient ? me demande-t-elle, le regard pétillant.

– C'est parfait, très chère.

Elle m'adresse un petit sourire et s'assied sur le lit, les coudes posés sur ses cuisses. Je m'installe près d'elle et attends.

– Tu veux regarder la télé ?

– Pourquoi pas ? réponds-je en haussant les épaules.

Elle attrape la télécommande, puis se met sous les couvertures avant d'allumer la télévision, tandis que je m'allonge. Elle zappe de chaîne en chaîne et arrête son choix sur une émission de pâtisserie.

– Tu penses apprendre quelque chose ou c'est simplement pour t'allécher sans pouvoir assouvir tes envies ?

Elle me donne un coup d'oreiller.

– Tu serais épaté de voir ce que je suis capable de faire en pâtisserie, rétorque-t-elle, le regard noir.

– J'ai hâte de voir ça !

– Tu feras moins le malin.

Puis on se tait et on regarde l'émission jusqu'au bout. Tout du long, Anaïs n'a pas cessé de faire des commentaires et de saliver devant l'écran. Elle se pelotonne contre moi quand la rediffusion de la semaine dernière suit et finit par s'endormir. Malgré la menace qui pèse sur elle, je ne me suis jamais senti aussi apaisé que ce soir.

31

Anaïs

Une nuit sans cauchemar. Enfin une. Bien que j'aie eu un peu chaud, j'ai très bien dormi. Mes paupières papillonnent puis s'ouvrent totalement. Mon regard se fige sur un torse qui se soulève doucement. Torse sur lequel repose ma tête. Mes yeux s'agrandissent d'effroi quand je comprends que je suis allongée sur Elijah et que son bras m'entoure. Le plus lentement possible, je me détache de lui. Du moins, j'essaie de le faire, mais son étreinte se resserre. Je grimace et lève le regard sur son visage. Il est serein. Je crispe les poings pour ne pas en dessiner les contours. Mais malgré moi, mes doigts se mettent à courir sur sa peau. Je regarde, fascinée, troublée, son corps se couvrir de frissons. Mes yeux remontent le long de son bras et s'arrêtent au creux de son cou où son pouls bat follement. Je me mordille les lèvres pour me retenir de poursuivre mes effleurements. Elijah se met à bouger. Je retire vivement mes doigts, espérant ne pas avoir été prise en flagrant délit. Si c'est le cas, il n'en laisse rien paraître et m'adresse un sourire qu'il m'est difficile de ne pas lui rendre. Son bras est toujours autour de ma poitrine, mais cela n'a pas l'air de le déranger plus que ça.

– Bien dormi ? me demande-t-il d'une voix rauque.

– Apparemment, dis-je en désignant notre position, et toi ?

– Apparemment, répète-t-il, espiègle.

Je secoue la tête et me redresse. Je m'appuie contre la tête de lit et croise les jambes.

– Tu veux toujours que je m'installe chez toi ?

Il met les bras derrière sa nuque et lève le regard sur le plafond.

– Bien sûr ! Pourquoi aurais-je changé d'avis ?

– Je ne sais pas. On dit que la nuit porte conseil.

– Eh bien, celle-là ne m'a rien apporté, réplique-t-il, pince-sans-rire.

Je lève les yeux au ciel et lui donne une tape sur le bras.

– Tu sais très bien ce que je veux dire.

Il soupire et se met sur le ventre.

– Je ne t'ai pas proposé de venir chez moi pour changer d'avis cinq minutes plus tard.

– D'accord. Je vais emballer les affaires que j'emporte alors.

Soudain, le téléphone d'Elijah sonne. Il maugrée et se lève pour aller le chercher dans son jean posé sur une chaise. Il a dû l'enlever pour dormir, car je suis certaine qu'il n'était pas en boxer en se couchant. Du coup, il m'offre une vue parfaite sur son postérieur et je mentirais si je disais que je ne regarde pas du tout.

– C'est mon patron, je dois décrocher.

– Vas-y, dis-je en descendant du lit. Je vais préparer le petit déjeuner.

– Ne brûle rien.

Je lui offre mon majeur et ferme la porte sur son rire. Mon Dieu, ce qu'il m'avait manqué. Je perds mon sourire lorsque je vois l'inscription sur le mur. Un frisson parcourt mon échine. Jules devient de plus en plus menaçant et je vais devoir rester sur mes gardes. J'inspire profondément et descends. Je vérifie que toutes les portes sont fermées et qu'il n'y a pas eu de nouvelles effractions. Je suis étonnée d'avoir si bien dormi alors qu'une personne pouvait entrer à tout instant ici. Peut-être est-ce dû à la présence d'Elijah. Je secoue la tête. Je ne dois pas trop me reposer sur lui, même si être près de lui me rend plus… heureuse.

Je m'affaire dans la cuisine pour ne plus penser à ce que je vais faire concernant Jules, le circuit, Elijah. Ma vie. Je suis en train de remplir des tasses de café, une des seules choses encore intactes après le passage du cambrioleur, quand Elijah me rejoint, la mine renfrognée.

– Qu'est-ce qui se passe ? l'interrogé-je en poussant un mug vers lui.

– Je vais avoir droit à une confrontation avec Fournier, répond-il en soufflant sur son café.

Je repose ma tasse et le regarde avec des yeux ronds.

– Une confrontation ? Ils comptent vraiment emprunter cette voie ?

– Selon Lefebvre, c'est parce que, pour l'instant, c'est ma parole contre la sienne, soupire-t-il.

– Et les témoins ?

– Pas encore auditionnés.

J'appuie mes mains contre le granit du plan de travail et baisse la tête avant d'inspirer longuement. La machine Jules est en branle.

– Ne t'inquiète pas, ça va bien se passer, tente de me rassurer Elijah.

– Tu ne peux pas être certain de ça.

– Lefebvre sera présent et ne laissera rien passer.

J'opine d'un mouvement de tête, même si mon angoisse est toujours là.

– Je lui ai dit que je ne serai disponible qu'à partir de demain. On verra quand ils veulent faire ça.

Je fais taire les pensées négatives qui m'assaillent et plonge mon regard dans le sien qui est confiant.

– On ferait mieux de manger en vitesse et de partir alors.

Il acquiesce. J'attrape ma tasse de café et on monte pour boucler nos valises. Je fais mine de ne pas voir le message sur le mur et ouvre la porte de la chambre. Je jette un coup d'œil autour de moi pour être sûre de ne rien avoir oublié. Lorsque je redescends, Elijah est en train de faire la vaisselle. Je pose mon mug dans l'évier et prends un torchon pour essuyer. On s'active en silence, comme si tout cela était naturel. Et peut-être que ça l'est.

– Tu me déposes au garage et je te suis ?

– Oui.

On fait chacun le tour pour tout fermer et nous sortons de la maison. Je lève les yeux sur la demeure. J'aimerais la garder et pouvoir y revenir, mais je ne pense pas que ça sera possible. Pas avec Jules qui me menace dès qu'il en a l'occasion. Elijah met mes trois valises ainsi que la sienne dans le coffre de sa voiture.

– Anaïs, m'interpelle-t-il.

– Oui ? dis-je en me retournant.

Soudain, il me lance les clés de son véhicule que j'attrape à la volée. Je lui jette un regard interrogateur.

– J'ai besoin de repos, m'explique-t-il avec un clin d'œil.

Le garage a beau être dans la ville voisine, je sais que c'est seulement pour me faire plaisir. Je passe une main amoureuse sur la carrosserie, puis m'installe derrière le volant. Elijah m'observe, les yeux pétillants.

– En route.

Je ronronne presque de plaisir en démarrant. Rien ne vaut une bonne voiture avec un moteur qui lui va parfaitement. Le trajet jusqu'au garage me semble trop court, mais je suis heureuse de retrouver mon véhicule. Je signe les factures et le récupère.

– C'est parti, s'exclame Elijah.

Nos voitures étant équipées de kits mains libres Bluetooth, on les active et on s'amuse à se vanner tout le long de la route sur nos conduites respectives, à chanter faux. C'est comme si l'on était dans le même véhicule. On fait régulièrement des pauses, du coup on arrive très tard à Paris. Tandis qu'il rentre dans son garage, je fais le tour du pâté de maisons. Je suis exténuée quand je trouve enfin une place près de chez lui. Mes valises étant toujours dans son coffre, je n'ai qu'à prendre mon sac à main. Je le rejoins devant la porte de son immeuble.

– J'ai déjà monté nos affaires.

– OK.

Ma nervosité grimpe en flèche en même temps que l'ascenseur. Une odeur de café m'accueille quand Elijah ouvre la porte. Nos valises encombrent un peu le couloir d'entrée. J'inspire profondément et le suis. Mon regard se pose sur la cheminée en marbre, sur les moulures qui ornent les murs, et le parquet qui apporte une touche d'ancien.

– Waouh ! C'est classe !

– Merci, répond-il, un peu gêné.

Je souris puis m'affale dans le canapé en cuir. Elijah me tend une tasse par-dessus mon épaule.

– L'homme parfait !

– Presque, rétorque-t-il en s'asseyant près de moi.

Je bâille à m'en décrocher la mâchoire.

– On ferait mieux d'aller se reposer. Je vais ranger la chambre, tu pourras te coucher après, dit-il en se levant.

– Tu veux dire qu'il y a des vêtements éparpillés partout ?

– Fini le temps où je comptais sur vous pour tout ramasser après nos soirées de beuverie en vous faisant croire que c'était votre faute.

J'éclate de rire.

– Ça n'a jamais marché avec moi.

Il se retourne avant d'arriver dans la chambre.

– Oh, je me souviens d'une fois, particulièrement gênante, où tu t'es retrouvée à nettoyer de fond en comble mon studio avec Vincent.

Mon esprit rejoue ce lendemain de soirée difficile et j'éclate de rire.

– D'accord, j'admets que ça a marché *une* fois.

– Je n'ai pas eu à faire le ménage pendant une semaine chez moi, ça valait largement le coup.

Je lui lance le coussin contre lequel j'étais appuyée. Il le prend en pleine tête.

– Tu as de la chance que je sois fatigué !

– Mais, bien sûr !

Il m'envoie un clin d'œil et s'échappe dans la chambre. Je soupire et m'enfonce plus confortablement dans le canapé. Je me rends compte que ma vie était bien terne sans ces moments de complicité. Où l'était-elle seulement parce qu'il n'en faisait pas partie ? Je ferme les yeux et laisse le bruit que fait Elijah dans la pièce voisine apaiser mes nerfs.

– Hé, murmure Eli.

Mes paupières clignent avant de s'ouvrir totalement. Je comprends que je me suis endormie.

– La chambre est prête.

– Hum. Je vais rester ici, je crois.

Il sourit puis me prend dans ses bras.

– Je pouvais marcher, tu sais, marmonné-je en me blottissant dans son étreinte.

– Bien sûr, réplique-t-il d'un ton amusé.

Je pousse un soupir d'aise quand il me pose sur le lit. Il ôte mes chaussures et me borde. Je devrais chercher un peu d'énergie au fond de moi pour retirer mes vêtements, mais je n'en ai pas la force.

– Dors bien, murmure Elijah avant d'embrasser mon front.

Je m'endors pratiquement tout de suite. Mais mon sommeil est perturbé par des cauchemars où je ne cesse de voir Jules surgir de nulle part. Je me réveille une nouvelle fois haletante quand le soleil se lève et je décide que me recoucher ne servira à rien. Je bascule mes jambes par-dessus le lit et passe une main dans mes cheveux emmêlés. Mes vêtements sont froissés et je n'imagine même pas l'état de mon visage. Je regarde autour de moi et observe sa chambre. Elle est décorée avec goût dans des tons blanc et violet. Le lit prend pratiquement toute la place, une commode est installée dans un coin. Un tableau orne le mur face à moi. Je plisse les yeux pour mieux le voir. C'est la photo d'un lion majestueux en noir et blanc. Est-ce que c'est son ex qui a choisi la décoration ? Je secoue la tête, cette information ne me regarde pas et n'a aucun intérêt. Aucun. Je pousse un long soupir et me lève. Sur la pointe des pieds, j'ouvre doucement la porte. Le couloir est silencieux, ainsi que le reste de l'appartement. J'avance et me fige quand j'arrive dans le salon. Elijah est couché sur le canapé, dans une position inconfortable pour sa taille. Je n'ai même pas pris la peine de lui demander où il dormait. Encore une fois, il s'est sacrifié pour me permettre de me sentir en sécurité.

Toujours sur la pointe des pieds, je retourne dans le couloir et ouvre la seconde porte que j'ai aperçue en espérant que c'est la salle de bains. Bingo ! Je prends une douche et maugrée à voix basse en me rendant compte que je n'ai pas pris d'affaires de rechange. Décidément, je ne suis toujours pas du matin. Je noue une serviette autour de mon buste et sors de la pièce embuée. Je me dirige vers le couloir où Elijah a déposé mes valises hier soir. J'entends un bruissement à mi-chemin, je me fige et regarde par-dessus mon épaule. Elijah s'est tourné sur le côté. J'attrape ma plus petite valise et l'emmène tant bien que mal sans faire de bruit jusqu'à la salle de bains.

Je souffle en refermant la porte et choisis rapidement des vêtements. En fouillant dans les tiroirs, je m'aperçois qu'il y a quelques produits féminins. Au cas où ? Ou bien son ex les a-t-elle oubliés ? Je fronce les sourcils quand une douleur poinçonne ma poitrine. Encore une fois, ça ne me regarde pas. Je me fais une simple queue de cheval et ouvre la porte. L'odeur de café titille mon nez et me signale qu'Elijah s'est réveillé. Je dépose ma valise contre un mur dans la chambre et le rejoins.

– Tu aurais dû me dire que tu allais dormir sur le canapé !

Il me jette un coup d'œil, un sourcil haussé, avant de boire une gorgée de café.

– Ça aurait changé quelque chose ?

– Oui ! Le lit est assez grand pour nous deux.

Cette fois, ce sont ses deux sourcils qui se lèvent et son visage affiche un air espiègle.

– Serais-tu en train de me faire une proposition indécente ?

Je grogne et je le bouscule pour me servir du café.

– Tu sais bien que ça n'arrivera jamais.

Même si… Non ! Ça n'arrivera pas. Je ne peux pas me permettre de faire une telle chose. Laisser un autre homme toucher mon corps ? C'est impossible. Elijah reste silencieux. Je me tourne vers lui. Son regard s'ancre dans le mien, déstabilisant et bouillant. Il devient plus intense quand je prends une brusque inspiration. Mon cœur, ce traître, s'est lancé dans une course effrénée. Soudain, Elijah secoue la tête et détourne le regard. Je relâche mon souffle et tente de maîtriser les tremblements de mes mains autour de ma tasse quand je me sers. Elijah se racle la gorge.

– J'ai eu des nouvelles de Lefebvre. Ils veulent faire la confrontation demain matin.

– Déjà ? m'étonné-je.

– L'affaire est médiatisée, je suppose que le procureur est pressé d'en finir.

– Ça peut jouer en faveur de Jules.

– Pas avec Lefebvre comme avocat.

J'opine de la tête. Il est réputé pour ne rien laisser passer et se battre coûte que coûte pour ses clients. Comme Elijah est son poulain en quelque sorte, il fera tout pour que justice soit faite. Mes épaules se détendent légèrement.

– J'ai des courses à faire, le frigo est pratiquement vide, m'annonce Elijah en finissant son café.

– D'accord.

Il dépose sa tasse dans l'évier et file dans la salle de bains. Je m'avance vers la baie vitrée et jette un coup d'œil dehors. Paris s'éveille, pourtant j'ai l'impression que cette ville ne dort jamais vraiment. J'appuie une épaule contre la vitre et avale une gorgée. Je soupire et tente de faire taire mes pensées qui me disent que c'est presque trop facile. Mais rien n'est simple avec Jules.

– Arrête de réfléchir autant et repose-toi un peu.

Je sursaute et lui fais face.

– Tu veux dire que j'ai une sale tête ?

Il lève les mains en un geste d'apaisement, l'air innocent.

– Jamais je n'oserais dire une telle chose.

Je souris et lui désigne la porte du doigt.

– Pars et ne reviens pas sans un truc pour te faire pardonner.

– Que vous êtes sans-cœur !

– Que veux-tu, vieillir ne me réussit pas, déclaré-je d'un ton faussement grave.

Il plisse les yeux et me dévisage.

– C'est donc ça, les rides que j'ai vues ce matin.

Je fronce les sourcils, mais avant que j'aie pu ouvrir la bouche, il reprend :

– Les rides de ces années passées ne t'ont rien enlevé de ta beauté, au contraire.

Il part aussi vite qu'il le peut, alors que le rouge me monte aux joues. Non ! Je ne suis pas une jeune fille facilement intimidée et rougissante. Merde ! Je n'ai plus 14 ans. Et Elijah n'a pas dit cette phrase pour m'annoncer qu'il me porte un intérêt de ce genre. C'étaient seulement les paroles réconfortantes d'un ami. Je me sens mieux après avoir compris cela. Je finis mon café et rince nos deux tasses avant de les mettre dans le lave-vaisselle. Puisque Elijah m'a dit de faire comme chez moi, je furète un peu partout. Contrairement à ses habitudes pendant la fac, il ne laisse rien traîner par terre, tout est rangé. Presque trop. Je fais un tour dans le dressing et aperçois tous ses costumes classés par couleur. Je hausse les sourcils, étonnée. Puis je trouve encore plusieurs affaires féminines. Quelques escarpins de marque, des bijoux. Quel genre de personne peut oublier de si belles pièces ? Ça me dépasse. À moins que ça soit un prétexte pour revenir. Ce ne serait pas la première à l'utiliser. En tout cas, c'était une femme de goût et qui avait les moyens de les assumer. J'entends les clés d'Elijah dans la serrure. Je me dépêche de sortir de là. Je suis certaine qu'il ne verrait aucun mal à ce que je jette un œil, mais je préfère ne pas miser dessus. Je m'assieds dans le canapé et allume la télévision avant qu'il entre dans le salon, les bras chargés de sacs de course. Je me lève d'un bond pour aller l'aider.

– J'espère que tu ne comptes pas sur moi pour cuisiner !

– Mon Dieu, non ! réplique-t-il avec une mine effarée.

– Je me demande si je ne devrais pas me sentir un peu vexée.

– De quoi ? Que je connaisse tes talents culinaires ?

Je lui jette un regard noir auquel il répond par un sourire en coin. Je soupire intérieurement.

Je ne suis pas une midinette !

Peut-être qu'à force de me répéter cette phrase, je vais enfin y croire et cesser de me comporter comme telle. Le reste de la journée se passe dans la même ambiance, entre taquineries et éclats de rire. Je lui saute au cou quand je m'aperçois qu'il est allé dans une pâtisserie de renom. J'ai salivé devant le dessert pendant deux secondes avant de l'engloutir.

Être avec Elijah me rappelle que j'ai été une fille insouciante et que je peux encore l'être de temps en temps. Il me suffit d'être avec la bonne personne.

32

Elijah

Je ne pensais pas que voir une personne dévorer son dessert aussi rapidement me ferait si plaisir. L'extase qui traversait son regard a éclairé mon âme. Pourtant, je n'ai rien fait d'autre que d'entrer dans cette boutique pour lui acheter quelque chose. Faire autant de kilomètres et dépenser autant d'argent pour quelques secondes de plaisir valait largement le coup. La journée que l'on a passée a été très agréable. Aucune ombre ne planait au-dessus de nous. Du moins, jusqu'à ce matin. Je suis parti sans la réveiller pour me rendre à la confrontation. Je dois avouer que je ne suis pas pressé de m'y coller, mais Lefebvre sera présent et je sais que rien ne sera laissé au hasard. Je souffle un grand coup et sors de ma voiture. Mon patron et avocat se tient sur les marches et vient vers moi quand il m'aperçoit. Il me serre la main et me dévisage. Il finit par hocher la tête, visiblement content de son bilan visuel.

– On en a déjà discuté au téléphone, tu sais comment ça se passe. Tu ne lui parles pas, tu réponds seulement aux questions de l'officier de police judiciaire et on repart de là sans scandale.

Sous-entendu, je vais devoir me contrôler devant Fournier. Je serre les poings et inspire profondément. Il est hors de question que cette ordure s'en sorte parce que je n'ai pas réussi à garder mon sang-froid.

– Allons-y, dit Lefebvre.

Je monte les marches à sa suite, de plus en plus à cran. Pour le sang-froid, ça commence mal. Mon patron nous annonce et on nous fait patienter quelques instants avant qu'un agent nous appelle. On le suit à travers un dédale de couloirs, puis il s'arrête devant la porte d'un bureau à laquelle il frappe. Quelques secondes plus tard, un autre agent lui ouvre et on nous fait entrer.

Nous sommes les premiers arrivés. Nous saluons l'officier de police judiciaire tandis qu'il nous désigne deux chaises. Je ne suis ni stressé ni nerveux quant à ce qui va suivre. Je suis plutôt en colère qu'on soit obligés de faire une confrontation parce que Jules nie les faits. Ce dernier arrive dix minutes plus tard, pile à l'heure de la convocation. Cela ne m'étonne guère. Une tension s'installe dès qu'il s'assied à ma droite. L'officier nous explique comment cela va se passer. On ne devra parler que lorsqu'il nous posera des questions, ne pas interrompre l'autre.

Il débute par la lecture de nos déclarations, nous demandant par la même occasion si nous les maintenons. Nous campons tous les deux sur nos positions. L'OPJ aborde chaque sujet contradictoire. Plus l'heure avance, plus je serre les mâchoires pour me maîtriser. D'après Jules, c'est moi qui suis à l'origine des coups donnés à Anaïs, lui est intervenu pour la sauver. Je me retiens de répliquer. Là encore, je repense aux mots de Lefebvre m'intimant l'ordre de ne pas laisser Jules gagner de cette façon. Toujours selon les dires de ce dernier, je l'ai agressé ensuite et il n'a fait que se défendre.

L'officier m'interroge à mon tour et je réfute tout ce qu'a déclaré Fournier. Lorsque l'officier mentionne la plainte d'Anaïs contre Jules, je lui jette un regard en coin. Ses poings serrés sont le premier signe de colère chez lui depuis le début de la confrontation. Le premier signe que je vais devoir faire très attention.

Fournier déclare qu'elle est sous mon emprise et clairement manipulée. Je me retiens de l'envoyer valser contre le mur quand l'OPJ me demande ce qu'il en est. Je sors de la pièce le premier, Fournier partira dans un quart d'heure. Sur les marches, je me tourne vers Lefebvre et laisse enfin éclater ma colère.

– C'est une blague, n'est-ce pas ? Ils ne vont pas le laisser s'en sortir comme ça tout de même ?

Lefebvre secoue la tête, puis pose sa main sur mon épaule.

– Allons manger, nous en discuterons pendant le repas.

Je n'ai aucune envie d'avaler quoi que ce soit, je veux juste rentrer et retrouver Anaïs. Cette pensée me tétanise un instant. C'est un sentiment tellement fort, puissant et étouffant. Mais je ne peux pas refuser ça à Lefebvre, pas avec tout ce qu'il fait pour moi. Je le suis en voiture jusqu'à un petit restaurant dans le quartier. Une fois à table et le serveur parti avec nos commandes, il me jauge.

– Je sais que ça a été dur de te retenir là-bas et pour ça je suis fier de toi.

Je hausse les épaules, honteux que ma colère ait été évidente. S'il l'a vu, l'officier s'en est aperçu, mais aussi Fournier.

– En ce qui concerne l'affaire, je ne sais pas encore sur quel pied va danser le procureur. Jouer la sécurité pour son poste ou faire correctement son travail ? Mais ne t'inquiète pas, je ne vais pas les laisser te faire porter le chapeau et briser ta carrière.

– Merci, dis-je, un peu rassuré.

– Est-ce qu'Anaïs va bien ?

– Aussi bien qu'on peut l'être dans de telles circonstances.

– C'est important que vous gardiez tous les deux la tête froide, sinon ça pourrait se retourner contre vous.

J'opine du chef, conscient des risques.

– Parlons de sujets un peu moins fâcheux. Quand aurais-je le plaisir de la revoir derrière un volant ?

– Probablement jamais. Elle a décidé d'arrêter la course.

– Mais pourquoi ? me demande-t-il, les sourcils froncés. Elle est très douée.

– C'est ce que je lui ai dit. Je crois qu'elle comptait quitter le pays, et par conséquent, elle ne pouvait plus garder la même écurie.

– C'est bien dommage.

– Je suis tout à fait d'accord avec vous.

On continue de discuter. Il me parle de sa femme qui réclame des vacances en tête à tête, sans téléphone portable, loin de tout et de tous. Je vois à son expression qu'il y réfléchit vraiment. Même s'il a un travail prenant, il a toujours fait passer sa famille en premier et c'est pour cette raison que c'est un couple qui dure. Il me parle aussi du cabinet et de quelques dossiers. On se quitte en se promettant de se tenir au courant. Je hâte le pas vers ma voiture. Un frisson parcourt mon corps quand un malaise me saisit. Je regarde par-dessus mon épaule, mais je ne vois personne de suspect à mes yeux. Je secoue la tête, pensant que je deviens paranoïaque. Ce qui, avec les derniers événements, ne serait pas étonnant.

Je souffle un grand coup et continue jusqu'à mon véhicule. Une fois à l'intérieur, les portières verrouillées et le moteur démarré, je ris de ma bêtise. Il ne va rien m'arriver parce que je suis sorti de chez moi. Du moins, je l'espère.

Une odeur de chocolat chatouille mes narines quand j'ouvre la porte de l'appartement. J'avance de quelques pas et j'aperçois Anaïs, de dos, en train de se dandiner sur une musique sortant de la chaîne hi-fi. Je m'appuie contre le mur et la regarde évoluer dans ma cuisine. Elle chante faux, les cheveux en pétard, mais putain ce qu'elle est belle ! Je crois que je ne l'ai jamais trouvée aussi attirante qu'aujourd'hui. Mon cœur rate plusieurs battements, puis j'ai l'impression qu'il s'arrête quand ses pupilles s'ancrent dans les miennes. Elle est figée, sa bouche forme un « o » parfait, un cri silencieux sortant de sa délicate gorge.

– Tu m'as fait peur ! s'exclame-t-elle en posant le saladier.

– Désolé, ce n'était pas le but, mais je ne voulais surtout pas t'arrêter en plein massacre musical et peut-être bien culinaire aussi.

Elle pose ses mains pleines de farine sur ses hanches.

– Je chante peut-être faux, mais je ne rate jamais un gâteau !

– Jamais ? l'interrogé-je, les sourcils haussés.

– Jamais, me confirme-t-elle.

Elle inspire un grand coup.

– Alors, comment ça s'est passé ?

– Comme je m'y attendais, malheureusement. Fournier nie les faits, la justice essaie de démêler le vrai du faux sans trop se mouiller.

– Rien de nouveau, quoi, soupire-t-elle.

– Si. Tu n'as pas fait brûler la cuisine !

Elle me lance un regard menaçant avant qu'un petit sourire éclose sur ses lèvres. Elle me tourne le dos pour sortir le gâteau du four et le pose entre nous deux. J'admets qu'il a l'air appétissant, elle tape sur ma main lorsque je m'apprête à passer mon doigt sur le glaçage au chocolat.

– Pas touche ! C'est pour le goûter !

– Tu veux dire que je vais devoir attendre jusque-là pour en prendre un bout ?

Elle opine d'un mouvement de tête.

– Femme, tu es cruelle.

– Je sais !

Son sourire réchauffe mon âme et je reste là sans rien dire pendant qu'elle continue de virevolter. Je vois bien les ombres traverser son regard, mais elle ne veut pas se laisser engloutir par elles. Pas aujourd'hui. Et c'est ce qui fait sa force.

***

Anaïs

L'immobilité, ce n'est vraiment pas mon truc. Alors, je m'occupe et c'est ainsi que faire des gâteaux est devenu une habitude. Aujourd'hui, Elijah s'est rendu au bureau pour la première fois depuis que l'on est revenus à Paris. Je me rends compte que sa présence me manque et que l'apaisement ressenti quand il était là s'est envolé.

Il est presque dix-neuf heures quand j'entends les clés dans la serrure. Il a déjà dû commander le repas de ce soir pour éviter qu'on se batte jusqu'à se mettre d'accord sur le choix du traiteur. Je meurs de faim. Je tourne la tête quand la porte s'ouvre, puis me fige. Ce n'est pas Elijah qui se tient dans le couloir, mais une femme. Extrêmement belle, élégamment vêtue. Elle porte une robe noire, très près du corps, laissant peu de place à l'imagination. Ses yeux froids se posent sur moi.

– Que faites-vous là ?

– Et vous, qui êtes-vous ?

– Je suis Noémie, la petite amie d'Elijah.

Petite amie ? Pas ex ? Est-ce qu'Elijah m'a menti ou est-ce cette femme qui le fait ? S'il avait rompu, elle n'aurait plus les clés de son appartement.

Pourquoi une douleur me plie-t-elle pratiquement en deux ?

– Je suis Anaïs, une amie d'Elijah.

Elle plisse les paupières, puis soupire avant de reprendre la parole.

– Je suis désolée, je ne m'attendais pas à voir quelqu'un d'autre que lui.

Je reste sur la défensive, j'ai du mal à comprendre qu'elle

débarque comme ça et seulement maintenant. Ça fait plusieurs jours qu'Elijah est rentré, elle doit le savoir. Une petite amie, ça échange avec son copain, non ?

– J'ai rapporté à manger, je sais qu'il finit tard et qu'il n'a jamais le temps de faire quoi que ce soit. Je comptais lui préparer un plat, à moins que vous l'ayez déjà fait ?

Une femme attentionnée. Je déglutis péniblement pour faire descendre la boule coincée dans ma gorge.

« Tu n'es bonne à rien, Anaïs. Tu ne mérites que ce que je te donne. »

Les paroles de Jules me glacent le sang.

– Non, je n'ai rien préparé.

Elle avance jusqu'à la cuisine et dépose ses sacs sur le comptoir.

– J'avais prévu un poulet basquaise. Si vous voulez, vous pouvez me donner un coup de main, ça nous permettrait de faire connaissance.

Je n'en ai pas envie, mais je suis curieuse. Alors on s'attelle à la tâche. Je fronce les sourcils lorsque je suis obligée de lui dire où se trouvent les ustensiles. À moins qu'Elijah ait tout changé de place depuis qu'elle est partie, elle n'a pas dû faire beaucoup la cuisine.

– Comment avez-vous connu Elijah ? lui demandé-je.

Elle a un rire niais et pose le couteau pour me faire face.

– Dans un bar. J'étais avec une amie, lui avec des collègues. Il est venu me draguer et on a fini la soirée ensemble. Une chose en entraînant une autre… ajoute-t-elle avec un sourire sans équivoque.

L'imaginer avec Elijah… Je crois que je vais vomir. Et je n'en peux déjà plus de son air supérieur. C'est peut-être pour ça que je mets les pieds dans le plat.

– Je croyais que vous n'étiez plus en couple ?

Elle chasse ma question d'un geste dédaigneux de la main.

– On a tous les deux eu des mots qui ont dépassé nos pensées, rien de très grave.

Je hausse les sourcils, mais reporte mon attention sur les poivrons sans faire de commentaires. Si cette femme est cinglée, je préfère ne pas l'énerver. Sait-on jamais… ? Après tout, elle a un couteau entre les mains. Je fais taire mon imagination fertile.

– Qu'est-ce que vous faites dans la vie ? m'interroge-t-elle.

Je me crispe à cette question. Avant, j'avais beaucoup de réponses à apporter. Maintenant, je n'en ai aucune.

– Rien, rétorqué-je laconiquement.

– Ah.

Dans ces deux lettres, elle arrive à mettre un tel dédain que je me retiens de serrer les poings.

– Et vous ?

– Je poursuis des études d'art.

– Ah.

Je détourne le regard et finis de couper un peu vivement le poivron. Quand elle estime que l'huile dans la cocotte est assez chaude, elle y met les ingrédients fraîchement découpés.

– Vous voulez quelque chose à boire ? lui demandé-je.

– Je veux bien du vin rouge.

Je fronce les sourcils. Encore une fois, cette impression que je suis plus chez moi qu'elle me percute.

– Il n'y en a pas. Il y a du whisky, mais aussi du rosé.

Mon préféré. Elijah a pensé à en acheter la dernière fois qu'il est parti faire les courses.

– Du rosé dans ce cas.

Je sors les verres du placard et la bouteille du réfrigérateur avant de la servir. Elle goûte le vin du bout des lèvres et repose le verre, la moue dégoûtée. Je l'observe sans me cacher, me demandant ce qu'a pu lui trouver Elijah. Elle est belle, mais il n'est pas du genre à s'arrêter à ça pour une petite amie sur le long terme. Il ne l'était pas, mais il me l'a dit lui-même, il s'est coupé de toute émotion depuis leurs morts. Cependant, je me dis qu'elle doit tout de même avoir autre chose pour elle que sa beauté. J'avale une petite gorgée et m'appuie contre le comptoir tandis qu'elle fait de même contre l'évier.

– Vous savez ce que vous allez faire après vos études ?

– Un ami de mon père tient une galerie prestigieuse, il m'a proposé de devenir son associée.

Les yeux ronds, je la dévisage. Devenir associée si jeune est une véritable aubaine, surtout si la galerie est aussi réputée qu'elle le dit.

– Félicitations.

Encore une fois, elle a un geste dédaigneux de la main pour balayer mes propos. J'éviterai d'être polie la prochaine fois. Elle pose ses lèvres sur son verre sans boire. À quoi joue-t-elle ?

– Vous dormez ici ?

– Oui. Elijah…

À défaut d'autres mots que la vérité crue, je continue :

– Il m'héberge jusqu'à ce que je trouve un logement sûr.

– Il a toujours aimé aider ceux dans le besoin.

Mes narines se dilatent. Elle parle de moi comme si j'étais seulement une femme ramassée dans la rue et dont il avait eu pitié. Je suis plus que ça pour lui. Je l'espère tellement.

– Oui, c'est vrai, répliqué-je sans rien dire d'autre.

Après avoir ajouté les morceaux de poulet, elle me fait de nouveau face.

– Comment vous êtes-vous rencontrés, Elijah et vous ?

Je finis cul sec mon verre puis croise les bras contre ma poitrine.

– On était dans la même fac et on est devenus amis, réponds-je.

Je ne veux pas entrer dans les détails. Je ne veux pas lui dire que nos vies sont intrinsèquement liées. Je souhaiterais presque qu'elle arrête de parler et s'occupe de la cuisson de son poulet basquaise qui sent divinement bon plutôt que de me questionner.

– Je vais aller me rafraîchir un peu.

Je hoche la tête, à défaut de savoir quoi faire d'autre. Mes doigts me démangent et j'ai envie de me saisir de mon téléphone pour appeler Elijah et lui demander s'il a vraiment rompu avec elle. Si c'était fini entre eux, elle ne pourrait pas entrer ici comme dans un moulin. Je me passe une main dans les cheveux et me demande pourquoi je me sens aussi… blessée d'un coup. Aussi seule.

Noémie revient dans la cuisine bien trop vite à mon goût et bien trop pimpante. Je renifle intérieurement. Soudain, je pense à ce qu'engendre sa présence ici. Elle va dormir avec lui. Donc dans sa chambre. Celle qu'on partage tous les deux. Un coup en plein ventre ne serait pas plus douloureux. Putain ! Je ne peux pas rester là pendant qu'ils vont s'envoyer en l'air juste à côté. Je ne peux pas lui faire face demain matin comme si je ne les avais pas entendus. Mes épaules s'affaissent. Il faut que je trouve un hôtel. En même temps, cette situation ne pouvait pas durer. Tôt ou tard, j'aurais dû partir. Alors pourquoi l'idée de ne plus le voir tous les jours, tous les matins me fait-elle aussi mal ?

– Excusez-moi, dis-je à la sublime rousse qui me fait face, je vais prendre quelques affaires et vous laisser un peu d'intimité.

– C'est très gentil à vous. Ça fait longtemps que nous n'avons pas eu de temps seul à seul.

Elle ne s'embarrasse pas de formule de politesse. Pas de « Ce n'est pas nécessaire, voyons ! ». Pas de « Mais où irez-vous ? ». Elle semble presque jubiler à l'idée de mon départ.

Je me dirige vers la chambre et me dépêche de prendre mes vêtements qui traînent sur une chaise et les mets à l'intérieur de la seule valise que j'ai défaite. Mon cœur se brise en avisant le lit défait. Il n'y a rien eu de sexuel entre nous, mais c'était presque plus intime. Plus intense.

J'inspire un grand coup et sors de là avant de faire une bêtise, comme l'appeler pour lui dire qu'il va me manquer. Les roues de ma valise sont pratiquement silencieuses sur le parquet ciré alors que les battements de mon cœur sont assourdissants. Noémie m'observe, le regard haineux. Un doute trouble mon envie de partir d'ici le plus vite possible. Est-ce que je fais une erreur ? Je secoue la tête et m'arrête près d'elle.

– Ce fut un plaisir de vous rencontrer, déclare-t-elle. J'espère que nous pourrons dîner tous les trois la prochaine fois.

– Bien sûr !

Même pas en rêve ! Je la salue et avance jusqu'à la porte d'entrée, le cœur lourd. Je ne sais pas comment je vais faire pour prendre mes deux autres valises d'un coup. Je décide d'en laisser une dans le couloir et de revenir la chercher un autre jour. Elijah sort de l'ascenseur lorsque j'ouvre la porte, et fronce les sourcils en m'apercevant. Puis il se fige en voyant mes bagages.

– Qu'est-ce que tu fais ?

– Tu as de la visite, je ne voudrais pas déranger, réponds-je en le rejoignant.

Ses sourcils se froncent encore plus.

– Je n'attends personne. Et tu ne me dérangeras jamais, Anaïs !

Je hausse les épaules et appuie sur le bouton pour rappeler l'ascenseur.

– Qui est chez moi ?

– Ta petite amie ?

– Je n'en ai pas !

Je hausse de nouveau les épaules et entre dans la cabine avant que les portes se referment.

– Apparemment, elle n'est pas au courant.

Il bloque les portes.

– Anaïs, je t'assure que tu te trompes.

– Écoute, répliqué-je d'un ton calme, va la voir. Moi, je vais prendre une chambre d'hôtel.

– Non ! Jules pourrait s'en prendre à toi.

– Je ne vais pas rester chez toi seulement pour cette raison, Eli.

Je ne savais pas, avant de prononcer ces mots, qu'il était important pour moi qu'il me voie autrement que comme une femme en détresse. Je crois que je me suis trompée.

– Elijah ? crie une voix féminine sur le palier de la porte.

Il se retourne, et de ce fait, ne retient plus les portes qui commencent à se refermer.

– Qu'est-ce que tu fais là ?

Quand il s'aperçoit que sa seconde d'inattention me permet de partir, c'est trop tard. J'ai juste le temps de voir son regard furieux. Je souffle et m'adosse contre la paroi. Peu importe si elle est toujours sa petite amie ou non, il est temps pour moi d'avancer. Et si ça signifie laisser Elijah reprendre une vie normale, sans moi, alors soit.

33

Elijah

Putain ! Mais c'est quoi, ce délire ? Je fusille Noémie du regard. Je dois retrouver Anaïs avant qu'elle se volatilise. Je fais demi-tour, mais Noémie crie dans mon dos. Je me tourne pour lui faire face et avance à grandes enjambées vers elle, la colère enflammant mes sens. Je n'ai pas envie de laver mon linge sale sur le palier, mais je n'ai pas de temps à perdre avec ses conneries.

– Qu'est-ce que tu ne comprends pas dans le fait que notre relation est terminée ? Donne-moi les clés, prends tes affaires et ne m'approche plus jamais !

Ses traits accusent le choc, puis son regard se fait assassin.

– C'est à cause de cette femme, n'est-ce pas ?

– Ne parle pas d'elle, éructé-je. Les clés ! ordonné-je.

La folie traverse ses iris, puis elle fait demi-tour dans l'appartement, ses talons claquant rageusement sur le parquet. Elle attrape son sac, son manteau, puis revient vers moi. Elle pose violemment un trousseau contre ma poitrine et me bouscule, la tête haute. Je ne prends même pas la peine de lui dire quoi que ce soit.

Je ferme rapidement la porte à clé tandis que celles de l'ascenseur s'ouvrent dans mon dos. À l'instant où je fais volte-face, ses yeux me foudroient, mais elle ne prononce pas un seul mot.

Tant mieux, parce que je serais certainement devenu vraiment mauvais. Je dévale les escaliers et l'aperçois quitter l'immeuble. Je sors peu de temps après elle dans l'air glacial. Putain ! J'ai perdu du temps avec Noémie, Anaïs pourrait être n'importe où ! Je prends mon téléphone et compose son numéro, mais je tombe directement sur la boîte vocale. Mes yeux balaient les deux côtés de la rue, puis je cours vers la droite. Quand nous devions sortir, nous utilisions ma voiture, si bien que je n'ai même pas pensé à lui demander où elle avait garé la sienne. Quel idiot ! Je passe en revue chaque véhicule tout en continuant à courir. Il y a peu de chances que je la retrouve. Il est fort probable qu'elle soit déjà partie. Est-ce qu'elle va m'appeler ? Ou a-t-elle profité de la première occasion pour me fuir ?

Je ralentis le pas quand je me rends à l'évidence. Elle n'est pas là. Mes poings se serrent et mon envie de tout envoyer balader se fait ressentir plus forte que jamais. Je baisse le regard sur mes chaussures et tente de maîtriser ma respiration. C'est entre deux inspirations que je comprends. Je n'arriverai pas à reprendre mon souffle, car ce dont mes poumons ont besoin leur a été retiré. Je halète. Je me plie en deux et pose mes mains sur mes cuisses.

– Elijah ? s'inquiète une voix chevrotante.

Je redresse la tête brusquement. Trop vite. Le monde se met à tourner autour de moi. Ma vision se fixe enfin. Sur elle. Juste devant moi, le corps tremblant. Ou bien est-ce le mien ? Je m'avance vers elle d'un pas fébrile tandis qu'elle reste figée sur place.

– Je croyais que tu étais partie. Je…

Je m'arrête à trois mètres d'elle et me passe une main sur le visage.

– Je ne sais pas comment c'est arrivé. Je ne sais pas si c'est le bon moment. Je ne sais rien et tout à la fois. Putain, je raconte n'importe quoi.

J'inspire un grand coup et reprends :

– Je suis égoïste, Anaïs. Voilà ce que je suis. Ce que je sais, c'est que je ne veux pas que tu partes. Je ne veux pas que tu sortes de ma vie. Je…

Mon cœur bat à tout rompre, mais je le muselle pour ne pas lui laisser crier ce qu'il ressent.

– J'aimerais… Je veux être…

Mes yeux se baissent sur mes poings serrés, je me force à déplier les doigts. Anaïs est toujours silencieuse. Seul le bruit de la circulation se fait entendre. J'ancre mon regard dans le sien. Je ne me suis jamais senti aussi nerveux, autant au bord du gouffre que devant elle ce soir.

– Si tu m'en donnes la chance, j'aimerais être plus qu'un ami.

Ses paupières clignent rapidement plusieurs fois, mais elle ne prononce toujours aucun mot. Je pense qu'elle va hurler que j'ai pété les plombs, qu'elle va me gifler, qu'elle va me dire que jamais ça n'arrivera. Je guette une réaction, mais je ne m'attendais pas à ce qu'elle comble la distance entre nous et se hisse sur la pointe des pieds avant de poser ses lèvres sur les miennes. J'ai rêvé de ce moment si souvent que j'ai l'impression que ce n'est pas réel. Rien de ce que j'ai imaginé ne vaut ce que je suis en train de vivre. Je reste un instant interdit, avant d'ouvrir la bouche pour l'embrasser à mon tour. Ce n'est pas un baiser. C'est une supplique. C'est à mon tour de perdre tous mes moyens, puis je passe mes bras autour de sa taille et la presse doucement contre moi. Je réponds à son baiser comme un damné se voyant libéré.

Je suis.

J'avais arrêté d'être lorsqu'ils sont morts. Ce soir, avec ses lèvres sur les miennes, je suis. Je pose mes mains sur ses joues et approfondis notre baiser. À travers nos bouches, on se dit bien plus qu'avec nos mots. Elle recule légèrement, mais garde son visage près du mien, son souffle caresse toujours mes lèvres.

– J'ai peur que ça soit une connerie. Peur de ne pas être prête. Peur de ne pas pouvoir être à nouveau avec quelqu'un, mais tu n'es pas quelqu'un. Tu es Elijah.

Elle place sa main sur ma poitrine et inspire profondément avant de poursuivre.

– Si tu m'en donnes la chance, j'aimerais être plus qu'une amie.

Là, sur ce trottoir, à quelques mètres de chez moi, j'ai l'impression de décoller, je me sens pousser des ailes.

– Donnons-nous cette chance alors.

Je scelle notre accord d'un effleurement de ma bouche au coin de la sienne avant de la capturer. Elle hoquette et se plaque contre moi. Les courbes de son corps rendent le mien totalement fou.

– On ferait mieux de rentrer, soufflé-je sans arrêter de l'embrasser.

Soudain, elle recule et pose ses mains sur ma poitrine.

– Est-ce que tu m'as menti ? Est-ce que vous étiez toujours ensemble ?

Je secoue la tête. Je ne veux pas que Noémie s'immisce entre nous.

– Je ne t'ai jamais menti. Je t'ai dit qu'elle avait du mal avec notre rupture, mais je pensais qu'après notre dernière discussion, c'était bon.

– Il faut croire que non. Quel genre de personne fait ça ?

Je me pose la question. Est-ce que Noémie serait atteinte d'un mal que je n'ai pas vu ? Dont je n'ai pas voulu me soucier ? Je me passe une main sur le visage et me dis que j'ai forcément merdé quelque part si elle en arrive à de telles extrémités.

– Elle ne posera plus de problèmes. Je pense que ce soir le message est bien passé.

Elle hoche la tête et plonge son regard dans le mien pour ne plus le quitter.

– Est-ce que tu es sûr de toi ? me demande-t-elle.

– De moi ? Non. Mais je suis certain de ne pas vouloir vivre sans avoir essayé, sans avoir tout tenté pour me réveiller chaque matin à tes côtés, toi et tes cheveux en bataille.

Elle m'embrasse et c'est la meilleure des réponses. Je noue mes doigts aux siens et l'emmène jusqu'à mon appartement. Je suis encore nerveux lorsque j'ouvre la porte, mais cette nervosité est balayée par l'odeur de brûlé. Merde !

– Oh, je crois que le poulet basquaise de ton ex va finir à la poubelle, rit Anaïs.

Je me dépêche d'éteindre la cuisinière et observe les dégâts aussi bien dans la casserole que sur le comptoir. Je hausse les sourcils.

– Elle a fait à manger ? demandé-je, incrédule.

Anaïs m'offre une moue dépitée tandis qu'elle s'installe sur un tabouret.

– Oui.

– C'est une première.

– Tu veux dire qu'elle n'a jamais fait à manger ?

Je secoue la tête. Elle fronce les sourcils.

– Vraiment étrange. Elle savait exactement ce qu'elle faisait. Enfin, ça explique qu'elle avait du mal à trouver les ustensiles.

Comme je ne veux pas passer la soirée à parler de Noémie, je préfère changer de sujet. Je lui sers un verre de rosé et me verse un peu de whisky avant d'avaler une petite gorgée. J'observe ses lèvres se poser sur le rebord du verre et je crois que mes neurones disjonctent.

– Est-ce qu'on va vraiment sauter le pas ? l'interrogé-je d'une voix un peu rauque.

Je me racle la gorge, gêné de ne pas réussir à cacher mon trouble.

– Et sans parachute, répond Anaïs.

Ses yeux plongés dans les miens, elle finit son verre avant de descendre du tabouret. Sa démarche met à mal ma capacité à garder mon sang-froid. Elle s'arrête à quelques centimètres de moi.

– Mais on va prendre de l'élan avant de se lancer, dit-elle.

– Qu'est-ce que tu veux dire ?

Je pose mes mains sur ses hanches et l'attire contre moi.

– On va y aller doucement. Étape par étape.

Ses mains se perdent dans mes cheveux et tirent dessus.

– Ça me plaît comme plan.

– Tant mieux, murmure-t-elle.

Elle capture mes lèvres pour un doux baiser qui devient rapidement sauvage, sensuel, tout sauf innocent. Mon Dieu ! Je ne me lasserai jamais de sa bouche, de ses mains sur mon corps, de nos cœurs qui battent à l'unisson.

– Première étape franchie, chuchote-t-elle.

Je ris et la soulève. Ses jambes enserrent mes hanches.

– Quelle est la prochaine ?

– Je te laisse décider.

Je hausse les sourcils. Très vite, un sourire joueur naît sur mes lèvres.

– La prochaine, c'est…

Je frotte librement mon érection contre son entrejambe.

– Toi et moi…

Elle pousse un gémissement et se plaque encore plus contre moi.

– Sur…

Mes mains se crispent sur ses fesses parfaites.

– … un circuit.

Elle bascule la tête en arrière pour mieux me regarder.

– Tu n'es pas sérieux ! Si ?

– Je suis on ne peut plus sérieux.

– Je ne pensais pas vraiment à ça.

Je ris franchement, et tout en la portant, je m'avance vers le canapé pour m'asseoir.

– Étape par étape. Donc, on ne va pas se sauter dessus dès le premier soir.

Je glisse une de ses mèches derrière son oreille et caresse sa joue. Elle inspire profondément.

– Tu as raison, c'est plus prudent. Et puis, on pourra se réconcilier sur l'oreiller quand je t'aurai mis la pâtée !

– Tu n'as aucune chance contre moi, répliqué-je en bombant le torse.

– Oh, je crois que tu ne sais pas à qui tu te frottes !

Je remue exagérément le bassin, elle s'arc-boute.

– Au contraire, je le sais très bien.

Ma voix est éraillée, et si on n'arrête pas, je n'arriverai pas à me contrôler. Sa tête se pose au creux de mon épaule et sa bouche sème un chemin de baisers jusqu'à la ligne de ma mâchoire. Je lâche malgré moi un grognement.

– Elijah, je suis incapable de m'arrêter. Je… Merde !

Son ton est désespéré. Mes mains caressent ses flancs, puis s'arrêtent sur ses hanches. Ses yeux sont sombres, presque noirs.

– J'en ai envie. Tu n'imagines même pas à quel point, mais ce n'est pas une bonne idée de nous précipiter.

Qui aurait cru que je serais la voix de la sagesse ? Pas moi. Mais j'ai peur de franchir le pas et de voir dans son regard du regret, ou pire, de la crainte. Je sais que c'est à elle de décider du moment où elle se sentira prête, mais se lancer dans le feu de l'action a tout de la mauvaise idée. Elle soupire et pose à nouveau sa tête sur mon épaule, je resserre mon emprise autour de son corps et nous attendons que la tornade se calme. Quand elle redresse le visage, ses yeux sont encore alourdis par le désir, mais elle ne cherche plus à l'assouvir.

– Bon. Pas de sexe jusqu'à nouvel ordre.

J'opine d'un mouvement de tête. C'est cet instant que choisit mon estomac pour se manifester.

– Et si on allait au restaurant ?

– Bonne idée. Je ne suis pas sûre de réussir à me contrôler, dit-elle en posant ses lèvres sur les miennes.

Heureusement pour nous deux, elle parvient à se lever. Elle me tend la main pour m'aider et file avant que j'arrive à l'embrasser de nouveau. C'est avec un sourire idiot que je récupère ma veste.

***

Cela fait une semaine qu'on s'est embrassés pour la première fois. Depuis, dès que je rentre, nos lèvres se rejoignent, nos corps se plaquent l'un contre l'autre sans jamais aller plus loin. C'est à la fois étrange et tellement naturel de se retrouver tous les soirs, de la savoir chez moi. Travailler ne m'apporte plus uniquement ce qu'il me faut. Je n'étais pas complet lorsque je ne pensais qu'aux dossiers qui m'attendaient, aux problèmes des clients. Aujourd'hui, alors que je me dépêche de rentrer, je me dis que j'ai enfin trouvé un équilibre. J'espère tellement que c'est la même chose de son côté. Je me gare dans le parking souterrain et préfère prendre l'escalier, trop impatient pour attendre l'ascenseur.

L'odeur du chocolat est la première chose qui me frappe. Comme tous les soirs, elle a fait un gâteau. Je souris et déverrouille la porte. Je ne prends pas la peine d'enlever mes chaussures et mon manteau, et fonce jusqu'au salon. Elle n'est pas là, mais j'entends l'eau couler dans la salle de bains. L'envie de la rejoindre me démange, mais je me contrôle. Je finis par déposer ma veste sur le bras du canapé et jette un œil dans la cuisine. Comme d'habitude, c'est un véritable champ de bataille, mais ça ne me dérange pas.

On nettoie ensemble après, tout en se chamaillant, tout en vivant l'instant présent. Et rien que pour ces moments de bonheur, je l'aiderais volontiers à mettre le bazar.

Je fais demi-tour et m'installe dans le canapé. Je ferme les yeux et bascule la tête en arrière pour me détendre. La journée a été particulièrement longue et stressante. D'après Lefebvre, on devrait avoir rapidement des nouvelles concernant la plainte de Fournier. Bien qu'habituellement ces choses prennent du temps, la justice a décidé d'activer le mouvement pour moi. Quelle aubaine ! Tandis que du côté d'Anaïs, ça a l'air de traîner. Je soupire et me passe une main sur le visage. Je suis pressé de pouvoir mettre ces histoires derrière nous pour qu'on puisse se concentrer sur la nôtre. Je bâille puis allume la télévision pour ne pas m'endormir.

Des mains sur mon visage, un corps se pressant contre le mien, des lèvres douces chatouillant les miennes. Je cligne des paupières et entrevois Anaïs à califourchon sur moi. Elle esquisse un petit sourire quand elle me voit émerger. J'ai dû m'endormir.

– Bonsoir, chuchote-t-elle.

– Bonsoir. Comment a été ta journée ?

– Tu le sais puisque tu n'as pas arrêté de m'envoyer des messages, répond-elle en levant les yeux au ciel.

– C'est vrai, mais l'entendre une seconde fois ne me dérange absolument pas.

– Alors, j'ai regardé la télévision, les offres d'emploi, j'ai refait mon CV, j'ai dormi et j'ai fait à manger !

– Tu vois, tu ne m'avais pas parlé de ta recherche de travail.

– Je ne vais pas rester ad vitam aeternam chez toi sans rien faire d'autre que des gâteaux.

– Je les trouve très bons, tes gâteaux !

– Tu sais très bien ce que je veux dire.

J'embrasse le coin de ses lèvres et ancre mon regard dans le sien.

– Tu commences à devenir folle à ne rien faire. C'est une chose qui n'a jamais changé chez toi, alors je comprends très bien ce que tu veux dire. Dans quel domaine veux-tu travailler ?

Elle pousse un soupir puis pose sa tête au creux de mon épaule.

– Je n'en ai aucune idée, souffle-t-elle.

– Je pourrais t'aider, si tu veux.

– Je n'ai pas besoin de ton aide, réplique-t-elle en se levant d'un coup.

J'essaie d'ignorer le pincement au niveau de mon cœur. J'essaie, mais je n'y arrive pas. Dès qu'on aborde un sujet un peu plus personnel, j'ai la sensation qu'elle fait machine arrière et regrette de nous avoir donné une chance.

– Pourquoi ?

– J'ai… envie d'y arriver toute seule.

Je hoche la tête. Même si je ne comprends pas tout à fait la raison de ce besoin, je le respecte. Mon cœur n'en est pas moins endolori. Je souffle et lève les yeux au plafond. Je dois lui laisser du temps. Juste un peu pour qu'elle puisse s'habituer à nous.

34

Anaïs

Ça fait deux jours que j'ai fait part de ma recherche de travail à Elijah, mais je n'ai toujours pas trouvé quelque chose qui me corresponde. Mon immobilité va me rendre folle. Debout au milieu de son appartement, les mains sur les hanches, je bascule la tête en arrière et prends une profonde inspiration. Sur un coup de tête, je me précipite sur mes chaussures que j'enfile et attrape les clés de ma voiture. Je verrouille la porte et dévale les escaliers. Je sais qu'une fois arrivée là-bas, je serai plus sereine. Comme chaque fois que je m'y rends.

Ma conduite est passée en mode automatique, je me souviens à peine du trajet. Mais lorsque je me gare, je reste bloquée derrière mon volant, les doigts crispés dessus. Deux petits coups frappés contre ma vitre me font sursauter. Je tourne le regard, mes lèvres s'incurvent vers le haut tandis que je me dépêche d'ouvrir la vitre.

– Bien le bonjour, m'dame, dit un homme en tentant de prendre un accent américain.

J'éclate de rire.

– Bonjour, Fred. Je n'aurais jamais dû te dire que tu ressemblais à Costner. Comment tu vas ?

– C'est trop tard pour revenir dessus maintenant, répond-il

en bombant le torse. Ça va, même si tes visites nocturnes me manquent.

Ses yeux s'attardent sur moi et plus longuement sur mon cou. Il a certainement vu mon interview et les divers tabloïds parlant de moi. Venir ici était peut-être une mauvaise idée finalement.

– Elles me manquent aussi.

– Tu rentres ? me demande-t-il.

– Je ne sais pas, soufflé-je.

– Tu devrais.

Il serre une de mes mains toujours collées sur le volant et s'en va. Je le regarde disparaître au coin du bâtiment et soupire. Je détache un à un mes doigts et sors de la voiture. Lentement, je m'avance et tape le code de sécurité. Comme à mon habitude, je ferme les yeux et inspire profondément comme si l'air était différent de ce côté-ci. Je marche vers les gradins et monte jusqu'aux derniers sièges du haut. Les coudes sur les cuisses, je baisse le regard sur le circuit. Ne plus être dans une écurie, ne plus voir les membres de l'équipe s'activer autour de ma voiture, ne plus discuter avec eux me manque. Me tue à petit feu. Est-ce que je suis capable d'abandonner totalement ce qui m'a ramenée à la vie ? Mon corps se crispe quand je vois une silhouette approcher. Merde ! Comment m'a-t-elle retrouvée ? À voir sa démarche, elle n'est pas là pour une discussion de courtoisie. Putain ! Je n'avais vraiment pas besoin de ça. Je la regarde à peine lorsqu'elle s'arrête face à moi. Mon attention est fixée sur ses deux gardes du corps.

– Que me vaut cette désagréable visite ?

Elle ne répond rien, s'attendant sûrement à ce que je la regarde.

– Décidément, le respect est une chose qu'on ne vous a pas apprise, assène-t-elle.

– Le respect se mérite et vous n'en êtes pas digne !

– Faites attention à ce que vous dites !

– Sinon quoi ? la provoqué-je en la regardant enfin.

– Vous savez de quoi je suis capable.

– Couvrir les méfaits de votre fils ? Je le sais, oui, mais il est trop tard pour ça. Tout le monde est au courant.

– Je peux détruire votre réputation, votre vie, en un claquement de doigts.

– Faites donc. Je n'ai plus rien à perdre.

– C'est pareil pour votre ami Legrand ?

Je me lève d'un coup. Ses gardes se déplacent si vite que je les vois à peine bouger avant qu'ils se postent entre elle et moi.

– Vous pouvez vous cacher derrière vos hommes, mais vous ne serez pas toujours hors d'atteinte.

– C'est une menace ?

– Une simple intuition.

On se dévisage, des promesses de vengeance dans le regard. Elle réajuste son écharpe qui n'a pas besoin de l'être, avant de faire demi-tour.

– On se reverra, Anaïs, dit-elle.

J'en suis certaine. Malheureusement, je ne sais pas quelle sera l'issue de notre prochaine rencontre. Que va-t-elle faire ? Mon Dieu, Elijah ! Je mets mes mains sur mon visage et me fustige de l'avoir impliqué dans toute cette histoire. Elle ne lâchera pas. Si elle est venue me voir en personne, c'est qu'elle est désespérée. Je me suis déplacée jusqu'ici pour avoir des réponses à mes questions, à présent j'en ai encore plus qu'en arrivant.

Je ne sais pas combien de temps je reste assise ici, le regard perdu sur le circuit. J'ignore à combien d'appels d'Elijah je n'ai pas répondu. Je ne sais pas combien de fois Fred prononce mon nom avant que je redresse la tête. Le soleil s'est couché depuis longtemps et il fait nuit noire à présent. À l'aide de sa lampe torche, il étudie mon visage.

– Tu vas attraper froid à force, dans cette tenue.

Je baisse les yeux et m'aperçois que je suis en short et en tee-shirt. Je ne ressens pas le froid. À vrai dire, je ne ressens rien.

– C'est possible.

Il jette un œil à sa montre avant de reporter son attention sur moi.

– Tu restes encore longtemps ?

Je me contente de hausser les épaules, l'esprit ailleurs. J'entends un bruissement, puis je sens une veste se poser sur mes épaules. J'ouvre la bouche pour lui dire que ce n'est pas nécessaire, mais il reprend la parole avant :

– Ma fille me tuerait si je te laissais attraper la mort alors que je peux l'éviter.

Mon cœur se réchauffe un peu. S'il y a bien une chose que m'a apprise ma relation avec Elijah, c'est qu'on ne résout pas les problèmes toujours seul et accepter un peu d'aide ne peut pas faire de mal. Il suffit de s'ouvrir un peu. Je me lève et le prends dans mes bras.

– Merci, Fred.

– De rien, ma puce, dit-il en me frottant le dos.

Les larmes perlent au coin de mes yeux, je cligne rapidement des paupières pour les empêcher de couler. J'enlève sa veste et la lui rends malgré ses protestations.

– Je vais rentrer, lui expliqué-je.

– Dans ce cas, je t'accompagne jusqu'à ta voiture. Certaines personnes de passage dans ces lieux ne me plaisent pas.

Je suppose qu'il parle de la mère de Jules. Il n'a sûrement pas eu d'autre choix que de la laisser entrer. Je le suis jusqu'à ma voiture et me mets sur la pointe des pieds pour embrasser sa joue.

– Merci encore.

– Je n'ai rien fait qu'être honnête. Maintenant, file te mettre au chaud.

Je me dépêche de m'installer au volant et baisse la vitre avant de partir.

– Tu passeras le bonjour à ta fille.

– Bien sûr. Prends soin de toi, Anaïs, sinon je viens te botter les fesses.

Je ris et lui fais un signe de la main quand je m'éloigne. Je ne prends pas la peine de rappeler Elijah. À un feu rouge, je lui envoie un SMS pour lui dire que je suis en route.

Je repose mon téléphone – ce n'est pas le moment de prendre une amende – et me concentre sur le trajet. J'ai l'impression que le temps s'allonge. J'arrive près de son appartement et mets au moins vingt minutes avant de trouver une place. Je jure comme un charretier en sortant de la voiture. Je presse le pas mais il me faut encore dix minutes pour arriver. Lorsque j'insère la clé dans la serrure de chez lui et que j'ouvre la porte, Elijah m'attend de l'autre côté. Je n'ai pas le temps d'ouvrir la bouche qu'il m'embrasse fougueusement. Il me plaque contre le mur près de la porte, sans prendre la peine de fermer celle-ci. Une de ses mains se glisse sur mon cou et resserre son étau. Mais je n'ai pas peur. Pas avec lui. Je lâche un gémissement quand son corps se plaque durement contre le mien.

– Putain, souffle-t-il.

– Que me vaut cet accueil ?

Il se passe une main dans les cheveux et se détache un peu de moi.

– J'ai légèrement paniqué, avoue-t-il.

– Paniqué ?

Il baisse le regard sur ses pieds nus avant de le relever.

– J'ai cru que tu étais partie ou qu'il t'était arrivé quelque chose.

Mince, je n'avais pas réfléchi à ce que ça lui ferait que je ne réponde pas au téléphone. Je prends son visage en coupe et dépose un baiser sur ses lèvres.

– Je suis désolée, j'avais besoin de réfléchir un peu.

– Quels sont les résultats de tes réflexions ?

Je devrais lui dire qu'on ferait mieux de se séparer, qu'il serait mieux sans moi. Mais je ne peux pas. Ces mots refusent de franchir la barrière de mes lèvres. Mon cœur ne le permet pas. Même après la visite de la mère de Jules, je n'arrive pas à prendre mes distances. Je suis une putain d'égoïste.

– Et si on en discutait dans le salon ?

Il regarde autour de lui comme s'il venait seulement de se rendre compte de l'endroit où l'on se trouve.

– Bien sûr.

Il me suit et je sens son regard sur le bas de mon dos. Mon corps frissonne par anticipation. J'en ai marre de notre règle « étape par étape ». Je m'assieds sur le canapé, Elijah s'installe près de moi. Je prends une grande inspiration et attaque d'emblée.

– J'ai reçu la visite de la mère de Jules.

Tandis que ses yeux s'assombrissent, des éclairs traversent ses iris.

– Elle est venue ici ? Qu'est-ce qu'elle t'a dit ?

– Non, elle m'a rencontrée sur le circuit. Je pense qu'elle me fait suivre, enfin c'est la seule explication qui m'est venue en tête quant au fait qu'elle sache où je suis.

Je pose ma main sur son poing serré. Il souffle et noue ses doigts aux miens.

– Elle m'a mise en garde, m'a menacée pour que je retire ma plainte. Je l'ai envoyée balader.

– Je suppose qu'elle ne l'a pas bien pris.

– Tu supposes bien.

– Qu'est-ce que tu vas faire ?

– Rien, réponds-je en haussant les épaules. Pour l'instant, je n'ai pas envie de m'attaquer à elle si je peux l'éviter.

– Tu sais que si tu as besoin de quoi que ce soit…

– Je sais, le coupé-je, et je t'en remercie. Mais elle n'a pas été le sujet principal de mes réflexions.

– Et quel était-il ?

– Moi. Toi. Nous.

Je sens son corps se tendre encore plus.

– Qu'est-ce qui en ressort ?

– Je ne peux pas me résoudre à ne plus faire de circuit du tout. Je me suis rendu compte à quel point ça me manque, Jules ne va pas m'enlever ça.

– Tu as raison. Tu dois te battre pour cela, ne le laisse pas gagner.

– Je n'en ai pas envie.

Il hoche la tête, mais je le sens nerveux, anxieux quant à la suite. J'attrape son visage et plonge mon regard dans le sien.

– Il y a aussi une personne importante pour qui je veux me battre. Toi. Je ne vais pas tout faire foirer, je ne vais pas laisser mes angoisses prendre le dessus et gâcher ce qu'il y a entre nous. Quand je t'ai dit que je n'avais pas besoin de ton aide, c'était faux. Je n'avais pas envie d'en avoir besoin. Je l'ai compris quand j'étais sur le circuit. J'ai peur, Eli. J'ai peur de te perdre comme je les ai perdus. Peur de te laisser prendre plus de place dans mon cœur et de le retrouver en miettes si tout se finit entre nous. J'ai peur comme je n'ai jamais eu peur de ma vie.

Les larmes forcent la barrière de mes paupières et coulent le long de mes joues. Ses pouces les essuient délicatement, comme si elles étaient précieuses.

– Je suis aussi terrifié que toi, mon ange, mais je me sers de cette angoisse pour avancer. Je m'appuie sur elle pour me souvenir que tout peut se finir sur un choix du destin. J'ai décidé que cette seconde chance était méritée. J'ai décidé que plus jamais je ne laisserais cette peur me freiner. Et ça, depuis que tu es revenue dans ma vie. Alors, on va dompter cette peur et affronter ensemble tous les obstacles qui se mettront sur notre route.

Ses lèvres capturent les miennes pour un baiser lent, pour une promesse d'avenir. Je me laisse aller. Je savoure l'instant qui nous est offert. Mon corps bascule en arrière, je croise les bras autour de son cou et l'entraîne avec moi. J'écarte les jambes pour qu'Elijah ait plus de place. Il se décolle légèrement, son regard est sombre, envoûtant. Mon cœur rate plusieurs battements avant de repartir de plus belle. Il sème des baisers sur ma mâchoire, puis sa langue glisse le long de mon cou. Mon étreinte autour de ses hanches se resserre.

– Ce n'est pas vraiment ce qu'on avait dit, murmure-t-il.

– Au diable le « étape par étape ». J'ai envie de toi, Eli.

Il rit et s'appuie sur ses mains pour se relever.

– J'ai aussi envie de toi.

Pour me le prouver, son bassin pèse un peu plus contre le mien. Son érection se presse contre mon entrejambe. Je lâche un gémissement.

– Je crois que tu as raison, reprend-il, au diable le « étape par étape ».

Sa bouche se pose sur la mienne pour un baiser fiévreux, impatient. Nos langues se lient, se délient, s'embrasent. Je me consume immédiatement. Mes mains retirent les pans de sa chemise de son pantalon et commencent fébrilement à en défaire les boutons. Quand elle est totalement ouverte, il attrape mes poignets et les place au-dessus de ma tête.

– À mon tour, susurre-t-il.

Ses doigts glissent sous mon tee-shirt et le relèvent avec une lenteur délicieusement frustrante. Il s'arrête au niveau de ma poitrine et inspire profondément. Il embrasse chacun de mes seins, puis me retire complètement mon haut. Je résiste à l'envie de me cacher. Pas avec lui. Je ne veux aucune peur entre nous. Tandis qu'il me détaille, mon souffle s'accélère.

– Mes rêves n'étaient clairement pas à la hauteur.

Je m'appuie sur mes coudes pour me relever légèrement et hausse les sourcils.

– Tu fais des rêves cochons ?

– Oh, oui, et tu en es le personnage principal.

– Et qu'est-ce qui se passe d'autre dedans ?

– Je vais te montrer, répond-il avec un petit sourire en coin.

Il pose sa main sur ma poitrine pour m'allonger et se dresse au-dessus de moi, l'air affamé, mais également nerveux. Je glisse mes doigts dans ses cheveux pour le détendre. Je devrais être aussi anxieuse. Jules a laissé des blessures dans mon âme qui ne seront probablement jamais cicatrisées, mais avec Elijah je me sens bien. En paix. En sécurité. Je peux m'abandonner à lui sans avoir peur que ça tourne mal. Je lui fais confiance.

Peu à peu, ses épaules se détendent. J'attire son visage vers le mien et l'embrasse tendrement. Ses doigts dessinent la courbe de mon être, de mon âme. Je ferme les yeux, bascule la tête en arrière et lui offre ma gorge quand ses lèvres descendent. Ses dents mordillent ma peau et font battre mon cœur à toute allure. Je tire sur ses cheveux et le guide jusqu'à ma poitrine. Il résiste un peu et s'attarde là où mon pouls s'affole. Sa torture ne fait que commencer et je n'en peux déjà plus. J'ondule, incapable de me contrôler, incapable de résister au plaisir que je sens croître.

Ses mains se posent sur mes hanches et amplifient la cadence. Sa bouche se plaque sur mes tétons dressés à travers l'étoffe de mon soutien-gorge. Mon souffle se perd, se raréfie. Mes lèvres s'entrouvrent, laissent échapper un soupir de contentement. Il écarte la dentelle et aspire l'un après l'autre mes tétons. Je croise les chevilles autour de son bassin et me laisse envahir par les sensations. Je glisse les mains sur ses épaules pour lui retirer sa chemise. J'admire sa musculature, son torse appelant au toucher. J'effleure chaque centimètre de peau qu'il m'est possible d'atteindre. Ses abdos se contractent lorsque mes doigts glissent dessus. Elijah se dérobe à mon contact et déboutonne mon short avant de me l'enlever sans tarder. Ses doigts avancent lentement de mes chevilles à mes cuisses. La chaleur dans le salon devient insupportable, mais elle le devient bien plus quand il s'arrête à la lisière de ma culotte et joue avec les coutures.

– Elijah, murmuré-je.

Ses yeux ténébreux s'ancrent dans les miens, me laissant l'opportunité de faire marche arrière. Je soulève les hanches, lui donnant implicitement mon accord. Il retire ma culotte et la jette par-dessus son épaule. Totalement nue devant lui, je ne me sens pas vulnérable. Pas avec le regard qu'il pose sur moi. Au contraire, je me sens adulée. Elijah trace une nouvelle fois un chemin de baisers sur mon corps et je sais que je ne vais pas tenir plus longtemps. Mes mains défont les boutons de son pantalon et baissent la fermeture Éclair. Il lâche un grognement quand mes doigts frôlent son érection. Je descends un peu plus son pantalon, il finit par l'enlever totalement. Je crochète mes chevilles autour de sa taille et me frotte sans vergogne contre lui.

– Tu vas me tuer.

– Préservatif, soufflé-je.

Il se lève d'un bond, je ne sais pas où il va, mais il revient en un temps record avec un étui argenté entre les doigts. Il le dépose près de ma tête avant de m'embrasser langoureusement. Je m'en empare, et sans lui laisser le temps d'agir, je l'ouvre. Mes mains glissent jusqu'à sa colonne de chair et la caressent. Le va-et-vient lui fait serrer les dents. Son front s'appuie sur mon épaule, ses hanches accompagnent le mouvement de mes mains. Son souffle contre mon oreille est la plus érotique des musiques. J'inverse nos positions et me mets à califourchon sur lui. Tandis que je déroule le préservatif, je ne quitte pas son regard magnétique. Je déglutis difficilement. Quand mes mains ont cessé de trembler, quand mon cœur reprend sa course, je me redresse un peu et place son érection dans le bon angle avant de le chevaucher.

– Putain, siffle-t-il.

Je n'ai pas mieux. La sensation est merveilleuse. Nos corps ne font qu'un. Nos cœurs battent dans le même rythme frénétique. Nos âmes se lient d'une manière indéfinissable. La danse de nos corps en mouvement, la sueur qui perle sur nos peaux ne font qu'électriser la tension entre nous. La pièce se remplit de nos gémissements et soupirs.

Je sens la vague de jouissance prête à me percuter, à m'avaler. Je la retiens pour savourer un peu plus cette sensation de plénitude, de béatitude. Nos lèvres se heurtent. L'étreinte des mains d'Elijah sur mes hanches s'affermit, me faisant accélérer le mouvement. Nos va-et-vient deviennent incontrôlables. Une de ses mains se détache et glisse entre nos deux corps. Elle se place sur mon clitoris et je lâche les rênes. Je jouis en criant. Elijah émet un grognement sourd et me rejoint peu après.

À bout de souffle, je pose ma tête sur son torse. Ses mains parcourent mon dos tandis que nos respirations saccadées redeviennent normales. J'attends le moment où l'on se sentira gênés, mais ce n'est pas le cas. Lorsque je redresse le visage, il me sourit et caresse de son pouce ma lèvre inférieure.

– On a eu raison d'envoyer chier le « étape par étape », déclare-t-il avec un immense sourire.

J'éclate de rire et me pelotonne contre lui. C'est vrai, mais c'est surtout que c'était le bon moment pour s'abandonner l'un à l'autre. Je ne regrette pas d'avoir attendu, je regrette seulement qu'on ne se soit pas retrouvés plus tôt. Dans d'autres circonstances.

35

Elijah

Être avec elle tous les matins, tous les soirs, est vraiment ce que je préfère. Je lui ai dit que je me battrais pour ça, et c'est ce que je fais. Je ne lui ai pas encore avoué que je l'aime depuis la fac, j'ai peur de sa réaction. Est-ce qu'elle fuirait ? Je ne pense pas, pourtant je ne l'ai toujours pas fait. J'ai presque fini de travailler sur le dossier épineux d'un client et je n'ai qu'une hâte, celle de rentrer chez moi. Des coups frappés à ma porte me font froncer les sourcils. Je n'attends personne et je n'ai plus de rendez-vous. Je jette un coup d'œil à ma montre. Dix-huit heures trente. Je dois bientôt partir.

– Oui ?

Mon patron passe la tête dans l'embrasure de la porte.

– Je n'ai pas eu le temps de venir te voir aujourd'hui avec tous les procès que j'ai eus.

– Pas de problème. Je sais que c'était une journée chargée pour vous.

Il acquiesce, puis entre dans mon bureau avant de refermer la porte. Il boutonne sa veste et croise les mains dans le dos avant de se poster devant la fenêtre. Son attitude accentue mon froncement de sourcils.

– Un souci ? demandé-je, inquiet.

– Fournier.

Ce simple nom me fait serrer les poings. Putain ! Qu'est-ce qu'il a encore fait ?

– Il essaie d'intimider mes clients, m'explique Lefebvre, pour que je craque et te vire de mon cabinet. Mais surtout pour que je ne te représente plus.

Enfoiré ! Venant de lui, ça ne m'étonne pas vraiment.

– Qu'est-ce que vous allez faire ?

Je redoute sa réponse. Il peut très bien me virer pour préserver sa clientèle. Le pire, c'est que je ne lui en voudrais même pas.

– Pour l'instant, absolument rien, réplique-t-il en se tournant vers moi. Tu es un bon élément, tu es fiable. Je sais que je peux compter sur toi. Et chose non négligeable, j'aime travailler avec toi. Alors non, je ne vais pas te renvoyer. Tant que sa mère ne se mêle pas de l'histoire, tu n'as rien à craindre.

Soudain, je repense à la rencontre entre Anaïs et elle. Que se sont-elles dit ? Anaïs n'a pas voulu entrer dans les détails, j'ai respecté son silence.

– Quels dégâts pourrait faire Mme Leroy ?

– Tu n'aimerais pas le savoir. Vaut mieux se concentrer sur son fils, c'est celui qui nous pose un problème.

– Rien n'est moins sûr, murmuré-je.

– Que veux-tu dire ?

Je soupire et fais bouger mes épaules pour les détendre un peu.

– Anaïs a eu une visite surprise de la très estimée P.-D.G. Tout ce que je sais, c'est qu'il a été question de menaces en tout genre.

– De quel type de menace parle-t-on ?

– Aucune idée, grogné-je. Anaïs n'a pas voulu m'en dire plus.

– Il serait peut-être utile de te renseigner.

Je hoche la tête, mais je n'ai aucune idée de la façon d'arracher des détails à Anaïs.

– Je vais te laisser, ma femme m'attend et elle va me tuer si je traîne trop.

– Passez-lui le bonjour de ma part.

– Ça sera fait.

Il quitte le bureau, puis j'entends la porte du cabinet claquer. À présent seul, je réfléchis à ce que pourraient faire Jules et sa mère pour étouffer l'affaire. Maintenant que l'histoire est publique, l'unique moyen serait de nous faire chanter ou tuer. Seraient-ils prêts à de telles extrémités ? Concernant Jules, tout est possible. En revanche, je vois mal sa mère en arriver là. Je secoue la tête et me lève de mon fauteuil. Je ne vais pas rester à ruminer dans mon coin alors que je pourrais être en compagnie d'Anaïs. Je mets mon manteau, vérifie que j'ai bien mes clés et ferme mon bureau. Je dépose une note sur celui de Sarah, notre secrétaire, et ferme le cabinet.

Alors que je sors du bâtiment, une bouffée d'air glacial me surprend. Je remonte le col de mon manteau au maximum et marche d'un pas vif jusqu'à ma voiture. Le quartier est peu animé ce soir, c'est presque inquiétant pour une ville comme Paris. Je frissonne et fais fi du mauvais pressentiment qui titille mon être. Je suis à proximité de ma voiture quand ça arrive… Sorti de nulle part, un homme surgit devant moi, la capuche remontée sur sa tête, une cagoule cachant son visage. Sa carrure est celle d'un mastodonte qui peut vous anéantir juste en vous soufflant dessus. Un homme à la force létale.

Plus tard, mon esprit se rejouera mille fois la succession d'événements pour savoir si j'aurais pu éviter tout ça.

Je m'arrête en plein milieu du trottoir. Mon cerveau me crie de courir, de changer de direction, de faire quelque chose, mais mes pieds restent figés. Contrairement à moi, l'homme ne perd pas une seconde. Son poing s'abat sur mon visage. Ma vision s'obscurcit presque instantanément. Je cligne des paupières et siffle de douleur. Je n'ai pas le temps de comprendre qu'un nouveau crochet me tord l'estomac. Putain ! Je ne vais pas mourir ici. Pas ce soir. Je me plie en deux, la respiration hachée. Mon agresseur n'en a pas fini avec moi. Il m'attrape par la veste pour me relever et lève son poing pour me l'asséner une nouvelle fois en plein visage. Juste avant l'impact, c'est le sourire qu'Anaïs m'a offert ce matin qui me traverse l'esprit. J'esquive de justesse le coup de massue. Je me libère de l'étreinte de l'homme en utilisant une technique de krav-maga et le frappe sans tarder au visage. Un craquement. Du sang coule de son nez. Il lâche à peine un grognement avant de me charger comme un taureau. Ses mains se mettent à serrer mon cou. J'essaie de me défaire de sa prise, mais il affermit sa poigne. L'air commence à me manquer, mes poumons peinent. Mes forces me quittent petit à petit. Je ne vois pas ma vie défiler, je vois seulement ce qu'elle aurait pu être si elle ne s'achevait pas ce soir. À bout de force, je laisse retomber mes mains. Mon agresseur sourit. Cet enfoiré sourit, exulte d'avoir rudement mené sa tâche.

Du bruit se fait entendre, mais je n'arrive pas à en identifier la source. Soudain, la prise autour de mon cou s'évanouit. J'avale de grandes bouffées d'air et tousse en même temps. Mes paupières papillonnent pour faire le point. Il n'est plus là. Je jette un coup d'œil alentour et vois une silhouette courir vers moi. Est-ce son arrivée qui l'a fait fuir ? La silhouette se poste devant moi. Il me faut quelques secondes pour comprendre qu'il s'agit d'un homme et qu'il me parle.

– … ambulance ?

Je secoue la tête et lève péniblement ma main sur mon cou. L'homme me tend la sienne pour m'aider à me redresser quand il s'aperçoit que je peine. Le monde tourne quand je suis debout. Putain !

– Vous êtes sûr que vous ne voulez pas que j'appelle la police ?

Je passe ma langue sur ma bouche sèche. Tout mon corps est douloureux, mais je ne pense pas avoir quelque chose de cassé.

– Non, croassé-je. Merci d'être venu.

Mon sauveur m'observe, inquiet. Je presse son bras et ramasse ma sacoche.

– J'irai tout à l'heure au commissariat.

Bien que sceptique, il me laisse partir. Je sens son regard me suivre jusqu'à ce que je tourne à l'angle de la rue. Je m'appuie contre le mur et prends une profonde inspiration. Merde ! Ce n'était pas une simple agression pour me voler. Non, il était clairement là pour me tuer. Je me demandais jusqu'où était prêt à aller Jules. Je crois que je viens d'avoir ma réponse, mais je ne pourrai jamais le prouver. Les jambes flageolantes, je marche jusqu'à ma voiture.

– Anaïs ! m'exclamé-je.

Si Jules a envoyé un gros bras pour me tuer, qu'est-ce qui me dit qu'il n'en a pas envoyé un pour l'assassiner, elle aussi ? Les mains tremblantes, je sors mon téléphone de ma poche. L'écran s'est fissuré, ça a dû se produire quand je suis tombé. Comme elle est la dernière personne que j'ai appelée, je n'ai aucun mal à retrouver son numéro malgré les fissures. Je déverrouille ma voiture et m'assieds derrière le volant.

« Veuillez laisser un message après le bip… »

Je raccroche et recommence. Je démarre tandis que les tonalités retentissent dans le vide.

– Allez, décroche, supplié-je.

J'atterris une nouvelle fois sur sa boîte vocale. Je pousse un juron et resserre mes doigts sur le volant. J'accélère un peu plus. S'il lui arrivait quelque chose, je n'y survivrais pas. Tout en conduisant jusque chez moi, je réitère mes tentatives pour la joindre.

Je me gare sur ma place de parking et je cours jusqu'à l'escalier. Je monte rapidement les marches. Les mains tremblantes, j'ouvre la porte et l'odeur habituelle de chocolat titille mes sens.

– Anaïs ? crié-je.

Je déboule comme un fou furieux dans le salon et la trouve allongée sur le canapé, les yeux fermés.

– Anaïs !

Elle sursaute et glisse du canapé.

– Putain, grogne-t-elle.

Elle se lève et se masse la hanche.

– Bordel ! Qu'est-ce qui te…

Elle se fige en relevant la tête. Sa bouche s'ouvre en grand puis elle se précipite vers moi. Je suis incapable de faire le moindre mouvement. Elle va bien ! Elle était juste endormie. Elle va bien ! Est-ce que je me serais fait une montagne de mon agression ? Est-ce que c'était juste le « mauvais endroit, au mauvais moment » ? Était-ce un psychopathe trouvant enfin la victime tant attendue ? Anaïs s'arrête devant moi et lève la main pour toucher mon visage avant de la rabaisser.

– Qu'est-ce qui s'est passé ? murmure-t-elle, la voix tremblante.

Je cligne des yeux et reviens dans le présent.

– Elijah !

Je secoue la tête et prends une profonde inspiration. Je laisse tomber mon attaché-case et la presse contre moi. Peu importe la douleur qui me vrille l'estomac, peu importent les larmes qui coulent le long de mes joues. Peu importe la peur qui m'étreint encore. J'ai bien cru que je ne la reverrais jamais en vie. J'ai bien cru que le baiser échangé ce matin serait le dernier. Je la serre plus fort et plonge mon nez dans son cou. Ses bras caressent mon dos. Elle ne dit rien. Elle comprend que j'ai besoin de cet instant pour prendre conscience qu'elle est là, devant moi. Que je suis toujours en vie ! J'ai besoin d'elle. Je finis par me détendre et relâche un peu mon étreinte. Anaïs attrape ma main et m'emmène jusqu'au canapé sur lequel elle me force à m'asseoir. Elle s'agenouille devant moi et ses yeux pleins de larmes s'ancrent dans les miens.

– Qu'est-ce qui t'est arrivé ?

Je touche ma joue douloureuse et passe ma langue sur mes dents pour vérifier qu'aucune ne manque à l'appel.

– Je me suis fait agresser par un homme cagoulé en rejoignant ma voiture.

Ses yeux se ferment un instant, un sanglot l'étouffe.

– Je suis désolée… Oh, mon Dieu, je suis tellement désolée.

Je prends son visage en coupe et le relève.

– Ce n'est pas ta faute. Ça arrive malheureusement souvent.

– Il a essayé de te voler quelque chose ?

Je secoue la tête en signe de négation.

– Alors selon toi, c'était une agression sans raison ? Seulement pour le plaisir ?

Je hausse les épaules et m'enfonce un peu plus dans le canapé. La douleur commence à se diffuser au reste de mon être. Je ferme les yeux et serre les dents pour retenir le grognement de souffrance qui veut franchir la barrière de mes lèvres. J'entends les pas d'Anaïs s'éloigner, mais je suis trop épuisé pour ouvrir les paupières. La chair de poule court sur ma peau quand un objet froid se pose sur ma joue.

– Pourquoi tu ne m'as pas appelée ?

Je la regarde et aperçois l'angoisse et la colère qui crispent ses traits.

– J'ai essayé, mais tu ne répondais pas.

Elle fronce les sourcils, puis se tourne pour récupérer son téléphone sur la table basse. Elle grimace en me faisant face.

– Je l'avais laissé en mode silencieux. Qu'est-ce que je peux faire pour toi ? Il ne faudrait pas aller à l'hôpital et porter plainte ?

– Je veux juste te serrer dans mes bras.

Elle reste encore quelques secondes à me dévisager. Elle s'assied près de moi et me prend doucement dans ses bras. Ma tête se pose sur ses genoux, trop lourde pour que je puisse encore la porter. Ses doigts glissent dans mes cheveux et apaisent un peu la tension qui m'étouffe. Mon corps se relâche…

– Je suis là, murmure sa douce voix à mon oreille.

***

Le corps courbaturé, douloureux, je m'éveille quand je sens de l'eau glisser le long de mon visage. Mes paupières papillonnent. Je bouge la tête et me rends compte que je suis pelotonné contre son ventre. Son corps est agité de tremblements. Je redresse le visage et m'aperçois que ce n'est pas de l'eau, mais ses larmes qui m'ont réveillé.

– Je suis désolée, murmure-t-elle, la voix brisée.

Je lève difficilement la main et essuie ses larmes.

– Je t'ai déjà dit que tu n'y étais pour rien.

– C'est faux. Elle m'a dit qu'elle s'en prendrait à toi.

Je fronce les sourcils et il me faut plusieurs secondes pour comprendre qu'elle parle de la mère de Jules.

– Les menaces me concernaient ?

Elle hoche la tête, l'air coupable. Je soupire. J'aurais dû lui demander plus de détails.

– Regarde-moi et écoute-moi bien : ce n'était pas ta faute ! Tu n'es pas responsable de la perversité des autres, mon ange.

– Je sais, mais si je l'avais prise au sérieux, elle ne se serait pas attaquée à toi.

– Et comment l'en aurais-tu empêchée ?

Elle reste silencieuse.

– Tu aurais mis de la distance entre nous, n'est-ce pas ?

Je m'assieds et grimace quand la douleur me plie en deux. Merde ! Il n'a vraiment pas fait semblant.

– Tu penses que je t'aurais laissée faire ? Après tout ce qui s'est passé entre nous, tu penses que mes mots n'étaient que du vent ?

Elle se lève et se met à faire les cent pas devant moi.

– Ce n'est pas ça. Je veux juste te protéger, Eli.

Je me passe une main dans les cheveux.

– Je sais ce que tu ressens, mais ce n'est pas en me mettant à l'écart que tu vas assurer ma sécurité. Peu importe qu'on soit en couple ou pas à présent, parce qu'elle m'aurait tout de même pris pour cible. Juste pour te prouver que tu n'es pas à l'abri, que personne dans ton entourage ne l'est.

Anaïs croise les bras autour de son corps, comme si mes mots la blessaient et l'effrayaient profondément. Je me lève péniblement et arrête sa déambulation en la serrant contre moi.

– On ne va pas faire marche arrière et les laisser s'en sortir impunément.

– Alors qu'est-ce qu'on va faire ?

– On va commencer par quitter cet endroit.

– Pour aller où ?

– J'ai un autre appartement. On va prier pour qu'ils ne le connaissent pas, même si c'est peu probable, mais c'est notre seule option sur le long terme.

On pourrait aller d'hôtel en hôtel, mais ce serait trop de contraintes. Et je garde cette solution en dernier secours. Soudain, l'humeur d'Anaïs s'assombrit encore plus, son corps se tend.

– Une garçonnière ?

– Pas du tout. Du moins, pas dans le sens auquel tu penses. Je m'en sers comme salle de sport.

– Désolée, je suis un peu sur les nerfs. D'accord pour ton autre logement. Tu veux peut-être aller au commissariat avant ?

Je me serais bien passé de cette étape, mais il faut garder une preuve de ce qui s'est produit. J'opine de la tête et la suis des yeux jusqu'à ce qu'elle disparaisse dans la chambre pour faire sa valise. Je me rassieds dans le canapé en grognant. Je soulève mon tee-shirt et grimace à la vue de mon hématome. Je me rajuste rapidement quand j'entends les pas d'Anaïs dans le couloir. Pas besoin de l'alarmer encore plus.

– Je viens de penser à quelque chose ! Un détective est venu me voir à la fin de ma dernière course. Après…

Elle fait une pause et souffle un grand coup avant de reprendre :

– Après que Jules m'a étranglée, il m'a donné sa carte et m'a demandé de le contacter. Apparemment, ça a un rapport entre Jules et une disparition.

Mes poings se serrent de colère. Si ce détective l'a contactée, ce n'est sûrement pas pour rien. Quel macabre secret cache encore Fournier ?

– Tu as toujours la carte ?

Elle brandit le bristol entre ses doigts.

– On l'appellera en sortant du commissariat, ajoute-t-elle.

Je hoche la tête et me lève enfin pour préparer ma valise. Jamais je n'aurais pu imaginer qu'une autre personne passerait le seuil de mon antre, mais le fait que ce soit Anaïs me semble naturel.

36

Anaïs

Le dépôt de plainte a été difficile. À chacune des phrases d'Elijah, je voyais la scène se jouer devant moi, j'avais l'horrible sensation d'entendre l'impact des poings sur son corps. Je me suis obligée à prendre de courtes inspirations de peur de tourner de l'œil. Je ne sais pas comment fait Eli pour garder son calme, j'en suis incapable. On sort enfin de là avec la promesse que la police fera de son mieux pour retrouver son agresseur. On sait qu'avec la protection de la famille Fournier, les chances qu'il soit arrêté sont minimes.

J'avale une grande bouffée d'air frais dès qu'on se retrouve dehors. Eli me laisse quelques secondes de répit avant de nouer ses doigts aux miens. Je me tourne vers lui, le visage inquiet.

– Tu vas bien ?

Il touche sa joue en essayant de réprimer une grimace.

– Ça va. Rien qu'une bonne nuit de sommeil ne puisse réparer.

Je fais une moue sceptique et soupire.

– Allez, viens, je commence à avoir faim.

Il m'entraîne jusqu'à sa voiture et m'ouvre la portière. Faire mes bagages encore une fois a été facile, puisque je ne les avais pratiquement pas défaits. Comme si je savais que le destin viendrait de nouveau frapper à ma porte et détruire ce que j'avais pris pour acquis. Ce qui a été le plus dur, ça a été de voir Eli empaqueter des affaires, quitter son appartement comme un homme en fuite. Son seul tort est de vouloir me protéger. J'ai peur de ne pouvoir limiter les dégâts. Je serre les poings et tente de trouver une solution, n'importe quoi pouvant nous sortir des griffes de la famille Fournier. Seule la carte que je triture entre mes doigts dans la poche de ma veste m'apporte une lueur d'espoir. Je n'ai pas pris le temps de vérifier son identité sur Internet, j'espère que je ne me jette pas dans la gueule du loup. Que ce n'est pas un journaliste se faisant passer pour un détective pour avoir des informations croustillantes. Je pousse un soupir et appuie mon front contre la vitre. Je sens la main d'Eli se poser sur ma cuisse et la serrer. Je la recouvre de la mienne et ferme les yeux. Je puise un peu de sa force et redresse les épaules.

Pendant le trajet, je me demande à quoi ressemble son autre appartement. Et pourquoi a-t-il eu besoin d'un second lieu de vie ? Est-ce à cause de son ex ? C'est vrai qu'elle a l'air un peu psychopathe sur les bords, mais je ne pense pas que ça soit la raison. Est-ce qu'il m'a menti et que c'est bien sa garçonnière ? Je lui jette un coup d'œil. Malgré les derniers événements, il a l'air détendu, mais je sais que ce n'est qu'une façade. Son front est plissé, ses lèvres se pincent parfois. On reste murés dans nos pensées le temps du trajet. Eli se gare près d'un immeuble qui ne paie pas de mine. Tandis qu'il commence à décharger le coffre, je lève les yeux sur la façade. Eh bien, ça n'a rien à voir avec son autre résidence. D'ailleurs, le quartier est aussi très différent. Ici, c'est bien plus moderne avec des bâtiments de style industriel, alors que nous étions là-bas dans un environnement un peu plus huppé. J'aide Eli à prendre les valises et le suis jusqu'à la porte. Dans l'ascenseur, j'essaie d'imaginer ce que je vais trouver, à quoi m'attendre. Mais rien n'aurait pu me préparer à ce que je vois quand j'entre enfin. L'appartement est pratiquement nu. Mis à part un sac de frappe et une cuisine aménagée dans un coin, il est vide. Ni décoration ni meuble. Je dois avoir la bouche grande ouverte lorsque je me tourne vers Eli, car il grimace en haussant les épaules.

– Désolé, tu t'attendais sûrement à… mieux.

Il laisse les valises près de la porte d'entrée avant de traverser son loft. Dans un coin opposé aux baies vitrées, il y a un matelas à même le sol. Non loin, se trouve une salle de bains à l'italienne. Je reviens dans la cuisine où Eli est accoudé au comptoir, le visage inquiet.

– En fait, il y a le strict minimum, c'est suffisant.

– C'était suffisant pour ce que j'y faisais, grogne-t-il.

– Et c'était quoi ?

Il me montre de la main son sac de frappe.

– Tu venais ici seulement pour ça ? Ça ne fait pas un peu cher pour si peu ?

Son regard s'assombrit puis il secoue la tête.

– Ce sac représente des années de défoulement, de peurs enfouies, de tristesse. Je venais ici pour évacuer tout ce que j'ai en moi, tout ce sur quoi je n'arrive pas à mettre des mots. Ici, c'est le seul endroit où je me permets d'être moi-même.

Ces mots me laissent sans voix. Je vois son appartement d'un œil neuf. C'est son exutoire. La partie la plus intime de lui et il me laisse y pénétrer. Je fais le tour du comptoir et prends son visage entre mes doigts. Je plonge mes iris dans les siens.

– Merci. Merci de me permettre de connaître cette part de toi. Merci de me faire une place dans ta vie.

Il relâche son souffle et me serre dans ses bras.

– J'avais peur que tu ne comprennes pas, murmure-t-il.

S'il y a une personne capable de le comprendre, c'est bien moi. Je me mets sur la pointe des pieds et dépose mes lèvres au coin des siennes. Elijah tourne le visage et capture ma bouche.

– Tu es la première à entrer ici et tu seras la seule.

Je n'ai pas le temps de lui répondre qu'il me débarrasse rapidement de ma veste et de mon tee-shirt. Je penche la tête en arrière pour lui offrir ma gorge. Il y dépose une kyrielle de baisers avant de mordre ma peau là où mon pouls s'emballe. Je prends une brusque inspiration et resserre mon emprise sur ses cheveux. Ses doigts habiles dégrafent mon soutien-gorge. Tandis que ses lèvres se posent sur ma poitrine, mes mains descendent sur ses épaules puis dans son dos. Électrisée, je ne me contrôle plus. J'ai besoin de lui prouver que plus rien ne m'éloignera de lui.

Je passe mes doigts sous son tee-shirt et les glisse sur son ventre. Il grogne et aspire un de mes tétons. Mon souffle se perd dans sa nuque. Je mords son épaule quand la tension devient intenable. Je le débarrasse de son haut et m'attaque à sa ceinture tout en embrassant sa peau. La douce musique de son pantalon tombant au sol me liquéfie. Je me mords la lèvre en laissant mon regard vagabonder sur son corps. Il est parfait. Il est mien. Je l'embrasse et le pousse contre le comptoir. Ma bouche parcourt son torse et s'attarde sur ses tétons. Un râle lui échappe quand mes lèvres se posent sur son érection à travers son boxer. Sa respiration devient sifflante. Lentement, je lui retire son sous-vêtement et redresse la tête pour plonger mon regard dans le sien. Ses yeux sont mi-clos, le désir qu'ils renvoient attise encore plus le mien. Sans rompre le contact, je le goûte.

– Anaïs, souffle-t-il.

Il ne m'en faut pas plus pour le prendre dans ma bouche. Je ne m'arrête qu'au moment où Elijah me repousse pour finir de me déshabiller à son tour. Il me soulève et me dépose sur le comptoir. Des frissons me parcourent quand ma peau nue se retrouve en contact avec le marbre. Il plaque ses mains sur mes hanches et me rapproche du bord. Il contemple quelques instants mon corps avant d'écarter largement mes jambes. Il ancre son regard fiévreux dans le mien. Le dos de sa main droite caresse l'intérieur de ma cuisse. Ses doigts frôlent mon intimité. Puis il revient sur mon genou. Il recommence sa torture avec mon autre jambe. Je me mords la lèvre pour ne pas le supplier. Soudain, il se baisse et sans hésitation pose ses lèvres sur mon sexe. Je lâche un soupir de plaisir. La tête penchée en arrière, je me laisse aller. Je profite de ses caresses, je navigue sur la vague du plaisir. Je ne réprime aucune de mes suppliques, aucun de mes cris. Eli m'emmène loin, haut. Quand enfin je redescends, j'entends le bruissement du préservatif et il me pénètre d'un coup. Je croise les bras autour de sa nuque. Ses va-et-vient sont une véritable déclaration. C'est brut, c'est sans subtilité. C'est sauvage. C'est indomptable. C'est nous. Le regard plongé dans le sien, j'accompagne ses mouvements. Je tire sur ses cheveux et lui mords la lèvre inférieure avant de la sucer pour soulager la douleur. Ses mains raffermissent leur emprise sur mes hanches.

– Anaïs, grogne-t-il, avant de ralentir.

Je pousse un cri de protestation. Sa bouche capture la mienne pour un baiser sensuel, doux. Il se retire lentement puis me pénètre d'un puissant coup de reins. Ma tête bascule en arrière. J'ai la sensation qu'il marque mon corps, mon âme et mon cœur au fer. Je noue mes jambes autour de sa taille et appuie mes talons sur ses fesses pour le faire accélérer. Il résiste un instant avant d'augmenter le rythme. Je retombe sur le comptoir à bout de souffle et le laisse me mener aux portes de l'orgasme.

Je jouis une seconde fois, Eli me suit presque aussitôt. Sa tête tombe sur ma poitrine, lourde de plaisir.

– Mon Dieu, murmuré-je.

– Ouais, réplique-t-il, la voix rauque.

Je ris et glisse mes doigts dans ses cheveux. On est tous les deux en sueur, nus comme des vers dans une cuisine, pourtant je ne me suis jamais sentie aussi bien que maintenant.

– Une douche, ça te tente ? me demande-t-il.

– De toute façon, je crois qu'on n'a pas trop le choix.

Il me soulève sans effort. Je proteste, car je sais que ses hématomes sur l'abdomen sont douloureux, mais il continue jusqu'à la salle de bains. Il tourne le dos au jet et me repose seulement quand la température est assez chaude. J'offre mon visage à l'eau et la laisse couler le long de mon corps sans faire le moindre mouvement.

– Tu sais, à un moment il faut que tu te laves !

Je cligne des yeux et repousse mes cheveux en arrière. Elijah se tient devant moi, le regard railleur. Je grogne et lui tourne le dos.

– Quoique, tu n'es pas obligée ! J'adore la vue que j'ai d'ici.

– Pourquoi ça ne m'étonne même pas ?

– Parce que tu me connais trop bien.

Ses doigts glissent le long de mon corps avant d'entourer mes hanches et de me coller à lui. Il tend une main et attrape le gel douche.

– Puis-je ? me demande-t-il.

– Mais je t'en prie.

Je ferme les yeux et le laisse me savonner. C'est presque plus intime que ce qui vient de se passer dans la cuisine. C'est tendre. Quand il a fini, je prends à mon tour le gel douche et m'occupe de lui.

On sort de la salle de bains, plus sereins et prêts à affronter ce que va nous raconter le détective.

Alors que le soleil se lève, je prends la carte restée dans la poche de ma veste. Je m'assieds sur un tabouret tandis qu'Elijah prépare du café. Il se tourne vers moi.

– Tu es sûre que tu ne veux pas que je l'appelle ?

– Non, il risque de se méfier et de ne pas répondre à tes questions.

– D'accord.

Je compose le numéro et mets le haut-parleur pour qu'Elijah ne perde pas une miette de notre conversation. Les sonneries s'enchaînent, et quand je pense que je vais tomber sur la messagerie, une voix bourrue me répond.

– Oui ?

– Monsieur Marchal ?

– C'est bien moi.

Je me racle la gorge et prends une profonde inspiration.

– C'est madame… c'est Anaïs, me reprends-je. Vous m'avez donné votre carte après ma course.

– Ah, madame Fournier, je ne m'attendais plus à votre appel.

Lui n'a aucun problème à me rappeler que je suis toujours mariée à une ordure.

– Les derniers jours ont été quelque peu mouvementés.

– J'imagine. Est-ce que vous êtes d'accord pour me rencontrer ?

Je jette un coup d'œil à Elijah, il hoche la tête.

– Qu'est-ce qui me prouve que ce n'est pas un traquenard ?

– Croyez-moi, je ne m'amuserais pas à ce genre de chose. Surtout pas concernant cet homme.

Malheureusement, ça se tient. Jules n'est pas du style à laisser passer quand on bave sur lui.

– D'accord. Dans ce cas, retrouvons-nous à dix heures au Petit Bistro.

– Parfait.

Je raccroche et lâche un soupir. Qui sait où tout cela va mener, ce que l'on va découvrir sur l'homme qui a fait de ma vie un cauchemar ? Elijah pose une tasse devant moi et serre ma main.

– Je suis là.

Sans lui, je ne serais déjà plus là. Je noue mes doigts aux siens et l'embrasse. Je vais encore avoir besoin de sa force.

***

Assise dans un coin du café, je plonge mes yeux dans ma tasse. Je ne sais pas ce que le détective peut me dire. J'ai peur d'attendre trop de ce rendez-vous. Elijah est installé à côté de moi, la mine soucieuse. Avant de partir, on a beaucoup discuté sur ce qu'on allait faire pour résoudre les problèmes causés par la famille Fournier, sans trouver de solution. Je soupire et jette un coup d'œil autour de moi. Les clients ont préféré la terrasse pour profiter du soleil, nous laissant pratiquement seuls à l'intérieur. Un couple est installé non loin de nous, ils sont penchés l'un vers l'autre, le regard amoureux. Je détourne les yeux et balaie la salle, jetant de temps en temps des coups d'œil à Elijah. Est-ce que notre relation est réelle ? Est-ce qu'on va pouvoir bâtir quelque chose de sérieux ? Est-ce que j'en ai la force ? Il ne me traite pas comme une poupée fragile et je lui en suis tellement reconnaissante. Pourtant, je ne sais plus si je suis prête à lui laisser autant de place dans ma vie. Mais c'est peut-être trop tard pour ça. Sa main se pose sur ma cuisse pour arrêter les tressautements qui m'agitent.

– Tout va bien se passer, dit-il.

– Peut-être, mais je suis nerveuse.

– C'est normal, le contraire aurait été étonnant.

La porte du bar s'ouvre et le détective apparaît. Il balaie l'endroit des yeux et s'arrête sur notre table dès qu'il me voit. Sa démarche est assurée, son regard franc. J'avale une gorgée de café pour me donner un peu de contenance et pour cacher le tremblement de mes doigts.

– Madame Fournier, dit-il en me tendant la main.

Heureusement, il n'a pas haussé la voix. Jusqu'à présent, j'ai eu de la chance, personne ne m'a dévisagée ou reconnue, j'aimerais que ça reste ainsi. Je lui serre la main et lui adresse un hochement de tête. Puis il se tourne vers Eli.

– Nous n'avons pas été présentés, mais je vous ai vu ce jour-là. Je suis heureux que vous soyez intervenu à temps.

Je sens le corps d'Eli se tendre à l'évocation de ce dimanche où j'ai failli mourir. C'est à mon tour de lui serrer la cuisse.

– J'en suis heureux aussi.

Le détective s'assied face à nous et commande un déca au serveur.

– Je suppose que vous ne voulez pas tourner autour du pot et que vous souhaitez savoir pourquoi je vous ai contactée, madame Fournier.

– Appelez-moi Anaïs, s'il vous plaît.

– D'accord.

Il remercie le serveur et croise les mains sur la table devant lui avant de plonger longuement ses yeux dans les miens. Je ne détourne pas le visage et soutiens son regard. Ce qu'il semble y voir le satisfait, car il reprend la parole :

– J'ai été engagé par des clients à la recherche de leur fille disparue, il y a plusieurs années de ça.

Mon angoisse monte d'un cran. J'ai envie de fuir, de sortir d'ici en courant sans me retourner, mais je suis tétanisée par l'horreur des images envoyées par mon cerveau.

– Elle avait à peine 19 ans, très jolie, un peu rebelle.

Il sort une photo de sa chemise cartonnée et la pose devant nous. Une jeune femme brune, souriante, des yeux rieurs, se tient face à l'objectif. Le cliché a été pris juste au moment où elle sautait en l'air.

– Ils ont pensé à une fugue puisqu'elle en avait déjà fait. Les autorités ont été contactées, mais il y a tellement de disparitions que la police n'a pas vraiment donné suite au dossier. Surtout qu'aucun élément ne permettait de qualifier une infraction.

J'attrape la main d'Eli et lui broie probablement les os. J'ai envie de vomir.

– Mais cette jeune fille revenait toujours de ses escapades. Toujours. Et elle n'était jamais partie sur une aussi longue période. En désespoir de cause, ils ont fait appel à moi au bout de deux ans. On ne peut pas dire que ça a été simple, mais je n'ai pas abandonné l'espoir de la retrouver en vie un jour.

Il baisse le regard sur sa tasse comme s'il avait oublié qu'elle était là.

– J'ai parlé à chacun de ses amis de l'époque, chaque connaissance, jusqu'à tomber sur une piste.

Je sais ce qu'il va dire, mais je ne veux pas l'entendre. Je ne peux pas. Mon Dieu…

– Leur fille sortait avec M. Fournier, en secret, au moment de sa disparition.

Non ! Ça ne signifie rien, n'est-ce pas ? Je veux dire, ce n'est pas parce que vous fréquentez quelqu'un que vous êtes forcément le coupable si cette personne disparaît. Je me lève d'un bond et cours jusqu'aux toilettes. J'ai à peine le temps d'entrer dans la cabine que je rends mon petit déjeuner. Les haut-le-cœur ne s'arrêtent que lorsque je n'ai plus rien dans l'estomac. Je m'essuie la bouche et m'appuie contre le mur.

– Anaïs, murmure Eli.

Je ferme fort les paupières. Comme si cela allait effacer les dernières minutes. Il ouvre la porte et se glisse à l'intérieur.

– Hé, mon ange, souffle-t-il en me prenant dans ses bras.

Je me pelotonne contre lui, éreintée, affligée. Je n'arrive pas à croire que j'ai partagé des années de ma vie avec un tueur. Je ne peux pas douter de sa dangerosité, pas après ce que j'ai vécu à ses côtés. Elijah me murmure des paroles apaisantes et peu à peu mes épaules se détendent. Je me détache de lui et marche jusqu'au lavabo pour me rincer la bouche. Rien n'est plus tue-l'amour qu'une mauvaise haleine. Je redresse le visage et plonge mon regard dans le sien à travers le miroir.

– Tu crois qu'il l'a fait ? Qu'il l'a tuée ? lui demandé-je d'une voix tremblante.

Elijah croise les bras et expire longuement.

– Elle a peut-être simplement fugué, c'est une possibilité. Elle a peut-être refait sa vie et coupé les ponts avec sa famille.

Je vois très bien qu'il n'y croit pas. Je baisse le regard sur mes mains tremblantes. J'aurais pu être à la place de cette fille. Disparue, sans qu'on sache ce qui est arrivé.

– Je vais retourner parler au détective.

Elijah entoure ma taille de ses bras. Nos doigts s'entrelacent et je ferme les yeux. Sa bouche se pose sur ma nuque.

– On va y retourner. On va faire face ensemble, peu importe ce qu'il a à nous dire.

Je hoche la tête. Il patiente encore quelques minutes le temps que je retrouve à peu près mon calme, et attrape ma main. On retourne dans la salle où le détective est toujours présent. Je m'assieds face à lui, prends un chewing-gum dans mon sac et inspire profondément.

– Qu'est-ce qui vous fait croire qu'il a quelque chose à voir avec sa disparition ?

– Plusieurs de ses copines m'ont raconté que leur relation se dégradait. Pas comme dans une relation normale, plutôt dans le style de celles qui sont malsaines.

Ses paroles font écho en moi, je serre les poings sous la table.

– J'ai essayé de lui parler, mais il n'a jamais répondu à mes sollicitations.

– Et la police ?

– Vous pensez vraiment que, sur la foi d'un détective, ils iraient questionner un député apparenté à une dirigeante emblématique ? m'interroge-t-il en secouant la tête. Elle a trop d'amis dans le pouvoir en place. Ils tiennent à leur carrière, soupire-t-il.

Je revois tous les visages que j'ai croisés à la clinique quand j'ai été admise la première fois. Je me souviens de tous les regards qui se sont détournés. Il vaut mieux faire comme si on n'avait rien vu.

– Pourquoi me raconter tout ça ?

– Je ne savais pas si vous étiez prête à accuser votre mari de tous les sévices qu'il a exercés contre vous. Je voulais vous persuader de le faire, ça aurait étayé un peu mon dossier et m'aurait permis de mettre la pression sur les policiers pour qu'ils enquêtent sur la disparition d'Émilie.

– J'ai porté plainte et entamé une procédure pour le divorce. Vous n'avez pas besoin de plus de munitions.

– C'est vrai, mais quand je vous ai abordée, je ne le savais pas. Et je voulais vous prévenir au cas où vous n'auriez pas compris jusqu'où il était prêt à aller.

– Je peux vous assurer que je le sais.

Il hoche la tête.

– Je suis désolé de vous avoir bouleversée, dit-il après plusieurs secondes de silence. La famille d'Émilie ne sait pas que je suis cette piste, je ne voulais pas leur donner de faux espoirs… Vous étiez ma dernière chance.

– Je comprends ce qui vous a poussé à me contacter. Malheureusement, je ne peux rien faire. Je n'ai jamais entendu parler d'elle ni vu d'objets lui appartenant.

Je repasse en revue mentalement tout ce qu'il y avait dans notre appartement. Tout avait été choisi par Jules, si bien que je n'ai pas vraiment fait attention à tout ce qui s'y trouvait. Moins j'étais présente dans ce lieu, mieux je me portais.

– Le fait que vous portiez plainte et osiez vous tenir vent debout est déjà un grand pas. Autant pour vous que pour moi.

Il finit son café et referme sa veste.

– Merci de m'avoir accordé de votre temps. J'espère que vous obtiendrez justice.

– J'espère qu'il en sera de même pour la famille d'Émilie.

Il m'adresse un sourire triste, salue Elijah d'un hochement de tête, et s'en va. Je relâche mon souffle.

– Je ne m'attendais pas à ça. C'est…

Je me passe une main dans les cheveux.

– Je n'arrive même pas à trouver les mots. Comment je n'ai pas pu voir plus tôt à quel point Jules était mauvais ? Pourquoi a-t-il fallu que je finisse à l'hôpital pour prendre la mesure de la chose ? Pourquoi je l'ai laissé me rabaisser ?

Elijah se tourne vers moi et prend mon visage en coupe.

– Tu ne peux pas te fustiger pour ça. Cet homme, si on peut appeler cette ordure comme ça, est passé maître dans l'art de la manipulation. Tu as réagi, Anaïs, tu l'as quitté. Concentre-toi sur ce point.

Je pose mon front contre le sien.

– Tu penses qu'elle a vécu la même chose que moi, mais qu'elle n'a pas réussi à s'en sortir à temps ?

– C'est malheureusement possible, soupire-t-il.

Mon cœur se serre pour cette jeune femme à l'avenir à jamais volé. J'aimerais pouvoir faire quelque chose pour honorer sa mémoire. La seule réponse qui me vient est de faire payer Jules. Mais comment ? Je n'ai pas encore la solution, mais Émilie mérite qu'on se batte pour que justice lui soit rendue.

37

Elijah

Entendre l'histoire d'Émilie a été très difficile pour elle. Depuis, je la vois ruminer dans son coin, cogiter. Il n'y a rien qu'elle aurait pu faire pour la sauver. C'est arrivé avant qu'elle rencontre Jules, elle n'est en rien coupable. Pourtant, j'ai l'impression qu'elle se sent responsable en quelque sorte. J'essaie d'être présent pour elle, mais je me sens impuissant. Cet état est en train de me rendre fou. C'est pourquoi, aujourd'hui, j'ai décidé qu'on avait tous les deux besoin d'une pause loin de tout ça. On est samedi et le cabinet est fermé, c'est le moment d'en profiter.

– Allez, debout, Anaïs, dis-je en m'asseyant près d'elle sur le lit.

Elle grogne et met la couverture sur sa tête.

– Ma marmotte, il est temps d'émerger.

– Non, le soleil n'est pas levé, alors ce n'est pas l'heure.

– Le soleil est levé depuis au moins quatre heures.

– Mon cerveau me dit que c'est faux.

Je ris et repousse la couverture de son visage.

– Mon ange, j'ai préparé le petit déjeuner. En plus, j'ai une surprise pour toi.

Elle plisse les paupières, une moue boudeuse sur les lèvres.

– Il y a des pains au chocolat ?

Je souris et hoche la tête.

– Bon, si tu me prends par les sentiments alors.

Je me redresse et l'aide à sortir du lit en la prenant par les mains. Je dépose mes lèvres sur les siennes et l'emmène jusque dans la cuisine. Elle se fige devant le comptoir.

– Eh bien…

J'avais peur de ne pas en avoir fait assez. Je n'ai pas sorti le grand jeu avec des pétales de rose partout, ni une musique jazzy en fond sonore. Je lui ai acheté des orchidées, mis Metallica et préparé son petit déjeuner comme elle l'aime, avec bien sûr des pains au chocolat de la boulangerie du coin.

– Ce n'est rien de spécial, tu sais… commencé-je, nerveux. Je…

Elle me saute dans les bras et m'embrasse langoureusement.

– C'est parfait, merci !

– Ravi que ça te plaise.

Tandis que je la soulève, elle noue ses jambes autour de mes hanches. Je caresse sa joue et descends sur sa gorge.

– Ça, c'est de la surprise. Ça ne devrait pas m'étonner, tu as toujours été bon pour en faire.

– C'est vrai, mais ce n'est pas ça, la surprise. Le petit déjeuner, c'est juste une mise en bouche, si je puis dire.

Elle hausse les sourcils, une question muette dans le regard. Je secoue la tête et la repose par terre.

– Allez, à table, femme !

– Toi m'emmener dans caverne pour faire amour à moi ?

J'éclate de rire et l'embrasse avant de lui asséner une claque sur les fesses.

– C'est prévu !

– J'ai hâte, réplique-t-elle en s'installant.

Je m'assieds à mon tour et nous sers du café. Pendant tout le repas, elle cherche à savoir ce qui est au programme à part une partie de jambes en l'air extraordinaire, mais je reste les lèvres scellées. À son grand désespoir. Ce n'est qu'une fois à bord de mon véhicule que je lui avoue enfin ce que j'ai prévu.

– Tu te souviens ce que j'avais dit quand on avait parlé d'y aller doucement entre nous ? Étape par étape.

Elle réfléchit quelques secondes, puis ses yeux pétillent de joie quand elle se tourne vers moi.

– Toi et moi, sur un circuit. On va sur un circuit ?

Elle saute presque sur son siège. Je sors du parking sans lui répondre et me gare près de sa voiture en double file.

– Suivez-moi, madame, je vous montre le chemin.

– Avec plaisir !

Elle dépose un baiser sur ma joue et jaillit de la voiture. Il lui faut peu de temps pour me montrer qu'elle est prête. Je souris, attendri. Je suis content de réussir à lui redonner un peu de joie de vivre, du moins à y contribuer. Je sais à quel point piloter lui manque et le moment est plus que bienvenu de s'y remettre. On arrive sur le circuit Jean-Pierre Beltoise et Anaïs s'impatiente déjà.

– Tu sais parler aux femmes, Eli ! s'exclame-t-elle.

– Juste à la mienne et c'est tout ce qui compte.

Elle se fige, son regard s'humidifie. J'attrape son visage et l'embrasse.

– Viens, il faut que tu te prépares pour que je te mette la pâtée !

Elle arque un sourcil puis tapote ma joue.

– Continue à te bercer d'illusions, je serai là quand tu redescendras sur terre.

– On verra bien qui sera le plus doué !

J'ai déjà roulé sur ce circuit. Si bien que je le connais par cœur, mais je ne sous-estime pas Anaïs. Il ne lui faudra certainement que quelques tours de chauffe pour se mettre en tête le tracé. La course risque d'être passionnante et j'ai hâte de voir ça. Hâte de voir nos problèmes relégués au second plan pour qu'on puisse profiter d'un moment de bonheur sans ombre au-dessus de nos têtes. Après avoir changé de tenue et écouté les règles de sécurité énoncées par un instructeur, on peut enfin s'installer derrière nos volants. Avant de monter dans sa voiture, Anaïs m'interpelle par-dessus le toit.

– Tu sais, tu peux encore faire machine arrière.

Je pose mes avant-bras sur ma portière et hausse les sourcils.

– Je ne suis pas un lâche !

– Dommage, ça aurait pu sauver ton ego.

Elle m'adresse un sourire carnassier et disparaît à l'intérieur de sa voiture. Je souris et détends mes épaules. J'aime son côté sans pitié une fois qu'elle est sur un circuit. L'énergie qu'elle dégage, la soif de victoire ne la rendent que plus belle à mes yeux. Je me repasse mentalement le tracé et me concentre. J'ai très peu de chances face à elle, mais je vais tout faire pour réussir. Quand enfin le départ est donné, on fait plusieurs tours pour mémoriser le circuit avant de lancer les hostilités. Du moins, c'est Anaïs qui les débute. Elle attaque de front en essayant de me faire l'intérieur dans un virage, mais je lui coupe la route et accélère dès que c'est possible. Je sais qu'elle doit pester et déjà préparer sa prochaine attaque. Sa voiture me colle au train, ne me laissant aucune chance de m'échapper. Elle essaie de me doubler dès qu'elle a assez d'aspiration pour ça, mais je n'arrête pas de changer de trajectoire pour l'en empêcher. Mon corps est en surtension à cause de l'adrénaline qui coule en abondance dans mes veines. Je tremble d'excitation. Putain, c'est juste énorme de jouer au chat et à la souris avec elle, ici. Quand arrive un virage en épingle, elle ne me laisse aucune chance et me dépasse en trombe. Je mentirais si je disais que la voir opérer une telle manœuvre n'enflamme pas tout mon être et surtout le bas de mon corps. Je m'agite sur mon siège pour être plus à l'aise. Je pince les lèvres et réfléchis rapidement à la prochaine ruse que je pourrais utiliser à mon avantage. Je la laisse devant moi pendant encore deux tours, ne la lâchant pas d'une semelle. Plus que deux tours avant la fin de notre jeu. Est-ce que je tente le tout pour le tout maintenant ou est-ce que je patiente jusqu'au dernier moment ? Le virage qui se profile est ce que j'attendais. J'arrête de tergiverser et me lance. Je lui fais l'extérieur, nos voitures se frôlent presque. Nos capots se dépassent tour à tour. Je serre les dents et appuie sur la pédale d'accélération.

– Allez, murmuré-je, allez…

Enfin, je la double. Je lèverais presque le poing en signe de victoire, mais ce serait vendre la peau de l'ours avant de l'avoir tué. Avec Anaïs, je ne prends pas ce risque. Je concentre toute mon attention sur le reste du circuit.

Dernier tour.

La sueur coule le long de mon échine. Je peux le faire. Je peux la battre. D'ailleurs, je la vois perdre du terrain sur moi. Mon ego jubile.

Dernier virage avant la ligne d'arrivée.

Soudain, je vois un bolide me doubler à toute vitesse à ma droite. J'ouvre la bouche et pousse un juron. Sa voiture passe la ligne avant moi. Je n'arrive pas à y croire. Elle a pris un gros risque pour gagner. Risque calculé pour elle évidemment, mais tout de même. Je secoue la tête et peste tout le reste du trajet jusqu'au stand. Anaïs m'attend déjà, appuyée contre sa voiture, la mine impassible.

– Comment va ton ego ?

– Frapper un homme à terre, ce n'est pas digne de toi, répliqué-je en enlevant mon casque.

Elle penche la tête sur le côté, un sourire indulgent sur les lèvres.

– Je t'avais prévenu, dit-elle en haussant les épaules. Puis, souviens-toi, on a dit qu'on se réconcilierait sur l'oreiller.

– Dans ce cas, mon ego est très blessé !

Elle rit et s'avance vers moi pour m'embrasser.

– Tu as presque gagné.

– C'est toujours ça de pris, je suppose.

J'entoure sa taille de mes bras et me penche pour approfondir notre baiser.

– Merci pour cette surprise, murmure-t-elle contre mes lèvres. Tu sais toujours quand j'ai besoin de retourner sur un circuit.

– Je suis content que ça t'ait plu. Maintenant, rentrons à la maison. Je crois qu'il est question d'ego blessé et de réconciliation.

– Je ne suis pas certaine que tu sois si blessé que ça.

Je suis heureux qu'elle n'ait pas grimacé quand j'ai appelé le loft notre maison. Petit à petit, elle y ajoute quelques touches de couleur, de décoration, pour mon plus grand plaisir.

– Enfin, regarde-moi, m'exclamé-je en reculant d'un pas. Tu ne vois pas à quel point mon cœur souffre.

Elle secoue la tête, un sourire plaqué sur les lèvres.

– Alors, rentrons vite.

On s'installe dans nos voitures respectives et je n'ai qu'une obsession, arriver le plus rapidement au loft.

***

Anaïs

Je me sens un peu plus apaisée depuis notre petit tour sur le circuit il y a une semaine. Malgré tout, l'histoire d'Émilie continue de tourner en boucle dans mon cerveau. Comment peut-elle disparaître sans que personne, à part sa famille, ne s'en inquiète ?

Je suis convoquée demain pour une confrontation avec Jules dans le cadre de mon dépôt de plainte. Je ne suis pas pressée de m'y rendre ni de le revoir. Je préférerais manger un kilo de piment rouge plutôt que me retrouver dans une pièce exiguë avec lui, même en présence de la police. En ce qui concerne la plainte de Jules contre Elijah, pour l'instant nous n'avons pas de nouvelles, mais Lefebvre dit que ça ne devrait pas tarder. Son sixième sens selon lui. Je soupire et me redresse. Pour me vider l'esprit, j'ai pris un abonnement à la salle de sport à défaut de m'installer derrière le volant. Je décide d'y faire un tour. Je me change et attrape mon sac contenant ma serviette, une bouteille d'eau et des affaires de rechange. Je n'ai pas eu de nouvelles visites surprises de la mère de Jules, pour mon plus grand bonheur. Pourtant ça m'inquiète. Comme si elle préparait un mauvais coup, tapie dans l'ombre, prête à me sauter dessus quand je ne m'y attendrai pas. Je frissonne et ferme la porte du loft. C'est fou à quelle vitesse j'ai commencé à considérer cet endroit comme notre maison, alors qu'il est à peine meublé. On a prévu de se rendre dans un magasin d'ameublement ce samedi, autant pour nous changer les idées que pour enfin acheter un véritable lit. De temps en temps, je m'amuse à revenir de mes promenades avec une babiole que je mets sur une étagère. Elijah ne dit rien, mais je sais qu'il le remarque.

Je salue le réceptionniste, passe ma carte d'abonnement dans le lecteur et entre dans l'antre de la fonte, des visages crispés par l'effort, envahi par l'odeur de la sueur. Après un tour dans les vestiaires pour déposer mes affaires, je m'installe sur un vélo elliptique. Ici, personne ne me connaît, personne ne me demande si je vais me remettre avec Jules. Ou alors, les adhérents respectent mon intimité et cela me convient parfaitement. Je mets mes écouteurs et me laisse emporter par la musique. J'oublie tout, je me concentre sur la sensation de mes muscles toujours rétifs à souffrir.

Après deux heures et demie de torture intense, je me sens nettement mieux. En sortant, je prends mon téléphone. Un message d'Elijah m'annonce qu'il va rentrer un peu tard aujourd'hui. Je lui réponds que ce n'est pas grave, je mangerai une pizza toute seule. Sa réponse ne se fait pas attendre :

[Me torturer ne te mènera à rien,
mais je serai à la maison pour
19 h 30 max.
À ce soir, mon ange.]

Je souris et remets mon téléphone dans ma poche. Le fait de me savoir seule le culpabilise beaucoup. J'ai beau lui rappeler que ça ne me dérange pas, il n'arrive pas à s'y faire. Je marche d'un pas vif jusqu'à l'immeuble. Je me fige au moment d'insérer la clé dans la porte. Elle est là de l'autre côté, les bras croisés contre sa poitrine.

Depuis combien de temps poireaute-t-elle ici ? Elijah pensait qu'elle n'avait pas connaissance de cet endroit. Il va être furieux d'apprendre qu'il a eu tort. J'attrape mon téléphone, et après quelques manipulations, je le remets dans ma poche. Je prends une profonde inspiration et ouvre la porte.

– Je ne pensais pas te revoir, Noémie.

Elle pince les lèvres, son regard se fait noir, puis elle secoue la tête.

– Je ne suis pas venue ici pour te jouer un sale tour.

– Oh, moi qui pensais que c'était ta spécialité.

Je la dépasse et avance vers l'ascenseur. Elle attrape mon bras pour m'arrêter.

– Il faut que je te parle, c'est important.

Je me défais de son étreinte et la fusille du regard.

– Rien de ce qui sort de ta bouche n'a d'importance pour moi.

Je me détourne et appuie sur le bouton d'appel. J'entends son soupir avant qu'elle lâche sa bombe.

– C'est à propos de ton mari.

Mon corps se tend.

– Ça ne m'intéresse pas.

Ça m'étonne que ma voix soit restée calme alors que j'ai envie de hurler.

– Tu es sûre ? Même si ça concerne ton amie Alice ?

Alors que je m'apprêtais à entrer dans la cabine, je fais volte-face.

– Il faut croire que j'ai réussi à retenir ton attention.

– Qu'est-ce que tu veux ? craché-je.

Elle penche la tête sur le côté, un sourire malsain sur les lèvres.

– Jules et moi avons des intérêts communs. Nous voulons tous les deux la même chose te concernant.

Je hausse les sourcils, lasse de son petit jeu. Je bouillonne de colère, j'ai envie de lui sauter dessus et de lui faire ravaler son sourire hautain, mais je me retiens de justesse. Ça ne mènerait à rien, à part à ma perte.

– On veut que tu quittes Elijah.

J'éclate de rire.

– Tu me fais pitié, Noémie. Tu ne sais pas à qui tu t'associes pour assouvir tes désirs. Tu ne sais pas jusqu'où il est prêt à aller.

– Je me fous de tout ça. Tout ce que je veux, c'est récupérer ce qui m'appartient. Dès que tu es revenue dans sa vie, plus rien n'a été comme avant.

– Elijah n'est pas un os pour lequel on va se battre, éructé-je.

– Quitte-le ou ton amie ne s'en sortira pas.

J'ouvre la bouche, mais la referme aussitôt. Je revois le visage d'Alice, son sourire triste quand je l'ai quittée. Elle est celle qui a toujours été présente pour moi, prête à m'épauler. Serais-je capable de la sacrifier juste pour mon bonheur ?

– Tu n'irais pas jusque-là, murmuré-je.

– Nous n'en aurons pas besoin, puisque tu vas faire ce que je te demande, n'est-ce pas ?

Je serre les poings, le visage sûrement menaçant.

– Réfléchis bien, Anaïs, mais pas trop longtemps.

Elle part et je reste un instant tétanisée face à l'ascenseur. Mes épaules s'affaissent et mes poings se relâchent. Mon Dieu, quand tout cela s'arrêtera-t-il ? Je me traîne jusqu'à l'appartement et m'assieds à même le sol, devant le sac de frappe. J'ai déjà observé plusieurs fois Elijah cogner contre celui-ci. La force qu'il dégage, sa part sauvage, animale qui ressort m'ont plus d'une fois émoustillée. Je baisse le regard sur le sol brut. Tout ça n'a aucun sens ! Je comprends que Noémie soit prête à tout pour récupérer Elijah, elle est clairement folle. Mais pourquoi Jules se donnerait-il la peine de nous séparer ?

38

Anaïs

Est-ce qu'à l'instar de Noémie vis-à-vis d'Eli, Jules me considère comme un objet qu'il a perdu et aimerait retrouver ? Pour mieux me démolir. Il est hors de question que je me remette avec lui. Trop longtemps, j'ai laissé ses menaces gouverner mon existence. Pas cette fois. Je sors mon téléphone et arrête l'enregistrement que j'ai commencé avant d'entrer dans l'immeuble. Je l'écoute puis pose mon Smartphone par terre. Il faut être sacrément tordue pour collaborer avec Jules sur ce coup. D'ailleurs, comment se connaissent-ils ? Je secoue la tête, je ne suis pas certaine de vouloir connaître la réponse à cette question.

Je ne sais pas combien de temps je reste prostrée, assise sur le sol, perdue dans mes pensées. Je redresse la tête seulement à l'instant où j'entends la clé dans la serrure.

– Ça ne sent pas la pizza, crie Elijah en enlevant sa veste et ses chaussures.

Son sourire est si large que j'ai envie de pleurer. Il a l'air heureux, apaisé. Qui suis-je pour lui retirer ça ? Putain ! Pourquoi ma vie n'est-elle pas simple ? Je ne demande pas la lune, juste que Jules ne fasse plus partie de l'équation de mon bonheur. Elijah se fige quand il m'aperçoit enfin.

– Mon ange, qu'est-ce qui se passe ?

Il s'agenouille devant moi et essuie les larmes que je n'ai même pas senties couler. J'enfouis mon visage au creux de son épaule et éclate en sanglots.

– Chut, je suis là, murmure-t-il.

Oui, mais pour combien de temps ? Il me prend dans ses bras et m'installe sur ses genoux. Il me berce et chuchote des paroles apaisantes à mon oreille. Peu à peu, mes larmes se tarissent. Il ne reste que les tremblements de mon corps. J'avais besoin de lâcher la pression. Elijah est le seul capable de m'aider à traverser la tempête.

– Raconte-moi.

– Noémie était dans le hall quand je suis revenue de la salle de sport, expliqué-je, la voix rauque.

Son corps se crispe, sa colère enfle et prend de la place entre nous.

– Qu'est-ce qu'elle voulait ?

– Que je te quitte.

– Quoi ? dit-il, incrédule.

Il recule un peu pour mieux m'observer.

– Elle… elle fait équipe avec Jules. Elle a menacé Alice. Tu l'as déjà croisée au club, la première fois qu'on s'est revus. Une petite blonde avec des yeux magnifiques.

Il fronce les sourcils et hoche la tête.

– Si je ne te quitte pas rapidement, ils s'en prendront à Alice.

– Ça n'a aucun sens, putain !

– Je sais.

Ma voix se brise, Elijah resserre son étreinte.

– On ne va pas les laisser s'en sortir. On va prévenir Alice, la mettre à l'abri et…

Je l'interromps en posant mes lèvres sur les siennes.

– Je t'aime. Quoi qu'il arrive, sache que je t'aime…

Il reste un instant stupéfait, puis une lueur de compréhension traverse ses iris.

– Merde, Anaïs, ne me dis pas ça comme un adieu. Je te l'interdis !

Il prend mon visage en coupe, le regard humide, mon cœur se brise.

– On n'aura peut-être pas le choix.

– On a toujours le choix, éructe-t-il. Je fais celui de ne pas te quitter, de ne pas les laisser nous prendre le bonheur qu'on commence tout juste à construire.

– Ça va la tuer.

Il secoue la tête.

– On va trouver une solution !

Mes épaules s'affaissent.

– Je l'ai peut-être déjà, mais je ne sais pas à quel point ça va nous péter au visage.

Je sais que la mère de Jules peut être très retorse, ses avocats vont nous sauter dessus, mais cette preuve est recevable.

J'attrape mon téléphone et appuie sur « Lecture ». Le corps d'Elijah se tend encore plus en entendant la voix de son ex. Il écoute jusqu'au bout sans prononcer la moindre parole. Il prend une profonde inspiration, certainement pour se calmer.

– Je suis désolé, je…

– Hé, le coupé-je, tu n'y es pour rien.

Je pose ma main sur sa joue et caresse sa pommette.

– Tu ne peux pas contrôler ses actions, pas plus que je ne peux contrôler celles de Jules. On doit faire avec ces deux malades et surtout les empêcher de nous nuire.

Il embrasse la paume de ma main et pose son front contre le mien.

– Tu as raison. On va devoir remettre cet enregistrement à la justice et porter plainte contre Noémie.

– Ça va donner quoi, à ton avis ? Chantage et association de malfaiteurs ?

– C'est fort probable. Il y a aussi les menaces qu'il ne faut pas oublier. Je vais appeler Lefebvre.

– D'accord, dis-je en me relevant.

Sa démarche est raide, son corps est toujours tendu. Sa culpabilité est écrasante. Pourtant, il n'y est pour rien. Je soupire et tente de dénouer les muscles de mes épaules. C'est encore un long combat qui nous attend et je ne suis pas certaine d'avoir la force de le mener. Je vais dans la cuisine pendant qu'Elijah passe son coup de téléphone. Je nous serre un verre, de rosé pour moi, de whisky pour lui. Assise devant le comptoir, je laisse mon regard se perdre à travers la baie vitrée. J'étais heureuse que cet endroit soit en quelque sorte notre jardin secret, notre lieu sûr. Mais maintenant ? Est-ce qu'on va rester ici ? On ne peut pas passer notre vie à fuir. On doit faire face à ce qui va suivre, peu importe l'ampleur que va prendre cette affaire. J'avale une petite gorgée et ferme les yeux lorsque la saveur douce et fruitée fond sur ma langue. Les mains d'Elijah se placent de part et d'autre de mon corps et m'emprisonnent. Ses lèvres se plaquent sur ma nuque, mon corps frissonne.

– Ça va ? me demande-t-il.

– On va dire que oui. J'aimerais qu'on puisse mettre enfin cette histoire derrière nous.

Je me retourne et pose mes mains sur son torse.

– Moi aussi. Lefebvre dit qu'il informera le juge dès demain. Il va tout faire pour accélérer la procédure. D'après lui, la dangerosité des personnages et leurs fortunes ne seront pas en leur faveur cette fois.

– Tant mieux !

Ses mains glissent sur mes cuisses et s'arrêtent sur mes hanches.

– Je croyais vraiment qu'elle ne connaissait pas cet appartement.

– À mon avis, c'est Jules qui lui en a appris l'existence. Il a les moyens et les ressources, surtout celles de sa mère, de retrouver nos traces.

– En effet, c'est possible, soupire-t-il. Je n'ai pas envie de déménager.

– Moi non plus, ce lieu me plaît et j'aime te voir t'entraîner ici.

– Alors, on reste.

– On reste, répété-je.

On prend un risque, on en est conscients, mais on a déjà conclu de ne pas les laisser gagner. Partir d'ici serait une victoire pour eux. J'entoure la taille d'Elijah de mes bras et prends une grande inspiration. Son odeur m'apaise. À deux, on peut y arriver. On y arrivera, il le faut.

– Il faut que j'appelle Alice pour la prévenir. Je vais aussi avertir Delaunay, je n'ai pas envie de voir le club détruit.

– Oui, vaut mieux qu'elle reste éloignée du Lady Midnight pour l'instant.

Je prends mon second téléphone. Je ne l'ai pas allumé depuis que j'ai quitté le circuit, quand je le fais, j'ai une avalanche de SMS et d'appels manqués qui s'affichent sur l'écran. Je ne les consulte pas. Je me sens mal avant d'appuyer sur le bouton d'appel. Je l'ai tenue à l'écart pour éviter qu'elle soit mêlée à tout ça et finalement elle se retrouve en danger par ma faute. Je retiens mon souffle quand les sonneries retentissent.

– Anaïs, crie Alice.

Je reconnais l'ambiance survoltée du jeudi soir en fond sonore. Je me demande s'ils ont maintenu la soirée spéciale et quel en est le thème. Je secoue la tête, je ne suis plus la patronne et j'ai des choses beaucoup plus importantes sur lesquelles me focaliser.

– Anaïs, répète Alice, tu m'entends ?

– Oui, oui, je t'entends.

– OK, attends deux secondes, je vais dans un coin plus calme.

Elle va sûrement se rendre dans mon ancien bureau. C'est fou à quel point cet endroit me manque, autant que le circuit. Encore une chose que Jules m'a volée. Ou que je l'ai laissé me voler sans me battre pour le garder. Il est trop tard maintenant pour le regretter, j'ai revendu ma société à Delaunay et je n'ai plus qu'à croiser les doigts pour qu'il en prenne soin.

– C'est bon, je suis à toi. Comment tu vas ?

– Ça va, et toi ? Comment tu trouves ton nouveau travail ?

– Je vais bien, mais c'est la folie. Je n'arrive pas à croire que tu aies dit à Delaunay de me nommer gérante.

– Tu étais la plus qualifiée et je savais que la boîte serait entre de bonnes mains avec toi.

– Quand même ! M'enfin, je ne vais pas me plaindre, au contraire je te remercie. Mais tu manques beaucoup à l'équipe, on en parlait hier encore avec les danseuses.

J'ai un coup au cœur, moi qui pensais que la plupart des filles me détestaient.

– Je ne suis plus sur leur dos, elles devraient être contentes.

– Tu rigoles ! D'après elles, c'est pire avec moi, réplique Alice en riant.

Je ris aussi et l'imagine très bien mener l'équipe à la baguette. Je soupire et baisse le regard sur mon verre. Elijah, qui a senti mon humeur s'assombrir, me masse le dos.

– C'est super que tu t'entendes bien avec elles.

Je laisse passer quelques secondes de silence, je suis incapable de prononcer un mot de plus.

– Tu sais, je t'en veux, reprend Alice.

– Vendre était la meilleure chose à faire, je…

– Ce n'est pas de ça que je parle, m'interrompt-elle, mais de Jules. J'ai vu ton interview. Putain, Anaïs, je me suis sentie tellement minable à la fin. Pourquoi n'ai-je pas insisté pour que tu me parles ? Pourquoi n'ai-je rien fait d'autre que te regarder te débattre dans tes tourments ?

– Tu ne peux pas aider une personne contre son gré, Alice. Et crois-moi, ta présence tous les soirs m'a été très bénéfique, plus que tu ne peux l'imaginer. Ta main tendue, même si je ne l'ai pas prise, a été une éclaircie dans mon univers sombre.

Je l'entends renifler et mon cœur se serre.

– Je suis désolée, murmure-t-elle, mais merde, je l'aurais bien démoli si j'avais pu.

– Je sais.

Et c'est pour ça que je ne lui ai rien dit. Elle n'aurait pas pu faire grand-chose, pas contre lui… La sueur coule le long de mon échine rien que d'y penser.

– Il faut que je te parle d'un truc important.

Je me rends compte que je ne peux pas lui annoncer tout ça par téléphone.

– Est-ce que je peux passer te voir ce soir ?

– Bien sûr, tu sais que les portes du club te seront toujours ouvertes.

– C'est gentil, Alice.

– Tu seras toujours notre patronne, quoi qu'en disent l'administration et la banque.

Je raccroche après lui avoir promis de venir le plus vite possible. Je me tourne vers Elijah, qui est resté près de moi.

– Tu m'accompagnes, je suppose.

– Oui !

J'embrasse ses lèvres et ferme les yeux.

– On va y arriver, murmure-t-il.

Je descends de mon tabouret et dépose mon verre dans l'évier. Encore en jogging, je décide de me changer. Même si le *dress code* du club ne s'applique pas à moi, je ne tiens pas à faire tache à l'intérieur. Toujours dans sa tenue d'avocat, Elijah m'attend à côté du sac de frappe quand je le rejoins. On fait le trajet en silence, tous les deux plongés dans nos pensées. Lorsqu'il se gare près du club, j'ai la sensation que ça fait dix ans que je n'ai pas remis les pieds ici. Alors que ça doit faire à peine un mois. Il s'est passé tellement de choses depuis, des bonnes et des moins bonnes.

– Anaïs, s'exclame l'agent de sécurité à l'entrée. Ça fait plaisir de te voir !

– Tu vas bien ?

– Oui. Tu as l'air en forme, c'est bien.

Il a dû voir mon interview et les photos. Comme tous mes anciens employés. Je n'avais pas pensé à ça quand j'ai donné rendez-vous à Alice. J'ai pris l'habitude que les gens ne me reconnaissent pas. Mais ceux qui m'ont côtoyée savent et ça va être le plus difficile à gérer. Il adresse un hochement de tête à Elijah et se décale pour nous laisser entrer.

Je fais le tour des serveurs et dis bonsoir aux danseurs que je croise sur mon chemin. Tout le monde a l'air ravi de me voir et je dois avouer que ça me met un peu de baume au cœur. Un des barmans m'explique qu'Alice est dans le bureau. Je le remercie. Ma main dans celle d'Elijah, je me fraie un chemin dans la foule de femmes en délire. Je m'arrête devant la porte du bureau.

– Ça va aller ?

Je hoche la tête et frappe à la porte.

Alice ouvre et me saute dans les bras. Je lâche un grognement et ferme les yeux en la serrant contre moi.

– Tu m'as manqué, dit-elle. Je n'ai pas arrêté de t'appeler, mais je tombais toujours sur ton répondeur.

– Je sais, je suis désolée. Toi aussi, tu m'as manqué, ma belle.

Son regard se pose derrière moi et un sourire espiègle éclaire son visage.

– Je vois que tu es venue accompagnée. Entrez, on sera plus au calme à l'intérieur.

On la suit. Je jette un coup d'œil autour de moi, rien n'a changé. C'est à la fois étrange et réconfortant de me retrouver ici. C'est comme si je percevais la présence d'Henri. Je peux presque sentir sa main se poser sur mon épaule.

– Asseyez-vous, dit-elle en désignant le canapé.

Elle choisit le fauteuil et nous fait face.

– Tu vas vraiment bien ? me demande-t-elle.

Mes yeux se tournent un instant vers Elijah avant de revenir sur elle.

– Je vais bien. Tu te souviens d'Elijah, vous vous êtes croisés rapidement il y a quelque temps.

Elle lui tend la main qu'il accepte.

– Vous étiez avec M. Delaunay, si je ne me trompe pas ?

– C'est exact.

– Vous êtes en couple ?

Je souris. Elle a toujours été directe et je suis contente de voir que mon passage au journal télévisé ne lui fait pas adopter un autre comportement en ma présence.

– Oui, on l'est, répond-il avant que j'aie pu ouvrir la bouche.

Alice arque un sourcil et me dévisage.

– On va avoir des choses à se dire toutes les deux.

– Pas de soucis.

– Alors, qu'y avait-il de si important que tu ne pouvais pas me dire au téléphone ?

Si je pouvais éviter ce moment, je le ferais sans hésiter. Malheureusement, elle se trouve impliquée malgré elle, je dois la protéger.

– Jules a menacé de s'en prendre à toi, lâché-je.

Elle cligne des yeux, abasourdie, sous le choc.

– Il a quoi ? me demande-t-elle.

– Il a menacé de s'en prendre à toi si je ne quittais pas Elijah.

– Mais pourquoi ?

– C'est un psychopathe, va comprendre ses raisons. Il sait que je tiens à toi et que je ferais tout pour te protéger de lui.

– Ne me dis pas que tu vas céder !

– Non, mais j'aimerais que tu évites de venir au club pendant quelque temps. C'est seulement une histoire de jours, le temps qu'il soit arrêté.

– Je ne peux pas faire ça.

Je savais qu'elle allait me donner cette réponse. Alice n'est pas du genre à se cacher, même quand c'est sa vie qui est en jeu…

39

Anaïs

– Tu sais qu'il est capable du pire.

– Il n'irait pas jusqu'à me tuer.

Parfois, la mort est la plus belle des délivrances quand on est entre ses mains.

À la façon dont Elijah crispe les poings et vu la colère qui s'affiche sur le visage d'Alice, je comprends que j'ai parlé à voix haute.

– Désolée, dis-je en secouant la tête. Quoi qu'il en soit, il est dangereux, Alice.

Elle se passe une main dans ses cheveux courts et se mord la lèvre inférieure.

– Je ne peux pas abandonner mon poste, tu sais que la période qui arrive est le moment où le chiffre d'affaires grimpe le plus.

C'est le moment où les enterrements de vie de jeune fille ou de garçon ont lieu en général. Juste avant l'été et les mariages. Le club est toujours blindé, mais à cette période de l'année, il ne désemplit pas.

– Je sais. Écoute, je vais parler à Delaunay, on va peut-être trouver une solution. Est-ce que tu as un autre endroit où dormir que chez toi ou chez tes parents ?

Elle réfléchit quelques instants et hoche la tête.

– De mon côté, je vais voir avec Delaunay pour renforcer la sécurité ici.

Soudain, je pense à l'intrusion dans les vestiaires du club, avant mon départ. Est-ce que c'était Jules ? Ça ne colle pas. Mais rien ne colle dans toute cette histoire. Je serre les poings.

– Je vais vous laisser, dit Elijah, je serai au bar, ajoute-t-il en m'embrassant.

– Ne les laisse pas te toucher.

Il fronce les sourcils, ne comprenant pas de quoi je parle.

– Tu verras assez vite ce que je veux dire, lui expliqué-je avec un sourire amusé.

Ses paupières se plissent, mais il part sans prononcer un mot de plus. Alice rit et secoue la tête.

– C'est méchant de ne pas lui avoir expliqué ce qu'il risque à s'aventurer seul jusqu'au bar.

Je m'enfonce dans le canapé et souris franchement.

– Il se peut qu'il ne lui arrive rien.

Elle hausse les sourcils, la mine sceptique.

– Est-ce que tu l'as bien regardé ?

– D'accord, c'est peu probable.

Elle croise les jambes et se penche en avant.

– Raconte-moi tout. Comment cet homme avec qui tu n'avais plus rien en commun est-il devenu ton petit copain aujourd'hui ?

– Longue histoire. Pourtant, ça a été comme une évidence, ça s'est fait naturellement. On s'est pardonné nos erreurs, on a décidé de partir sur de nouvelles bases, et de fil en aiguille, on s'est embrassés.

– Mais vous étiez attirés l'un par l'autre quand vous étiez plus jeunes ?

– Pas du tout ! On n'était vraiment que des amis. Des meilleurs amis.

J'ai un coup au cœur en repensant aux autres. Ils me manquent tellement. Je souffle et mes doigts pianotent sur l'accoudoir du canapé.

– C'est génial. Il a l'air d'un mec bien.

Mes yeux se posent sur la porte comme si je pouvais voir à travers et observer Elijah déambuler dans le club. Je souris.

– Il l'est.

Je sens le regard d'Alice peser sur moi. Je reporte mon attention sur elle.

– Tu es amoureuse.

– C'est possible.

– Je suis contente que tu sois heureuse.

Elle se lève et sort une bouteille de whisky. Mon regard s'embue, c'est le préféré d'Henri.

– Un verre ? me demande-t-elle.

J'opine du menton. Elle nous serre à toutes les deux un verre et s'assied à mes côtés en me tendant la boisson. On trinque et j'avale une petite gorgée.

– Comment ça se passe avec Delaunay ?

– Étonnamment bien. Il n'est pas trop chiant et me laisse carte blanche avec le club tant que l'argent rentre dans les caisses.

– C'est bien son genre et c'est tant mieux pour toi !

– Oui. Tu as bien choisi !

Delaunay était surtout là au bon endroit et au bon moment. Je ne sais pas si j'aurais pu laisser le club à une autre personne.

– Je suis contente que tout se passe bien pour toi, alors. Sinon, quand me présentes-tu l'homme qui rend ton regard si pétillant ?

Ses joues rougissent.

– Comment as-tu su ?

– Je te connais, Alice, tu ne peux rien me cacher. Alors ?

– Alors, il n'y a rien à dire. Je l'aime bien, lui non, grogne-t-elle.

Je hausse les sourcils. Tout le monde aime Alice, ce n'est pas possible autrement.

– Je le connais ?

Elle secoue la tête, le regard perdu dans le vide. Qui que ce soit, je ne donne pas cher de son cœur s'il passe à côté de cet ange.

– De toute manière, ce n'est pas une bonne idée, souffle-t-elle.

Même si elle le cache mieux que moi, Alice a aussi des blessures profondes.

– Tu me raconteras quand tu seras prête, dis-je en mettant ma main sur sa cuisse.

Elle presse mes doigts et hoche la tête, puis soupire.

– Qu'est-ce que tu vas faire avec Jules ?

– Espérer que la justice intervienne avant que ça soit trop tard ? Sinon, je ne sais pas trop ce que je pourrais faire. Évidemment, j'ai peur. Peur qu'il s'en prenne à mes parents, à toi ou encore à Elijah.

– Tu n'as pas peur pour toi ? m'interroge-t-elle, incrédule.

– Étrangement, non. Peut-être parce que j'ai déjà affronté sa folie, je ne sais pas. Je m'inquiète beaucoup plus pour mes proches. Je n'ai pas envie de vous perdre par sa faute ni de vous voir souffrir.

– Ce serait le cas s'il t'enlevait à nous. On ne s'en remettrait pas. Alors fais très attention à toi, d'accord ?

– Promis, dis-je en la serrant dans mes bras.

Je me détache d'elle et ancre mon regard dans le sien si particulier. Oh, oui, cet homme n'a aucune chance.

– Allons délivrer Elijah des griffes de ces femmes survoltées.

Elle éclate de rire tandis qu'on se lève. Bras dessus bras dessous, on se dirige vers la salle. Les basses de la musique sensuelle nous percutent dès notre entrée. Les cris nous perforent les oreilles et la foule compacte près de la scène sautille sans discontinuer. Je me tourne vers Alice :

– Elles sont agitées ce soir.

Mon amie jette un regard noir vers le podium. Je plisse les paupières. Eh bien, voilà qui est intéressant. Un homme, tout ce qu'il y a de plus séduisant, se trémousse devant le parterre de femmes, son corps d'adonis en fait baver plus d'une et je les comprends. Sa peau ébène, son regard séducteur, ses lèvres pleines appelant au baiser. Très vite, il fait tomber le bas, révélant des cuisses fermes. Mes yeux se posent sur Alice, qui n'a pas perdu une miette du spectacle. Tiens, tiens. Je crois avoir trouvé l'homme pour qui elle craque.

– Qui est-ce ? Je ne le connais pas, c'est un nouveau ?

– C'est Noah. Je l'ai embauché quand Gabriel est tombé malade. Elles l'adorent.

La façon dont elle dit ça me fait penser que ça ne lui fait pas plaisir. Elle voudrait être la seule à pouvoir l'admirer de cette manière.

– Il va changer d'avis, lui dis-je.

Alice sursaute et détache son regard de l'homme.

– On n'est qu'amis.

– Hum, hum.

– C'est vrai !

Je lève les mains en signe de reddition.

– Je n'ai absolument rien dit.

Mon regard furète à travers la foule et s'arrête sur le bar où je repère Eli en pleine conversation avec le barman. Je fends l'attroupement pour le rejoindre. Je m'assieds sur le tabouret près de lui.

– Tu es sain et sauf.

– De justesse ! Je ne savais pas que c'était comme ça !

– Je te l'ai déjà dit, on peut être aussi dépravées que vous, répliqué-je en haussant les épaules. Après tout, nous sommes aussi des êtres de chair.

– C'est vrai, j'ai tendance à l'oublier.

– Ce soir était un bon rappel, alors !

– Oh, oui, il y en a même une qui a essayé de déboutonner ma chemise.

Je ris, pas du tout jalouse. Je sais qu'il n'y est pour rien, et pour avoir géré ce club, je sais aussi que ce genre d'incident arrive souvent, malheureusement.

Je finis mon verre de whisky tout en regardant Alice évoluer parmi ses employés. Elle est faite pour ça et je ne regrette pas du tout de lui avoir passé le flambeau. Le show de Noah est à peine terminé qu'un autre commence.

– On rentre ? proposé-je à Elijah.

– Si tu veux, oui.

Plusieurs femmes lui jettent des coups d'œil et je suis plutôt fière que ça soit avec moi qu'il rentre tous les soirs. Je dis à Alice qu'on s'en va et lui promets de la tenir au courant si elle en fait de même de son côté. J'ai hâte d'en savoir plus sur son soi-disant ami. Sur le trajet, j'appelle Delaunay.

– Anaïs, ça me fait plaisir d'entendre votre voix.

– Je suis désolée de vous appeler si tard.

Je sais que c'est un homme de la nuit et que ça ne le dérange pas du tout. Il ne se couche qu'au petit matin.

– Vous savez déjà que vous ne me dérangez pas du tout. Comment allez-vous ?

– Bien, merci. Et vous ?

– Très bien ! Le club marche à merveille et Alice est une excellente gérante. C'est un bon choix que vous m'avez proposé.

– Je suis ravie d'entendre que tout se passe bien. En parlant d'Alice, j'aimerais engager quelques gardes du corps personnels pour assurer sa protection. Y compris au club.

– Qu'est-ce qui se passe ? Un problème là-bas ?

– Non, rien à voir avec le Lady Midnight. Tout avec Jules.

Delaunay reste silencieux, mais je sens sa colère bouillonner à travers la ligne. Cela m'étonne d'ailleurs, c'est la première fois qu'il se met dans cet état quand je parle de Jules. En y repensant, il m'a plusieurs fois proposé son aide. Il devait avoir des soupçons. Est-ce qu'Émilie est la seule victime de ce fumier ou y en a-t-il eu d'autres ? Mon corps est parcouru de frissons macabres.

– Qu'est-ce qu'il a fait ? m'interroge-t-il d'une voix sourde.

– Il a menacé de s'en prendre à elle, par le biais d'une autre personne bien sûr.

Je l'entends pousser un juron fleuri, je hausse les sourcils.

– Je vais payer pour les gardes du corps. J'en connais personnellement qui seront très bien et très professionnels. Je vais même vous en attribuer.

– Je peux très bien le faire et je n'en ai pas besoin pour moi, répliqué-je en plissant le front.

– Je sais, mais vous avez refusé toutes mes mains tendues, acceptez au moins celle-là.

Je soupire, défaite. Je jette un coup d'œil à Eli.

– Maintenant qu'il est sous les feux des projecteurs, Jules ne s'attaquera pas à moi directement. Alors, faisons un compromis. J'accepte des gardes du corps, mais uniquement pour Alice, Elijah et mes parents.

– Vous êtes sûre qu'il ne s'en prendra pas à vous ?

– Oui.

Delaunay réfléchit quelques instants avant de me signifier son accord.

– Merci beaucoup, Sylvain. Tenez-moi au courant, s'il vous plaît.

– Comptez sur moi. Je les appelle dès qu'on raccroche et ils seront au club et chez Elijah dans l'heure. Et ne me remerciez pas. J'aurais dû tout faire pour qu'il ne puisse plus agir. Prenez soin de vous, Anaïs, passez le bonjour à Elijah.

Il raccroche avant que j'aie pu ajouter quoi que ce soit. Comment est-il au courant pour Elijah ? Et que veut-il dire par « J'aurais dû tout faire pour qu'il ne puisse plus agir » ? Je regarde mon téléphone comme si les réponses allaient en jaillir.

– Qu'est-ce qu'il y a ? Et c'est quoi cette histoire de garde du corps ? me demande Elijah en me sortant de mes pensées.

Je secoue la tête puis relate notre conversation.

– Ça ne me plaît pas, tu devrais également être protégée, grogne Eli en serrant le volant.

– La couverture médiatique de mon histoire est ma meilleure protection. Il serait le premier inquiété s'il m'arrivait quelque chose.

Bien que peu convaincu, il sait qu'il n'arrivera pas à me faire changer d'avis.

– Alors pourquoi tu fais cette tête ?

– C'est un truc qu'a dit Delaunay. Je me posais des questions, c'est tout. Je lui en parlerai la prochaine fois que je le verrai.

La question est de savoir quand je pourrai le faire. À moins que je provoque cette rencontre, il y a peu de chances qu'on se revoie bientôt. Je pose mon crâne contre l'appui-tête.

– Rentrons à la maison, j'ai hâte de me coucher, je suis crevée.

– Je te borderai.

Je me tourne vers lui, il arbore un air espiègle.

– Mouais, je sais très bien ce que tu comptes faire.

Il me jette un coup d'œil.

– Peut-être bien, réplique-t-il d'une voix suave.

Je ris et dépose rapidement un baiser sur sa joue pour ne pas le déconcentrer. Sans lui, c'est certain, j'affronterais les épreuves à venir moins sereinement. Je soupire et ferme les yeux. Je sens ses doigts glisser sur ma cuisse puis sous ma jupe et s'arrêter juste avant d'atteindre mon sexe. Je retiens mon souffle, m'attendant à ce qu'il continue, mais il n'en fait rien. Au contraire, ses doigts caressent l'intérieur de ma cuisse, frôlant parfois ma culotte. J'ouvre les yeux et le regarde. Il est concentré sur la route, rien n'indique qu'il est en train de m'exciter avec ses doigts. Sa main se déplace et cette fois son index appuie légèrement sur mon clitoris. Je me mords la lèvre inférieure pour ne pas gémir.

– Enlève-la, ordonne-t-il, et écarte les jambes.

Sa voix est éraillée, son ton urgent. Autant que l'est mon envie de le sentir en moi. Je soulève les fesses et retire mon shorty. Un gémissement m'échappe quand il titille ma boule gonflée de désir. Sans aucune pudeur, j'écarte les jambes. Je fais fi de ce qui se passe autour de nous, de la possibilité qu'un conducteur voie ce qui se déroule à l'intérieur de l'habitacle. Rien ne compte à part ce que me fait ressentir Elijah. Je repose mon crâne contre l'appui-tête au moment où l'un de ses doigts me pénètre, mes paupières se ferment.

– Tu es magnifique, grogne Elijah.

Ma respiration devient erratique. Je glisse dans cet abîme brûlant. Je prends une brusque inspiration quand sa bouche capture la mienne. Un coup d'œil m'apprend qu'on est garés en double file. Elijah se penche un peu plus sur moi et ajoute un deuxième doigt en moi. Haletante, je me presse contre sa paume. Mon Dieu, jamais ça n'a été aussi bon de se laisser aller. Lorsqu'il touche mon point sensible, je me libère de ma tension. Ses lèvres étouffent mon cri de jouissance. Peu à peu, ma respiration se calme. Je cligne des yeux et les ancre dans ceux d'Elijah. Il m'adresse un sourire à la fois sensuel et sauvage, puis se détache de moi pour reprendre le volant. Mon regard est attiré par la bosse qui déforme son pantalon. Je tends la main, mais il m'arrête avant.

– Non, dit-il, il s'agissait uniquement de toi.

Je me contorsionne et l'embrasse au coin des lèvres. Je me baisse pour remettre ma culotte et l'observe en silence. Parfois, j'ai du mal à croire que j'ai autant de chance après tout ce que j'ai vécu. Il me suffit de le toucher, de l'embrasser, de lui sourire ou de simplement le regarder comme maintenant pour me rendre compte que c'est le cas. Il tourne un instant son visage vers moi et me fait un clin d'œil. Il noue ses doigts aux miens et les pose sur ma jambe.

Je me réveille lorsque Elijah me porte en dehors de sa voiture. Au lieu de râler comme je l'aurais fait un autre jour, je me pelotonne contre lui et inspire profondément pour me noyer dans son parfum. Mon souffle se fait court. J'ai envie de lui, j'ai besoin de lui. Son petit jeu dans la voiture n'a fait qu'attiser mon désir.

– Est-ce que tu comptes toujours me border ? murmuré-je, la voix rauque.

Sa prise se resserre autour de mon corps et je le sens se tendre quand mes mains se perdent dans ses cheveux.

– Est-ce que c'est ce que tu veux ?

La tension est audible dans sa voix. Devant l'ascenseur, au lieu de me déposer, il me plaque contre le mur. Ses mains se placent de chaque côté de ma tête. Son nez parcourt mon cou, mes jambes vacillent.

– Si tu n'es pas fatiguée, j'ai d'autres idées en tête.

– Je suis tout ouïe, répliqué-je, la respiration saccadée.

Je tire sur ses cheveux et écrase mes lèvres sur les siennes. Son corps se colle contre le mien, sa main trouve mes tétons tendus par le désir. Je lâche un soupir rauque.

– On ferait mieux de se dépêcher ou je vais te prendre ici dans le hall.

Mes nerfs sont tellement à vif que je n'y trouverais rien à dire. Ses doigts descendent lentement et soulèvent ma cuisse. Sans aucune retenue, j'entoure sa taille et me presse contre son érection. Sa tête tombe sur mon épaule, sa respiration au creux de mon cou m'électrise. Un gémissement traverse mes lèvres.

– Putain, Anaïs, souffle-t-il.

Il me plaque durement contre le mur et m'embrasse comme si je lui étais précieuse. À bout de souffle, il sème des baisers sur ma joue, ma mâchoire, sur le point si sensible derrière mon oreille. Il lâche un juron quand mes mains se posent sur sa queue. Sans plus tarder, il appuie frénétiquement sur le bouton de l'ascenseur.

– Tu sais, il ne va pas arriver plus vite, gloussé-je.

Il me fait taire d'un baiser plus doux que les précédents et attrape ma main lorsque les portes s'ouvrent. Pendant la montée jusqu'à son étage, nos mains n'arrêtent pas d'attiser le désir de l'autre. Ses doigts tremblent quand il insère la clé dans la serrure. J'ai à peine le temps de franchir le seuil qu'il me plaque contre la porte.

– Je n'en peux plus.

Il soulève ma jupe jusqu'à ma taille. J'enlace son cou et enveloppe ses hanches de mes jambes. Il écarte ma culotte sur le côté et glisse un doigt en moi. Un grognement lui échappe quand il se rend compte à quel point j'ai envie de lui. Une de mes mains descend le long de son torse et j'ouvre son pantalon. J'attrape son érection et l'enserre entre mes doigts. La bouche d'Elijah se fait plus exigeante au fur et à mesure de mes caresses. Je le sens près du gouffre, mais il m'arrête avant.

– J'ai besoin d'être en toi.

Après avoir mis un préservatif, il me pénètre doucement. On lâche tous les deux un gémissement. Ses lèvres se posent sur mon épaule, puis sur ma poitrine. Chaque coup de reins me rapproche de l'orgasme sans me permettre de l'atteindre.

– Eli, plus vite !

Le rythme de ses va-et-vient devient soutenu. Ma tête cogne contre la porte quand je bascule. La poigne d'Elijah sur mes hanches se resserre avant qu'il me rejoigne à son tour. Épuisée, je pose ma tête sur sa poitrine.

– Je crois qu'il est temps de te border.

J'éclate de rire et le laisse me porter jusqu'à la chambre.

***

J'ai dû à nouveau me rendre au commissariat, j'ai la sensation que c'est devenu mon second logement. Une mesure d'éloignement sera certainement demandée le temps que l'affaire soit jugée. J'ai l'impression de n'être que dans l'attente ces temps-ci.

On a décidé qu'on partirait ce soir pour un week-end bien mérité. Elijah me réserve la surprise de la destination, encore une fois. Je lui fais totalement confiance et c'est pour ça que je trépigne d'impatience. Je dois le retrouver ce soir sur son lieu de travail pour qu'on puisse partir directement. J'ai décidé d'aller faire quelques emplettes pour préparer des sandwichs, à défaut d'un vrai repas. Je ne tiens pas à provoquer un incendie dans la cuisine avant notre départ, ce serait dommage. Je prends mon sac, les clés et un petit cabas pour transporter mes courses. Quand j'ouvre la porte, je me fige sur le seuil. Ce n'est pas Noémie qui me fait face. C'est bien pire. Bien pire. Mon sang se glace dans mes veines, la sueur coule le long de mon échine. Je suis tétanisée, transie de peur. Non ! Son sourire s'élargit quand il goûte ma peur sur sa langue.

– Ça fait longtemps, chérie.

Sa voix se fait presque tendre, j'ai envie de vomir. Je crois bien que je vais le faire.

– Tu ne me fais pas entrer ?

– Qu'est-ce que tu veux, Jules ?

Il fait un pas en avant, je ne recule pas. Il est hors de question que je me retrouve dans le loft seule avec lui. Il avance encore, ma respiration s'accélère. Je serre les poings pour me calmer.

– Je veux ce qui m'appartient !

– Si tu cherches ton cerveau, regarde dans le caniveau. Je n'ai rien qui t'appartient !

Sa mâchoire se crispe. Je sais que le provoquer n'est pas une bonne chose, mais je n'ai jamais réussi à la fermer en sa présence même s'il était tout à fait capable de lever la main sur moi. Aujourd'hui, je ne recule pas non plus, au contraire je redresse le menton.

– Fais attention, dit-il entre ses dents.

– Ne me menace pas, Jules !

– Sinon quoi ?

– Tu as trop à perdre !

– Je n'ai plus rien à perdre maintenant, Anaïs ! À cause de toi !

Soudain, il me pousse et ferme la porte derrière lui. Non. Non ! Je sais ce dont il est capable derrière des portes closes. Je n'ai aucune chance de lui échapper. La panique cherche à prendre possession de mon être, mais je ne la laisse pas faire. Je dois trouver une solution.

– Tu n'as rien à faire ici !

– Tu es ma femme, tu dois être là où je suis. Coucher uniquement avec moi, pas avec un autre homme.

Ses yeux sont habités par la folie. Sans m'en rendre compte, je me retrouve au centre du salon, près du sac de frappe. Je lâche le cabas de courses, il ne me sera d'aucune utilité.

– Tu vas faire ce que je te dis, m'annonce Jules en s'arrêtant à quelques pas de moi.

– Je ne vais rien faire, Jules. Tu vas partir et me foutre la paix.

Il secoue la tête et passe la main sous sa veste. Il sort une arme à feu et tapote sa cuisse avec. J'ouvre la bouche, mais la referme aussitôt. Mon Dieu ! Soudain, je revois le visage d'Émilie, jeune et souriante. Est-ce qu'il l'a tuée avec la même arme ? Est-ce que c'est ce qui va m'arriver ? Jules jette rapidement un coup d'œil autour de lui, puis reporte son attention sur moi, les yeux emplis de pitié.

– Tu m'as quitté pour ça ? Alors que je t'offrais tout ?

– Tu ne m'offrais que de la violence, Jules !

– Je te corrigeais seulement quand c'était nécessaire.

– Corrigeais ? Comme si j'étais une fausse note dans ta symphonie ? Je ne suis pas un objet, je suis un être à part entière !

– Tu n'es rien sans moi, assène-t-il.

Je croise les bras contre ma poitrine et inspire profondément.

– Écoute…

– Je comptais m'en prendre à ton amie… m'interrompt-il en se passant une main dans les cheveux.

Je me crispe, mes pensées tournant en boucle sur une supplique muette.

– Alice, reprend-il, mais je ne l'ai pas trouvée. Alors, j'ai décidé de rendre une petite visite à tes parents. Bizarrement, ils n'étaient pas là non plus.

Je remercie mentalement Delaunay et son équipe de sécurité pour leur efficacité.

– J'aurais pu m'attaquer à ton copain, explique-t-il d'un ton méprisant, mais voir la douleur dans son regard quand tu l'auras quitté sera bien plus gratifiant.

– Tu as perdu la tête si tu penses que je vais te suivre après tout ce que tu m'as fait !

– Mais tu n'as pas le choix.

Ma main droite coincée sous mon bras glisse peu à peu dans mon sac pour tenter d'attraper mon téléphone.

– Ma mère m'a prévenu que tu nous causerais des problèmes, mais je n'ai pas voulu l'écouter.

– Qu'est-ce que tu as fait à Émilie ? lâché-je.

Jules se fige et ancre son regard fou dans le mien.

– Qui t'a parlé d'elle ?

Je secoue la tête. Je ne peux pas lui parler du détective.

– J'ai retrouvé des affaires à elle dans ton bureau avant de partir.

C'est du bluff. Son bureau est bien le seul endroit où je n'ai jamais souhaité mettre les pieds, mais il ne le sait pas. J'espère qu'il ne se rend pas compte de ma duperie.

– Ah, tu as fait ta fouine. Ce n'est pas bien, ma chérie.

Il s'approche de quelques pas, mais je recule. Il laisse échapper un rire de dément et ma peur grandit.

– Elle était très douce, dit-il, le regard ailleurs. Très gentille. Enfin au début, mais après, elle ne répondait pas assez vite à mes appels. Elle ratait certains de nos rendez-vous. J'ai dû lui apprendre ce qu'était le respect.

– Tu la frappais ! m'écrié-je, horrifiée.

– Quand c'était nécessaire, mais tu sais ce que c'est, non ? Parfois, je n'ai pas le choix.

Taré ! C'est un mot qui lui correspond totalement et pourtant qui n'est pas assez fort pour décrire le personnage.

– Bref, un soir, elle est allée trop loin en me disant qu'elle me quittait. Personne ne me quitte, dit-il en comblant soudainement la distance entre nous.

Il attrape violemment mon bras et m'arrache mon sac qu'il envoie valser à travers le loft. Je lâche un petit cri quand sa main s'abat sur ma joue. Ma vision s'obscurcit un instant. Je cligne des paupières pour y voir plus clair. Je suis à genoux, une main sur le visage, la respiration faisant un sprint contre les battements de mon cœur. Jules s'accroupit face à moi et me redresse le visage.

– Je te pardonne, ma chérie. On dira que tu étais dans une période noire, on t'enverra dans une bonne clinique psychiatrique. Après, tu reviendras à la maison et je prendrai soin de toi. Tu seras à mes côtés aux prochaines élections, comme la femme fière que tu devrais être.

– Non, murmuré-je, la voix rauque.

Quitte à mourir, je préfère le faire la tête haute. Je ne le laisserai pas me prendre ça.

Sa poigne autour de mon menton se resserre, mon regard s'embue, mais je ne laisse aucune larme couler. Je ne lui donnerai plus jamais ce plaisir.

– Tu es sûre de toi, Anaïs ? Si tu choisis cette option, je te tuerai et ferai porter le chapeau à ton cher amant. Rien de plus simple pour moi que de faire croire à un crime passionnel.

Non ! Mes yeux s'agrandissent d'effroi. Le sourire de Jules devient carnassier. Le canon glisse le long de ma mâchoire et s'arrête sur ma gorge. Il pousse un soupir.

– Tu m'as manqué, dit-il. Ton corps m'a manqué.

Je suis secouée de sanglots silencieux. Je ne veux pas que ça se reproduise, pas maintenant que j'ai de nouveau goûté au bonheur. Pas maintenant que je sais à côté de quoi je passe.

– Ne me fais pas de mal, dis-je, la voix enrouée.

– Je vais être très doux avec toi, tu vas voir.

Il m'oblige à m'allonger sur le sol nu et s'appuie de tout son long contre mon corps. Je ravale la bile qui me monte à la gorge. Je ferme fort les yeux et tente d'oublier son souffle dans mon cou.

– On est faits l'un pour l'autre, chérie. Je vais te le rappeler.

Sans lâcher son arme, une de ses mains passe sous mon tee-shirt. Quand je vois que sa concentration est ailleurs que sur mes propres gestes, j'attrape son érection et la serre aussi fort que je peux, puis je tourne le poignet. Il beugle comme un animal avant de se rouler en boule. Je me redresse péniblement et lui assène un coup de pied en plein visage. Je crois entendre un craquement, mais je ne prends pas le temps de vérifier si je lui ai cassé quelque chose. Je me précipite vers mon sac, et tout en fouillant dedans pour trouver mon portable, je cours vers la porte d'entrée. Jules commence à se relever quand je saisis mon Smartphone. Je glisse mon doigt sur l'écran et appuie sur appel d'urgence. J'entends Jules crier mon nom quand j'ouvre la porte à la volée. Je dévale les étages, mais il me rattrape et nous chutons tous les deux dans les escaliers. Mon souffle s'expulse douloureusement de mon être. La douleur se diffuse dans chaque molécule de mon corps. J'ai l'impression de ne plus sentir mes jambes, que mon bras gauche perd toute sa force. Je cligne des yeux, mais je n'ai pas le temps de me ressaisir que je sens un poids sur moi et des mains autour de ma gorge. J'ai à peine la force de me débattre, je griffe, tente de me dégager de sa poigne, mais je sais que c'est peine perdue. Cette fois, Elijah ne sera pas là pour me sauver. Personne ne le pourra. Ma vision s'obscurcit totalement.

Fin…

Du moins, ça pourrait être la mienne, comme elle est celle de trop de femmes, mais ce n'est pas le cas…

40

Elijah

Assis sur le banc du fond, je pose mes coudes sur mes cuisses. Depuis des heures, j'ai l'impression d'avancer dans un trou noir. Les jours sont une succession d'événements importants, pourtant aucun ne me touche vraiment. Je lève les yeux vers la nef, complètement absent. Me retrouver ici est tellement étrange. Quand je suis entré, je me suis senti vide, vidé de mes émotions, éreinté. Je lâche un profond soupir et ferme les yeux en me massant les tempes. Les larmes cherchent à franchir la barrière de mes paupières, mais je les serre plus fort. Aucune ne coulera ce soir. De toute manière, je pense que j'en ai épuisé le stock. Elle devait me retrouver ce soir-là. On devait profiter d'un week-end en amoureux, tout simple, en Bretagne. Un peu de changement. Je comptais aussi lui faire plaisir au retour en lui proposant qu'on aille rendre visite à ses parents. Jules nous a arraché ce simple petit bonheur. Ces quelques jours de sourires, de rires partagés. Ma poitrine se compresse et ma respiration devient difficile. Je n'ai même pas eu à l'attendre pour me rendre compte que quelque chose clochait. Non… Mon téléphone s'est mis à sonner alors que je bouclais un dossier. Je n'ai pas reconnu le numéro. Je n'ai pas reconnu la voix au bout du fil. Mais ces mots. Ces mots. Putain ! Je me les repasse en boucle.

« État critique. »

« Hôpital. »

« Vite. »

J'avais la sensation que si je n'étais pas près d'elle, elle m'échapperait. C'est ce qu'elle a fait. Elle m'a échappé. Un sanglot traverse ma gorge et mon corps est secoué de tremblements. L'hôpital, différent de celui où l'on a été admis après notre accident et pourtant si similaire. L'odeur. Le personnel pressé. Le labyrinthe avant de trouver le bon service. L'attente encore et toujours. Le regard malheureux des autres patients. Mon regard baissé sur mes mains serrées dans un poing. Un poing crispé autour de mon cœur, avec cette impression de le presser à chacun de ses battements et de voir le sang goutter sur le sol carrelé. L'arrivée des parents, l'étreinte et l'attente. Encore. Le personnel qui court. Pas de nouvelles.

Toujours pas d'étincelle de vie des jours plus tard. Jules a été hospitalisé, lui aussi. Anaïs a été sauvée par un voisin qui avait entendu des bruits de lutte. Le brave homme s'est jeté sur Fournier et l'a frappé plusieurs fois pour le maîtriser. Fournier est quelque part dans le même hôpital, mais sous bonne garde. Par peur qu'il s'échappe ou d'une vengeance. Je n'en ai aucune idée. Pour l'heure, la pensée qu'il m'a enlevé celle qui a détruit les murs qui entouraient mon cœur, qui fait battre ce même organe plus vite, m'a anéanti. Mes forces m'ont abandonné ! Je ne sais pas ce que je vais faire sans elle. Elle serait heureuse de voir tout ce qui s'est mis en branle depuis que les médias parlent en boucle de son drame. Les ministres, les femmes, les hommes sont vent debout contre les violences conjugales. Des lois sont réclamées. Mais pour combien de temps ? Combien de temps avant que le soufflé retombe et qu'il faille un autre drame pour se rappeler que ceci est inadmissible ?

Mes épaules s'affaissent et une larme tombe sur le sol entre mes jambes. Anaïs avait apparemment tout prévu. Elle avait envoyé à Laurent, le journaliste que j'ai rencontré à l'hôtel, une enveloppe à ouvrir au cas où quelque chose lui arriverait. Il a pris la consigne au pied de la lettre. À peine l'agression médiatisée, il s'est empressé de l'ouvrir. Anaïs avait accumulé des preuves contre Élisabeth Leroy et son fils. Sur les corruptions, malversations en tout genre. Elle a été démise de ses fonctions et sera certainement bientôt entendue par la justice. Quant à son fils, dès qu'il sortira de l'hôpital, ce sera pour aller en prison. L'affaire sur la disparition d'Émilie a été rouverte et j'espère pour sa famille que justice sera faite.

Oui, Anaïs serait contente. Mais elle n'est pas là pour le voir. Je serre les dents pour étouffer le cri d'agonie qui veut sortir de ma gorge. Non, ce n'est pas juste. S'il y avait une meilleure protection des victimes, ce genre de chose n'arriverait pas. Ma colère passe d'un coupable à l'autre. Les ministres, les juges, les policiers. Moi.

Moi.

Si j'étais rentré plus tôt au lieu vouloir à tout prix boucler ce dossier avant notre week-end, si j'avais insisté pour le garde du corps, elle serait en train de rire à l'heure actuelle. Je sens une présence près de moi, je redresse le visage, mais je ne vois personne.

– Arrête de ruminer, tu me donnes mal au crâne, mec.

Je sursaute et regarde tout autour de moi. La flamme des bougies virevolte au gré des courants d'air, mais il n'y a pas âme qui vive.

– Et je suis quoi, moi ? Allez, va la retrouver, elle t'attend.

Je cligne des yeux. Il n'est pas possible que je vienne d'entendre la voix de Thomas. Je secoue la tête et croise les bras contre ma poitrine. J'ai des hallucinations. Ce qui est normal puisque je n'ai pas fermé les yeux depuis trois jours. Trois jours de coma.

Les médecins ne s'avancent pas trop. Elle peut mourir, comme ne jamais se réveiller… Ils ne veulent pas trop se mouiller. Ce que j'aurais pu comprendre si je n'étais pas si concerné ! Je me frotte le visage et me fais la réflexion que je devrais peut-être me laver un peu. La sonnerie de mon téléphone brise le silence religieux de la chapelle. Je fais un bond et le sors de ma poche. Je décroche dès que j'identifie l'interlocuteur, le père d'Anaïs.

– Elle s'est réveillée, me dit-il d'emblée.

Je reste sonné, n'osant pas y croire.

– Elijah, elle t'a demandé.

Puis je me mets à pleurer, sans discontinuer, sans grâce. Une main se pose sur mon épaule et la presse, puis disparaît aussi vite. Je dormirai plus tard. Pour l'heure, je me lève rapidement et fais fi du vertige qui me saisit. Je cours jusqu'à la porte de la chapelle et ne m'arrête que devant sa chambre. Là, je me fige. Et si j'avais imaginé l'appel de son père ? J'ai bien imaginé la voix de Thomas. Qui sait ce que le manque de sommeil peut engendrer comme conséquences ? Je prends une profonde inspiration et ouvre doucement la porte. Mes épaules retombent quand je m'aperçois que rien n'a changé. Elle est toujours allongée sur ce foutu lit d'hôpital, toujours branchée à ces putains de machines à la musique assourdissante. Toujours pâle. Toujours dans le coma. C'est trop ! Je ne peux pas en supporter beaucoup plus. À l'instant où je prends la décision de faire demi-tour, je repère la présence de ses parents, le visage soulagé. Sa mère me fait signe d'approcher. Je secoue la tête et ouvre la bouche pour leur dire que je vais sortir et les laisser, quand Anaïs tourne la tête doucement vers moi comme si elle avait senti ma présence. Oh, mon Dieu… Oh, mon Dieu. Elle est…

Ses paupières papillonnent et s'ouvrent un peu. Elle est… Je déglutis péniblement, mes jambes flanchent et je me retiens de justesse à la porte derrière moi. Elle est…

– Eli.

Sa voix est si basse que je pourrais l'avoir imaginée. Comme l'intégralité de cette scène.

– Eli, murmure-t-elle un peu plus fort.

Cette fois, mes forces m'abandonnent totalement. Je craque. J'éclate en sanglots et tombe à genoux. Elle est… Son père me rejoint et me prend dans ses bras. Elle est…

– Vivante, oui, mon garçon. Elle est vivante.

Je n'avais pas conscience que je parlais à voix haute. Je n'arrive pas à croire que je ne rêve pas. Je remets mon cœur à sa place et essuie mes mains ensanglantées avant de me relever. Doucement, délicatement, je m'avance vers son lit. Elle m'offre un petit sourire, mais pour moi, c'est le plus beau depuis que je l'ai retrouvée.

– Salut, mon ange, dis-je, la voix brisée.

Je pose ma main sur la sienne et embrasse sa joue. Son front est bandé, elle a un œil au beurre noir, plusieurs côtes brisées, mais elle est vivante. Pour moi, c'est la plus belle des victoires. Le plus beau doigt d'honneur à la mort. Je reprends une respiration à peu près normale.

– Repose-toi, je suis là.

Son regard me répond « Je sais », puis elle s'endort. Je m'assieds sur le fauteuil qu'avance son père pour moi et ne lâche plus la main d'Anaïs. Si bien que je finis moi aussi par m'endormir.

– Putain, il était temps, dit Thomas.

– C'est clair. Bon, on va se la boire, cette bière ? répond Anthony.

– Bande d'ivrognes, réplique Vincent.

***

Les jours se suivent, mais ne se ressemblent pas. On reste à l'hôpital le temps qu'elle se remette de ses blessures. La police est venue l'auditionner et on apprend que Jules a été emprisonné. On est à peine soulagés de la nouvelle, la preuve qu'un tout autre combat nous attend à présent. Celui de retrouver la voie du bonheur et d'une vie normale après avoir frôlé deux fois la mort. La chute dans l'escalier lui a causé plusieurs fractures et la rééducation est longue et fastidieuse, mais elle n'abandonne pas. Elle garde la même niaque dont elle fait preuve sur un circuit. Encore une fois, j'admire sa force et sa ténacité. Je l'accompagne à chacun de ses rendez-vous, elle me rabâche que je suis pire qu'une nounou, mais je vois bien que ça lui fait plaisir. Je lui ai promis que je serais là, ce n'est pas une promesse faite en l'air.

Aujourd'hui, je l'attends dans le couloir pendant son rendez-vous hebdomadaire avec sa psy. Dire qu'il reste un long chemin à parcourir est un euphémisme. Cette dernière agression de Jules a été la pire, selon elle. Elle n'entre pas dans les détails, mais je sais qu'elle ne pourra jamais oublier ces minutes passées dans le loft. Les médias s'en sont donné à cœur joie, relatant chaque nouveau rebondissement, chaque intervention d'Élisabeth Leroy pour défendre son fils, même si c'était peine perdue. Pour le moment, nous changeons de chaîne à l'heure du journal.

La porte s'ouvre. Je relève la tête et observe Anaïs manœuvrer son fauteuil roulant. Sa hanche est encore douloureuse et il est préférable qu'elle n'aggrave pas ses blessures en marchant. La psychiatre m'adresse un hochement de tête avant de se tourner vers son prochain patient. J'embrasse rapidement Anaïs sur le front et l'emmène vers l'ascenseur.

– Alors, qu'est-ce que tu veux faire aujourd'hui ?

Elle ne répond pas tout de suite et attend qu'on soit dans la cabine avant de prendre la parole.

– Vivre, dit-elle simplement. Je ne veux plus attendre que le bonheur me tombe dessus, je veux aller le chercher. Je veux savourer chaque seconde, chaque minute, chaque heure de ma vie. Je veux être heureuse sans regarder derrière moi.

Je hausse les sourcils, étonné. Je ne m'attendais pas à une telle déclaration. Elle me sourit et sort de l'ascenseur sans me laisser le temps de l'aider ni de lui répondre. Elle m'attend près de ma voiture, l'air réjoui. Ça fait longtemps que je n'avais pas vu un tel sourire sur ses lèvres, alors je vais me taire et profiter de cet instant. Elle m'arrête avant que je l'aide à monter.

– Je te veux, toi aussi. Le cadre n'est pas ce qu'il y a de plus romantique, mais je devais te le dire. Je t'aime, Eli, toi et tes manies. Toi et tes surprises. Toi et ton âme trouée par endroits.

Mon cœur se gonfle et je m'agenouille devant elle. Je caresse son visage et place une de ses mèches folles derrière son oreille.

– Je t'aime aussi, mon ange. Je t'aime depuis qu'on est à la fac. Peu importe ce que nous réserve l'avenir, je serai à tes côtés.

D'abord surprise par mon aveu, elle se penche et m'embrasse langoureusement. Je caresse sa nuque, et si nous n'étions pas sur le parking d'une clinique, j'irais bien plus loin. Je me détache à contrecœur d'elle et l'installe à l'intérieur. Une fois le fauteuil dans le coffre, je m'assieds derrière le volant et plonge mon regard dans le sien.

– Où va-t-on alors pour fêter ça ?

– En Bretagne ! s'écrie-t-elle, enthousiaste.

Je me fige avant d'insérer la clé et me tourne vers elle, le front plissé.

– On ne peut pas aller en Bretagne.

– Et pourquoi ça ? me demande-t-elle, les bras croisés contre sa poitrine.

– Tu as ta rééducation, tes rendez-vous médicaux et… on ne peut pas y aller ! Je n'ai rien préparé.

– C'est tout ?

– Ça fait déjà beaucoup d'obstacles ! rétorqué-je.

Elle lève les yeux au ciel.

– La vie est pleine d'obstacles, on les surmonte, Eli. De toute manière, tu n'as pas le choix, j'ai déjà tout organisé.

– Tu as quoi ? l'interrogé-je, incrédule.

– J'ai l'autorisation de mes médecins pour m'y rendre. Je n'ai pas de rendez-vous ce week-end et j'ai déjà réservé l'hôtel.

Je suis bouche bée. Je secoue la tête.

– Surprise, crie-t-elle, ravie.

Lentement, un sourire incurve mes lèvres. Je me penche et l'embrasse tendrement.

– C'est une très belle surprise.

– Ah, quand même un peu de reconnaissance !

Je ris et démarre.

– Nos valises ?

– Faites ! Elles nous attendent près de la porte d'entrée. J'avoue, Alice m'a un peu aidée.

– C'était donc ça toutes vos cachotteries.

Elle hoche la tête, visiblement très fière d'elle.

– Je t'aime, mon ange.

– Je t'aime aussi, réplique-t-elle, les yeux embués et le sourire aux lèvres.

– En route pour la Bretagne !

41

Anaïs
Un an plus tard

Ma rééducation m'a mise sur les rotules, mais c'est enfin derrière moi, comme tout ce qui s'est ensuivi. Jules a été jugé coupable de tentative de meurtre, mais également d'association de malfaiteurs et de chantage. Il est le principal suspect de la disparition d'Émilie. Sa mère n'est pas en reste côté jugements. Noémie a, elle aussi, été jugée pour association de malfaiteurs. Elle a reconnu avoir été complice de Jules et a apporté les preuves qui accusent Fournier d'avoir engagé un homme pour me faire peur et agresser Eli. Le fait que la justice soit enfin en branle apaise quelque peu mon âme, mais pas assez pour me faire oublier qu'elle n'a pas toujours été aussi prompte.

Je marche d'un pas vif dans la presque pénombre et époussette le sol avant de m'asseoir. Je regarde d'un œil morne la dalle devant moi. Ça fait longtemps que je voulais venir, j'ai enfin trouvé le courage de le faire. Quoi qu'on en dise, c'est une épreuve de venir ici et de faire face à cette pierre froide et sans vie. Elle est censée nous aider à faire le deuil, mais comment le faire sans avoir l'impression de tomber dans un trou noir ? Je cligne des paupières et lève les yeux au ciel pour empêcher mes larmes de couler.

– Tu sais, ce n'est pas très joli, Vince. Bon, je sais, ce n'est pas le mot que tu aimes associer à ta personne, mais tout de même !

À part son nom et son prénom, sa date de naissance et celle à laquelle il nous a été arraché, il n'y a qu'une phrase dessus :

Fils et ami aimé

– Tu étais bien plus qu'un ami pour moi, tu le sais, hein ? Je suis désolée de ne pas être venue plus tôt, de ne pas être restée le jour où on t'a mis en terre. Tu as dû voir à quel point c'était difficile pour moi. Ça l'est toujours, murmuré-je.

Ma gorge se noue et mon cœur se serre. J'inspire profondément avant de reprendre :

– Ma vie a été un peu merdique après l'accident. J'ai déconné. Vous avez dû pester, mais je ne vous ai pas entendus. J'ai tout fait pour ne pas vous entendre. Mais j'ai fini par sortir la tête de l'eau et reprendre ma vie en main. Devine sur qui je suis tombée à ce moment-là… Bon, c'est une devinette à la con puisque tu le sais déjà. Enfin Eli est revenu dans ma vie et apparemment pour de bon. On est en couple maintenant. Incroyable, n'est-ce pas ? Qui l'aurait cru ? Aucun de nous, c'est sûr.

Je ris en l'imaginant lever les yeux au ciel comme si c'était évident pour lui.

– Je dois te faire chier avec mon monologue. J'imagine que tu dois veiller à ce que Thomas et Anthony ne s'écharpent pas. Bon courage, je sais à quel point ces deux-là peuvent être chiants. Oh, ça va, les gars ! Je vous entends râler d'ici. Bref, je dois vous laisser. Je reviendrai, promis.

Je pose mes doigts sur ma bouche avant de les plaquer sur la pierre tombale. Mon corps tressaute, je contiens tant bien que mal mes larmes et prends une grande inspiration avant de tourner les talons. En voiture, je serre le volant de toutes mes forces. Cette étape était importante dans mon cheminement vers une vie sans regret. D'ailleurs, c'était la dernière. Je démarre, un poids en moins sur les épaules.

Je me gare non loin de la maison et monte directement dans ma chambre sans passer dans le salon. Je suis un peu en retard, mais je préfère prendre mon temps plutôt que de me presser pour me préparer. Après une douche qui a détendu tous mes muscles, je m'habille et me maquille légèrement. Je me regarde dans le miroir et fais un tour sur moi-même. J'adore celle que je suis devenue au fil des mois. J'ai retrouvé mon assurance, mon envie de vivre l'instant intensément. Je me tourne quand j'entends quelqu'un se racler la gorge.

– Entre, papa, ne reste pas sur le palier.

Il sourit et s'arrête près de moi, les mains dans les poches de son jean. J'ai passé quelques jours chez eux pour me ressourcer, mais aussi pour être avec eux. Ça fait longtemps qu'on n'avait pas eu de moments ensemble et cela m'avait terriblement manqué.

– Tu es très belle, ma chérie.

Je me mets sur la pointe des pieds et embrasse sa joue.

– Merci.

– Tu sais ce que vous allez faire ?

Elijah a décidé de venir me chercher comme si ce soir était notre premier rencard. Je n'ai aucune idée de ce qu'il veut faire. Encore une de ses fameuses surprises. Il m'en a fait beaucoup depuis qu'on est ensemble et je suis chaque fois bouche bée de son inventivité.

– Pas du tout, il a décidé de tout garder pour lui.

– C'est une bonne idée.

Je lève les yeux au ciel.

– J'ai autant de patience que toi, papa.

Il rit et me prend dans ses bras.

– Je t'aime, ma chérie.

Mes paupières papillonnent et je resserre mon étreinte autour de sa taille.

– Moi aussi, je t'aime, papa.

– Alors, comme ça, on fait des câlins sans moi ? s'écrie une voix féminine dans son dos.

Je regarde par-dessus son épaule et vois ma mère qui se tient sur le seuil, une moue boudeuse sur les lèvres. J'écarte un bras pour l'inviter à nous rejoindre. Elle ne se fait pas prier et on se fait un câlin familial. Je prends ma dose de bonheur, je la chéris, je l'enveloppe dans du papier bulle et la remise dans un coin de mon cerveau pour la ressortir en cas de besoin. On s'écarte quand on entend la sonnette.

– J'y vais, s'exclame mon père. Je dois lui parler de couvre-feu, de fusil et de tout ce qu'un père doit dire au garçon qui invite sa petite fille pour la première fois.

J'éclate de rire et l'observe disparaître dans les escaliers. Ma mère pose son bras autour de mes épaules.

– Je suis heureuse de te retrouver, ma puce.

– Moi aussi, maman. Moi aussi.

J'attrape mon sac, prends mes chaussures et on sort de ma chambre. On entend des éclats de rire en bas. Ce n'est pas ce à quoi je m'attendais après les supposées mises en garde. On retrouve Elijah et mon père occupés à faire un bras de fer sur le comptoir de la cuisine. Je secoue la tête et mets les mains sur mes hanches.

– Messieurs, que faites-vous ? m'exclamé-je.

– Ton père m'apprend la vie.

Ma mère rit sous cape alors que je réprime un sourire.

– D'où le bras de fer ? demandé-je, les sourcils haussés.

– De fil en aiguille, nous en sommes arrivés là, me répond mon père comme si c'était évident.

– Eli, l'interpellé-je.

Il se tourne vers moi et me détaille, le regard gourmand. Mon père profite de cette distraction pour abattre la main d'Elijah sur le comptoir.

– Voilà, c'est ça la vie, jubile mon père.

Ma mère éclate franchement de rire, je me joins à elle quand j'aperçois la tête dépitée d'Elijah.

– C'est de la triche, ronchonne-t-il.

– Tout à fait, mon garçon, acquiesce ma mère. Il va falloir t'y faire, il n'y a que de cette façon qu'il gagne.

– C'est faux, râle mon père.

Tandis qu'ils se chamaillent, Elijah s'avance vers moi. Il passe ses mains autour de ma taille et me colle à lui. Je noue mes doigts autour de son cou.

– Bonsoir, vous !

– Bonsoir, répond-il en déposant un doux baiser sur mes lèvres.

Mon corps frémit d'anticipation.

– Prête ?

Je hoche la tête. On se tourne vers mes parents qui nous regardent avec beaucoup de bienveillance.

– Amusez-vous bien, s'exclame ma mère. On se voit dimanche pour manger ensemble ?

– Oui, maman.

J'embrasse mes parents, et pendant qu'Elijah les salue à son tour, j'enfile mes chaussures et ma veste. Elijah pose sa main sur la chute de mes reins pour me pousser vers la sortie. Il m'ouvre la portière de son véhicule. Une fois ma ceinture bouclée et la voiture démarrée, je lui demande notre destination.

– Tu verras bien.

Je grogne et râle, mais seulement pour la forme. Quand je reconnais notre destination, je jette un coup d'œil incrédule à Elijah.

– Encore ?

Il hausse les épaules. Ça fait tellement longtemps que je ne suis pas retournée sur un circuit. Je n'osais pas encore franchir cette étape. Je ne voulais pas ressentir le manque qui me saisirait forcément de ne pas avoir mon écurie. Dès qu'Elijah se gare, Fred tapote à ma vitre. J'ouvre ma portière, il s'écarte de justesse, mais il n'a pas le temps d'ouvrir la bouche que je lui saute dans les bras.

– Toi aussi tu m'as manqué, ma puce, rit-il.

– Comment tu vas ?

– Très bien, et toi ?

Je me baisse et caresse Cahn, son chien.

– On va bien. Ça fait trop longtemps que tu n'es pas venue nous rendre visite.

– Je sais, je suis désolée.

Elijah me rejoint et noue ses doigts aux miens.

– Allez-y, dit Fred.

Elijah lui adresse un hochement de tête et m'entraîne jusqu'aux gradins. Toutes les lumières sont éteintes, c'est tellement silencieux. Pourtant, je pourrais presque entendre les mécanos crier dans les stands, les voitures s'échauffer avant de se lancer dans la course. Je prends une profonde inspiration. Elijah m'aide à m'asseoir sur un siège au dernier rang.

– Merci de m'avoir emmenée ici, lui dis-je en l'embrassant.

– Je n'ai rien fait.

Il sort son téléphone et pianote quelques instants avant de se tourner vers moi.

– Ça ne te manque jamais ?

Je laisse mon regard planer sur le circuit que je devine plus que je ne vois.

– Si, tout le temps.

Il hoche la tête.

– C'est bien ce que je pensais.

C'est à cet instant que j'entends un son familier. Une douce musique à mes oreilles. Je me redresse d'un bond quand les lumières du circuit s'allument d'un coup et qu'une voiture déboule à toute vitesse devant moi. Bouche bée, je fixe Elijah qui est fier de lui, les mains dans les poches. Il me fait un signe du menton pour que je me tourne. Un à un, les membres de mon écurie apparaissent en bas des gradins et déroulent une banderole où il est écrit :

Bienvenue chez toi.

Les larmes coulent le long de mes joues.

Elijah se poste derrière moi et entoure ma taille de ses bras avant d'embrasser mon cou.

– Je ne pouvais pas te laisser abandonner ce rêve.

– Mais comment ?

– J'ai demandé à Delaunay de m'aider.

C'est à ce moment que ce dernier apparaît. Je me retourne dans les bras d'Elijah et l'embrasse jusqu'à en perdre haleine. C'est plus qu'une question de chance de l'avoir dans ma vie.

– Merci, murmuré-je contre ses lèvres.

Il ne s'en rend sûrement pas compte, mais j'ai des ailes qui me poussent dans le dos et m'emmènent loin, haut. Je dévale les marches quatre à quatre et prends dans mes bras chaque personne présente. Même Jacques qui ronchonne. Je souris et m'arrête devant Delaunay.

– Vous alors !

Il hausse les épaules, un sourire franc sur les lèvres.

– Je vous ai déjà dit que vous pouviez compter sur moi.

– Tout de même ! J'avais lâché l'écurie, je ne méritais pas une seconde chance.

– Ce n'est pas une chance que je vous offre. Je tiens juste à rentabiliser mon investissement.

Je ne le crois pas, pas quand il me fait ce clin d'œil complice. Je le serre dans mes bras. La voiture s'arrête près de nous et Mathieu en sort. Il croise les bras sur le toit et crie par-dessus celui-ci :

– Et moi, je n'ai pas le droit à un câlin ?

J'éclate de rire et cours le rejoindre. Il ouvre grand ses bras, je ne me fais pas prier pour m'y réfugier. Il me soulève du sol et me fait tourner. Je ris jusqu'à en pleurer.

– Putain, il était temps que tu reviennes parmi nous. Jacques commençait à être chiant, dit-il en me reposant.

– Je ne te crois pas. Il est tout le temps de bonne humeur.

Il hausse un sourcil, sa mine se fait sceptique.

– D'accord, ce n'est pas vrai.

Je me tourne vers ma voiture. Je caresse ses courbes des yeux.

– Elle t'a manqué aussi, hein ?

– Oh, oui !

– Alors, file te changer et monte à bord !

– T'es sûr ? Vous êtes sûrs ? demandé-je aux autres qui nous ont rejoints.

– La question ne se pose même pas ! Dépêche-toi, ajoute Jacques de son ton militaire qu'on connaît si bien, Mathieu et moi.

Avant de me réfugier dans les vestiaires, je dépose un baiser sur les lèvres d'Elijah pour enfiler une tenue. Il a pensé à emporter la mienne, celle que j'avais reléguée au fond de ma valise. Je me change rapidement et sors presque en courant. L'équipe éclate de rire quand je fais un dérapage contrôlé près de la voiture. Je leur jette un regard impatient, sautillant pratiquement sur place.

Elijah m'aide à mettre mon casque, même si je n'en ai pas besoin. Il en profite pour plaquer ses lèvres sur les miennes.

– Je t'aime. Brille, mon ange. Sois Indomptable !

– Je t'aime, murmuré-je contre sa bouche.

Il s'éloigne, mais je sais qu'il ne ratera aucun de mes gestes. Là, sur ce circuit. Je vais être Indomptable. Je vais faire mon doigt d'honneur à la mort, jouer avec elle avant de retourner vivre ma vie à fond, autrement. Je vais danser, rire, aimer. Vivre. Et c'est ça être Indomptable. Ce n'est pas s'arrêter à la moindre égratignure, ce n'est pas pleurer sur ce qui aurait pu être. Ce n'est pas s'acharner sur son passé en essayant de le remodeler. Être Indomptable, c'est honorer leurs mémoires, même si mon cœur ne sera plus jamais entier. Être Indomptable, c'est profiter des êtres aimés qui sont encore dans ma vie. C'est pleurer, mais de rire, de joie. C'est faire de ma vie une fête sans fin. Être Indomptable, c'est vivre tout en pensant à leurs morts. Être Indomptable, c'est devenir la Anaïs que j'ai toujours voulu être. Je jette un dernier coup d'œil à Elijah, l'homme qui fait de ma vie un rêve éveillé chaque jour, et me lance sur la piste, un immense sourire plaqué sur les lèvres…

Fin

REMERCIEMENTS

Ce livre est particulier. Son histoire n'est pas anodine. Elle a une fin heureuse, mais elle aurait pu être tout autre. Je sais que peu de personnes lisent les remerciements, mais je tenais tout de même à rendre ceux-là particuliers. C'est un peu un SOS, un cri pour un changement. À notre petit niveau, on peut agir contre les violences faites aux femmes. Il suffit de ne pas fermer les yeux quand on en est témoin. Croyez-moi, c'est déjà beaucoup. Beaucoup pour la victime, beaucoup pour la cause des femmes. Ne laissez pas passer parce que vous n'êtes pas concernés. On l'est toutes et tous.

Je tenais à remercier Laurence et Clémentine d'être des bêtas lectrices en or !

Merci au Club des Masterclass, vous êtes une source de motivation.

Merci à mon chéri d'avoir été si compréhensif pendant l'écriture de ce roman, surtout la fin, que j'ai rédigée pendant le NaNoWriMo, c'est-à-dire avec une vie sociale proche de zéro.

Merci aux Éditions Addictives de publier ce roman.

À vous lectrices, MERCI et à bientôt ?

Extrait

BIEN PLUS FORTE QUE TOI !

Emma Green

DANS LA COLLECTION addictives

PROLOGUE

Willa

J'ai 13 ans.

Je fais la queue pour la cantine et je suis l'une des premières. J'ai une faim de loup, comme toujours. Il a neigé ce matin et tout le monde a froid, sauf moi.

Mon corps me tient toujours chaud.

La queue commence à avancer mais un garçon m'appelle, ce garçon que j'aime bien et qui ne me parle jamais. J'ignorais même qu'il connaissait mon prénom.

– Lila, viens voir !

Enfin presque.

– C'est Willa.

– Je peux te parler, Willa ? Allez, approche. Il restera toujours de la bouffe à la cantine, t'inquiète.

Des filles derrière moi ricanent mais je ne crois pas qu'il ait dit ça méchamment. C'était pour que je ne perde pas ma place dans la queue.

Je remonte ma doudoune sous mon bras et je m'approche de lui en souriant bêtement. Je ne sais pas si j'ai juste encore plus chaud ou si je me suis mise à rougir entre-temps. Il reste près d'une haie, adossé à un mur, et il m'attend. J'aime tellement son sourire. C'est à cause de ça que j'écris son prénom tout le temps, partout, dans tous mes cahiers. Ma mère trouve ça bête, elle pense que j'ai passé l'âge d'écrire aussi gros, avec des cœurs sur les i.

Mais avec elle, rien ne devrait jamais être aussi gros. Surtout pas moi.

– Alors, qu'est-ce qu'il y a ?

Je sais bien que tout le monde nous regarde, mais je ne vais quand même pas m'enfuir en courant. Il a dit mon prénom et je suis presque à sa hauteur.

– Je voulais te dire que… je sais que t'as pas froid aux yeux, toi.

Je ne sais pas exactement ce que ça signifie mais je le prends pour un compliment. Il me sourit tellement. Et puis tout à coup, le garçon se penche vers moi, lentement, comme s'il allait m'embrasser, là maintenant. *Moi*. J'ai le cœur qui se décroche un peu.

Je n'ai jamais embrassé de garçon, encore moins un que j'aime bien. J'ai failli une fois, mais c'était un sale con qui se moquait de moi. J'ai bien fait d'attendre… ça.

Dans mon ventre, ça fait comme un trou béant, un creux bien plus grand que la faim, un monde entier qui s'ouvre.

Il est tout près de mon visage en feu, j'entrouvre les lèvres et je plisse les yeux. Et puis il se met à secouer le buisson.

Toute la neige au sommet de la haie me tombe dessus, glacée, violente, comme une claque brûlante en plein visage. Le monde entier s'écroule un peu sous mes pieds. Je laisse mes cheveux trempés cacher mes yeux, ça vaut mieux. Les éclats de rire des filles me poignardent dans le dos. Le garçon au sourire s'en va déjà en direction de la cantine. Et j'ai le cœur tellement lourd que je n'arrive pas à courir.

– Qu'est-ce qu'elle croyait, la grosse ?

– Comme si ce mec-là pouvait s'intéresser à elle.

– Bah alors, ça se mange pas la neige, tu sais ?

– Bouge ton cul, Lila, tu vas être la dernière !

– Et la queue c'est par là !

– Peut-être que si on la pousse, elle roule ?

– Pleure, tu perdras peut-être du poids !

Les filles continuent à m'envoyer leurs poignards et les garçons se marrent. Je finis par partir en courant, ma doudoune sous le bras et des larmes gelées sur mes joues cramoisies. J'ai le cœur gros.

Même pour moi, même pour ce corps-là, il l'est trop.

1

TOUT LE MONDE TE REGARDE

Willa
Quatorze ans plus tard

– Non mais qui a bien pu inventer la neige ? Michel Emmerdes ? Jon Snow ? Il n'y a qu'un type aussi sexy qui pourrait se faire pardonner une invention aussi froide, dégoulinante, qui te colle des engelures, la goutte au nez, le teint rougeaud, le cheveu frisottant, les lèvres gercées et une odeur de fromage moisi au fond des chaussures. Franchement, tout ça pour faire briller les yeux des gamins une fois par an quand les adultes, eux, ont de vrais besoins importants. D'ailleurs, qui a inventé les enfants, hein ? Et les gens ? Moi, je veux juste que mon avion décolle : c'est trop demander, Jon ? Quelqu'un ?

– Euh… Willa ? Ça va, frère ? Je crois que tout le monde te regarde…

Ma meilleure amie se marre dans l'écran de mon téléphone. Elle a l'habitude, moi aussi.

– Ben oui, pourquoi ? Ça va super et ça se voit, non ? Mon avion est retardé depuis des heures, je suis coincée dans un café surchauffé d'un aéroport surpeuplé, tous ces New-Yorkais me regardent comme si je parlais chinois et que je leur crachais du coronavirus à la tête.

– Ramène tes fesses à Paris et viens faire du stand-up avec moi.

– Déso', Bulle, mais tu parles au rôle principal de la nouvelle série *medieval fantasy* qui va faire un carton aux US et je crois que les autres acteurs du casting adorent déjà mon fessier galbé.

– Je n'en reviens toujours pas que t'aies été prise pour *Queens of Dust*, ils sont pas nets ces gens de Hollywood.

– New York c'est de l'autre côté, mais merci pour le soutien, t'es une vraie amie toi !

– Attends, je reviens, ça sonne à la porte, j'espère que c'est un pompier canon qui veut me vendre un calendrier… Ou juste m'offrir son corps.

– OK, rappelle-moi, je ne veux pas assister à vos ébats !

Je coupe la vidéo et je repose mon portable sur la table du café pendant que ma coloc va prendre ses rêves pour la réalité.

À toutes les deux, c'est l'une de nos spécialités.

2

PAS MON GENRE

Willa

Pendant que je finis mon *latte macchiato extra vanilla* supplément crème fouettée, je repense à ce qui est en train de m'arriver. À vrai dire, j'ai aussi du mal à y croire. Être l'égérie d'une agence de mannequins atypiques, je le dois à mon frère : Wolf a bâti Strange & Strong en partie pour moi. Le bleu perçant de mes yeux, mon teint crayeux et mon mètre soixante-quinze, je les dois à mon père suédois – l'un des hommes les plus gentils que je connaisse, si ce n'est le seul, en fait. Pour ces traits qui me font le visage d'une poupée, pour le brun profond de mes cheveux et toute la rage qui m'habite, je peux dire merci à ma mère française – et l'une des femmes les plus toxiques qui soient.

Mais c'est à mon travail que je dois tout le reste. Et à la chance aussi, peut-être. Jamais je ne pensais me faire repérer dans une campagne de pub pour un mascara waterproof où j'avais une misérable ligne à dire sur l'importance de « laisser sortir ses émotions » en pleurant pour de faux.

Me voilà maintenant actrice pour de vrai et c'est le rêve de ma vie. Je ne vais plus seulement montrer mon visage, ma peau, mon corps, je vais désormais pouvoir faire entendre ma voix. Qui plus est dans une série américaine à gros budget, moderne et engagée, qui fait la part belle aux femmes, aux reines, aux guerrières, à tous les physiques, toutes les nationalités, tous les âges et toutes les histoires. C'est le spin-off de *Kings of Dawn*, ce succès planétaire dont j'étais une fan absolue avant de rejoindre le casting de cette suite tant attendue.

Dites-moi que je ne rêve pas…

– Ouais frère, t'es toujours là ?

Bulle a relancé l'appel vidéo et sa voix de lascar me ramène à la réalité en faisant grésiller mon téléphone sur la table. Tous les regards dans le café se tournent à nouveau vers moi, amusés ou excédés. Ma coloc est l'une des filles les plus féminines que je connaisse, mais elle parle mal, parle fort, parle trop, se fout totalement des bonnes manières et du jugement des autres : c'est globalement pour ça que je l'aime. Et aussi parce qu'elle me fait hurler de rire.

– Alors, ton pompier canon ?

– C'était un vendeur de tapis au moins aussi moches et vieux que lui. Je lui ai laissé ton numéro au cas où tu voudrais un paillasson berbère à six mille boules pour essuyer tes pieds de *queen*.

– Ouais, enfin si je peux un jour quitter New York et rentrer à la maison !

– Le tournage commence quand ?

– Le mois prochain. Là on a juste découvert le scénario de la *season one* et fait une première lecture avec tout le cast.

– Willa, promets-moi de ne pas te mettre à parler anglais au milieu de tes phrases, de ne pas sortir avec un acteur américain de deux fois ton âge qui a soixante-dix fausses dents et des implants capillaires blond vénitien. Jure et crache !

– Promis, Bulle. Pour l'instant, j'ai juste fait copine-copine avec une autre actrice française, Garance Coste, une jolie blonde genre *girl next door* sauf qu'elle a le crâne rasé et trois kilomètres de jambes. Mais elle n'était même pas si énervante que ça, plutôt archisympa.

– OK, je la déteste déjà. Et je suis sûre qu'elle s'appelle Géraldine Dacosta comme tout le monde, en vrai !

– Parce que ton vrai prénom c'était Bulle, peut-être, avant que tu deviennes une immense comique ratée ?

Ma copine prend un air outré.

– Bon, l'aéroport de New York a appelé, ils font embarquer tout le monde sauf une certaine Willa Larsson, son melon ne passe malheureusement plus les portiques de sécurité.

J'éclate de rire et j'enfonce mon bonnet à pompon en entier sur mon visage pour amuser ma meilleure amie. Cette folle me manque. J'ai passé des années à craindre le regard des autres sur moi, à attendre l'approbation de ma mère, les félicitations des profs, le désir des mecs, l'amitié des filles… Mais depuis que je travaille, que j'ai trouvé ma place dans ce monde, que j'ai appris à me regarder avec amour et à être ma propre alliée, je me fiche bien des coups d'œil et des soupirs, de ceux qui pensent que j'en fais des tonnes, que je parle un peu fort, que je ris trop souvent et que je râle tout le temps.

Je suis ce que je suis. Et ce que je suis suffit.

(Et je veux bien le confesser : j'ai lu cette maxime un peu niaise sous la photo retouchée d'une fille parfaite allongée face à un coucher de soleil sur Insta…)

– Je te jure que s'ils ne me proposent pas un autre vol dans l'heure, je rentre à pied ! beuglé-je à Bulle en espérant bien que tout le monde m'entende.

– T'as qu'à demander à ta nouvelle meilleure pote Garance Truc de te prêter un peu de ses jambes…

Sa voix faussement grognon me fait sourire.

– C'est toujours toi ma personne préférée, Bulle. Viens vivre avec moi à New York pendant mes six mois de tournage, tu pourras vanner qui tu veux en français et je te présenterai des acteurs avec beaucoup trop de dents et de cheveux.

– Déso', Willa, je viens d'accepter un job de toiletteuse pour chiens en attendant de toucher mes trois euros d'indemnités d'intermittente du spectacle. Qu'est-ce' tu crois ? J'ai une *life* moi aussi !

Je me marre, mais je crois que je ne suis pas loin de la convaincre de me suivre. On vit en colocation depuis quelques années, toutes les deux, et je paie plus souvent le loyer qu'elle, mais son amitié sans faille le vaut largement. Les êtres humains que je supporte au quotidien se comptent sur les doigts d'une main. Voire sur le pouce.

– Bulot, tu crois que je vais réussir à m'intégrer au milieu de toutes ces stars ? Il y a l'acteur sublime qui joue dans *Outlander*… Et le Coréen canon de *Descendants of the Sun*… Et la nana avec un seul sein qui meurt dans *Game of Thrones*. Et le nain sexy de…

– Boulette, on dit « personne de petite taille », t'as pas intérêt à déconner avec ça aux States.

Boulette et Bulot sont dans un bateau… Et à la fin, c'est toujours moi qui tombe à l'eau.

Que ce soit bien clair, je la laisse me surnommer comme ça uniquement parce que j'ai une légère tendance à enchaîner les bourdes et les maladresses, ainsi qu'une certaine affection pour les boulettes de viande par paquets de quinze dans une célèbre cafétéria d'un magasin de meubles suédois. Rien à voir avec mon physique de petite fille boulotte et ce surnom affectueux dont mon frère aime m'affubler en public juste pour me faire enrager.

– Je suis sûre qu'ils vont tous t'adorer… avant de te connaître vraiment.

– Possible, admets-je en ricanant. Bon, par contre je trouve le réalisateur un peu louche. Je l'ai vu mettre la main au cul d'un petit jeune qui distribuait des cafés sans lait, sans sucre, sans gluten et sans caféine.

– Il servait de l'eau du robinet, en fait ?

– C'est ça. Au moins le réal' ne s'en prendra pas à moi s'il aime les garçons musclés et tout juste pubères.

– Gros dégueulasse !

– Non, mais cette fois, je ne vais pas faire de vagues, Bulle. Si tu me sens déraper, arrête-moi et bâillonne-moi, c'est un ordre. Ce rôle, c'est le job de ma vie. Je m'interdis de tout gâcher, tu m'entends ?

– Je pense que tout l'aéroport t'entend, là. Et c'est vrai que ce n'est pas *du tout* ton genre, de te faire remarquer…

Je grimace en me rendant à l'évidence.

Dans le hall de JFK, une voix mielleuse annonce qu'en raison de la tempête de neige qui se profile, tous les avions resteront au sol jusqu'à nouvel ordre. Je bondis de rage, balance quelques dollars sur la table, fourre mon pompon dans ma bouche, attrape mes deux valises et pars avec toute la colère et la dignité d'une actrice bientôt oscarisée. Bon, et puis je reviens sur mes pas, penaude, pour récupérer mon portable oublié et Bulle qui crie dans l'écran :

– Mayday ! Mayday ! Boulette en vue, pars pas sans moi, Willa ! Et le bonnet c'est *sur* la tête, frère, pas dedans !

– Attends, je vérifie que personne ne m'a vue. OK, tout le monde me regarde. Bon, je raccroche, Bulle, il faut que j'appelle mon frère pour passer mes nerfs sur lui. Je veux sortir de cet aéroport de malheur. À un de ces jours, peut-être. Adieu, je t'aimais bien.

– Mes amitiés à Jon Snow et son pote Mich' !

– Bye !

En fait, je n'appelle pas Wolf, parce que je sais qu'il va me contredire juste pour le plaisir. Je me contente de lui envoyer un message pour lui dire ce que j'ai décidé de faire sans son avis.

C'est plutôt ça, mon genre à moi.

[JFK est à l'arrêt.
Mais je viens
de vérifier, il y a encore
des avions qui partent
de l'aéroport de Newark.
Je vais prendre un taxi
jusque là-bas,
OK ?]

[C'est une question ou déjà
un projet ? Dans les deux cas
c'est stupide, tu ne vas pas faire
la route jusqu'au New Jersey
en pleine tempête de neige.]

[Si.]

[Non, Willa…
Écoute-moi,
pour une fois.]

[J'ai ENVIE et BESOIN
de rentrer à Paris.
Je veux profiter de ma vie
et de mes proches avant de
m'installer à New York pour six
mois et d'avoir le mal du pays.]

[Pauvre Boulette,
vraiment dure ta vie.
Et d'ailleurs, quels proches ?
Tu détestes tout le monde…]

[Non, juste toi, Wolf.]

[Je te rappelle que je te paie
un palace à NY. Tout
ce que tu as à faire
c'est attendre… Arrête
de me compliquer la vie.]

[Quand tu arrêteras
de me dire ce que j'ai à faire.]

[Je suis ton boss.]

[Tu es mon frère.
Tu sais que je déteste la neige.
Et le chauffage.
Et l'attente.
Et les gens.]

[Bah tiens,
qu'est-ce que je disais ?]

[Je suis aussi l'égérie
de ton agence. Je viens
de te rapporter gros avec
ce défilé à New York ! Tu peux
bien me laisser prendre
l'avion que je veux.]

[Tu n'as pas fait que bosser
dur si j'en crois les photos
postées par ton mec de votre
folle soirée en boîte...]

[Alors :
– Cosimo n'est pas mon mec.
– Ce que je fais en dehors
de mes heures de travail
ne te regarde pas.]

[C'est aussi un photographe
qui est censé bosser pour moi.
S'il pouvait éviter
d'étaler sur les réseaux sociaux
la vie débridée
de ma mannequin phare,
ça m'arrangerait.]

[T'es rigide, Wolf.]

[T'es intenable, Willa.]

[Oui, d'ailleurs je suis en route
pour Newark.
Je vais me trouver un avion
toute seule comme une grande.]

[Si tu as un accident à cause
d'une plaque de verglas et que
tu meurs de froid ensevelie
sous la neige, je ne viendrai
même pas chercher ton corps.]

[Ça fera le buzz pour
Strange & Strong, tu seras
bien content.
Et moi je serai enfin
débarrassée de toi.]

[Fais juste ce que je te dis.
Et laisse-moi bosser.]

[N'y compte pas trop.
Et laisse-moi vivre.]

J'adore mon frère, je déteste juste être dépendante de lui. Il n'a qu'un an de plus que moi et c'est mon complice de toujours, mais aussi un tyran qui a un avis sur tout et toujours raison. Wolf Larsson a besoin de tout contrôler. Moi, j'ai besoin de toute ma liberté. On a juste la même détermination à faire exactement l'opposé.

addictives

Romans déjà parus

Rose Becker
Le Bébé, mon milliardaire et moi (aussi en poche)
Torride, sexy & dangereux
Forever You – saisons 1 et 2
Dangerous

Phoebe Campbell
Lui résister… ou pas – l'intégrale
You Again
Single Daddy. Try Me if You Can

Mia Carre
Bad for You
Teach Me Everything
Charmant connard !

Mélodie Chavin
Campus Rules
Fucking Wedding

Sonia Eska
Ne me tente pas

Emma Green
Toi + Moi : L'un contre l'autre (aussi en poche)
Toi + Moi : Envers et contre tout (aussi en poche)
Toi + Moi : Seuls contre tous (aussi en poche)
Call Me Baby – volumes 1 et 2
Call Me Bitch
Love Me if You Can
Kiss Me if You Can
Bliss. Le faux journal d'une vraie romantique – volumes 1 et 2
Jeux interdits
Jeux insolents
Jeux imprudents
Une toute dernière fois
Fallait pas me chercher ! – volumes 1 et 2
Corps impatients (aussi en poche)
Cœurs insoumis (aussi en poche)
Âmes indociles (aussi en poche)
Cent facettes de Mr Diamonds – l'intégrale
Bliss. Le faux journal d'une vraie romantique – l'intégrale

(Im)parfait
Love Me if You Can – l'intégrale
Kiss Me if You Can – l'intégrale
It's Raining Love!
The Boy Next Room
Call Me Baby – l'intégrale
Call Me Bitch – l'intégrale
PS: Oublie-moi!
Fallait pas me chercher! – l'intégrale
Recherche coloc: emmerdeurs, râleurs, lovers… s'abstenir!
10 bonnes raisons de te détester!
Just 17
Love & Lies on Campus
Bien plus forte que toi!
If You Wanna Be My Lover...

Kim Grey
Insolent Bastard

Megan Harold
Breaking the Rules
Initiation with My Boss

Ludivine Hart
Arrogant & Tattooed

Amy Hopper
Gone Boy
Le Coloc

Julie Huleux
Alpha Player

Charlie Lazlo
Mon insupportable boss

Sienna Lloyd
Mords-moi!

Caroline Mongas
Mariage forcé. Un contrat indécent

June Moore
Étreinte – volumes 1 à 3

Zoé Murat
Stepbrother Love
Boss Me Around

Clara Oz
Arrogant

Lise Robin
Infiltrée. Sex, Drugs & Danger
Love Scandal

Gaëlle Sage
Kiss, Kill & Ride

Ana Scott
Dark Ride
Last Ride
Vicious Ride
The Dominant
Evil Ride
Sensual Stepbrother
Un enfoiré mais un coup d'enfer!

Camilla Simon
Le voisin parfait est un enfoiré
Initiation with My Enemy
Le mec parfait est un inconnu… ou presque !

Ève Souliac
Sexy Mistake

Liv Stone
Love Lessons

Lisa Swann
Adore-moi ! – l'intégrale

Louise Valmont
Toi & moi, c'est compliqué!
Campus Initiation

Chloe Wilkox
Extreme Lover – l'intégrale
Immoral
Dominant Boss. Apprends-moi
The Virgin's Price

Luv

Romans déjà parus

Ana K. Anderson
Indompté
Scottish Bastard

Sophie Auger
Be with Me

Sonia Birdy
L'Initiation
Touchdown. Campus Star

Laura Black
Dark Initiation
Games of Desire
H.A.R.D. Hot, Arrogant, Rebelle, Déterminé
Sulfurous Bad Boy

Margot D. Bortoli
Too Young

Juliette Brunel
Delicious

Anne Cantore
Promets-moi. Louise et Marco

Sarina Cassint
Avec toi... peut-être
Insolent Boss

Mary Ann Davis
Coach Me Love

Nora Davy
Don't Resist

Gwen Delmas
Noël, toi & moi
Perfect Boss
Sex Friends. Pas de contraintes, que du plaisir !

Eugénie Dielens
Imprévisible Boss

Cléa Dorian & Ninon Vars
Dark Love

Laurie Eschard
Love Naked

Lil Evans
Savage Rider
Crash & Burn
Boss Affair

Lou Garance
Can You Keep a Secret?
Foutu coloc !

Alexandra Gonzalez
Shades of You

Erin Graham
Teach Me Love
The Boss
Secret Stepbrother
Strong Addiction
Coloc avec mon boss

Joh Harper
Crazy Love
Broken but Alive

Marie Hayle
Under Control
Lover Next Door

Emma S. James
Under the Rain

Iris Julliard
Catch & Shoot

Lucie F. June
Fight with Darkness

Sara June
Rider in the Dark
Sexy Wild Rider

Lena Jung
Mon coloc, mes désirs & moi

Emily Jurius
Love to Hate You

Allie Krown
High School Challenge

Marion Laurent
Mr Alpha

Pauline Libersart
Tiger. Entre ses griffes

Nina Loren
Breaking the Ice

Ella Lores
Mariée par accident à un connard arrogant rencontré la veille…
My Best Enemy

Jessica Lumbroso
Emma X. Secrète et insoumise

Lili Malone
Coloc avec un inconnu

Mila Marelli
Dark Man in Love
Crazy Wedding

Mag Maury
Fast Games
No Love, No Limits
My Hipster Christmas

Alix Parks
Never Kiss the Boss

Jeanne Pears
Insupportable coloc
Colocs & Sex Friends
H.O.T. Hypnotique, Obstiné, Ténébreux
The Most Insolent Man

Alexia Perkins
Arrogant Fake Lover

Sophie S. Pierucci
L'Inconnu de l'ascenseur & Moi (aussi en poche)
My Stepbrother. L'initiation

Silvia Reed
Darkest. La dernière heure
Too Close

Anita Rigins
No Rules
My Rules

Avril Rose
Coffee, Sex & Law

Jana Rouze
Effet de vague – saisons 1, 2 et 3

Wendy Roy
Une seule fois (ou presque)

Ana Scott
À corps brisés

Léana Soal
Fight & Hope

Cara Solak
Perfect Obsession

Izia Soley
Fauve

Liv Stone
Initie-moi. Mes jours contre tes nuits

Lena K. Summers
Perfect Bad Boy
Donovan, roi des connards

Kaly Swann
Austin. Breathe with Me

Lily Tortay
Dance for Me

Flore Valier
Ta peau contre la mienne

Anna Wendell
Arrogant Bad Boy
Apprends-moi le désir
Colosse. Le maître du jeu

Mina Zadig
Just Sex & Tattoos
Arrogant Highlander

New adult **addictives**

Romans déjà parus

Isla A. Rowley
Toxic Games

Sianna Milano
High School Initiation

addictives
POCHE

Romans déjà parus

Rose Becker
Le Bébé, mon milliardaire et moi (aussi en grand format)

Marjorie Burbaud
The Campus Teacher

Phoebe Campbell
Tes ordres sont mes désirs

Olivia Dean
À lui, corps et âme – volumes 1 et 2

Lou Everly
Bad Boy Crush

Erin Graham
Nos amours contraires

Emma Green
Seuls contre tous (aussi en grand format sous le titre *Toi + Moi : Seuls contre tous*)
L'un contre l'autre (aussi en grand format sous le titre *Toi + Moi : L'un contre l'autre*)
Envers et contre tout (aussi en grand format sous le titre *Toi + Moi : Envers et contre tout*)
Corps impatients (aussi en grand format)
Coeurs insoumis (aussi en grand format)
Âmes indociles (aussi en grand format)

Megan Harold
Sublime-moi !

Charlie Lazlo
Kiss Me I'm Famous

Sophie S. Pierucci
L'Inconnu de l'ascenseur & Moi (aussi en grand format)
Deep & Dark

Lise Robin
Forbidden Stepbrother

Alexane Tolley
The Boss Rules

Chloe Wilkox
Your Game, My Rules

My Best Enemy
Ella Lores

Ils se détestent un peu, beaucoup, passionnément…
Rachel travaille pour un grand parfumeur parisien. Citadine jusqu'au bout des ongles, elle déteste la campagne! Quand son patron l'envoie en Corse pour rencontrer un producteur d'essence de fleurs, elle n'est pas ravie et elle l'est encore moins lorsqu'elle croise la route de Jack.
Jack est impulsif, indocile, sauvage… Il est tout ce qu'elle n'aime pas ! Et pourtant, un désir irrépressible grandit entre eux, les consume, les dévore peu à peu. Ennemis le jour, amants la nuit… Sortiront-ils unis ou détruits de ce double jeu?

Pour des news exclusives, des bonus
et plein d'autres surprises, retrouvez-nous sur:
Facebook: **facebook.com/editionsaddictives**
Twitter et Instagram: **@ed_addictives**
et sur notre site **www.editions-addictives.com**

Auteure : Joh Harper
Edisource – Éditions Addictives
100, rue Petit, 75019 Paris
Imprimé par FINIDR – Lipova cp. 1965 – 73701 Cesky Tesin,
République tchèque
Dépôt légal : février 2022 – Achevé d'imprimer : décembre 2021
ISBN : 978-2-37126-465-6
Réf. contrat : ZJAH_001